Les terres du Dalahar

Sylvie BARRET

Les terres du Dalahar

POUR elle

Si vous souhaitez être informée en avant-première
de nos parutions et tout savoir sur vos auteures préférées,
retrouvez-nous ici :

www.jailupourelle.com

Abonnez-vous à notre newsletter
et rejoignez-nous sur Facebook !

Prologue

Si j'étais un végétal ?
Une feuille d'érable.

Si j'étais un métal ?
L'argent scintillant.

Si j'étais une pierre précieuse ?
L'émeraude, assurément.

Si j'étais un insecte ?
Un papillon.

Une maxime ?
Yn bréalaï ty liom !

Chapitre 1

Montréal

— Qu'en pensez-vous ?

La voix de la coiffeuse me tire de ma torpeur. Pour la première fois depuis plus d'une demi-heure, je lève les yeux sur le miroir, délaissant le magazine people que je ne lisais pas vraiment. Je reste interdite. C'est le même teint trop pâle pour la saison, les mêmes cernes sous les yeux, mais plus la même bouille.

Plus du tout !

— Ça vous change, hein ?

La coiffeuse sourit, satisfaite de son travail et de ma visible stupéfaction. Elle tient derrière moi un miroir, dans lequel j'aperçois ma nuque libérée de l'impressionnante toison qui faisait jusque-là une de mes futiles fiertés.

— Alors, ça vous plaît ? insiste la jeune femme dont le sourire s'efface au fur et à mesure que je détaille en silence ma nouvelle coupe de cheveux.

J'ai pitié d'elle et je tente mon plus sincère sourire, à défaut de trouver des expressions enthousiastes. À vrai dire, j'appréhende déjà mon retour à la maison.

Que dira Maman ?

Elle qui a passé tant de temps à prendre soin de mes cheveux si longs qu'il m'était difficile de les peigner correctement toute seule. Elle adorait ces moments de complicité entre nous durant lesquels je redevenais sa petite fille. En quelques coups de ciseaux, je viens de renier tout cela.

Cette décision n'est pas dirigée contre elle, mais plutôt contre moi. J'espère qu'elle le comprendra.

Sur le chemin du retour, je jette un énième coup d'œil à mon nouveau look dans le rétroviseur. Je ne me ressemble plus, ça me plaît. Il me semble qu'enfin je peux me glisser en dehors de moi, être une autre, en tout cas, ne plus être celle d'avant.

Il est trop tard pour avoir des regrets de toute façon.

Maman devait guetter mon retour, elle s'affaire à épousseter un meuble qui n'a nul besoin de l'être. Je m'attendais à un choc, à des cris de réprobation, voire des pleurs, il n'en est rien.

— Tu ressembles à un lutin, s'exclame-t-elle en me faisant pirouetter sur place.

— Tu aimes ? fais-je, étonnée pour de bon.

— Ça te va bien, on voit mieux ton joli minois et tes beaux yeux verts, confirme-t-elle en me taquinant le nez.

Ce geste habituel me ramène à ma condition d'enfant, à sa trop grande sollicitude à mon égard qui m'embarrasse depuis des semaines. Ma mère s'aperçoit de ma réticence, son sourire s'efface.

— Léo, es-tu sûre de vouloir partir ?

— Plus que jamais !

Je n'ai pas su maîtriser cet élan. Je regrette aussitôt ma gaffe en voyant le regard de Maman se troubler. Je lui tends la main en guise d'excuse. Elle m'ouvre les bras, je m'y réfugie quelques instants avant de me dégager rapidement de son étreinte.

— Tes bagages sont prêts ? dit-elle avec un soupir de résignation.

— Je n'ai plus qu'à boucler mon sac à main.

Bien sûr que tout est prêt, et depuis longtemps. J'ai tellement hâte de partir. Mais pour ne pas ajouter à la tristesse de ma mère, je cache de mon mieux cette impatience qui me ronge.

Seuls quelques commentaires taquins de la part de mon frère au sujet de ma nouvelle apparence égaient le dîner. Personne n'a vraiment le cœur à se réjouir à la table familiale, sauf moi, peut-être. Pour ne plus subir cette ambiance plombée, je rejoins ma chambre plus tôt que d'habitude, arguant de la nécessité de me reposer en vue du long voyage qui m'attend. Tout le monde approuve et me souhaite de bien dormir.

Comment le pourrais-je ?

Malgré le comprimé que j'avale en me couchant, je peine à m'assoupir. Je n'éprouve pas de doute, juste une appréhension très légitime. Je ferme les yeux en remontant le drap sur mon nez.

Vite, demain !

*
* *

En ce jeudi matin, il y a d'abord le petit déjeuner durant lequel chacun tente encore de faire bonne figure, puis le trajet, pas très long, depuis la maison jusqu'à l'aéroport Roissy-Charles-de-Gaulle. À l'avant de la voiture, ma mère triture son mouchoir, mon père conduit dans un silence assourdissant. Derrière, malgré son air crâneur, Xavier ne me refuse pas sa main. Je m'accroche à son sourire comme à une bouée de sauvetage. Sans lui, je crois que je serais sur le point de renoncer, de rentrer à la maison pour éviter de leur causer toute cette peine.

Il y a ensuite notre arrivée en troupeau dans le hall, le visage noyé de larmes de ma mère, le regard inquiet mais fier de mon père, et la mine complice de mon frère.

Il y a enfin l'appel de l'hôtesse, les ultimes embrassades, puis l'embarquement et le décollage.

Je m'accroche aux accoudoirs. Mon cœur s'envole en même temps que l'avion. Je n'ai plus peur ni mal, je me sens libre… enfin presque.

Durant les premières minutes, des souvenirs désagréables assaillent mon cerveau, justifiant ainsi ma présence à bord de cet appareil qui m'emmène si loin de chez moi. Je m'efforce de les chasser pour ne songer qu'à l'avenir, à ce qui m'attend de l'autre côté de l'Atlantique. Je suis impatiente d'y être, d'autant que je me sais attendue par ma tante Agnès. Elle est la sœur aînée de ma mère. Elle s'est installée à Montréal après son mariage avec John Lacoste, un Québécois pur sucre. Malgré cet éloignement, les liens entre ma mère et elle ne se sont jamais distendus et, grâce à Internet, ils se sont même étendus à tous les membres de la famille. C'est ainsi que, par écrans interposés, je connais mon cousin Samuel, 15 ans, et ma cousine Sandy. Sandy a 19 ans, comme moi. Nous nous sommes tout de suite entendues au point qu'elle est devenue ma confidente privilégiée. C'est elle qui m'a proposé de venir étudier à Montréal, assurant que les facs y sont excellentes et l'air plus pur qu'à Paris. Cette idée lancée en l'air a ricoché dans mon cerveau, jusqu'à ce que je me réveille, un jour de début juillet, complètement convaincue que je devais suivre ce conseil.

J'en ai d'abord fait part à Xavier. Il m'a accusée de vouloir fuir. J'ai encaissé le choc sans démordre de mon idée. Il m'a alors assurée de son aide pour convaincre nos parents de me laisser partir. Et ça n'a pas été une mince affaire. Papa n'a accepté qu'après avoir pris une tonne de renseignements sur le cursus que je m'apprête à suivre dans le département des Sciences et Technologies de l'Université de Montréal. Maman, moins préoccupée par mes études que par moi-même, s'est résignée à me voir partir grâce à la douce persévérance de sa sœur qui, en m'accueillant chez elle, m'offrait une famille de substitution dont elle ne pouvait douter. Les formalités administratives ont été longues, et j'ai dû retarder mon voyage de deux mois. Je sais que j'ai d'ores et déjà raté le début du trimestre, mais Sandy m'a assuré que je pourrai rattraper mon retard avec les unités mises en place en cours du soir.

L'hôtesse de l'air interrompt ma rêverie en me proposant un café que j'accepte. Je consulte ma montre, j'ai parcouru plus de la moitié du chemin.

*

* *

L'avion amorce sa descente, puis se pose. J'ai franchi l'étape la plus difficile. Cette mince victoire sur moi-même me fait sourire tandis que je débarque. Ma tante m'attend dans le hall, sous un panneau d'affichage. Impossible de me tromper, sa ressemblance avec ma mère est si frappante que j'en suis éberluée.

— J'ai quelques rides en plus, rigole-t-elle en m'ouvrant les bras.

Même le son de sa voix « en vrai » est identique si ce n'est qu'Agnès a « attrapé » l'accent.

— Alors, Léo, comment te sens-tu après ce long voyage ?

— Bien, merci. Je fais peau neuve.

Elle se contente d'approuver et entoure mes épaules d'un bras protecteur.

— Viens, nous allons retrouver Sandy. Elle est déjà partie à la recherche de tes bagages.

Si je me suis étonnée de la seule présence de ma tante à mon arrivée, je n'ai pas eu le temps de poser plus de questions. Me voilà renseignée.

Sandy et moi entretenons très souvent de longues conversations, je n'ai donc pas l'impression de la découvrir pour la première fois. C'est d'ailleurs moi qui l'aperçois dans la foule, près du tapis sur lequel s'entassent les bagages des voyageurs.

— Hey ! s'exclame-t-elle en venant à ma rencontre avec un sourire jusqu'aux oreilles.

Sandy est un peu plus grande que moi et déborde d'énergie. Ma valise éprouve sa solidité en retrouvant le sol avec rudesse, et moi, la mienne, en subissant l'étreinte enthousiaste de ma cousine.

— Hey, couiné-je tandis qu'elle m'étrangle.

— T'as coupé tes cheveux ! T'as meilleure mine que derrière ton écran. T'as faim ? OK, on y va ? J'ai des tas de trucs à te montrer !

— Sandy, intercède ma tante, compatissante. Laisse-la souffler. Nous allons d'abord rentrer à la maison. Léo pourra se rafraîchir et nous pourrons rassurer Hélène.

— Maman a appelé ?

— Deux ou trois fois, oui, fait ma tante en riant.

— Quelle heure est-il ? demandé-je, un peu déboussolée.

— À peine 15 heures !

Partie à 13 h 35, arrivée à 15 heures en traversant l'Atlantique, j'apprécie le décalage horaire dans ce sens-là. Le trajet de l'aéroport jusqu'au quartier joliment nommé « Rosemont-la-petite-patrie » où demeure ma famille dure près de trente minutes. Ma tante gare la voiture le long d'une allée bordée d'arbres. J'admire la façade de la bâtisse de briques rouges semblable, à peu de chose près, à ses voisines mitoyennes. Elle inspire la confiance, la stabilité et la tranquillité. Sandy me désigne le toit.

— Toi, c'est là-haut, au troisième qu'il va falloir grimper.

— Plus près du ciel, plaisanté-je.

— Ouais, tu verras quand tu auras grimpé l'escalier avec ton énorme valise !

En guise d'amuse-bouche, nous commençons par les marches en pierre qui conduisent à un vestibule baigné de lumière. Je ne suis pas étonnée par l'intérieur, Sandy m'a envoyé un tas de photos avant mon départ. Mon oncle John et mon cousin Samuel nous attendent. Je reconnais à peine mon oncle dans le solide gaillard qui m'étreint chaleureusement. Je n'ai pas eu souvent l'occasion de le voir, et je ne me rappelais pas qu'il portait des lunettes. Samuel est déjà aussi grand que son père, mais l'adolescence lui confère un côté gauche.

Sandy me fait les honneurs du reste de la maison. Le rez-de-chaussée est réservé à son père. Il travaille dans l'architecture. Partout s'accumulent maquettes, plans, tables d'architecte, et je comprends qu'il ait besoin d'un étage pour lui seul. Ma tante, elle, assouvit sa passion pour les livres en travaillant à temps partiel à la bibliothèque du quartier. Le reste de son temps, elle le consacre à sa maison, à ses enfants et à son mari, qu'elle adore.

Le premier étage est composé des pièces à vivre, grandes et lumineuses. Sandy ne s'attarde pas sur le second, royaume réservé aux parents, et m'emmène directement dans son nid, au troisième.

— L'antre du monstre, je te déconseille d'y mettre un pied, même Maman y a renoncé, commente-t-elle en me désignant la porte de la chambre de son frère avant de m'ouvrir la sienne.

Mon arrivée va changer sensiblement les habitudes de ma cousine. Les meubles ont été déplacés de manière à pouvoir intégrer un lit supplémentaire, réduisant beaucoup l'espace dont elle disposait ordinairement. Ce constat m'ennuie. Je ne m'étais pas bien rendu compte de la situation en acceptant sa proposition d'hébergement. Par ailleurs, je ne suis pas certaine d'être de très bonne compagnie. Je suis habituée à la solitude. Or cette maison à étages, si spacieuse soit-elle, n'offre pas d'autre solution que celle-là. Tenir ainsi durant plusieurs mois me paraît inenvisageable. Aussi, je me risque à poser la question qui me brûle les lèvres :

— Sandy... sais-tu s'il existe une possibilité de loger sur le campus ?

Ma cousine sourcille en se laissant tomber sur son lit.

— Quelque chose ne te convient pas ici ?

En pesant mes mots, je tente de me justifier du mieux possible. Sandy écoute sans m'interrompre. Elle a le regard très franc, planté dans le mien comme si elle vérifiait la sincérité de mes paroles en même temps que je les prononce.

— C'est vraiment ce que tu veux ? insiste-t-elle quand j'ai terminé d'exposer mon point de vue.

J'acquiesce avec une détermination qui la convainc. Dix minutes plus tard, c'est une cousine entièrement acquise à ma cause qui plaide en ma faveur auprès de sa mère. Et cette dernière se montre nettement plus réservée sur mon choix.

— J'ai promis à ma sœur de veiller sur sa fille comme si elle était la mienne. Hélène n'a accepté de nous l'envoyer que parce qu'elle savait que Léo allait vivre ici, je vous signale !

— Maman ! Elle n'est qu'à quelques stations de bus, et le logement sera certainement pris en charge par sa bourse en qualité d'étudiante étrangère.

Je suis épatée par la pugnacité de Sandy, je suis loin d'être aussi douée. Constatant que cet argument purement matériel ne pèse pas, Agnès change de registre :

— Léo a besoin d'être soutenue, en ce moment.

Je m'attendais à ça, et cette fois, c'est moi qui prends l'initiative de la réponse alors que Sandy semble se ranger à l'avis maternel sur ce point :

— Je t'assure que je vais bien, dis-je d'une voix calme et assurée. J'ai besoin de faire mes preuves, et je ne suis pas venue ici pour me retrouver sous surveillance, comme à la maison. C'est même tout le contraire.

— Je comprends, Léo. Mais Hélène va m'arracher les yeux.

— J'en assume la responsabilité.

Ma tante pince les lèvres comme le fait Maman lorsqu'elle prend une décision difficile mais nécessaire.

— Très bien, nous essaierons de régler ça demain, cède-t-elle.

Cette première soirée au sein d'une famille joyeuse et très bavarde me fait un bien fou, mais ça ne change rien à ma décision. La nuit venue, Sandy et moi en discutons encore, assises sur nos lits respectifs.

— Tu es certaine que ça va aller ? s'inquiète-t-elle.

— Au pire, je sais que je peux revenir ici. En tout cas, je ne le saurai pas si je n'essaie pas.

— Il n'est pas garanti qu'il reste des logements, tu sais ?

— S'il en reste un, il est pour moi, lancé-je avec espoir.

Elle me le souhaite, puis elle se réfugie sous sa couette. J'en fais de même, complètement épuisée. Le décalage horaire, sans doute. La respiration régulière de Sandy me berce, je m'endors sans effort.

Avant d'inquiéter mes parents avec un projet qui risque fort de ne pas aboutir, ma tante Agnès et ma cousine m'accompagnent à la fac, le lendemain. C'est aussi pour moi l'occasion de signifier mon arrivée à l'administration de l'université. Je suis agréablement surprise par l'accueil chaleureux que me réserve la secrétaire. Contrairement à ce que je craignais, elle ne tique pas quand je l'interroge sur la possibilité de loger sur le campus.

Elle consulte simplement son écran, puis elle me sourit.

— Il y en a un qui vient de se libérer… Son locataire ne s'est pas présenté, annonce-t-elle d'un air victorieux qui m'amuse.

Ma tante, elle, réprime une petite moue contrariée. Je sais qu'elle aurait préféré que j'obtienne une fin de non-recevoir, mais la chance est de mon côté, pour une fois.

— Peut-être vaudrait-il mieux que vous alliez y jeter un coup d'œil, on ne sait jamais, il pourrait ne pas vous convenir, propose la secrétaire.

Elle ajoute un plan détaillé du campus dans le dossier de prise en charge qu'elle me remet. Quelques minutes plus tard, nous sommes toutes les trois en train d'arpenter les allées voisines. Sur le plan, ça n'a pas l'air bien compliqué : l'université se divise en plusieurs pavillons dévolus à un domaine d'étude bien spécifique, et les résidences sont situées tout autour. Mais dans les faits, ce n'est pas aussi simple. En habituée des lieux, Sandy dirige nos pas en se servant des indications du plan.

— Allée Sainte-Hélène, c'est prédestiné ça, non ? rigole-t-elle en nous engageant dans une rue bordée de pelouses et d'arbres.

Prédestiné ?

Sans doute, car la résidence se trouve non loin du bâtiment où ont lieu mes cours d'informatique qui débuteront le mardi suivant. Le studio en question est situé au troisième sans ascenseur, mais ça n'est pas gênant. J'ai le cœur qui bat un peu plus vite en introduisant la clé dans la serrure. En une fraction de seconde, toutes mes craintes s'envolent lorsque je franchis le seuil. Certes, il est petit, il me suffit d'un coup d'œil pour en faire le tour, mais il est parfait. Il est composé d'une pièce aménagée en chambre d'un côté, en bureau de l'autre. Dans un coin se trouve une kitchenette équipée, suffisante pour les besoins quotidiens d'une personne. À côté se situe une minuscule salle de bains qui renferme un lavabo, une douche ainsi que des toilettes. L'ensemble est lumineux et gai. Je sens que je vais m'habituer sans difficulté à mon nouveau chez-moi. Tante Agnès elle-même admet qu'elle se verrait bien redevenir étudiante dans ces conditions. Je sais dès lors que je peux compter sur son soutien. Je n'ai donc plus qu'à remplir le formulaire et à le déposer au secrétariat.

Alors que nous sortons du studio, une jeune fille brune à la coiffure en pétard jaillit du studio situé juste en face.

— Salut ! Moi, c'est Noémie Laval, j'habite là, déclare-t-elle en désignant sa porte.

Je suis la première à la saluer. En m'entendant, la fille ouvre de grands yeux, puis affiche une mine soudain réjouie.

— Hey ! Mais t'es pas d'ici, toi ! Tu es française ?

Je dois admettre l'évidence, dans ce pays, je suis une étrangère.

— C'est toi qui prends l'appart ? se renseigne-t-elle avec un air malicieux.

— Oui, confirmé-je sans hésitation. Je m'appelle Éléonore Duvivier, mais tout le monde m'appelle Léo.

— Tu emménages quand ?

Je coule un regard vers ma tante, qui me sourit en retour.

— Dès que possible.

Noémie me tend une main amicale, et notre entente est scellée.

— Sois la bienvenue, voisine ! Si tu as besoin d'aide, n'hésite pas à toquer à ma porte.

Tandis que je la remercie, une légère odeur de brûlé vient titiller mon odorat très sensible.

— Aurais-tu quelque chose sur le feu ? m'inquiété-je avant de partir.

Noémie sursaute :

— Mon gâteau ! s'écrie-t-elle en disparaissant comme une tornade dans son studio.

Un gâteau ? Ici ?

Ma tante, ma cousine et moi éclatons de rire. Cette jeune femme est un drôle de phénomène apparemment. Nous repartons toutes les trois vers les bureaux de l'université. La secrétaire enregistre ma demande. Agnès assure généreusement la caution, et j'empoche les clés de mon nouveau chez-moi.

Nous rentrons en fin d'après-midi. À la fatigue d'avoir beaucoup marché s'ajoute le stress de ce qui m'attend. Agnès a allumé l'ordinateur dans le petit salon qui jouxte la salle à manger. Il me revient naturellement de faire l'annonce de la nouvelle, et je dois bien reconnaître que j'ai sous-estimé l'ampleur que pouvait prendre la réaction de Maman. Certes, sa colère était prévisible, mais je pensais pouvoir la convaincre du bien-fondé de mon choix avec plus de facilités.

En quelques minutes, la session Skype vire à l'orage. Toute la famille se trouve convoquée, comme si j'avais besoin d'une assemblée de ce type pour admettre que je fais une erreur et revenir sur ma décision. Hélas pour ma chère maman, tout ne se déroule pas exactement comme elle le souhaite. Alors qu'elle comptait sur l'appui de mon père, ce dernier se range à mon avis, considérant que je prends ainsi le chemin de la maturité. Quant à Xavier, il croit bon de s'en mêler également. Son humour intempestif a pour conséquence de faire sortir Maman de ses gonds. La distance doit sans doute lui rendre les choses plus pénibles. Elle a l'impression que tout lui échappe, et ça la rend presque hystérique. En entendant les cris de sa sœur, Tante Agnès décide d'intervenir. Puisqu'elle est mise en cause dans le drame qui se joue, elle estime qu'elle a son mot à dire. Elle règle alors le problème à sa façon, avec l'autorité due à son droit d'aînesse. Après quelques échanges houleux et des reparties bien senties, ma tante vient à bout des réticences de sa sœur. Maman se calme. À défaut d'avoir emporté la victoire, elle m'adresse un million de conseils de prudence et de recommandations en tout genre. J'ai acquis ma liberté, je dois maintenant me montrer à la hauteur.

Chapitre 2
Découverte

Comme la veille, Sandy et moi passons une bonne partie de la nuit à bavarder. Elle ne pose aucune question sur mes motivations et ne cherche pas à entendre à nouveau les détails croustillants qui m'ont fait fuir la France. D'ailleurs, elle en connaît l'essentiel. Elle non plus n'a pas été surprise de la tempête qui s'est abattue sur ma tête, et se réjouit avec moi de l'issue de ce conflit familial. Je l'envie d'avoir des rapports si simples avec sa mère, et je me demande pour quelle raison, sur ce point, les deux sœurs sont si différentes. Sandy estime que c'est probablement dû au dépaysement. Sa mère ayant appris à se débrouiller seule dans un pays lointain, elle n'appréhende plus les choses de la même façon que la mienne, qui s'inquiète de tout. J'approuve son analyse, et c'est sur ce constat que nous nous souhaitons une bonne nuit.

Durant le week-end, Sandy propose de me faire découvrir Montréal, afin que j'y prenne mes marques. Agnès nous recommande seulement de ne pas revenir trop tard à la maison. Nous promettons d'être sages en riant, et nous voilà parties en excursion. Ma cousine m'entraîne d'abord sur les rives du Saint-Laurent, puis dans les vieux quartiers. Elle m'explique, plan à l'appui, le découpage de la ville en arrondissements, me situant sur la carte les principaux lieux que je dois absolument découvrir. Tout me paraît différent, plus grand…

incontestablement. Puis j'aime beaucoup, peut-être justement à cause de ça. Ici, rien ne se rappelle à moi.

Le dimanche est consacré à la préparation de mon déménagement. Des cartons s'empilent dans l'entrée. Ils contiennent tout un tas d'ustensiles qui ne manqueront pas de m'être utiles. Ma tante y a ajouté des draps, une couette, et des serviettes en nombre bien supérieur à ce qui m'est nécessaire. J'ai beau protester, elle est plus entêtée que moi, et c'est à ce prix que je suis autorisée à quitter son nid. Alors, je cède.

C'est Sandy qui emporte tout mon barda à bord du break familial après l'incontournable déjeuner dominical. L'après-midi est déjà bien entamé lorsque nous commençons à tout décharger. Grimper trois étages à pied dans ces conditions est moins sympathique. Par chance, ma nouvelle voisine est là. Notre remue-ménage l'a alertée, et elle s'empresse de nous proposer une aide que nous serions bien folles de refuser. Au terme de nombreux allers-retours entre la voiture et l'appartement, nous pouvons enfin souffler.

Pour nous réconforter, Noémie nous invite à déguster son gâteau au miel et aux noix. Celui que mon odorat a sauvé, paraît-il. Tandis qu'elle se retire chez elle pour nous préparer cela, Sandy exprime la bonne impression que lui fait la jeune femme. Il est vrai que, malgré son mètre cinquante et quelques, elle déborde d'une énergie communicative que ma cousine apprécie beaucoup, étant elle-même d'un naturel extraverti. Tout le contraire de moi.

— Je suis certaine que tu t'entendras à merveille avec elle, affirme-t-elle en souriant.

Pour ma part, je l'espère aussi.

En plus du gâteau, Noémie nous apporte du café. Ce goûter improvisé nous offre l'occasion de papoter entre filles. C'est presque à regret que Sandy nous quitte en début de soirée. Elle me fait jurer d'appeler au moindre problème. Je promets, bien que je ne voie pas quel problème je pourrais avoir dans l'immédiat. Mais cette parole donnée la rassure, alors…

Ma voisine, elle, a pris ses aises chez moi. Elle m'aide encore à ranger ce qui doit l'être, tout en apaisant sa grande curiosité. C'est ainsi qu'elle tombe sur mon emploi du temps, posé sur mon bureau.

— Tu fais le certificat en informatique ? beugle-t-elle d'un air ravi.

— Oui, pourquoi ?

— Ça, c'est trop fort ! Nous avons un cours en commun… celui sur la com digitale. C'est chouette !

— C'est génial, confirmé-je sans trop savoir à quoi je dois m'attendre.

— Nous pourrons nous y rendre ensemble.

— Oui, volontiers.

Elle hausse les sourcils, et sa bonne humeur s'efface un peu.

— Ça vaut mieux de toute façon.

Cette petite phrase m'alerte, je n'aime pas trop son air renfrogné tout à coup.

— Pourquoi dis-tu ça ?

— À cause du meurtre. T'es pas au courant ?

— Un meurtre ? relevé-je, impressionnée. Mais où ça ?

— Ici, sur le campus. Ta cousine ne t'en a pas parlé ? Pourtant l'affaire a fait grand bruit.

Évidemment, Sandy a gardé l'information secrète.

— Il s'agissait d'un étudiant ?

— D'une fille, corrige-t-elle en secouant la tête. Une étudiante en informatique, justement. Elle aussi était étrangère. Elle portait un nom peu courant. Elle s'appelait Éorin… Éorin Gardner.

Sa voix s'est un peu éteinte à l'énoncé de ce nom. Je suis prête à parier que Noémie en sait davantage que ce qu'elle me raconte.

— A-t-on une idée de ce qui a pu lui arriver exactement ?

— Elle a été poignardée.

— Est-ce qu'elle a été... violée ? interrogé-je, mal à l'aise.

— Non. La police pense à un crime opportuniste. On lui a volé un bijou. Elle a probablement dû se défendre, ce qui lui a coûté la vie.

— C'était le genre de fille à se faire remarquer ?

— Pas le moins du monde. Elle était discrète, mais si jolie qu'on pouvait difficilement la rater.

— Quand ce meurtre a-t-il eu lieu ?

— Il y a quelques mois. Peu avant la fin de l'année universitaire.

— Et depuis, il ne s'est rien passé ?

— Il ne s'était rien passé avant, il ne s'est rien passé depuis. C'est pour ça que la police pense à un crime de rôdeur. Cela dit, il vaut mieux être prudent et ne pas tenter le diable, conclut-elle en souriant, comme pour exorciser sa peur. J'aime beaucoup ta coupe de cheveux.

— Merci, fais-je avec un soupir. Je suis allée chez le coiffeur juste avant de partir.

— Je devrais en faire autant. Regarde un peu cette tignasse, se lamente-t-elle en se passant la main sur le crâne.

Effectivement, Noémie a des cheveux très épais et d'un noir profond. En changeant de sujet, elle a retrouvé toute sa bonne humeur. En pleine discussion, nous ne voyons pas le temps passer. Nous nous entendons pour dîner ensemble. Ça m'arrange, je n'ai pas pris le temps d'aller faire les courses que j'avais prévues.

*
* *

Le lundi, Sandy sèche une heure de cours pour m'accompagner au magasin. Pour ma part, je ne commence que demain, comme convenu avec le secrétariat où je suis passée dans la matinée. Les formalités administratives sont terminées, je peux enfin me consacrer à mes études. Je profite qu'on arpente les rayons du supermarché pour assouvir ma curiosité auprès de ma cousine.

— Tu es au courant du meurtre de l'étudiante, n'est-ce pas ?

— Ah ! Je vois que les nouvelles vont vite, confirme-t-elle à demi-mot.

— Donc, tu le savais !

— Tout le monde le sait. Une affaire comme celle-ci ne passe pas inaperçue, Montréal, ce n'est pas Chicago.

— Pourquoi ne m'as-tu rien dit ?

— Tu n'aurais eu aucune chance de partir de chez toi.

Je grimace, mais c'est la stricte vérité.

— Tu la connaissais, cette fille ?

— De vue, elle était en master d'informatique, mais elle prenait aussi des cours de psycho. Je l'ai croisée quelques fois dans mon département. C'est tout ce que je sais d'elle.

— Elle était étrangère à ce que m'a dit Noémie.

— Noémie doit la connaître mieux que moi. J'avoue que je ne sais rien de plus que ce qu'en ont dit les journaux, et ça n'a pas fait la une très longtemps… histoire de ne pas trop effrayer la population étudiante.

Je décide de mettre fin à mon interrogatoire en constatant que Sandy n'a plus rien à m'apprendre. Lorsque nous regagnons mon studio, les bras chargés d'assez de victuailles pour affronter l'hiver, Noémie nous rejoint. Je brûle d'envie de la questionner à nouveau sur cette affaire, mais je doute qu'elle ait véritablement envie de se plier à cet exercice qui semble la chagriner.

En guise de pendaison de crémaillère, j'invite ma nouvelle amie et ma cousine à partager le dîner que je me propose de faire. Elles acceptent de bon cœur et nous passons une excellente soirée malgré une mousse au chocolat complètement foirée. Lorsque Sandy décide de partir, je suis saisie d'une angoisse que je n'éprouvais pas jusque-là. C'est bizarre. Pour une raison que j'ignore, cette histoire de meurtre me donne froid dans le dos.

*
* *

Mardi, 9 heures, début officiel de mon année universitaire. Je suis fin prête et déterminée à rattraper le retard que m'ont causé les tracasseries administratives. Grâce à un heureux hasard, Noémie et moi avons cours ensemble toute la matinée. Je suis très contente de l'avoir pour guide sur le campus. Elle m'aide à repérer les locaux. En chemin, je m'amuse un peu de la dégaine de certains étudiants. À n'en pas douter, la mienne me fait passer pour une enfant de chœur.

— Personne ne fait attention à ça, ici, me rassure Noémie. Les gens font ce qui leur plaît. Tiens, regarde, dit-elle en désignant une jeune fille accoutrée en hippie. Elle s'en tape de ce qu'on peut penser d'elle. RAF.

— RAF ?

— Rien à foutre !

Si seulement les choses pouvaient toujours être aussi simples. Je ne serais certainement pas partie si la mentalité avait été la même en France. Encore que, à tout bien réfléchir, si j'avais assumé, comme cette fille, je serais restée en me foutant pas mal de l'opinion des autres.

RAF !

Mais ce n'est pas le cas, et j'ai choisi une autre option. Autant me concentrer sur le présent, le passé ne m'apporte rien. D'ailleurs, il vaudrait vraiment mieux que je me concentre, car le hall du bâtiment principal est noir de monde. Fort heureusement, mon guide fait preuve de la plus grande prévenance à mon égard jusqu'à ce que son regard se fixe sur un gaillard à la carrure impressionnante.

— Hey, Phil ! hurle-t-elle tout à coup.

Elle agite la main, puis elle m'entraîne d'office par le bras. Face au géant brun, et malgré mon mètre soixante-dix, je me sens ridiculement petite. Noémie se charge des présentations. Phil est étudiant en troisième année de Sciences appliquées. Il est surtout membre de l'équipe de hockey sur glace.

— Ils ont été champions universitaires l'année dernière, clame-t-elle avec autant de fierté que si elle avait remporté le titre elle-même.

Incrédule, je vois les joues du géant se colorer d'émotion. Noémie lui envoie une bourrade qui ne le fait pas bouger d'un centimètre.

David contre Goliath.

— Bienvenue à toi, me dit-il. J'espère que tu te plairas ici.

Bon sang, quel accent !

Une nouvelle inquiétude concernant mes facultés à décoder le québécois assaisonne le léger stress que j'éprouve à chaque début d'année scolaire.

— Il faut que j'y aille, l'entraîneur ne va pas être content, grimace le jeune homme en ébouriffant les cheveux de Noémie.

— File d'ici, affreux ! râle-t-elle en lui donnant une tape de mouche sur l'épaule avant de tenter de remettre de l'ordre dans sa coiffure.

— Salut, Léo, à la revoyure !

Je lui rends son salut d'un geste de la main, et considère ma nouvelle copine sous un autre jour.

— Phil et toi, vous êtes un peu plus qu'amis, non ?

— Oui et non. Disons que nous aimerions bien, mais entre ses études et le hockey, il ne lui reste pas beaucoup de temps libre, ce qui fait qu'on ne se voit pas tellement.

— Le hockey est si important ?

— Ici, c'est une véritable religion, et ce sont des extrémistes. Depuis qu'ils ont obtenu le titre l'an dernier, ils ne veulent plus le lâcher. C'en est devenu une obsession. Tiens, regarde là-bas, le type entouré d'une véritable cour... c'est Sa Majesté Jonathan Dussaunier, dit-elle en me désignant une dizaine de personnes au milieu desquelles un autre gaillard semble parfaitement à son aise.

— Qui est-ce ?

— Le capitaine de l'équipe en personne, Dieu tout-puissant, ce qu'il dit est parole d'Évangile pour ses équipiers, même Phil, répond-elle d'un ton ironique où pointe la déception. Tout lui est permis depuis qu'il a conquis le titre de champion. Il est devenu le garçon le plus populaire de l'université. Il ne se déplace qu'escorté de son fan-club dont la présidente est la blonde à sa droite. Lyne Dompart, bonne famille, extrêmement riche et même pas stupide. Elle est toujours en orbite autour de lui.

— Ça fait très cliché.

— Ça l'est ! Allez viens, on va finir par être en retard.

Noémie m'entraîne dans le dédale de couloirs que je tâche d'enregistrer.

— Hey, Marlène, attends ! J'ai un truc à te demander, crie-t-elle de nouveau en levant le bras.

Elle se tourne vers moi et me désigne une direction de la main :

— La salle est au bout du couloir, porte n° 207, tu ne peux pas te tromper. J'arrive.

J'acquiesce et la regarde s'éloigner en sautillant vers la jeune femme qu'elle a interpellée. J'avance vers l'endroit qu'elle m'a indiqué. La salle est encore à moitié vide. Des tables individuelles sont équipées d'un matériel informatique haut de gamme qui m'émerveille. J'en avise une, située idéalement vers la fenêtre donnant sur un parc verdoyant. Je m'étonne qu'elle n'ait pas trouvé preneur avant moi. Mais puisqu'elle est libre, je m'installe donc à ma convenance.

Les étudiants arrivent, les uns après les autres et tous, sans exception, me dévisagent d'une bien étrange manière. Noémie a prétendu que les gens se moquaient pas mal des autres, or j'ai l'impression d'être dans le collimateur de mes futurs camarades de classe. Je me sens mal à l'aise et j'ai, pour la première fois, l'impression d'être une intruse. Noémie passe enfin le seuil de la classe et se fige une seconde lorsqu'elle me voit. Elle traverse la pièce et vient s'installer dans la travée à ma droite.

— Il y a de la place plus près du projecteur, me dit-elle. Tu ne préférerais pas ?

— Oh non ! Regarde, dis-je en désignant la vue imprenable sur le jardin où j'ai le plaisir de voir débouler un écureuil d'un roux éclatant, ce qui me rend encore moins désireuse de déménager.

— Comme tu voudras, souffle-t-elle.

— Qu'est-ce qu'il y a, j'ai fait une gaffe ?

— Non, non, c'est juste que…

Noémie se tait soudain. Ses joues virent à l'écarlate. Je suis la direction de son regard. Un garçon sublime vient d'entrer. Il est grand, élancé, et sa démarche a une grâce peu commune. Des boucles souples de cheveux d'un châtain foncé encadrent un visage lumineux.

J'imagine tout d'abord que Noémie, pourtant pas farouche, doit se sentir légitimement troublée par un tel Apollon, jusqu'à ce que nos yeux se croisent. Son regard d'un vert profond me cloue sur place. Deux balles de revolver ne me feraient pas plus d'effet. Je détourne la tête, gênée par l'expression de haine qu'il semble éprouver en me regardant. Il passe devant nous, son parfum heurte mes narines sensibles. Un parfum vif et boisé, aux arômes de cèdre et de pin. Il va s'installer seul, tout au fond de la salle, sort un livre qu'il ouvre négligemment, et ne nous manifeste plus le moindre intérêt.

— Qui est-ce ? demandé-je à ma voisine, qui n'a pas repris ses esprits.

Elle se racle la gorge et se met à chuchoter si bas que j'ai la plus grande difficulté à saisir ses paroles.

— C'est... Mathias Gardner.

Elle prend grand soin de diriger son regard à l'opposé comme pour donner l'illusion qu'elle parle d'un sujet des plus anodins. Moi, j'essaie vainement de me rappeler pourquoi ce nom me dit quelque chose.

— Mathias est l'un des frères d'Éorin, précise-t-elle en me voyant gamberger.

Je me souviens d'un coup de l'histoire qu'elle m'a racontée la veille.

— Est-il toujours aussi bizarre ?

— Euh... C'est-à-dire que...

D'écarlates, ses joues virent au blême.

— Quoi ? insisté-je.

— Eh bien... Tu t'es installée à la place qu'occupait Éorin.

J'ai soudain très envie de fuir. Une fraction de seconde plus tard, mon cerveau fonctionne de nouveau, et l'absurdité de ma confusion me semble évidente.

— Cette place est restée vide depuis le mois de juillet, bredouille ma voisine, comme si... Enfin, je sais pas trop...

— Comme si elle portait malheur ?

— Certaines superstitions ont la vie dure par ici, se défend-elle.

— Je suppose que personne ne m'en voudra d'occuper cette place. En tant qu'étrangère, je ne suis pas censée être au courant de ce qui s'est passé, non ?

Ces propos tout à fait raisonnables sont quelque peu contredits par des œillades oscillant entre l'incrédulité, l'inquiétude et la désapprobation de mes camarades de classe. Noémie hausse les épaules, résignée.

— Fais comme tu veux... C'est ton affaire !

Je n'ai pas le temps de répondre, le professeur chargé de faire de nous des pros de l'informatique et du Net fait son entrée. Ce premier cours ne me semble pas particulièrement compliqué. Mon principal problème réside, comme je l'ai craint, dans la compréhension des propos du prof. J'ai décidément beaucoup de mal à m'habituer à cet accent et je me laisse bien souvent surprendre par le sens original des mots. Par contre, dès que le cours proprement dit est abordé, je me retrouve en terrain connu du langage informatique universel et je n'ai plus de difficultés à suivre.

À plusieurs reprises, je risque un regard vers celui que j'ai certainement dû blesser en m'installant maladroitement à la place de sa sœur. Il est attentif au cours, ne délaissant pas une seconde son écran ou son bouquin. J'ignore pourquoi son attitude me chagrine autant, même si je pense la comprendre.

Les heures passent à la vitesse de l'éclair. Dès que la sonnerie retentit, je rassemble mes affaires et rejoins Noémie qui m'attend. Malgré moi, je me retourne pour apercevoir Mathias Gardner. Sa place est vide. Ce garçon s'est volatilisé sans que je m'en rende compte.

Sandy m'a donné rendez-vous à la cafétéria pour mon premier déjeuner d'étudiante sur un campus digne de ce nom, enfin, un qui ressemble aux images qu'on peut voir dans les séries américaines. Je ne m'étais pas attendue à ce qu'il y ait autant de monde et je suis drôlement rassurée de savoir que ma cousine est là pour guider mes premiers pas dans cet univers démesuré. Le repas est plus que rapide, Sandy et moi avons cours ensemble en tout début d'après-midi. Elle a insisté pour que je m'inscrive au module de communication qu'elle suit. « L'occasion unique de me former aux méthodes nord-américaines, un atout dans mon cursus », a-t-elle plaidé, et j'ai suivi son conseil.

Notre cours a lieu de l'autre côté du campus ; il nous faut quelques minutes à pied pour le rejoindre. Noémie nous accompagne. Alors que nous nous apprêtons à traverser la pelouse bordant le bâtiment, mon attention se porte sur un groupe de jeunes gens sortis de nulle part. Ils avancent à l'unisson, d'un pas rapide et léger, sans relever la tête. Deux jeunes filles aux cheveux pareillement longs et châtains précèdent deux garçons qui les dépassent d'une bonne tête. L'un des garçons est Mathias Gardner. Le second, tout en ayant quasiment la même taille, paraît plus massif.

— Les Gardner t'intéressent ? me demande Sandy.

— LES Gardner ?

— Mmm… Leur père doit être militaire à en juger par leur façon de marcher, plaisante-t-elle.

Je la regarde, interdite. Noémie a pitié de moi.

— À côté de Mathias, c'est son frère Andréas, et devant, la fille de gauche s'appelle Anwen et celle de droite, Élawen. Ce sont leurs sœurs. Ils sont… un peu étranges.

— Qu'entends-tu par « étranges » ?

— Ils ne fréquentent personne, ne participent à aucune activité extrascolaire et ne vivent pas sur le campus alors que leur sœur se fondait parfaitement dans la vie universitaire.

— Sans doute réagissent-ils ainsi à la suite du drame, suggéré-je.

— Non, ils sont tous arrivés après !

Sandy n'a pas l'air d'en savoir beaucoup plus que moi. Nous encourageons toutes deux Noémie à poursuivre.

— Dans un premier temps, quand Éorin est morte, seul Andréas est venu. Il s'est occupé des formalités de rapatriement du corps de sa sœur. Nous pensions ne plus jamais entendre parler des Gardner. Nous n'avons même pas su où et quand elle a été enterrée.

— Elle était ton amie, n'est-ce pas ? interrompt Sandy d'une voix chaleureuse.

Noémie hausse les épaules d'une manière triste et résignée.

— Éorin était quelqu'un de gentil qu'il était impossible de détester ou de jalouser. Je n'arrive pas à comprendre comment on a pu lui faire ça. Elle a été tuée à quelques jours de la fin du semestre. L'enquête n'a pas été facilitée par les départs en vacances. Toujours est-il qu'en septembre, on a vu débarquer Andréas, accompagné cette fois de son frère et de ses sœurs. Officiellement, ils sont venus poursuivre leurs études... officieusement, on chuchote qu'ils sont venus superviser une enquête qui piétine, voire mener leurs propres investigations.

— Mais ils sont si jeunes, protesté-je. Et leurs parents ?

— Mathias a 20 ans, Andréas et Anwen sont jumeaux, à ce qu'il paraît, et auraient 22 ans. Élawen en a 18. Quant aux parents, personne n'a jamais eu l'occasion d'en entendre parler.

— Des détectives en herbe, fait Sandy en soupirant d'un air désapprobateur.

— Ce ne sont que des rumeurs, personne ne peut affirmer quoi que ce soit, d'autant qu'ils ne se mêlent pas aux autres.

Les paroles de Noémie me restent longtemps à l'esprit. Sans l'intervention de Sandy, le cours de communication me serait passé trois kilomètres au-dessus de la tête.

Je termine l'après-midi chez ma tante, qui a insisté pour que je dîne avec eux. Je décline toutefois son invitation à passer la nuit là-bas, préférant regagner mon petit chez-moi. Tante Agnès me raccompagne en voiture vers les 22 heures et je me mets au lit rapidement. Malheureusement, il m'est impossible de m'endormir. Je revois inlassablement les Gardner traverser la pelouse. Je me rappelle parfaitement certains détails, leur démarche gracieuse, le raffinement de leurs habits, leur pâleur aussi, malgré leurs visages obstinément baissés. Les cheveux des deux sœurs étaient longs et souples. Je fais le rapprochement avec les miens avant que la coiffeuse leur fasse subir un sort radical. Mathias et Andréas ont quant à eux adopté la même coupe en désordre savamment étudié et se ressemblent beaucoup. L'image de Mathias, que j'ai eu l'occasion de voir de plus près, revient me hanter. Le vert de ses yeux a quelque chose de familier, une émeraude profonde et limpide qu'il utilise avec prudence et maîtrise.

Je finis par allumer la lampe de chevet et me rends dans la minuscule salle de bains. Je fais couler l'eau froide et je m'asperge le visage. Ma main tâtonne à la recherche de la serviette. Je me redresse, le nez enfoui dans l'éponge moelleuse au parfum de l'adoucissant qu'utilise habituellement Maman. Je prends une grande bouffée de lavande et je me contemple dans le miroir.

Verts !

Les yeux verts me sont familiers parce que ce sont les miens. Ce sont aussi ceux de ma tante. Nous avons soi-disant hérité du regard de jade de ma grand-mère. Je suis la seule à avoir bénéficié du gène, mon frère a les yeux noisette de Maman.

Bref, pas de quoi en faire une histoire !

Je retourne dans mon lit, à peine moins agitée. Je remonte la couette sur mon nez et tâche de garder les yeux fermés. Mon obstination finit par payer, je m'endors.

Le réveil sonne à 7 heures, j'ai l'impression de n'avoir pas dormi. La journée m'est pénible. Je subis les cours, je subis la cafétéria. En toute fin d'après-midi, j'ai cours d'informatique. Je m'installe délibérément à la table que j'ai choisie la veille. Je récolte encore quelques regards en coin mais je n'y attache pas la moindre importance. Ils finiront par s'habituer. Je ne suis pas d'humeur à m'en soucier. Je me surprends néanmoins à guetter l'arrivée de Mathias Gardner. Lorsqu'il entre, mon cœur cogne un coup sourd contre mes côtes, j'en ai la respiration coupée.

À en juger par les réactions des filles de l'assistance, je ne suis pas la seule à penser que ce garçon est magnifique. Indifférent, il gagne sa place en laissant derrière lui un sillage d'une fragrance boisée et sort son bouquin. L'espace d'une seconde, ses yeux croisent les miens puis il replonge le nez vers sa table. À la différence de la première fois, je n'ai pas senti d'animosité dans ce regard, juste de la curiosité. Je suis tout à coup plus légère au point que j'en oublie ma mauvaise nuit et ma fatigue. Aussi, j'accepte l'invitation de Noémie à assister au match de hockey qui se déroule le soir même. Il paraît que c'est la tradition. En clair, je ne suis pas autorisée à manquer ça pour quelque raison que ce soit.

Chapitre 3

Droit au but

— Je n'y connais rien au hockey sur glace.

Je me presse sur les pas de Noémie qui accélère encore l'allure.

— Ça ne fait rien, je t'expliquerai, assure-t-elle. Mais il faut se dépêcher, il est presque 20 heures, le match va bientôt commencer.

— C'est loin ?

— Non, l'équipe reçoit sur le campus. Ce n'est qu'un match préparatoire au championnat universitaire.

— Comment t'es-tu débrouillée pour les places ?

— C'est Marlène, la fille de ce matin, je savais qu'elle n'y assisterait pas. Pierre, son petit ami, est blessé, et il ne joue pas ce soir. Je lui ai donc demandé si je pouvais récupérer son billet. Ça arrive souvent entre « petites copines ». Mais garde ça pour toi, l'entraîneur serait furieux de savoir quel marché parallèle alimentent ses joueurs.

Une foule abondante se presse aux abords du stade. Noémie se faufile. Elle connaît les lieux comme sa poche. Nous retrouvons bientôt un petit groupe de filles auxquelles elle me présente comme étant Léo, sans prendre la peine de compléter mon état civil. Chacune m'adresse un sourire chaleureux que je m'efforce de rendre. Noémie leur explique rapidement ma situation avant de s'enquérir des joueurs.

— Le temps est à l'orage, raconte une certaine Jenny. Sa Majesté a fait un caprice. Il a exigé le retour de Marcus dans l'équipe comme ailier gauche.

Noémie a un geste d'agacement, mais la conversation est interrompue par les premiers commentaires dans le haut-parleur. L'ambiance est extraordinaire, bruyante et festive. Je ne parviens pas à concentrer mon attention tant il y a d'informations à intégrer. Noémie me sourit pendant que nous prenons place dans les gradins.

— Ça va ?

— Oui. Mais que s'est-il passé ? Tu n'as pas l'air d'avoir apprécié la nouvelle.

— Depuis qu'il a mené l'équipe à la victoire, Jonathan se permet des exigences au niveau de la composition des lignes d'attaque, explique-t-elle en se penchant vers moi. Il a envoyé plusieurs gars sur le banc des remplaçants pour faire entrer ses potes.

Une clameur empêche Noémie de poursuivre ; les joueurs viennent d'entrer sur la patinoire. Je m'attendais à être surprise, mais cela dépasse mes espérances.

Dépaysement garanti !

Noémie hausse le ton à mon oreille.

— Chaque équipe compte un gardien et cinq joueurs de champ. Les nôtres portent le chandail vert et rouge. Phil est le gardien attitré depuis deux ans.

Je la crois sur parole, il m'est de toute façon impossible de deviner qui se dissimule derrière toutes ces protections.

— Les trois joueurs qui se positionnent à l'avant sont la ligne d'attaque, continue-t-elle, un centre, un ailier droit et un ailier gauche. Derrière, deux défenseurs.

L'un des deux arbitres sur la patinoire donne le signal et les joueurs engagent le combat. Ils ont l'allure de guerriers et se foncent dessus avec une telle force et une telle énergie que je finis par me demander quel est le but du jeu. Noémie s'amuse de ma remarque. Je me raidis en assistant à une charge particulièrement violente sur un des joueurs.

— Ils ont le droit de faire ça ? m'insurgé-je.

— Certains contacts sont autorisés sur le porteur du palet, mais les actions trop dangereuses sont sanctionnées. Tiens voilà, s'écrie-t-elle en me désignant un joueur de notre équipe qui sort du terrain en envoyant son bâton promener d'un geste rageur. Ça ne m'étonne pas de lui !

— Qui est-ce ?

— Marcus Simps, le chouchou de Sa Majesté. L'entraîneur l'avait exclu de l'équipe. C'est un type violent et ingérable, même envers ses coéquipiers. Visiblement, Jonathan aura eu le dernier mot et Marcus a décidé de célébrer son retour à sa manière.

— Pourquoi dis-tu que c'est le chouchou du capitaine ?

— Jonathan Dussaunier adore ce genre de gars nerveux. Je ne sais pas comment il s'y prend, mais il arrive à les mettre à sa botte. Phil s'accroche à son poste parce qu'il est le meilleur et que Jonathan le sait très bien. Hey, hurle-t-elle soudain en bondissant de son siège, HORS-JEU là !

Un geste de l'arbitre vient confirmer sa réaction et elle se rassied, satisfaite. Je tente de suivre le match de mon mieux, mais je distingue à peine le palet. Le score est figé à deux buts partout depuis de nombreuses minutes. Noémie s'insurge une nouvelle fois.

— L'arbitre n'a pas sifflé un dégagement, râle-t-elle quand je l'interroge du regard. Punaise, on est à cinq minutes.

— Que se passe-t-il dans ce cas ?

— Prolongation ! répond-elle d'un air désolé.

Je prie le ciel pour qu'un but soit marqué avant la fin du temps réglementaire, de n'importe quelle équipe d'ailleurs, je m'en fiche, mais je ne tiens pas à subir une prolongation. Je ne suis pas certaine que le ciel y soit pour quelque chose, mais le miracle se produit. Le capitaine Jonathan Dussaunier libère son équipe par un but magistral. J'en suis si contente que je me lève d'un bond pour applaudir sous l'œil médusé de Noémie et de ses copines.

L'arbitre siffle la fin de l'engagement quelques minutes plus tard. Sur la glace, les joueurs portent leur capitaine aux nues. Jonathan Dussaunier ôte son casque et je peux apercevoir un peu mieux son visage. Ma première impression est confirmée, il est plutôt beau garçon.

— Viens, me secoue ma voisine. On va au pub du stade. Les garçons nous rejoindront dès qu'ils auront pris leur douche.

Je consulte ma montre. Il est 22 h 30. J'hésite entre l'envie de rentrer me coucher pour ne pas être crevée le lendemain et celle d'accompagner Noémie.

— Allez viens, insiste-t-elle. Il faut que tu découvres ce qu'est un after chez nous.

Je cède finalement, plus pour ne pas la vexer que par envie de faire la fête. Nous n'avons pas longtemps à patienter avant que l'équipe déboule bruyamment dans le bar déjà bondé. Phil soulève Noémie de terre avant de l'embrasser. J'observe la même euphorie chez ses partenaires de jeu. Tout ce petit monde va s'installer autour d'une table. Noémie me délaisse au profit de son gardien de but préféré. Je ne me sens pas à ma place et l'envie de rentrer surpasse ma peur de faire le trajet toute seule. Sans un mot, j'enfile mon manteau et je file discrètement.

C'est au moment où je m'apprête à sortir que la porte s'ouvre soudain devant moi et que je heurte brutalement la personne qui entre. Je serais immanquablement tombée si une main de fer ne m'avait pas rattrapée à temps. Rouge de confusion, je m'apprête à remercier mon sauveur et à m'excuser de ma maladresse et, là, je reste bouche bée. Jonathan Dussaunier m'adresse un sourire ravageur qui anéantit toutes mes résolutions, bonnes ou mauvaises.

— Ça va ? s'enquiert-il gentiment. Tu ne t'es pas fait mal ?

— Ça va, merci, je… Enfin pardon pour… bafouillé-je piteusement en rajustant ma tenue tandis qu'il n'a pas encore lâché mon bras droit.

Je me dégage, les joues en feu.

— Tu es sûre que ça va ? insiste-t-il.

— Jonathan, tu viens ? Tout le monde t'attend ! fait une voix féminine derrière moi, un ton sec, claquant comme un ordre.

Le jeune homme relève la tête et son sourire se fait plus large.

— J'arrive tout de suite, élude-t-il avant de reporter aussitôt son regard sur moi. J'espère que ce n'est pas nous qui te faisons fuir.

— Oh ! Euh, non ! Je devais rentrer.

Ses yeux scrutent l'extérieur avant de revenir se poser sur moi.

— Tu es seule ?

Je me demande ce que ça peut bien lui faire, mais je ne vois pas non plus pourquoi lui mentir.

— C'est que… oui, marmonné-je en jetant un regard navré du côté d'une Noémie complètement absorbée par son grand petit ami.

— Où habites-tu ?

— Pas très loin.

— Même pas très loin, ce n'est pas très prudent, tu sais ?

Ses sourcils fins et noirs se froncent, donnant à son visage un air soucieux et viril qui lui va tout aussi bien.

— Je n'ai pas le choix.

— Jonathan, intervient de nouveau la fille dans mon dos. Qu'est-ce que tu fais ?

J'entends les talons approcher en même temps qu'un parfum suave vient chatouiller mes narines. Une magnifique blonde, trop maquillée à mon goût, entre dans mon champ de vision pour aller se poser comme un oiseau de proie sur l'épaule du héros.

— Tu nous présentes ? demande-t-elle d'un air dédaigneux qui me met mal à l'aise.

— Plus tard. Rejoins les autres, j'arrive dans un moment !

Celle que je reconnais comme étant la fameuse Lyne Dompart que Noémie m'a désignée à la fac se redresse, piquée au vif.

— Comme tu veux, lance-t-elle avant de s'éloigner sans m'adresser le moindre regard.

— J'aurais aimé te présenter, me dit-il ensuite, souriant, mais je n'ai pas encore le plaisir de te connaître.

— Léo, réponds-je tout de go avant de rectifier, Éléonore Duvivier.

— Jonathan Dussaunier.

— Je sais.

— Tu as assisté au match ?

— Oui... C'était bien.

— Mmm... Tu n'aimes pas le hockey, hein ? devine-t-il en plissant les yeux d'un air suspicieux.

— C'était mon premier match, plaidé-je.

— Tu finiras par aimer.

Son regard me pénètre avec une chaleur qui me ramollit complètement. J'ai beaucoup de mal à garder mon sang-froid. Je ne suis pas habituée à ce qu'un garçon aussi séduisant s'intéresse à ce point à ma petite personne. La seule fois où cela s'est produit, on sait où ça m'a menée. Mon instinct me crie de garder mes distances.

— Je dois rentrer !

— Je te raccompagne, déclare-t-il soudain.

— Non ! refusé-je, embarrassée. Ce n'est vraiment pas la peine.

Il se moque de mes récriminations et interpelle l'un de ses joueurs.

— Eh, Ben ! Je reviens dans un moment. J'ai un truc à faire.

Le Ben en question lève la main en guise d'assentiment. Jonathan me dévisage avec une assurance qui me prive d'arguments. Sans rien ajouter, il ouvre la porte et me cède le passage. Il ne me demande pas mon adresse, il se contente de m'accompagner en direction du campus. Je suis contrainte de suivre son pas qu'il s'amuse visiblement à faire traîner.

— Tu n'es pas du coin, observe-t-il au bout de quelques secondes de silence un peu gêné de ma part.

— Non, je suis française.

— Ah !

— Ah quoi ?

— Ne sois pas sur la défensive, c'est juste que ça m'impressionne.

Voilà autre chose !

J'impressionne le garçon le plus populaire de la fac.

Je tente de faire taire mon instinct de défense.

— J'ai été impressionnée par le match, répliqué-je.

— Je n'ai pas de mal à le croire. Les gens qui assistent à un match de hockey pour la première fois sont souvent scotchés. Avec le temps, tu prends l'habitude et seul le jeu compte.

— Tes joueurs et tes fans vont se demander où tu es passé.

— Je leur répondrai que j'ai escorté une princesse en détresse.

Mes joues s'enflamment de nouveau. Je risque un regard vers lui, il me renvoie un sourire affreusement craquant.

— Je ne suis pas une princesse.

— Mais tu es en détresse... Je me trompe ?

Je baisse honteusement la tête.

— Non.

Il s'esclaffe et entoure mes épaules de son bras musclé.

— En route, princesse ! Mon public ne va pas m'attendre toute la nuit.

Il accélère notre allure, et en moins de cinq minutes, je suis parvenue en bas de mon immeuble.

— C'est là ? me demande-t-il en lorgnant le bâtiment.

— Oui.

— Alors, te voilà saine et sauve.

Je le remercie timidement.

— Je ne connais qu'une seule façon de me remercier, réfute-t-il le plus sérieusement du monde.

— Laquelle ?

— Accorde-moi un rendez-vous.

— Un rendez-vous ? Mais on ne se connaît pas ! me récrié-je, stupéfaite.

— Justement, nous pourrons ainsi faire connaissance.

Je voudrais disparaître dans un trou de souris. Tout me conseille de refuser, mais Jonathan attend ma réponse en m'hypnotisant de son regard brûlant.

— Je ne sais pas... Je...

— Samedi soir ! m'interrompt-il. Je viens te chercher.

— C'est que...

— 20 heures, ça te va ? continue-t-il avec la même détermination.

J'en reste bouche bée. Sa main se lève tout à coup vers mon visage. Le bout de son index glisse sur ma joue chaude. Ce geste inattendu me tétanise. Jonathan Dussaunier penche la tête, ses yeux seuls me sourient.

— Tu devrais rentrer, maintenant, me conseille-t-il.

Sans un mot, il s'écarte. Je reste statufiée sur le trottoir à le regarder s'éloigner d'un pas rapide. Ma peau conserve la sensation douce et fraîche de sa caresse. Je suis obligée de me secouer pour regagner ma chambre. En proie à la plus grande consternation, je me précipite dans la salle de bains.

— Tu n'es qu'une imbécile ! m'accusé-je à haute voix en me regardant dans le miroir.

Je m'en veux du manque de prudence dont je viens de faire preuve. Je n'aurais jamais dû accepter que ce garçon me raccompagne, et j'aurais dû refuser plus catégoriquement son invitation.

Quelle pauvre idiote ! Une fois ne t'aura pas suffi ?

J'enrage contre moi. Pour me calmer, je décide, malgré l'heure tardive, de prendre une douche. Je retrouve ainsi un peu de sérénité au moment de me glisser sous la couette. Ce trop-plein d'émotions m'a épuisée. Je m'endors profondément. Je sombre dans des rêves dépourvus de sens, jusqu'à ce que des coups sourds et répétés me dérangent. Une voix prononce mon prénom avec insistance. Je me redresse d'un bond dans mon lit. Et cette fois, je ne rêve pas. Quelqu'un frappe à ma porte.

— Léo ? Léo, tu es là ? C'est moi, Noémie ! Tu es là ?

La voix de ma nouvelle amie est inquiète. J'allume la lampe de chevet et je saute hors du lit. Lorsque j'ouvre, Noémie pousse un profond soupir de soulagement.

— Tu m'as collé une de ces frousses, souffle-t-elle en entrant.

— Désolée, je ne voulais pas te déranger.

— Tu aurais mieux fait ! J'ai cru devenir folle quand j'ai vu que tu n'étais plus là. Comment es-tu rentrée ?

— À pied.

— En pleine nuit ?! T'es complètement cinglée ! s'écrie-t-elle.

— Je n'étais pas seule.

Noémie se tait aussitôt, interloquée, mais ça ne dure pas.

— Et c'est trop indiscret de te demander qui t'a raccompagnée ?

Je fronce les sourcils, un peu contrariée d'avoir à lui révéler qui était mon chevalier servant, mais je ne sais pas tenir ma langue, une fois de plus.

— Jonathan Dussaunier.

— Ben v'là aut'chose ! C'est donc pour ça que Lyne Dompart faisait la tronche ce soir, s'exclame-t-elle, ravie. Il avait l'air de bonne humeur. Phil pensait qu'il était content du résultat du match. Je sais maintenant qu'il n'y avait pas que ça.

— Il ne s'est rien passé, plaidé-je avec vigueur, il m'a laissée en bas de l'immeuble et il est reparti au bar.

— Mmm... Écoute, Léo, acquiesce-t-elle, plus sérieuse. Tâche de faire gaffe. Jonathan Dussaunier, c'est pas un romantique. Les filles, il les collectionne.

Je baisse la tête en m'asseyant près d'elle sur mon lit. Inconsciemment, je sais qu'elle a raison et je ne lui en veux pas. J'ai seulement encore plus honte de moi.

— Il m'a invitée à sortir samedi soir.

Noémie me regarde, stupéfaite.

— Il ne perd pas de temps au moins. Tu as accepté, je suppose ?

— En tout cas, je n'ai pas osé refuser catégoriquement. En vérité, je ne lui ai rien promis.

— Je le connais, il va tout faire pour te séduire.

— Il se peut qu'au final je ne lui plaise pas.

Cette tentative maladroite de plaisanterie ramène le sourire sur les lèvres de ma voisine.

— Ou que tu lui plaises trop. Je pencherais plutôt pour cette seconde possibilité.

Noémie grimace en voyant une heure et demie s'afficher à mon réveil. Elle me souhaite bonne nuit et s'éclipse vers son studio, me laissant encore plus dubitative que je ne l'étais auparavant.

Les effets de ma mauvaise nuit s'affichent en direct dans le miroir, le lendemain. Mes cheveux en pagaille, mon teint encore plus pâle que d'ordinaire et les poches sous les yeux ne plaident pas en ma faveur.

— Qu'est-ce que t'as foutu, cette nuit ? ricane Sandy en venant me chercher pour le cours de communication.

— Hockey !

— Oh, déjà ! T'as assisté à l'after où je me fourre le doigt dans l'œil ?

— Oui et non. Je suis rentrée relativement tôt, mais Noémie est venue me réveiller à une heure et demie.

— Faudrait pas que Maman te voie comme ça, elle te collerait dans un avion de rapatriement sanitaire pour Paris.

— Tu n'as qu'à lui dire que je me porte comme un charme et que j'étudie avec acharnement.

— OK ! C'est dans mes cordes. Essaie seulement de ravaler ta façade avant dimanche.

— Dimanche ! J'ai failli oublier. Je sors samedi soir !

— Hé, mais tu sors où ?

— Je n'en sais rien, je suis invitée.

— Par qui ?

Et merde ! Pourquoi ai-je raconté ça ?

— Quoi ? insiste-t-elle en constatant mon hésitation. Tu peux bien me le dire, je suis ta cousine préférée.

— Tu es ma seule cousine, précisé-je à toutes fins utiles.

— Allez ! C'est promis, je cafterai pas.

Je soupire et je laisse tomber l'info pour la seconde fois au sujet de Jonathan Dussaunier.

— J'espère que tu me mènes en bateau, grogne-t-elle en perdant tout humour.

— Je l'ai rencontré après le match, hier soir, raconté-je, un peu déboussolée par sa colère. Il m'a raccompagnée ici et m'a proposé de sortir samedi soir, rien de plus.

— Bien ! applaudit-elle, véritablement furieuse. Tu quittes la France parce que tu as le cœur brisé, tu traverses l'Atlantique pour atterrir à Montréal, et au bout d'une semaine à peine, tu te jettes de nouveau dans une histoire qui risque bien de te jouer le même sale tour. J'espère que tu en as conscience.

C'en est trop !

— Ça t'embêterait de te montrer un peu compréhensive ?

— Tu n'as pas l'air de te rendre bien compte, ma cocotte ! Jonathan Dussaunier a une excellente réputation de joueur, mais il est tout aussi connu pour ses nombreuses conquêtes. Maintenant, si ça te plaît d'avoir le cœur en miettes une nouvelle fois, vas-y, fonce, mais renseigne-toi vite sur une autre destination où noyer ton chagrin.

— Sandy !

Ma cousine s'aperçoit enfin qu'elle a appuyé là où ça fait mal et cesse aussitôt, visiblement prise de remords.

— Je suis désolée, Léo, mais je n'ai pas envie de te voir aussi dévastée qu'il y a quelques mois.

— Il ne se passe rien entre Jonathan et moi. Je l'ai simplement remercié de son aide, voilà tout !

— Ce n'est pas tant ce que tu fais qui m'inquiète que ce qu'il va entreprendre pour t'ajouter à la liste de ses conquêtes.

— Je te promets que ça n'arrivera pas.

— Il est très, très fort à ce jeu-là, fait-elle en réprimant un ricanement nerveux.

Un vague soupçon me vient à l'esprit.

— Tu es sortie avec lui ?

— Pas moi, une amie. Léo, j'ai vu comment il s'y prend, je ne suis pas aveugle, il est très beau garçon et sait jouer de son charme. Je comprends qu'il soit difficile de résister. Fais seulement gaffe de pas tomber dans le panneau.

Je soupire, à bout de patience.

— D'ici samedi, il peut s'en passer des choses.

— Oui, à commencer par deux heures de cours, acquiesce-t-elle, radoucie.

*
* *

La journée s'étire à l'infini. Elle me paraît d'autant plus longue que j'ai une séance de rattrapage en informatique en début de soirée. Le cours a lieu à 20 heures, dans la salle habituelle. Quand j'arrive dans la pièce, quelques étudiants attendent déjà, mais de toute évidence, nous n'allons pas être très nombreux. Je m'installe encore à la place qu'occupait Éorin. Ça ne me dérange pas, j'aime l'idée qu'elle me l'a léguée, à moi, la seule qui ait osé s'y aventurer. Éorin est devenue un fantôme familier qui m'accompagne chaque jour à cette table, et j'ai le vague sentiment qu'elle m'y attend.

Alors que je sors mon bloc-notes de ma besace, je perçois le bruit d'une chaise à ma droite, là où siège d'ordinaire Noémie. Une senteur boisée envahit l'espace. Étonnée, je relève la tête et je n'en crois pas mes yeux.

Mathias Gardner est assis là. Il me regarde franchement, sans hostilité apparente.

Je replonge aussitôt dans mon sac de manière à dissimuler le trouble que je sens inévitablement s'inscrire en rouge sur mes joues. C'est sans compter sur mon habituelle maladresse. La petite trousse que je sors n'est pas fermée, trois stylos s'en échappent. Je récupère rapidement deux d'entre eux, mais le troisième roule jusqu'aux pieds de mon voisin. Celui-ci se baisse pour le ramasser, mais au lieu de me le rendre, il le conserve entre ses doigts en l'observant comme s'il s'agissait d'un objet mystérieux. Je suis bien incapable de formuler la moindre protestation. Enfin, il se tourne vers moi et me le tend sans mot dire. Je réussis à articuler un merci à peine audible.

— Il n'y a pas de quoi, Léo, me répond-il.

Je reste muette de stupeur.

Lui, si indifférent à tout et tout le monde, comment connaît-il mon prénom ?

— Je me trompe ? demande-t-il en souriant devant ma grande confusion.

— Non, c'est bien ça, bredouillé-je en le dévisageant d'un air incrédule.

Non seulement son regard émeraude me laisse interdite, mais j'ai à présent une information supplémentaire : Mathias Gardner a une voix envoûtante, légèrement

48

feutrée, une harmonie grave et chaude, capable de vous emporter dans les songes les plus doux.

— Excuse-moi, je ne voulais pas te mettre mal à l'aise, reprend-il en voyant que je ne réagis plus, hypnotisée que je suis par ses yeux et le son de sa voix.

Je dois faire un effort considérable pour me libérer de cette emprise. Je maudis ma stupide réaction et bafouille que tout va bien. Je ne suis décidément pas à la hauteur, incapable d'être autre chose qu'une cruche rougissante et maladroite. J'essaie désespérément de trouver quelque chose d'original à lui dire, mais l'arrivée du prof met un terme à mes maigres réflexions.

Pendant toute l'heure que dure le cours, je ne cesse de me demander ce qu'il peut bien faire là et pourquoi il a décidé de changer d'attitude à mon égard. À plusieurs reprises, nous échangeons un regard. Dans le sien, j'ai le sentiment d'y lire de la curiosité. Dans le mien, je crains qu'il n'y voie la montagne d'interrogations qui me torture. Aussi suis-je la première à détourner confusément les yeux tandis que les siens s'attardent sur ma petite personne.

La proximité de Mathias est troublante, mais j'en éprouve un vif plaisir. Je ne respire plus que son sublime parfum. Lorsque la sonnerie retentit, je ne suis pas certaine d'avoir réellement suivi le cours.

C'est bien la peine de venir en rattrapage !

Je rassemble mes affaires sans oser vérifier du côté de mon voisin. Je ferme mon sac et, lorsque je me décide enfin, je constate, déçue, qu'il est déjà parti. Je ne me suis rendu compte de rien, pas un bruit ne m'a alertée.

Je sors la dernière de la salle. Je suis arrivée au bout du couloir quand je me souviens que j'avais promis à Noémie de l'appeler afin qu'elle m'indique l'endroit où je dois la retrouver. Je fouille dans mes poches à la recherche de mon portable.

Rien !

L'inspection de mon sac ne donne pas de meilleur résultat. Je l'ai probablement laissé sur la table, dans la salle informatique, alors que je mettais mon manteau. Tout à ma déception de la disparition de Mathias Gardner, j'ai dû l'oublier. Je fais demi-tour vers la salle 207. La pièce est plongée dans l'obscurité, je cherche l'interrupteur en vain. J'extirpe donc mon trousseau de clefs sur lequel j'ai accroché une minuscule lampe qui me permet d'y voir clair pour ouvrir lorsque je rentre tard.

Ainsi équipée, je gagne avec précaution ma table où j'aperçois mon portable. Trop contente, je me précipite et mon pied heurte la chaise. Le choc expédie bruyamment mon téléphone par terre. La coque que j'ai achetée à prix d'or se décroche et glisse plus loin. Je dois m'accroupir complètement sous la table pour aller la récupérer. Ma gaucherie légendaire aidant, je me cogne la tête sous le plateau. Je me frotte le crâne en râlant, et le faible rayon de ma lumière me renvoie un éclair argenté. Intriguée, je dirige plus précisément ma lampe sur le coin. Un petit objet rectangulaire y est scotché avec soin, pile dans l'angle, se confondant presque avec l'architecture du meuble. Je défais le ruban adhésif et le rectangle me tombe dans la main. J'ignore ce dont il s'agit. Ce qui est sûr, c'est que sans ma bêtise, il n'aurait probablement jamais été découvert. Je décide, sans plus y réfléchir, de l'emporter et je le fourre dans la poche de mon jean.

Noémie commençait à s'impatienter lorsque je l'appelle. Nous nous retrouvons dans un pub où, bientôt, un petit groupe de ses amis se joint à nous jusqu'à plus de minuit. Ces sorties répétées et tardives ne me sont pas très bénéfiques. Si je veux faire quelque chose de mon année, il faut vraiment que je me montre plus sérieuse dans mon emploi du temps. Aussi, je me glisse sous la couette en me promettant d'y mettre bon ordre dès le lendemain.

Ce n'est que lorsque je ferme les yeux que je repense à l'objet mystérieux que j'ai trouvé. Cette table était celle d'Éorin.

Qu'est-ce qui me dit que ce n'est pas elle qui l'y a dissimulé ?

À qui pourrais-je en parler ?

J'ai beau retourner la question dans ma tête, je n'y vois pas de solution. Je prends donc la résolution de garder cette découverte pour moi, en attendant.

En attendant quoi ?

Ça, je l'ignore tout autant. Une fois cette décision prise et assumée, je permets à mon cerveau de se reposer et je m'endors. Hélas ! Une voix féminine vient encore une fois troubler mon sommeil, une voix que je n'identifie pas. Un murmure aux accents légers, presque une chanson. J'éprouve un sentiment étrange, il flotte dans l'air une odeur fraîche et boisée...

— Noémie, appelé-je, vaguement inquiète. C'est toi ?

— Alwedol !

Ces mots sont chuchotés si près de mon oreille que je me réveille en sursaut, le cœur battant.

Ça n'était donc qu'un rêve !

Alwedol ?

Qu'est-ce que ça veut dire ?

Je me sens mal à l'aise tout à coup, il se passe beaucoup trop d'événements pour moi, et le cocktail à la bière que m'a infligé Noémie au cours de la soirée me rend malade. Je suis prise de nausées. Je bondis pour aller faire une visite précipitée aux toilettes. Je me passe un peu d'eau fraîche sur le visage et je me brosse les dents avant de regagner mon lit, complètement frigorifiée. Je parviens à me rendormir pour les quelques heures qui me restent avant que le réveil sonne.

*
* *

Je me lève péniblement le lendemain. Je me traîne littéralement jusqu'à la salle de bains, et je me regarde sans indulgence dans le miroir. Ma nouvelle coupe de cheveux a cet avantage d'être facile à remettre en place, mais je n'ai plus rien du petit lutin qui amusait ma mère, on dirait plutôt un zombie. Mon organisme n'a pas l'habitude de ce genre de vie déréglée, de ces veillées festives, de l'alcool et des sandwichs à répétition. Je ne me souviens pas d'avoir fait un repas correct depuis le dîner chez Tante Agnès. Je prends une douche et tente de dissimuler les conséquences de ma soirée et de ma nuit sous un léger maquillage. Cela atténuera peut-être l'orage que j'essuierai lorsque Sandy verra ma tête.

Mon mince espoir s'envole très vite. Ce n'est pas un orage, mais un cyclone dévastateur qui envahit ma chambre quand elle vient me chercher. Je subis ses reproches, tête basse, comme une gamine prise en flagrant délit.

Pour ce qui est de Noémie, je dois patienter jusqu'à midi pour lui parler. Elle n'a pas entendu son réveil, mais cela ne semble pas la perturber outre mesure. Ma voisine écoute mes arguments. Elle ne prend pas mal ma démission à ses soirées festives. Elle réclame seulement l'autorisation de me sortir de ma tanière une fois de temps en temps, ce que je lui accorde bien volontiers sous l'œil courroucé de Sandy. Ma nouvelle amie me rappelle cependant que mes bonnes résolutions seront mises à mal si j'accepte encore l'invitation de Jonathan Dussaunier.

— Je ne pense pas sortir samedi soir, lui réponds-je très sincèrement. Depuis mardi dernier, je n'ai eu aucune nouvelle de lui, je ne l'ai même pas aperçu dans les couloirs ou sur le campus.

Au fond de moi, j'en suis d'ailleurs un peu soulagée.

— Quand on parle du loup, lance soudain Sandy en avisant un petit groupe qui vient de débouler à l'angle du bâtiment.

— Et si on rentrait ? réclamé-je, anxieuse.

— Ce n'est pas en pratiquant la politique de l'autruche que tu vas t'en sortir. Tu as l'occasion de lui dire que tu refuses son invitation, grince ma cousine.

Je me demande dans quel camp elle se situe sur ce coup-là. Voudrait-elle m'apprendre à nager en me poussant sans bouée dans le grand bain ?

Toujours est-il que je me fais repérer et que Jonathan se détache de ses amis pour nous rejoindre au petit trot. Il salue ma cousine avec une amabilité un peu forcée. Elle se contente d'un signe de tête.

— Bonjour, princesse, me dit-il en souriant plus gentiment.

Je lui retourne un bonjour poli, mais sans plus. Se rendant compte, devant mon air embarrassé, qu'il n'obtiendra rien de moi tant que je serai ainsi entourée de Noémie et de Sandy, qu'il sait lui être hostile, il me tend la main.

— Je peux te parler, en privé ?

Je ne vois pas comment m'y soustraire et je le suis quelques pas plus loin.

— Je ne savais pas que tu connaissais Sandy, commence-t-il sans marquer la moindre confusion.

— Sandy est ma cousine, répliqué-je de manière à couper court immédiatement aux éventuelles tentatives de démolition.

— Oh ! Bien, fait-il avec une petite grimace. Je suppose qu'elle a dû te dire quelques vérités sur moi.

— Tout dépend de ce que tu entends par vérités.

Cette remarque lui arrache un petit rire, il me dévisage avec une sorte de tendresse qui me déstabilise. Mon pouls s'accélère sensiblement.

— Écoute, Léo, reprend-il plus bas. Je sais parfaitement que je ne me suis pas toujours conduit avec élégance, mais, vois-tu, la plupart des filles que je rencontre ne veulent sortir avec moi que pour ce que je représente. Tout ce qu'elles cherchent, c'est le prestige, la popularité. J'ai été tellement déçu et blessé qu'il a pu arriver que j'agisse parfois comme un salaud. Les étiquettes sont souvent dures à décoller.

Bien que je reste sur la défensive, je trouve ses arguments pour le moins convaincants.

N'ai-je pas été victime, moi aussi, de ces fameuses étiquettes ?

— Je ne suis pas du genre à juger sans fondement, lui dis-je en soutenant son regard. Je préfère me faire ma propre opinion.

— Tu sembles si différente des autres filles.

Cette remarque me pique au vif, réaction épidermique à la clé.

— Arrête, fais-je, hargneuse. J'ai déjà entendu ce genre de bêtises.

— Désolé, je ne voulais pas te vexer. Je voulais seulement te dire ce que je pense, c'était sincère, Léo !

Je ne sais pas comment il s'y prend, mais son regard augmente encore d'intensité, à en faire fondre la banquise que je suis.

— Je ne suis pas vexée, juste… prudente.

— Est-ce que ta prudence t'empêche d'accepter mon invitation ?

Je suis en proie à la plus grande indécision, je me mordille nerveusement la lèvre inférieure.

— Léo, murmure-t-il d'une voix enjôleuse. S'il te plaît !

— J'accepte à condition que tu ne cherches pas à me séduire, marmonné-je en faisant un gros effort sur ma timidité.

Je m'attends à ce qu'il me rie au nez, au lieu de quoi, il affiche un air très sérieux.

— Je te promets d'essayer, acquiesce-t-il sans ciller.

Tout comme la première fois, il caresse ma joue du bout de son index, sans sourire, puis il s'éloigne au pas de course vers son groupe d'amis qui l'attend.

— Félicitations ! tonne Sandy dans mon dos. Je vois que tu as parfaitement assimilé nos conseils.

— Je crois que cette affaire ne regarde que moi, répliqué-je, agacée.

— Puisque tu le prends comme ça, ne sollicite plus mon avis.

— C'est ce que je ferai, à compter de tout de suite.

Au centre du ring, Noémie compte les points.

— Stop ! crie-t-elle. Vous n'allez quand même pas vous fâcher de cette façon ? Léo, Sandy cherche à te protéger de Jonathan parce qu'elle le connaît mieux que toi.

Je fourre mes poings serrés dans mes poches de manteau.

— Quant à toi, Sandy, si Léo a envie de se ramasser une gamelle, laisse-la faire ses propres expériences !

— Tu ne sais pas de quoi tu parles, s'enflamme ma cousine. Léo n'a pas attendu Jonathan Dussaunier pour se ramasser une gamelle, comme tu dis... Tu ne l'as pas connue, toi, il y a encore trois mois de ça. N'est-ce pas, Léo ? Allez, je lui parle de l'hôpital ou tu le fais toi-même ?

Ces paroles viennent de me clouer au pilori et je suis incapable de me défendre tant la douleur est vive. Je sens les larmes me monter aux yeux. En face de moi, Sandy comprend trop tard l'étendue des dégâts que ses mots ont provoqués. Elle lève la main vers moi en guise d'excuse, mais je m'en éloigne d'un bond, instinctivement, de peur d'être plus profondément blessée par la main qui m'a soutenue jusqu'alors.

— Léo, commence-t-elle, je...

Je secoue la tête en reculant et je m'enfuis à toutes jambes.

Chapitre 4
Un érable et des confidences

Je cours sans prendre garde à ma direction. Au travers de mes larmes, j'aperçois un panneau indiquant un parc.

Exactement ce à quoi j'aspire.

Je m'enfonce au milieu des arbres plutôt que d'emprunter le chemin balisé. Un sanglot arrête ma course. Je me laisse glisser, le dos contre le tronc tordu d'un érable qui a la gentillesse de m'accueillir. Je noue mes bras autour de mes genoux, j'enfouis mon visage dans leur creux pour laisser mon chagrin s'exprimer tout son soûl. Je suis seule au monde, avec mon arbre qui se contente de me soutenir. Je n'entends rien d'autre que mes reniflements. Puis soudain :

« Sois sage, ô ma Douleur, et tiens-toi plus tranquille.

Tu réclamais le Soir ; il descend ; le voici.

Une atmosphère obscure enveloppe la ville,

Aux uns portant la paix, aux autres le souci. »

Ces vers de Baudelaire ont été prononcés d'une voix si chaude, ils ont pénétré si loin dans mon cœur qu'il me semble les entendre encore après qu'ils se sont éteints. Je risque un œil en dehors de ma cachette, Mathias Gardner est adossé, à côté de moi, au tronc de mon arbre.

Incapable de prononcer un mot sans provoquer de nouveaux sanglots, je pose mon menton sur mes genoux à la recherche d'un appui supplémentaire. Un silence s'installe pendant lequel je ne pense plus, le temps est comme suspendu.

— L'orage est-il passé ? finit par demander Mathias.

J'ose enfin le regarder. J'acquiesce légèrement de la tête. Il me sourit gentiment puis s'accroupit à côté de moi.

— Ne... devrais-tu pas être en cours ? articulé-je entre deux soubresauts de ma poitrine.

— Ne devrais-tu pas y être aussi ? réplique-t-il du tac au tac.

Je grimace.

— Les hommes ont cette fâcheuse manie de vouloir mettre le temps dans des cases bien définies, reprend-il. Il n'y a aucune place pour le hasard, pour laisser libre cours à ses envies ou son chagrin. Les émotions sont tellement refoulées dans ce monde que, lorsqu'elles sortent enfin, cela conduit parfois à des drames.

Il a raison. Je me demande cependant si le drame dont il parle est la mort de sa sœur, et si ce drame n'est pas à l'origine de cette sagesse. À tout peser, il a traversé une épreuve bien plus difficile que la mienne. Je ne vais pas le laisser ainsi se méprendre.

— Mon cas n'est pas si... dramatique !

Il me regarde d'un air sévère.

— Ta souffrance n'a rien d'anecdotique.

— Elle ne concerne que moi.

— Ceux qui t'aiment souffrent pour toi aussi.

Impossible de lutter contre ses arguments qui font mouche et me rendent agressive malgré moi.

— Tu as réponse à tout, c'est ça ?

Il réprime un petit rire qui me déstabilise.

— Excuse-moi, bafouillé-je, confuse. Je ne sais plus où j'en suis exactement.

— Tu es au milieu d'un bois, adossée contre un vieil érable, aux côtés d'un garçon qui t'agace.

— Tu ne m'agaces pas, me défends-je, ennuyée de savoir que c'est ce qu'il pense.

— Tant mieux. Et si tu me racontais ?

Ses pupilles émeraude scintillent de curiosité, il m'est difficile de m'en détacher. Sa voix amadouerait le plus dangereux des serpents, comment y résister ?

— C'est juste une histoire d'amour qui finit mal.

— Une histoire d'amour ou une histoire d'amour-propre ? s'enquiert-il sans lâcher la pression de son regard sur le mien.

— Comment le saurais-je ?

— Permets-moi d'en juger.

— Je vais te paraître ridicule.

— Ce sont tes atermoiements qui sont ridicules.

Je suis coincée, il est bougrement doué. Embarrassée au début, les mots me viennent plus facilement au fur et à mesure que je relate enfin l'histoire.

— Ça remonte au mois de septembre dernier, à la rentrée de terminale. Ma meilleure amie était dans la même classe que moi, c'était plutôt cool.

— Comment s'appelle-t-elle ? coupe-t-il.

— Justine, lâché-je entre mes dents.

Il détourne son regard, satisfait de ma réponse. Il sait très bien ce qu'il fait, il a perçu mon hésitation.

— Dans mon lycée, je connaissais tout le monde sauf lui...

— Lui qui ?

— Si tu m'interromps tout le temps, je n'y arriverai jamais, rouspété-je.

— Alors sois précise !

— Grégory !

Mathias hoche la tête et reprend sa position, les yeux fermés, la tête appuyée contre le tronc de l'arbre.

— Les premières semaines se sont passées normalement, et puis il y a eu ce voyage en Angleterre. Greg s'est joint à notre petit groupe de filles... Il faut dire qu'il était assez sollicité. Il était très doué en anglais, en sa compagnie, c'était rassurant. Il avait l'esprit vif et beaucoup d'humour, en plus d'être mignon. Il a paru s'intéresser à moi, mais j'avais du mal à y croire.

— Pourquoi ?

— Tu m'as vue ?

Il m'assassine d'un regard et fronce les sourcils. Je regrette aussitôt mes paroles. Mathias prend le temps d'être là, à écouter mon histoire débile, et je le remercie à coup de rebuffades, ce n'est pas très élégant.

— Passons, fais-je en soupirant.

Il sourit en ne relevant qu'un coin de sa bouche d'une façon adorable.

— Tout le week-end, je n'ai fait que penser à lui. J'ai fini par croire que je me faisais des illusions, mais non ! Le lundi matin, Greg est passé en voiture me chercher chez moi. J'ai su qu'il avait harcelé Justine pour obtenir mon adresse. J'étais sur un petit nuage. Je n'avais encore jamais ressenti ça pour un garçon.

Je me sens rougir et crois bon d'ajouter quelques précisions.

— Ben oui, je sais, à 18 ans, ce n'est pas courant, mais je suis comme ça !

Il ne réagit pas, je n'ai plus qu'à continuer.

— Les choses se sont enchaînées très vite. Je suis devenue « la petite amie » du nouveau. Justine m'a avoué avoir été un peu jalouse au début, mais ne m'en tenait pas rigueur. Mieux que ça, elle a couvert mes escapades en boîte de nuit auprès de mes parents, qui ignoraient tout de ma belle histoire d'amour. Malheureusement, au bout de quelques semaines, Greg a... commencé à s'enhardir.

Je n'arrive pas à exprimer les choses sans que ce soit gênant pour tout le monde, la belle voix de Mathias se fait donc à nouveau entendre.

— Il a émis des exigences ?

— On peut dire ça comme ça... Disons qu'il m'a fait des propositions très précises.

— Et ?

— J'ai paniqué, je ne me sentais pas du tout prête.

— Tu l'aimais, pourtant.

— Je le croyais, mais j'avais l'impression de m'être complètement laissé déborder. Je lui ai demandé un peu de temps. Greg m'a dit qu'il était prêt à m'attendre des siècles, que je pouvais décider seule du moment qui m'arrangerait. J'ai été rassurée et nous avons continué notre amourette sur le même mode. Je me sentais coupable de ne pas lui offrir ce qu'il voulait, mais je ressentais ce don de ma personne comme un sacrifice. Justine m'y encourageait sans arrêt. Elle me donnait tout un tas de conseils. Au mois de février, les parents de Greg étaient aux sports d'hiver et il m'a invitée à passer le voir quand je voulais. Je me suis pointée un soir sans prévenir. Je suis arrivée en même temps qu'un livreur de pizza, pouffé-je amèrement. Et c'est là que je les ai vus, tous les deux. Il n'a pas nié l'évidence, bien au contraire. Il m'a invitée à se joindre à eux et m'a dit que Justine saurait très bien me déniaiser. Je me suis sentie trahie et humiliée.

À la rentrée, ils se sont affichés partout, langoureusement. Les gens me regardaient de travers, j'entendais les murmures dans mon dos, les rires. Justine et Grégory ont ravi les oreilles avides de cancans sur ma virginité et mon air effaré lorsque je les avais découverts. La rumeur prétend même qu'ils avaient une liaison depuis plusieurs mois et que j'avais vraiment été stupide de n'avoir rien vu. Justine s'était moquée de ma « pudibonderie » auprès de Grégory, et tous les deux avaient prévu d'y remédier à leur façon, film à la clé : un vrai complot destiné à me salir. Je n'ai été sauvée de cette humiliation que par mon arrivée à l'improviste, en même temps que la pizza. Je suis devenue un sujet de moqueries permanent, et eux le couple star du lycée. L'histoire a rapidement franchi les limites du bahut.

Ma mère a fini par avoir des doutes : mes yeux gonflés par des nuits sans sommeil, mon manque d'appétit, mes notes en chute libre, mon isolement dans ma chambre… Mais je ne voulais rien dire. C'est en allant chez le coiffeur qu'elle a appris ma mésaventure, une dame est venue la saluer en demandant des nouvelles de « la pauvre petite ». Imagine un peu le choc pour

Maman en apprenant par une étrangère que sa fille s'était couverte de honte et de ridicule dans notre petite ville ! Mes parents m'ont convoquée pour une explication franche ; je leur ai tout raconté. Ils m'ont assurée de leur soutien inconditionnel en regrettant toutefois mes cachotteries. Ils m'ont dit que cette histoire finirait par se tasser, que je n'avais rien à me reprocher et que je devais me concentrer sur le bac qui arrivait à grands pas. C'est devenu pire qu'avant parce que le seul endroit où j'étais préservée des ragots a sombré à son tour. Je lisais l'inquiétude et la pitié dans les yeux de mes parents, ma mère me couvait comme un oisillon. Xavier, mon frère, m'engueulait tout le temps. Pour leur faire plaisir et les rassurer, je me suis jetée dans le travail : j'ai rattrapé mon retard et écrasé tout le monde de mes brillants résultats. Les moqueries se sont amplifiées, j'entendais dire que mes hormones étaient situées dans mon cerveau et que, pour me faire jouir, il fallait me donner des maths à faire. C'était insupportable ! J'ai eu mon bac, avec mention très bien.

Mes parents ont insisté pour fêter l'événement. J'ai bu... Beaucoup bu. Mes parents avaient l'air heureux, et moi, j'étais seule, bachelière brillante, vierge et niaise ! J'ai... avalé la totalité du tube de somnifères que m'avait prescrit le médecin. Je me souviens d'avoir trinqué avec mon miroir. Je me sentais tellement moche et stupide. J'ai dû entraîner quelque chose dans ma chute, Xavier est passé voir et il m'a trouvée inconsciente. Je me rappelle seulement m'être réveillée dans une chambre d'hôpital avec des tubes branchés partout. Mes parents ne m'ont pas grondée, ils m'ont dit que je devais prendre mon temps, que tout allait rentrer dans l'ordre. Ils m'ont surveillée d'encore plus près par la suite. J'étouffais sous leur gentillesse et leur sollicitude. C'est Sandy qui m'a offert une porte de sortie. Quand je lui ai dit que je voulais changer d'air, elle a répondu en plaisantant que celui du Canada était plus pur. Puis tout s'est enchaîné très vite. Ma tante a réussi à convaincre mes parents qu'elle veillerait sur moi. Et voilà pourquoi je suis ici, assise contre un vieil arbre au milieu d'un parc.

— C'est tout ?

— Avant de partir, je me suis fait couper les cheveux, rigolé-je pour me donner meilleure contenance.

Mathias reluque bizarrement ma coiffure avec un rictus amusé. Ses prunelles brillent d'un éclat de pierre précieuse.

— Voilà, tu sais vraiment tout. J'attends ton verdict à présent.

— Ce n'est pas ton cœur qui saigne, c'est ton orgueil.

J'ai un pincement douloureux, il s'aperçoit de ma réaction et ajoute plus doucement :

— Tu ne pleures pas ton amour perdu, Léo, tu pleures sur toi-même. La guérison de ce genre de blessure peut être longue et difficile, mais les cicatrices que tu en garderas te seront salutaires, tu les observeras avec indulgence dans quelques années. Lève-toi, ordonne-t-il soudain.

Sans crier gare, il me saisit la main et la pose sur le tronc tordu de l'arbre, à l'endroit où une branche a été coupée à la base. L'érable a cicatrisé, et les branches sont reparties de chaque côté de celle qui n'est plus.

— Tu vois cette cicatrice ? dit-il. Elle était nécessaire à la survie de cet arbre. Il a été meurtri et pourtant il a continué à lancer de nouvelles branches vers le ciel. Il est plus beau et plus fort que ses frères autour de lui qui poussent bien droit. Il est aussi plus rassurant. Pour quelle raison es-tu venue te réfugier près de lui ?

— Je ne sais pas, avoué-je, perplexe.

Mathias couvre ma main de la sienne et appuie légèrement.

— Tu es comme lui, Léo. Ta route a dévié vers une voie différente de celle que tu t'étais fixée, mais qui te dit que ce que tu trouveras au bout de ton voyage ne sera pas meilleur ? Écoute son cœur.

J'ai tout à coup l'impression de sentir un battement, une pulsation sous ma paume, ou alors est-ce mon propre pouls qui s'emballe au contact de sa main sur la mienne ?

— Quelle est la suite ? réclamé-je, la gorge nouée.

Sa bouche se colle près de mon oreille, sa voix est un murmure fluide comme le bruit de l'eau courant entre les pierres d'une rivière.

— « Pendant que des mortels, la multitude vile,
Sous le fouet du Plaisir, ce bourreau sans merci
Va cueillir des remords dans la fête servile,
Ma Douleur, donne-moi la main ; viens par ici.
Loin d'eux. Vois se pencher les défuntes Années,
Sous les balcons du ciel, en robes surannées ;
Surgir du fond des eaux, le Regret souriant ;
Le Soleil moribond s'endormir sous une arche,
Et, comme un long linceul traînant à l'Orient,
Entends, ma chère, entends la douce Nuit qui marche. »

Je voudrais prolonger ce moment de pur abandon durant lequel je viens de mettre mon âme à nu devant un étranger qui semble me connaître si parfaitement. Son haleine fraîche dans mon cou et les effluves de son parfum boisé me font dangereusement tourner la tête. Mes jambes tremblent et je me laisse aller contre lui. Il ne me repousse pas.

— Il est temps que tu rentres, chuchote-t-il. La nuit ne va pas tarder à tomber.

Sa voix, ses yeux magnifiques et la pression de ses doigts sur mes épaules contredisent ses propos, mais il ne m'accorde pas le choix et m'entraîne derrière lui. Je ne prête aucune attention au chemin que nous empruntons, je me laisse faire, grisée par sa main dans la mienne et par son sillage parfumé. Il ne marche pas vite, mais son pas est décidé. Il tourne parfois la tête vers moi sans sourire. Je ne me réveille de ce rêve que lorsque j'entends la voix de Sandy hurler mon prénom. Je me rends alors compte que nous sommes arrivés au bas de ma résidence et que ma cousine attendait mon retour.

— Comment savais-tu ? lui demandé-je.

— C'est l'érable qui me l'a dit, sourit-il malicieusement.

Il me lâche la main, je me sens perdue. Son regard emprisonne le mien.

— Sandy a peut-être été maladroite, mais elle t'aime, dit-il tout bas.

Je tourne la tête vers elle un instant pour la rassurer et, lorsque je veux enfin remercier Mathias, il est parti. Mon cœur fait un bond dans ma poitrine. J'ai le sentiment d'un vide immense.

— Je vais bien, je t'assure, réponds-je à ma cousine, que l'inquiétude a fait pleurer.

— Je suis vraiment désolée, Léo, je n'aurais pas dû.

— C'est passé, n'en parlons plus. Tu n'as prévenu personne au moins ?

— J'étais sur le point de le faire en voyant que tu ne revenais pas. Où étais-tu ?

— Je n'en sais rien, dans un parc contre un érable. Ça m'a permis de réfléchir.

— Léo... Il m'a semblé te voir en compagnie de quelqu'un.

— J'ai rencontré Mathias Gardner en chemin. Nous avons fait quelques pas ensemble jusqu'ici.

— Mathias Gardner ! Il n'est pas du genre très sociable pourtant.

— Il est charmant quand il veut.

Sandy sourcille et me bouscule légèrement.

— Tu as le chic pour attirer les extrêmes. Le populaire et charismatique Jonathan Dussaunier d'un côté, et le solitaire et mystérieux Mathias Gardner de l'autre. Lequel préfères-tu ?

— Je n'y ai pas réfléchi.

— On ne réfléchit pas à ce genre de choses, Léo, c'est instinctif !

Un point pour elle !

Mais je refuse de me laisser entraîner sur ce terrain-là. Je ne connais suffisamment ni l'un ni l'autre. Cependant...

— Ah ! Elle est rentrée, glapit Noémie en déboulant à son tour sur la pelouse, coupant court à une conversation qui commençait à déraper.

— Est-ce que tu lui as dit ?

— Un peu, j'ai été obligée, mais je ne suis pas entrée dans les détails. J'ai juste dit que tu avais vécu une histoire difficile, que tu ne souhaitais plus jamais en entendre parler et que j'avais été stupide de l'évoquer.

Elle déballe tout ça d'un trait avant que Noémie me secoue comme un prunier en se félicitant de mon retour intact.

— Pour te remonter le moral, j'ai fait un gâteau au chocolat, clame-t-elle. Y a rien de tel que le chocolat pour consoler une fille !

— Je m'en serais doutée, dis-je en reniflant l'air. Tu embaumes le cacao !

Dès lors, toutes les deux s'évertuent à me distraire. Je me retrouve donc, encore une fois, sous surveillance rapprochée, mais je ne leur en veux pas. Les heures défilent et Sandy décide de rester dormir chez moi. Noémie lui prête le matelas gonflable qu'elle réserve à ses amis de passage. Alors que nous sommes couchées dans le noir, Sandy se confie pour la première fois au sujet de celui qui fait battre son cœur.

— Pourquoi ne m'en as-tu jamais parlé avant ? m'étonné-je.

— Parce que les murs ont des oreilles, ou que Sam a des oreilles pour être plus précise. Léo, ce que je vais te dire doit ABSOLUMENT rester entre nous, Stephen est l'associé de Papa.

Un cri de surprise m'échappe.

— Te goure pas, ce n'est pas un vieux, précise-t-elle en interprétant mon étonnement. Il a 32 ans.

— Il n'est pas marié au moins ?

J'entends un petit rire étouffé en provenance du matelas.

— Tu me prends pour une briseuse de ménage ? Non, il est divorcé.

— Déjà ?

— Qu'est-ce que tu es vieux jeu, maugrée Sandy, amusée.

— Ça, je sais, soupiré-je. Mais pourquoi est-ce un secret ?

— Je ne suis pas sûre que Papa prendrait très bien la chose.

— Et Stephen, qu'en pense-t-il ?

— Il a hâte de vivre notre amour au grand jour.

— Tu es amoureuse ?

— Je crois ! Non, j'en suis sûre, souffle-t-elle dans le noir.

— Sandy, hésité-je un peu, c'était comment la première fois pour toi ?

— La première fois, j'ai seulement voulu être comme toutes mes copines de 15 ans qui se vantaient de prendre leur pied tous les week-ends. Alors quand mon petit copain et moi on s'est retrouvés seuls un beau jour dans la voiture de son père... Voilà.

— Et ?

— Je regrette d'avoir gâché ce moment. Je t'admire d'avoir su dire non quand tu ne t'es pas sentie prête.

— Mais avec Stephen, c'est bien, non ?

— J'aurais aimé qu'il soit le premier. Avec lui, c'est tellement différent. Je crois qu'il a un peu été déçu de passer second.

— Tu as bientôt 20 ans, Sandy, qu'espérait-il ?

— Je l'ai connu alors que j'en avais à peine seize. Il me pensait plus « sage ». C'est mignon, n'est-ce pas ? se moque-t-elle gentiment.

La confession nocturne de ma cousine prend fin. Je perçois rapidement le bruit léger de sa respiration, elle s'est endormie. Quant à moi, mes pensées bouillonnent sous mes paupières closes. Mathias Gardner me susurre encore « Recueillement » à l'oreille et je sens son parfum. Tout ce qu'il a dit avait un sens profond. Je ressasse la comparaison qu'il a faite entre moi et le vieil érable. Sous ma main, le souvenir de l'écorce vibrante se réveille.

« Cette blessure était nécessaire pour continuer à grandir. » C'est sur cette dernière phrase que je m'endors à mon tour.

— *Alwedol ! Fynd Aïr nawr !*

Je me redresse comme un ressort dans mon lit.

Encore ce rêve !

Encore cette voix de femme qui murmure des mots que je ne comprends pas, encore ce courant d'air frais et cette odeur de forêt humide.

Je me lève avec d'infinies précautions pour ne pas éveiller Sandy et gagne la salle de bains. Je me rafraîchis le visage et avale un grand verre d'eau. Sur le tabouret, j'avise mon jean plié, une inquiétude me titille, je fouille nerveusement la poche droite. Mes doigts y rencontrent le petit objet argenté. J'en suis soulagée. Je replie soigneusement mon pantalon et je retourne me coucher.

*
* *

— Léo, lève-toi, il est l'heure !

Je grogne et cache ma tête sous mon oreiller.

— Léo, je ne plaisante pas, il va être bientôt 8 heures, me dit Sandy en me secouant.

J'émerge de sous mon oreiller pour vérifier l'heure de mes propres yeux.

— Bon sang ! m'exclamé-je en sautant du lit. Pourquoi ne m'as-tu pas réveillée avant ?

— Parce que tu avais besoin de te reposer. Je t'ai entendue te lever cette nuit. Tu n'as pas dû dormir beaucoup. Veux-tu un café ? Des tartines ?

— Non, un café seulement.

Je file sous la douche et reviens en me séchant les cheveux dans une serviette. Tandis que j'avale mon café brûlant, je me sens observée.

— Tu as une sale mine, mais tu as l'air d'aller mieux. Cette coupe de cheveux te va vraiment bien, tu me fais penser à... Je sais pas trop...

— Je suis prête, on y va ? éludé-je, peu désireuse de me voir encore comparée à un lutin.

Sandy et moi avons deux heures de cours de communication ensemble ce matin mais, dès 10 heures, nous sommes libres. Ma cousine s'excuse de devoir m'abandonner et s'assure une demi-douzaine de fois que je vais bien avant de partir.

Je décide de profiter de ce trou dans mon emploi du temps pour flâner dans les environs. En vérité, j'espère retrouver mon érable. Je tâche de me souvenir du chemin par lequel Mathias nous a fait passer, mais je dois admettre que j'ai été trop distraite.

Je sors la carte de Montréal que j'ai toujours au fond de mon sac et je cherche les parcs situés dans un périmètre proche du lieu où j'étais. En suivant ces indications, je reconnais les cimes des arbres qui dépassent les immeubles environnants. Une bouffée de joie m'envahit et je cours jusqu'à l'entrée.

Comme la veille, je laisse faire le hasard et, comme la veille, je le retrouve, tout tordu, qui m'attend à sa place. Je m'approche de lui et pose délicatement ma main sur sa cicatrice. Il me semble sentir un frémissement sous mes doigts. Je me retire brusquement.

— N'aie pas peur de lui, c'est l'érable le plus charmant de ce parc.

Je me retourne d'un bloc pour me trouver face à une jeune fille magnifique. Elle est à peu près de ma taille et a des yeux bien plus verts que les miens. Ses cheveux châtains et longs tremblent sous l'effet du vent.

— Je sais, nous avons déjà fait connaissance, rétorqué-je quand ma stupeur est passée.

— Je suis Anwen, dit-elle sans me quitter des yeux. Tu dois être Léo.

Je n'étais pas absolument sûre d'avoir reconnu en elle l'une des sœurs de Mathias, c'est chose faite.

— Oui. Mathias t'a parlé de moi ?

— Oui. L'érable aussi.

J'esquisse un sourire surpris.

— Qu'ont-ils dit ?

— Mathias s'est contenté de prévenir que tu risquais fort de revenir ici.

— Et l'érable ? demandé-je sur le ton de la plaisanterie.

— « Qu'il fallait être doux avec toi parce que ta cicatrice n'est pas encore aussi solide que la sienne. »

Je sens un frémissement sous ma paume. Préférant mettre ça sur le compte de mon imagination, j'enfouis ma main au fond de ma poche.

— Il serait triste si tu lui retirais ta confiance, déclare Anwen en désignant l'arbre.

— Je ne suis pas sûre qu'il en fasse grand cas, répliqué-je avec précaution.

Anwen me paraît aussi étrange que farouche.

— Détrompe-toi ! Ton amitié lui est précieuse. Tu es venue jusqu'à lui, il se sent responsable de toi.

— C'est Mathias qui t'a dit ça ?

— Non, lui, répond-elle en montrant l'arbre de nouveau.

C'en est un peu trop pour moi, un petit rire nerveux m'échappe.

— Tu ne me crois pas, n'est-ce pas ?

Sa voix est aussi calme, posée et limpide que celle de son frère, et sa détermination identique. Elle s'approche de moi et, d'autorité, retire ma main de ma poche pour la poser sur la cicatrice de l'érable.

— Écoute-le ! ordonne-t-elle tout bas.

— Je n'entends rien, protesté-je sans hausser le ton.

— Tu n'écoutes pas comme il faut. Ferme les yeux, laisse donc tes oreilles en paix et ta main guider ton cœur. Écoute... *Gwandro* !

J'obéis en retenant ma respiration. Tout d'abord, je ne sens rien d'autre que la rudesse de l'écorce sous mes doigts. Je peux ensuite percevoir le battement régulier de mon propre pouls dans le bout de mes doigts jusqu'à ce qu'il se divise en deux sons distincts. Un bruissement, le trajet du sang dans mes veines, celui de la sève dans le bois, un sentiment de joie, une fierté, de la confiance, l'impression d'être chez moi.

— Oui, c'est ça, murmure Anwen. Il t'accueille, tu es la bienvenue.

J'ouvre les yeux et, malgré cela, j'entends encore la voix muette de l'érable.

— Vous pourrez causer tous les deux, affirme Anwen en ôtant sa main. Vous n'avez plus besoin d'intermédiaire à présent.

Je me demande si je dois la prendre au sérieux. Je n'ai pas le temps de formuler pleinement cette réflexion que ma main est traversée par un petit courant qui me fait penser à de la désapprobation.

— Tu vois, lui-même te le dit, fait Anwen d'un air malicieux.

— Qu'est-ce que ça veut dire *gwandro* ?

— C'est un dialecte de chez moi, ça veut dire « écoute ».

— Et c'est où, chez toi ?

— Ici, partout.

— Pratique pour s'y retrouver, lui fais-je remarquer.

— Tu risques d'être en retard, me coupe-t-elle, sérieuse. Et Mathias n'aime pas beaucoup attendre, il n'est pas patient.

— Pardon ?

— Il va bientôt être 14 heures.

Je regarde ma montre, incrédule.

— Je n'y arriverai jamais, couiné-je. J'ai déjà eu tellement de mal à trouver mon chemin jusqu'ici.

— Suis-moi ! conseille alors Anwen en filant droit devant.

La diablesse marche si vite qu'à plusieurs reprises je dois courir pour me maintenir à sa hauteur. Ses longs cheveux flottent derrière elle, exhalant un parfum plus subtil que celui de son frère, mais tout aussi boisé. Je n'ai pas l'occasion de m'appesantir sur d'autres détails tant notre allure forcée me prend d'énergie. Nous arrivons devant le pavillon quelques minutes à peine avant le début des cours. Anwen ne me laisse pas le temps de la remercier.

— Tu es arrivée, dépêche-toi maintenant, lance-t-elle avant de partir en courant.

Je grimpe à toute vitesse au second étage et me précipite vers la salle 207. Je suis à bout de souffle. Le prof vient lui aussi d'arriver et je n'ai rien manqué. Je risque un coup d'œil vers Mathias. Son visage s'illumine d'un magnifique sourire où je crois déceler une pointe d'amusement. Il ne peut pas être au courant de ce qui s'est passé entre Anwen et moi, je dois me faire des idées. Noémie se penche sur ma table.

— Où étais-tu encore passée ? Nous t'avons attendue ce midi.

— J'avais une course à faire.

— Préviens-nous la prochaine fois, Sandy s'inquiétera moins et nous pourrons déjeuner sereinement.

Déjeuner !

Je sens soudain mon estomac protester. J'ai quitté la fac à 10 heures et, dans mon obsession à retrouver l'érable, j'ai sauté le repas. Je perçois la pression d'un regard sur moi, je tourne la tête. Mathias paraît plongé dans une intense réflexion tout en me lorgnant. Je me demande tout à coup si c'est vraiment l'érable que je voulais retrouver dans le parc ou si je ne souhaitais pas secrètement que Mathias y soit aussi. J'ai du mal à me concentrer sur le cours et, lorsqu'il prend fin, à 18 heures, je souffle de soulagement.

— Je suppose qu'il est inutile que je te demande si tu m'accompagnes au pub, fait Noémie en rassemblant ses affaires.

— Je n'y tiens pas, non !

Je n'ai encore rien rangé, constatant que, de son côté, Mathias n'a pas bougé d'un pouce.

— Bon, je file, dit-elle en souriant. On se voit demain ?

— À demain, confirmé-je, ravie d'échapper à une nouvelle soirée.

Noémie se précipite dehors, et je commence seulement à remettre mon sac en ordre. La salle se vide peu à peu. Mathias me regarde de travers, un sourire amusé au coin des lèvres.

— Pas trop fatiguée de ta course ? demande-t-il de sa voix chaude quand nous sommes seuls.

— Comment diable sais-tu ça ?

Il sort de sa poche un fin portable argenté qu'il me tend et où je lis :

Léo était à l'heure au rendez-vous, elle n'est pas rapide et doit avoir faim.

Anwen

Le sang déserte mes joues et la tête me tourne.

— Tu devrais manger quelque chose, conseille-t-il en se levant. Viens !

La situation est grandement en train de m'échapper. Jusqu'à hier après-midi, tout me paraissait normal mais, depuis notre rencontre dans le parc, j'ai l'impression d'être entrée dans la quatrième dimension. Certaines personnes devinent mes pensées, je discute avec un érable et je suis à l'heure à des rendez-vous dont j'ignorais l'existence.

Et par quel heureux hasard traînait-il dans le parc hier après-midi d'ailleurs ?

Pire, comment savait-il où j'étais précisément puisque, moi-même, je n'en avais pas la moindre idée ?

— Parce que je t'ai suivie, tout simplement, dit-il en réponse à ma petite crise d'hystérie.

Je suis calmée.

— Sortons d'ici ! Je t'emmène grignoter quelque chose, tu en as vraiment besoin, déclare-t-il en empoignant mon sac et mon manteau, qu'il me fourre dans les mains.

Tout en le suivant, j'enfile maladroitement mon vêtement sans y parvenir. Il s'arrête brusquement pour m'aider, puis me tend mon sac.

— Tu sauras le tenir ou préfères-tu que je m'en charge ? s'enquiert-il, moqueur.

— Très drôle, maugréé-je. Tu ne m'as pas laissé le temps.

— Tu as eu tout le temps nécessaire, tu es juste incroyablement désorganisée, réplique-t-il en reprenant sa course dans les couloirs.

— C'est une tradition familiale de galoper tout le temps ?

— Anwen passe sa vie à courir.

— Ce n'est pas une raison pour l'imiter !

Il s'arrête de nouveau et me fait face, toujours aussi gai.

— Écoute ce vacarme !

— Je n'entends pas de vacarme.

— Tu ne vas jamais à l'essentiel, Léo, écoute ! fait-il en appuyant le bout de son index au niveau de mon estomac.

Je rougis violemment. En effet, mon ventre crie famine.

— Mathias, tu veux bien m'expliquer ? insisté-je, profitant de cette pause inespérée dans le rythme qu'il m'inflige.

— Dès que tu seras devant une assiette.

Sans même songer à me demander mon avis, il repart de plus belle, moi sur ses talons. Il me fait prendre une rue, puis une autre et encore une autre au même train d'enfer. Nous arrivons enfin devant une façade anonyme et je me demande s'il sait ce qu'il fait. Mathias ouvre la porte sans frapper et me cède le passage. Dès l'entrée, je suis assaillie par une délicieuse

odeur, du basilic, du coulis de tomates, une sauce cara-
mélisée comme je les aime.

— Tu as un odorat exceptionnel, confirme Mathias,
à qui je fais part de mes impressions olfactives.

— *Mathias, mi figlio*, tonne soudain une voix puissante. *Come stai*[1] ?

— *Bene, grazie, e tu*[2] ? répond mon compagnon en
subissant l'accolade d'un colosse déguisé en chef,
comme on en voit sur les boîtes de pizza.

— Ça fait longtemps que tu n'es pas venu, gronde
le chef moustachu. Que me ramènes-tu là ? *La tua
ragazza*[3] ? reprend-il en me tendant une main si large
que la mienne disparaît entièrement quand il me la
serre fort.

— *Uno muore di fame*[4], rigole Mathias.

— Asseyez-vous, je reviens tout de suite, assure le
ténor avant de s'éclipser derrière des portes battantes
qui gémissent péniblement.

Nous entendons s'élever une chanson en provenance
des cuisines. Je pouffe. Mathias me pousse vers une
petite table dans un endroit isolé.

— Ça ne va pas être long.

Je me débats de nouveau avec mon manteau, Mathias
me l'enlève des mains pour l'accrocher à une patère
sur le mur avant de s'asseoir.

— Où sommes-nous ? demandé-je, innocemment.

— Chez Tony, le meilleur resto italien que je
connaisse.

— Il est... tonique le Tony !

— Il est italien !

— Que t'a-t-il dit tout à l'heure ?

— Tu es toujours aussi curieuse ?

Ses yeux verts me transpercent.

---

1. « Mathias, mon fils, comment vas-tu ? » (*N.d.A.*)
2. « Bien, merci, et toi ? » (*N.d.A.*)
3. « Ta petite amie ? » (*N.d.A.*)
4. « Une affamée. » (*N.d.A.*)

— Quand ça me concerne, oui, rétorqué-je aussitôt.

Le petit sourire en coin fait sa réapparition.

— Il m'a demandé si tu étais ma petite amie.

— Que lui as-tu répondu ?

— *Una muore di fame.*

— Ce qui veut dire ?

— Une affamée.

L'éclat de ses yeux m'empêche de penser de manière cohérente, je ne trouve pas de repartie. J'entends le grincement des portes battantes et Tony arrive avec nos deux assiettes emplies de pâtes généreusement saupoudrées de parmesan frais râpé.

— Et voilàààà ! chantonne-t-il avant de repartir aussitôt.

J'entends le bruit d'une bouteille que l'on débouche et le cliquetis de verres qui s'entrechoquent. Tony revient nous verser du vin rosé.

— Vous m'en direz des nouvelles, du *Lacryma Christi*, jubile-t-il. Mangez, mangez, les *pasta*, ça n'attend pas !

Et il repart chanter son air italien dans sa cuisine. Je porte mon verre à mes lèvres, mais Mathias interrompt mon geste en posant le bout de ses doigts sur mon poignet.

— Tu devrais manger d'abord, conseille-t-il.

Les pâtes sont divines, je ne me souviens pas d'en avoir mangé d'aussi bonnes. Mathias s'amuse de me voir m'empiffrer. Il lève enfin son verre et me tend le mien.

— À ta santé, Léo, et à l'érable romantique !

— Comment sais-tu qu'il est romantique ?

— Il te racontera lui-même son histoire d'amour avec une brindille.

— Et toi, me raconteras-tu jamais ?

— Que veux-tu savoir ?

— Tout ! Pourquoi tu m'as suivie, pourquoi Anwen est venue me voir et comment j'en arrive à parler à un arbre !

— Anwen est venue te voir parce que je le lui ai demandé.

— Comment savais-tu que j'y retournerais ?

— La psychologie féminine n'est pas si compliquée, dit-il, goguenard.

— Piètre argument !

— Il vaut pourtant en tant que tel.

— Soit ! Pourquoi m'as-tu suivie ?

— Par curiosité.

— Qu'est-ce qui t'intéressait à ce point ?

— Toi.

Ma fourchette reste en suspens, il n'a pas l'air de plaisanter.

— Pour quelle raison ? interrogé-je, stupéfaite.

— Parce que tu es fascinante.

— .Tu te moques de moi ?

— Pas du tout !

— Je ne vois pas ce qu'il y a de fascinant chez une fille paumée qui ne sait plus où elle en est de ses sentiments et qui se réfugie au pied d'un arbre, réfuté-je avec un peu d'amertume.

— C'est justement ce que je voulais savoir.

— Quoi ?

— Où tu allais chercher refuge.

— Pourquoi ?

— Joker !

Sa non-réponse me fait sortir de mes gonds.

— Quoi, joker ? Qu'est-ce que ça veut dire joker ?

— Que je préfère garder cela pour moi.

— Tu n'as pas le droit ! Ce n'est pas du jeu !

— Il ne me semblait pas que nous étions en train de jouer, fait-il sournoisement.

Je démissionne, il est vraiment trop fort.

— Explique-moi ce qui se passe avec l'érable, au moins.

— C'est curieux.

Je m'agace de ses réponses laconiques qui m'obligent sans cesse à creuser, mais je n'ai pas le choix, je veux savoir et il en joue.

— Qu'est-ce qui est curieux ?

— Que tu aies gardé cette question pour la fin. Toutes celles que tu as posées avant avaient une réponse logique et rationnelle. Toutes, sauf celle-là.

— Ce qui signifie qu'il n'y a aucune explication logique et rationnelle au fait que je communique avec un érable ?

— Tu ne serais pas la première à le penser, des tas de gens sont prêts à jurer qu'ils parlent aux plantes, aux arbres et aux animaux.

— Combien d'entre eux peuvent te garantir avoir obtenu une réponse ?

— Quelques menteurs sans doute.

Je me cale dans le fond de ma chaise, déboussolée.

— Tout cela avait pourtant l'air si réel.

— Parce que ça l'était.

Les émeraudes de Mathias me fixent avec intensité, je frissonne.

— Pourquoi Anwen ?

— Parce qu'elle le connaît mieux que moi.

— C'est un don familial ?

— En quelque sorte. Nous avons grandi dans la forêt, ça marque une enfance.

— Je n'ai pas grandi dans la forêt, objecté-je.

— C'est que tu es dotée d'une option supplémentaire, plaisante-t-il.

— Je n'en suis pas convaincue.

— Tu te sous-estimes en permanence.

— Il y a de bonnes raisons pour ça.

— Je te préviens, Léo, je n'irai pas à la pêche indéfiniment.

Je comprends parfaitement son allusion et me renfrogne en me vengeant sur mon verre de vin.

— Tu devrais te montrer raisonnable de temps en temps.

Il me confisque le verre des mains. À ce moment-là, une sonnerie de portable retentit derrière moi. Mathias se lève d'un bond et extirpe son téléphone de la poche de son manteau. Il décroche et me jette un coup d'œil inquiet. Il chuchote quelques paroles incompréhensibles, puis avise Tony, qui passe la tête au-dessus des portes battantes.

— Empêche-la de se noyer dans la larme du Christ, lui lance-t-il, je reviens tout de suite !

Mathias sort rapidement, me laissant en tête à tête avec le tonitruant Tony. Je trouve l'occasion trop belle.

— Vos *pasta* étaient fabuleuses, commencé-je afin d'amadouer le géant.

— C'est la *Mama* qui m'a donné le secret, répond-il en clignant de l'œil.

— Vous avez l'air de bien connaître Mathias.

— Oh ! Mathias, je le connais depuis des années.

— Des années ?

— C'est une longue histoire, élude-t-il en remarquant mon étonnement.

— Vous connaissez aussi ses frères et sœurs ?

— *Si !*

Je ne peux pousser plus loin mon interrogatoire, Mathias revient, l'air plus sombre.

— Je vais te raccompagner, Léo, déclare-t-il en me présentant mon manteau.

— Il y a un problème ?

— Non, tu dois te reposer et il est déjà tard. N'oublie pas que tu sors demain.

Je me raidis tandis qu'il ajuste une nouvelle fois mon col.

— Comment diable sais-tu ça ?

— Laisse donc le diable tranquille. J'ai entendu ta conversation avec ta cousine, je te rappelle. Et je t'ai vue en compagnie de Jonathan Dussaunier.

Son ton est calme, je n'y détecte ni colère, ni jalousie, ni inquiétude.

Est-ce normal que, moi, je m'en sente triste ? À quoi m'attendais-je ? À ce qu'il soit jaloux ? À ce qu'il tente de m'en dissuader ?

Tony le retient après l'avoir embrassé.

— *Niente di grave*[1] ? demande-t-il l'air soucieux.

— *Io non lo so ancora*[2], répond Mathias.

— *Lo sai che puoi contare su di me*[3].

— *Dolchie*[4], souffle Mathias.

— *Lei è a conoscenza*[5] ?

Mathias se contente de secouer négativement la tête. Leur langage semble différent à chaque phrase et je ne capte pas le moindre mot connu. Pire, je n'identifie même pas une langue en particulier. Tony me serre de nouveau la main à m'en broyer les os.

— Tu es la bienvenue ici, Léo, me dit-il avec un accent comique.

— Je suis touchée, je vous remercie.

— Soyez prudents, ajoute-t-il en nous suivant des yeux sur le pas de sa porte.

Je me retourne brièvement tout en marchant.

— Ce n'est pas un restaurant, constaté-je.

— Ça l'était, il y a longtemps. Il est aujourd'hui uniquement réservé aux amis de Tony. Tu peux entrer à n'importe quelle heure du jour ou de la nuit, Tony t'accueillera.

— Je trouve ça fantastique.

— J'aimerais que tu tiennes cette adresse secrète. Tony n'apprécie guère la publicité.

— C'est promis. Peux-tu me dire quelle langue vous utilisiez ?

— Un petit mélange, fait Mathias en ricanant.

— Comment pouvez-vous vous comprendre ?

— La force de l'habitude.

— Tu en parles comme si tu le connaissais depuis des siècles.

---

1. « Rien de grave ? » (*N.d.A.*)
2. « Je ne sais pas encore. » (*N.d.A.*)
3. « Tu sais que tu peux compter sur moi. » (*N.d.A.*)
4. « Merci. » (*N.d.A.*)
5. « Est-elle au courant ? » (*N.d.A.*)

— Nous devrions nous presser, je crois qu'il va pleuvoir, élude-t-il en levant le nez.

Sur ces mots, il me prend la main et force l'allure. Une fois en bas de chez moi, je meurs d'envie de prolonger notre tête-à-tête.

— Accepterais-tu de monter un moment ? tenté-je timidement.

— La prochaine fois que tu me le proposeras, j'accepterai.

S'il ne me laisse aucun espoir pour ce soir, il me rassure sur une éventuelle prochaine fois, et cela suffit à faire battre mon cœur.

— J'ai passé une soirée très agréable et une journée pas banale.

— Dois-je prendre cela pour un remerciement ? s'amuse-t-il.

— Je crois bien que oui. Je ne suis pas très douée, n'est-ce pas ?

— Plus que tu ne le penses, répond-il en me poignardant de ses prunelles magnifiques. Je dois filer !

Une profonde tristesse m'envahit. Je suis certaine qu'il la lit dans mon regard que je lui cache bien vite. Il soulève mon menton baissé du bout de son doigt, son contact allume un véritable brasier sur mes joues.

— Tâche d'être prudente et ne commets pas de bêtises.

Quels sous-entendus met-il dans cette étrange recommandation ?

Je n'ose pas m'en assurer. Contrairement à ce qu'il semble croire, tout n'est pas évident pour moi dans les propos qu'il tient. Au final, je m'enfonce davantage dans la confusion. Il a trouvé un argument, une réponse logique à chacune de mes questions et a facilement contourné la dernière. De notre curieuse rencontre à cette fin de journée, tout me paraît extraordinaire, au sens littéral du mot. En sa présence, j'éprouve un sentiment de bien-être et de sécurité que je n'ai jamais ressenti. Il parle un curieux langage, et je ne pense pas seulement à l'espèce d'espéranto qu'il emploie à l'occasion. Dans ma propre langue, il m'oblige à relever le niveau en permanence. Il bouscule mes habitudes, me secoue, et j'aime ça.

Chapitre 5

Jonathan

Blottie au fond de mon lit, je repasse tout en boucle, cherchant à comprendre, à me souvenir des détails qui pourraient me mettre sur la piste d'une explication. Mais le sommeil a raison de moi.

Qu'il est beau, en rêve, mon érable !

J'entends frissonner ses feuilles balayées par une brise fraîche qui ramène une odeur de forêt. Le murmure s'amplifie sous les assauts du vent.

— *Alwedol ! Fynd Aïr nawr !*

— Je ne comprends pas, clamé-je, impuissante.

— *Alwedol*, insiste la voix.

Je me réveille, le front baigné de sueur et les larmes aux yeux.

Pourquoi mon érable m'a-t-il joué ce sale tour ?

Pourquoi ce rêve s'acharne-t-il ?

Je me lève et gagne la salle de bains. Tout au fond de ma trousse de toilette, je trouve la boîte de somnifères que Maman a consenti à me donner avant mon départ. J'ai fait toutes les promesses du monde pour qu'elle me la cède. Je consulte la notice ; ce ne sont que des relaxants à base de plantes, pas de quoi valoir un lavage d'estomac en cas d'abus ! À cette sombre évocation, mon ventre se tord. Je prends deux comprimés comme indiqué et je retourne au lit. J'appréhende la soirée du lendemain sans même savoir pourquoi.

Quand j'ouvre les yeux, le jour a l'air bien avancé. Je m'étire dans tous les sens, je ronronnerais si j'en avais la faculté. Je risque enfin un regard vers le réveil.

— 8 h 20 ! Seulement ? aboyé-je, de mauvaise humeur.

À regret, je quitte mon lit, prépare le café et lambine sous la douche. Je m'installe ensuite devant ma penderie ouverte dans l'espoir d'être inspirée pour ma tenue du soir. Sans conviction, je sélectionne deux tenues très différentes que je pose sur mon lit. Je m'apprête à essayer la première lorsqu'on frappe à ma porte. C'est à une Noémie à peine réveillée que j'ouvre.

— Tu tombes bien, lui assené-je en l'attirant dans la pièce.

— Tout ce que tu veux, mais seulement si tu as du café !

Je la dévisage avec étonnement.

— J'ai pas fait les courses, explique-t-elle.

Je lui colle un bol entre les mains et me présente devant elle en brandissant ma sélection numéro 1.

— Qu'est-ce que tu en penses ?

— C'est pour ta sortie ?

— Oui !

— Vous allez où ?

— Aucune idée.

— Tel que je le connais, il choisira un endroit où il sera sûr d'être vu. Ton truc, c'est pour un enterrement !

— OK ! Sélection numéro 2, m'exclamé-je en présentant la seconde tenue.

— C'est bigrement classique. T'as rien de plus fun ?

Je baisse les bras. Noémie se lève et farfouille dans ma penderie.

— C'est le désert de la mode ici, beugle-t-elle en émergeant les mains vides. T'as prévu quoi aujourd'hui ?

— Rien.

— Ça tombe bien, je viens de te trouver un emploi du temps.

— Et on peut savoir quoi ?

— Shopping entre filles !

Aussitôt dit, aussitôt fait. Moins d'une heure plus tard, Noémie et moi écumons des dizaines de boutiques. Elle me fait découvrir une partie de la ville que je ne connais pas, et je suis surprise d'apprendre que Montréal est une ville aussi axée sur la mode. Je dépense une jolie petite somme, mais qui n'est rien en comparaison de la facture impressionnante de ma copine de shopping. Noémie résiste difficilement à la tentation.

Lorsque nous rentrons, elle m'oblige à passer LA tenue qu'elle trouve idéale. J'enfile donc le pantalon noir moulant ainsi que le petit top légèrement pailleté qui complète l'ensemble. Je me regarde sous toutes les coutures dans le miroir de la salle de bains sans me réjouir particulièrement.

— Tu devrais revoir ta coiffure et ton maquillage et tu seras parfaite, assure-t-elle, satisfaite de ce premier résultat.

— Je ne suis pas très douée dans ce domaine-là, avoué-je.

Elle s'éclipse une petite minute avant de reparaître, les bras chargés d'ustensiles de coiffure en tout genre.

— Assieds-toi là et ne bouge pas, ordonne-t-elle.

Elle tourne, virevolte autour de moi. Je sens les chatouillis de ses doigts dans mes cheveux, sur mes paupières, mes joues. Enfin, elle s'écarte pour juger de l'ensemble, me déclare officiellement prête et m'autorise à me voir. Noémie a ébouriffé mes cheveux sur lesquels elle a bombardé une tonne de gel. Elle a étiré mes yeux d'un trait d'eye-liner et posé une quantité hallucinante de mascara. Ma bouche est parée d'un rouge chatoyant. Je me demande déjà combien de temps va me prendre le démaquillage. Quant à ma tenue, je n'aurais jamais cru que j'oserais porter cela. Le top noir noué sur ma nuque tranche avec ma peau blanche et laisse largement entrevoir ma poitrine. Je préfère ne pas m'appesantir sur ce détail si je veux sortir de chez moi.

— Waouh ! dis-je pour seule réponse.

— Avec ces chaussures, tu seras à tomber, décrète Noémie en me présentant une paire d'escarpins munis de talons vertigineux.

J'enfile les dangereuses chaussures et fais maladroitement quelques pas dans la pièce. À plusieurs reprises, je me tords les chevilles. Je déclarerais certainement forfait si Noémie n'était pas si persuasive. Elle me donne le bras et m'escorte dans le couloir. Au bout d'une dizaine d'allers-retours, je parviens à marcher seule sans trébucher. Un bruit de moteur attire enfin Noémie à sa fenêtre.

— Il est là !

Je me précipite pour vérifier. Une puissante voiture de sport attend en bas de l'immeuble, tous phares allumés.

— Tu es sûre que c'est lui ?

— Absolument ! Je descends avec toi, faudrait pas que tu te casses quelque chose avant de manger, ce serait dommage, ironise-t-elle.

Lorsque nous passons la porte, Jonathan vient à ma rencontre et pousse un petit sifflement en levant les sourcils.

— Princesse, vous êtes en beauté. Vous me flattez !

— Voilà sa façon d'apprécier les choses, chuchote Noémie à mon oreille. Quel prétentieux !

Je n'ai pas ressenti sa phrase de cette façon, je lui souris et accepte le bras qu'il m'offre. Je monte dans la voiture dont il m'ouvre galamment la portière et adresse un signe de la main à mon amie. Jonathan en fait autant de son côté, et je vois Noémie hausser les épaules avant de rentrer. L'habitacle est saturé de son parfum, puissant, viril, très loin des notes harmonieuses et rafraîchissantes de celui de Mathias. Alors que je suis aux côtés de Jonathan, je ne cesse de penser à lui, me demandant s'il se soucie un tout petit peu de ma soirée.

Jonathan démarre comme un fou.

— Tu conduis toujours comme ça ? demandé-je, tétanisée sur mon siège.

— J'aime bien les sensations fortes.

— Le hockey ne te suffit pas ?

— Non !

Je pince les lèvres, goûtant par la même occasion au rouge à lèvres que Noémie m'a appliqué à coups précis de pinceau.

— Où allons-nous ?

— Tu vas adorer, un endroit très branché. Ça bouge bien !

Je frémis à l'idée. Noémie avait raison. Nous échangeons encore deux ou trois banalités avant d'arriver. Il se gare le long d'une avenue très fréquentée puis fait le tour de sa voiture pour m'aider à descendre. J'en suis agréablement impressionnée. Il m'escorte jusqu'à la porte d'un établissement tape-à-l'œil, qui est selon toute apparence le point de rendez-vous privilégié d'une jeunesse aux moyens indéniables. Lorsque je pénètre dans l'endroit, je suis saisie par un brouhaha infernal, des éclats de rire, de la musique, des bruits de vaisselle et une odeur forte de cuisine. Il réclame sa table habituelle d'une façon qui me déplaît passablement. Il refuse la carte que le serveur nous tend et exige sans demander mon avis un de ses plats préférés pour deux. Si Tony nous a préparé l'une de ses spécialités la veille, je n'ai pas entendu Mathias le lui réclamer et certainement pas avec cette arrogance. Je commence à cerner le personnage assis face à moi, et ce que je découvre me plaît nettement moins.

— Nous sommes assortis, tu ne trouves pas ? dit-il en me lorgnant d'un œil évaluateur.

Je ne vois pas en quoi être « assortis » peut revêtir une importance quelconque, je ne réponds pas. Il retrouve alors les accents séduisants avec lesquels il m'a convaincue d'accepter ce rendez-vous.

— Je suis heureux que tu sois là.

— C'était convenu.

— Convenu ? C'est sévère ! J'aurais préféré que tu me dises que c'est avec grand plaisir.

Je souris, il devra se satisfaire de cette réponse.

— J'aime vraiment beaucoup ton style ce soir, ajoute-t-il.

Je grimace. Il s'apprête à répliquer lorsqu'une main se pose sur son épaule.

— Salut, John, comment vas-tu ?

Mon compagnon s'esclaffe et serre la main de son ami. Il est si peu naturel dès lors qu'il est au milieu des autres.

— Salut, Mickaël, répond-il avec un enthousiasme forcé.

— Je suis avec des potes, nous t'avons vu arriver avec la demoiselle, reprend le jeune homme en m'adressant un regard lourd. Vous voulez vous joindre à nous ?

Jonathan ne me demande toujours pas mon avis, mais fort heureusement, il refuse.

— OK, je vois, fait Mickaël d'un air entendu. Salut et passe une bonne nuit !

Une bonne nuit ! Une bonne nuit, et pas une bonne soirée ?!

Inutile d'être devin pour comprendre ses insinuations. J'espère seulement que Jonathan n'entend pas les choses de la même façon. Le serveur interrompt mes lamentations silencieuses en déposant devant nous une coupe de champagne. Jonathan lève son verre.

— À ta beauté, princesse !

— À nous, corrigé-je innocemment.

— À nous, bien sûr, relève-t-il, et je crains qu'il n'ait mal interprété mes paroles.

Jonathan me sert du vin à plusieurs reprises, je ressens rapidement les premiers effets de l'alcool. À l'heure du dessert, bien plus tard, je souris béatement à chacune de ses jolies phrases.

— Il est trop tôt pour rentrer, décrète-t-il. Je t'emmène faire la fête.

— Où ça ? bredouillé-je, vaguement inquiète et tourneboulée par le champagne.

Il me répond d'un simple sourire et je me retrouve en quelques minutes dans sa maudite voiture qu'il pilote trop vite. Je crois bien qu'il traverse la ville entière puis il s'arrête enfin sur un parking bondé. Il enlace ma taille pour entrer dans la boîte. Je remarque en passant qu'il ne paie pas l'entrée et que le personnel lui réserve un accueil très personnalisé.

Nous sommes arrivés depuis quelques secondes et Jonathan est déjà assailli de toutes parts. Plusieurs de ses coéquipiers sont là, accompagnés de filles plutôt délurées. Je comprends qu'il est difficile pour ces messieurs de résister à tant de tentations, les filles ne permettent pas, elles offrent.

Jonathan, en habitué des lieux, nous fraie un chemin jusqu'à une table où se trouve un petit groupe. Je reconnais aussitôt Lyne Dompart. Elle ne m'accorde qu'un regard de dédain. Elle est habillée de telle façon qu'il ne faut pas beaucoup d'imagination pour deviner les formes parfaites de son corps. Contrairement à moi, elle assume pleinement sa féminité superbe. Je me demande sincèrement pourquoi Jonathan lui préfère ma compagnie. Je profite d'une nouvelle arrivée de groupies pour échapper à son étreinte et m'asseoir. Ma tête tourne désagréablement.

— C'est toi, la nouvelle petite amie de notre capitaine ? demande l'un des garçons assis à ma gauche.

— Je ne suis pas sa petite amie, rectifié-je.

Il se redresse en rigolant, peu enclin à me croire. Je lui décoche une œillade meurtrière. De l'autre côté de la table, Lyne Dompart s'est rapprochée de Jonathan, elle lui parle à l'oreille d'une chose qui semble importante. Jonathan l'écarte de lui tout en souriant d'un air indulgent. Lyne hausse les épaules et se rassied. Elle vide son verre d'un trait puis me toise en le reposant.

— Viens danser, dit Jonathan sans me laisser véritablement le choix.

Il me tire par la main sur la piste.

Je me dandine du mieux que je peux sur mes talons hauts. Plusieurs filles s'intercalent entre nous, lui présentant leurs croupes. Cette attitude m'agace prodigieusement et je quitte la piste, énervée.

— Léo, proteste Jonathan qui me rattrape juste avant la sortie. Qu'est-ce qui t'arrive, tu es jalouse ?

Non, je ne suis pas jalouse, je me sens juste écœurée, pas à ma place dans ce lieu, pas moi dans cet accoutrement ! J'ai besoin d'air.

— Attends, s'il te plaît, exige-t-il en me retenant par le bras.

Il siffle fort entre ses doigts en direction du bar puis esquisse un geste de la main avant de m'attirer à lui.

— Tu ne peux pas me refuser un slow, déclare-t-il tandis que la musique se fait langoureuse.

— À condition que tu me ramènes chez moi ensuite.

— Pourquoi es-tu toujours sur la défensive ?

— J'ai eu mon lot de surprises.

— Est-ce que je te fais peur ?

Il emploie décidément tous les arguments de son charme. Je lui réponds simplement que oui, et il s'esclaffe.

— C'est bien la première fois qu'une fille me dit que je lui fais peur. Mais pour quelle raison ?

— Parce que je pressens que tu ne tiendras pas ta promesse.

— Quelle promesse ?

— Celle que tu as faite en m'invitant, celle de ne pas chercher à me séduire.

— Je n'en ai pas besoin, Léo, assure-t-il en souriant d'un air entendu. Avoue que je ne te laisse pas indifférente !

Je me dégage de ses bras, vexée.

— Ne sois pas bête, ajoute-t-il. Tu n'as pas cessé de vouloir m'impressionner toute la soirée.

Je n'en reviens pas.

Comment a-t-il pu croire une minute que je cherchais à le faire tomber dans mes filets ?

— Sais-tu combien de filles rêveraient d'être à ta place ce soir ? reprend-il en me voyant offusquée.

— Celles dont tu te plaignais la dernière fois ? répliqué-je du tac au tac.

— Elles au moins, elles ne jouent pas les mijaurées, lance-t-il, peu habitué à ce qu'on lui tienne tête.

Soudain, un éclair passe dans son regard, il empoigne une des danseuses exhibitionnistes près de lui et l'embrasse à pleine bouche. Je ne veux pas en voir davantage et m'enfuis vers la sortie.

— Léo, attends ! Tu ne trouveras pas de taxi à cette heure !

Je me moque pas mal de ce qu'il peut dire, je suis hors de moi. En trottinant aussi vite que me le permettent mes chaussures, je prends le chemin par lequel nous sommes arrivés. Je parcours quelques rues avant d'en conclure avec irritation que je suis perdue. Je n'ai pas mon sac habituel avec moi, je ne dispose donc d'aucun plan. Peu à peu, la rage fait place à la mauvaise humeur, qui tourne rapidement à l'anxiété au fur et à mesure que les minutes et les mètres passent. Je m'arrête sous un lampadaire pour consulter ma montre : 1 h 20.

Pour un peu, je me mettrais à prier le ciel pour qu'il m'envoie une voiture, un vélo même...

« Un cheval, mon Royaume pour un cheval ! »

Je délire complètement, l'alcool a décidément de drôles d'effets sur moi.

Le Dieu, en qui j'ai l'audace de ne pas croire, a-t-il pitié de moi ?

Toujours est-il qu'en m'intéressant vaguement à un panneau d'affichage je tombe sur la publicité pour une compagnie de taxi. J'extirpe le portable de mon sac et compose le numéro affiché sur la pub. Une opératrice adorable fait un effort pour articuler en se rendant compte que j'ai des difficultés à la comprendre. La situation se complique largement quand il est question de lui donner mon adresse.

— C'est que je ne sais pas où je me trouve exactement, couiné-je.

— Il y a un bâtiment près de vous ? demande-t-elle gentiment sans me prendre pour une demeurée alors que je le mériterais cent fois.

Je tourne comme une toupie, des bâtiments, il y en a partout.

— Une statue, insiste-t-elle patiemment. Un panneau ?

Je relis le panneau et je découvre une affichette portant une annonce immobilière puis une autre annonçant la modification des jours de ramassage des ordures ménagères.

— Est-ce que boulevard ouest veut dire quelque chose ? demandé-je piteusement.

— N'y a-t-il pas un code composé de lettres majuscules et de chiffres à côté ?

— Si, QCH3MA7 !

— Très bien, mademoiselle, ne bougez pas de l'endroit où vous êtes, je vous envoie un taxi. Il sera là dans dix minutes.

J'ai envie de l'embrasser. Je raccroche, soulagée, et me mets à sautiller un peu sur place pour me réchauffer. La nuit est froide et je ne suis pas très couverte avec cette tenue que je trouve absolument ridicule à présent. Au bout d'une attente qui me paraît interminable, j'aperçois enfin la lumière des phares d'une voiture roulant au pas ainsi que le panneau « taxi », qui annonce la fin de mon calvaire. Le chauffeur, un homme d'une quarantaine d'années à la figure ronde sympathique, ouvre sa vitre et se penche vers moi. Il doit me prendre pour une parfaite idiote tant je souris.

— C'est vous qui avez appelé le central ?

— Oui !

— Allez, montez devant, à cette heure-ci ce sera plus agréable !

J'ouvre la portière et je m'installe aux côtés de mon sauveur. Je profite aussi de la chaleur de l'habitacle.

— Je vous emmène où ?

— Allée Sainte-Hélène !

— Fichtre ! C'est pas la porte à côté ! Vous comptiez rentrer à pied toute seule ?

— Ce n'était pas prévu ainsi, fais-je, confuse.

— Ah ! Querelle d'amoureux ? rigole-t-il.

Je ne réponds pas, mais je lui rends son sourire. Je suis trop contente pour me fâcher. Il me fait penser au voisin de mes parents, M. Édouard, avec son crâne un peu dégarni et son ventre bedonnant.

— Vous savez que ce n'est pas prudent pour une jeune femme de se balader seule dans les rues de Montréal, la nuit, reprend-il.

Les chauffeurs de taxi me paraissent être des gens passablement bien informés. Celui-là doit être au courant pour Éorin. Je frissonne en pensant à Mathias. Je comprends sa colère, son désir de justice. Je ne connaissais pas Éorin mais, curieusement, j'éprouve comme l'envie de la venger.

— Ça ne va pas ? Vous êtes toute pâle, s'enquiert mon chauffeur, inquiet sans doute plus pour les conséquences qu'aurait mon état nauséeux sur l'intérieur de son taxi que pour moi-même.

Je tente de retrouver mon calme en regardant par la vitre. Au détour d'une rue, je reconnais les environs.

— Stop ! Je m'écrie aussitôt. Je veux descendre là.

— Mais on n'est pas arrivés à l'adresse que vous m'avez indiquée, proteste-t-il.

— Tout va bien. Je vous assure que je veux descendre ici.

— Comme vous voudrez.

Il arrête la voiture en soupirant à grand bruit.

— Comment s'appelle l'opératrice qui a reçu mon appel ? demandé-je en rassemblant ma monnaie.

— Cynthia !

— Puis-je vous demander un service ?

— Dites toujours.

— Je voudrais que vous lui achetiez un bouquet de fleurs de ma part, fais-je en lui tendant une petite liasse de billets incluant le prix de la course. Est-ce que je peux vous faire confiance ?

— C'est pas tous les jours qu'on rencontre des gens comme vous, répond-il. Vous pouvez compter sur moi. Cynthia est ma sœur, nous travaillons en famille. Elle sera drôlement surprise de me voir arriver avec des fleurs.

Je tire la poignée pour ouvrir quand le chauffeur pose sa main sur mon bras.

— Z'êtes vraiment sûre que ça va aller ?

— Oui, ne vous inquiétez pas !

— En cas de besoin, tenez, dit-il en me tendant une carte. Gardez ça précieusement, vous serez sûre de tomber sur moi.

Je le remercie en rangeant la carte dans mon sac et descends. Le taxi démarre rapidement. Je regarde s'éloigner mon M. Édouard montréalais avant de me retourner vers mon objectif. Je presse le pas et, au bout de quelques minutes, je m'écroule contre mon érable. Je noue les bras autour de mes genoux pour me tenir plus chaud et laisse aller ma tête contre le tronc. Je suis à peine surprise quand ses feuilles se mettent à bruire au-dessus de moi. Je détache l'une de mes mains, la pose sur son écorce. Des petits fourmillements parcourent mes doigts, il n'apprécie pas de me voir près de lui à cette heure de la nuit.

— Personne ne sait que je suis ici, objecté-je. Je ne risque rien.

L'érable secoue ses branches, je comprends ce qu'il exige de moi. J'ôte mes chaussures pour ne pas le blesser et je me hisse maladroitement dans le creux formé par sa cicatrice, puis je saisis la branche supérieure et me glisse un étage au-dessus. À cet endroit, deux branches maîtresses s'entrecroisent, offrant un refuge sécurisé à défaut d'être très confortable.

— Tu es content comme ça ? lancé-je, étonnée moi-même de ma prestation acrobatique.

L'écho de l'érable me parvient, rassuré. Je m'installe du mieux possible et ferme les yeux. Je suis bien, bercée par le murmure des feuilles. L'érable me raconte son histoire d'amour avec la brindille. J'ignore de quoi il veut parler exactement. Je laisse filer le temps sans m'en préoccuper. Un courant d'air dans le feuillage me rappelle mon rêve de la nuit précédente et j'interroge mon hôte.

— Comment puis-je interpréter ces songes répétitifs ?

L'érable m'explique que les rêves ouvrent souvent la porte à des mondes parallèles.

— Excuse-moi, mais c'est terriblement difficile à croire.

L'arbre s'agite, vexé, il fait trembler les branches sur lesquelles je suis perchée et je manque perdre mon équilibre précaire.

— OK, je sais ! Je suis en train de bavarder avec un arbre, m'excusé-je. Mais quel rapport entre moi et ces mondes parallèles ?

Les feuilles chantent autour de moi.

— Un message ? Mais un message pour qui ?

L'arbre ignore la réponse à cette question et je suis encore plus perplexe qu'auparavant. Jusque-là, je me disais simplement que je devais réagir aux événements récents puisque ce songe n'est apparu que depuis quelques jours. À présent, je suis à deux doigts de croire qu'une personne appartenant à un monde parallèle veut m'adresser un message dans une langue que je ne connais pas. Depuis combien de temps suis-je donc hantée ?

HANTÉE ?

L'érable s'inquiète de mon excitation soudaine.

— Ce n'est rien, le rassuré-je. Une idée qui me traverse l'esprit.

Mon arbre balance mon berceau. Petit à petit, je m'enfonce dans les limbes et il ne me parvient plus qu'une odeur de forêt.

Chapitre 6
Les Gardner

« Quand je suis parmi vous, arbres de ces grands bois,
Dans tout ce qui m'entoure et me cache à la fois,
Dans votre solitude où je rentre en moi-même,
Je sens quelqu'un de grand qui m'écoute et qui m'aime ! »

Arrachée à mon demi-sommeil, je cherche la jeune fille à qui appartient cette voix mélodieuse. Je débusque Anwen sur la branche au-dessus de la mienne.

— De qui est-ce, cette fois ? marmonné-je en me redressant.

— Victor Hugo.

— Vous êtes poètes dans la famille.

— C'est une façon agréable de voir les choses.

— Je peux te demander ce que tu fais là ?

— Puis-je te retourner la question ?

— J'étais la première.

— L'érable s'inquiétait pour toi.

— Ah ?!

— Tu ne connais pas les méthodes de communications sylvestres ?

Mon air ahuri lui arrache un petit rire, puis elle explique généreusement :

— L'érable a dit à son voisin qui a répété au sapin qui l'a répété au grand chêne dont la voix porte plus loin et ainsi de suite jusqu'à ce que la rumeur nous parvienne aux oreilles.

— Formidable, gémis-je. Je ferais mieux de me réveiller.

— Tu devrais être dans ton lit et je suis chargée de t'y emmener.

— Chargée, m'exclamé-je. Par qui ?

— Mathias aussi était inquiet.

Mon cœur a un raté.

— En quoi cela le concerne-t-il ?

— Ta sécurité est un sujet qui semble l'intéresser.

— Pourquoi n'est-il pas venu lui-même dans ce cas, au lieu de te déranger ?

— Mathias ne me dérange jamais.

— Bien, pourquoi n'est-il pas venu lui-même ? rectifié-je.

— Il ne souhaitait pas te voir comme ça !

Je reçois un camouflet.

— Comme ça, quoi ? demandé-je, hargneuse.

— Désires-tu vraiment que je fasse l'inventaire de ce qui aurait l'heur de déplaire à Mathias ?

Bon sang !

Quelle curieuse façon de s'exprimer !

C'est si perturbant que j'en oublie ma colère.

— Inutile, je m'en doute.

— Sauras-tu descendre seule de ta branche ou dois-je t'aider ?

— As-tu reçu des consignes à ce sujet-là aussi ? grincé-je en me relevant prudemment.

— Oui.

J'entends un léger craquement, le bruissement des feuilles et un petit coup sourd sur le sol. Anwen est déjà descendue, sans difficulté, aussi agile qu'un écureuil.

— Comment fais-tu ça, toi ? m'émerveillé-je.

— Nous avons grandi en forêt !

— Oui, ça, je sais, raillé-je en m'agrippant des deux mains à une branche.

L'érable se laisse malmener sans broncher. Lorsque je suis enfin parvenue en bas, Anwen affiche un grand sourire et me félicite.

— Ce n'était pas si mal pour une débutante !

— Oui, je trouve que je me suis bien débrouillée, dis-je ironiquement en frottant mes habits couverts de feuilles et d'écorce et en retrouvant les talons hauts que j'avais abandonnés au pied de l'arbre.

— Tu es affreuse, grimace Anwen en me toisant.

— Je te remercie.

— Pas de quoi ! Dépêchons-nous de rentrer, à présent.

Anwen m'oblige à suivre son allure habituelle. J'arrive, épuisée mais dégrisée, au pied de ma résidence. Je m'attends à la voir s'éclipser comme son frère et elle en ont l'habitude. Au lieu de quoi, elle me prend les clés des mains, s'impatientant devant ma maladresse à ne pas retrouver la bonne, et me précède dans l'escalier. Elle se dirige vers ma porte sans jamais m'avoir questionnée. Je la suis sans protester. Elle fait lentement le tour de la pièce en inspectant chaque centimètre carré comme le ferait un enquêteur à la recherche d'indices. Sa curiosité fait mon émerveillement.

— As-tu trouvé ce que tu cherchais ? demandé-je en ôtant mon manteau.

— Beurk ! lance-t-elle en me reluquant. C'est encore pire que ce que j'imaginais.

— Quoi, c'est si moche ?

Je me précipite dans la salle de bains. Mes cheveux hirsutes n'ont pas bougé d'un poil sous l'effet du gel, mon maquillage waterproof est resté à l'épreuve des inondations, et ma tenue n'a pas subi de dégâts. Seule une odeur désagréable de graillon, de fumée et d'alcool vient démolir le portrait idéal que Noémie a dressé de moi.

— Attends-moi, crié-je depuis la salle de bains.

Je me déshabille rapidement et enferme mes vêtements dans le panier de linge sale. Je me brosse énergiquement les dents et les cheveux et use tout ce qu'il me reste de coton à démaquiller pour éliminer la couche de mascara noir qui couvre mes cils. Une fois sous la douche, je m'acharne à faire disparaître cette odeur nauséabonde. Je me lave les cheveux deux fois de suite. Je la rejoins, emmitouflée dans mon gros peignoir senteur lavande, les cheveux encore humides.

— Voilà qui est conforme, fait Anwen en souriant.

— Conforme à quoi ?

— À ce que tu es vraiment.

Pourquoi faut-il que Mathias et elle me balancent toujours des vérités aussi évidentes ?

Je suis troublée, et les réponses laconiques d'Anwen ne m'aident guère.

— Lorsque tu connais la réponse avant de poser la question, il vaut mieux ne pas poser la question, affirme-t-elle, sentencieuse.

— Je ne connais pas la réponse, avoué-je, déconcertée.

— C'est parce que tu ne t'es pas posé la bonne question.

— Quelle est donc cette fameuse question ?

— Qui es-tu ?

Le sang déserte mes joues, je trouve refuge sur mon lit.

— Je suis, murmuré-je en hésitant. Je suis… moi !

— Quelqu'un d'ordinaire et sûr de soi aurait répondu, inévitablement, je suis Éléonore Duvivier.

— Cela sous-entend-il que je ne sais pas qui je suis ?

— Tu ne connais qu'une infime partie de toi-même. Celle qui se fond dans le moule, celle qui passe inaperçue, et tu caches tout le reste.

— C'est quoi, le reste ?

Elle hausse les épaules dans un geste d'impuissance.

— Il est plus que temps que tu dormes, affirme-t-elle en regardant l'heure.

— Je vais avoir belle mine chez Tante Agnès. Je risque l'incident diplomatique.

— Non, tout ira bien.

— Comment peux-tu en être aussi sûre ?

— Quand tu te réveilleras, tu seras aussi fraîche qu'une rose à peine éclose.

— Je te préviens que Ronsard, je connais, plaisanté-je.

Elle se penche vers moi en me fixant de ses émeraudes brillantes.

— *Cysgü* ! dit-elle d'une voix à peine audible, et c'est la dernière chose dont je me souviens avant de sombrer.

Le réveil, que je ne me rappelle pas avoir réglé la veille, me tire du sommeil à 10 h 30 précises. Je passe une main fébrile sur mon visage.

Est-ce que j'ai rêvé encore ? Est-ce que mon imagination débordante prend le contrôle de mon cerveau malade ?

J'entends presque aussitôt la sonnerie de mon portable. Je le trouve posé sur ma table de chevet près de mon lit sans que je me rappelle l'avoir sorti de mon sac. Toute embrouillée, je décroche sans vérifier la provenance de l'appel.

— As-tu bien dormi ?

Je reconnaîtrais cette voix entre mille. Mon cœur s'emballe, accélérant la course du sang dans mes veines et me réveillant tout à fait. Mathias et moi n'avons pas échangé nos numéros de téléphone, et je ne vois qu'une seule personne capable de s'être procuré le mien à mon insu. La même qui a placé soigneusement l'appareil près de moi avant de partir, cette nuit.

— Oui, merci ! Ta sœur est très… persuasive, insinué-je dans l'espoir d'obtenir une explication ou, tout du moins, une confirmation de ce que je soupçonne.

— Comment te sens-tu ?

— Étonnamment bien.

— Léo, tâche d'être plus prudente, me recommande Mathias avec des accents de colère.

— Les choses ne se passent pas toujours comme on les a prévues.

— Il faut envisager toutes les possibilités, toutes les options et, à ce moment-là seulement, tu peux prétendre avoir prévu.

— Tu dois être très fort aux échecs !

Mathias émet un petit ricanement.

— Tu ne me demandes pas comment s'est passée ma soirée ? interrogé-je, rongée par le désir de savoir quel sentiment peut bien l'animer à ce sujet.

— Je connais la réponse, dit-il d'une voix neutre qui me frustre.

— Donc tu ne poses pas la question, c'est bien ça ?

— Anwen a été un bon professeur.

— Mathias, il y a des choses que je ne comprends pas.

— Il y a parfois des mystères qui ne trouvent jamais solution.

— Tu ne me facilites pas la tâche, râlé-je.

— Toi non plus ! Je t'écoute.

— Pourquoi mon univers est-il en train de basculer ?

— C'est une bonne question.

— Je n'ai pas la réponse, insisté-je sèchement.

— Tu la trouveras en son temps.

— Est-ce que tu la connais, toi ?

Mathias a un silence évocateur.

— S'il te plaît... imploré-je.

— Il n'est pas encore temps.

— De quel droit peux-tu décider ça ?

— Ce n'est pas moi qui décide. Les hommes ne naissent pas adultes et sages. Ils viennent au monde fragiles, innocents et ignares, puis ils grandissent et apprennent. Ce n'est qu'au terme de leur vie qu'ils comprennent, parfois. La nature est ainsi faite. Pour certaines espèces, ce temps ne dure qu'une journée, pour d'autres, quelques années, pour d'autres encore, une éternité.

— Tu me proposes de tout piger sur mon lit de mort ? me renfrogné-je.

— C'est ce que tes oreilles ont voulu entendre. Ta colère t'empêche d'être lucide.

Son ton calme et sa voix douce me déstabilisent et m'agacent en même temps.

— Tu es énervant, finis-je par lâcher en lui raccrochant au nez.

Je regrette aussitôt ce geste. Affolée, je tente nerveusement de retrouver son numéro dans le menu de mon portable, mais un message m'indique qu'il est masqué. Une déception piquante me monte à la gorge. J'ai presque envie de pleurer. Tout à coup, mon téléphone se met à vibrer, m'annonçant l'arrivée d'un message. Je reprends espoir et vérifie sans tarder. Sur l'écran s'affichent deux lignes :

« Appelle-moi. Jonathan. »

Suivi de son numéro de portable.

Je laisse retomber mon téléphone sur mes draps, peu encline à joindre mon compagnon de soirée. Malgré mon amère déception, je me lève, consciente du temps qui file. Je dois me préparer pour le déjeuner. Un peu plus tard, je m'apprête à téléphoner à ma cousine pour qu'elle vienne me chercher quand je m'aperçois qu'un nouveau message est arrivé. Cette fois, mon cœur fait un bond de joie. Sur l'écran, seulement trois mots, mais ils font mon bonheur.

« À demain. Mathias. »

*
* *

— Tu as bonne mine, se réjouit Tante Agnès après m'avoir observée un bon moment sitôt l'entrée servie.

— Je prends soin de mes repas et de mon sommeil, mens-je en rougissant à peine sous l'œil moqueur de Sandy.

Le dimanche est le seul jour où j'accepte de venir déjeuner chez elle. Nous en profitons toutes les deux pour joindre mes parents, sur Skype, dans l'après-midi. Maman n'est pas une grande adepte des mails et le prix des communications à l'international aurait rapidement raison de mon budget. C'est donc une manière plus directe, plus sympathique et plus économique de communiquer. Et puis, c'est un rituel qui était déjà instauré bien avant que j'arrive ici. Il devient juste plus fréquent, et moi, je suis passée de l'autre côté de l'écran. Nous restons longtemps à bavarder de tout, de mes nouvelles amies, du hockey, surtout avec Xavier, que je réussis à impressionner par ma culture de ce sport. Je m'améliore sensiblement dans l'art de faire semblant, même Papa a l'air soulagé.

— Pourquoi fais-tu cette tête-là ? me demande Noémie en venant me rendre visite, le soir, dans mon chez-moi que je suis contente de retrouver.

— Parce que je ne suis pas fière de moi.

— Quelle bêtise as-tu faite ? s'empresse-t-elle de demander, songeant sans doute à mon rendez-vous avec Jonathan.

— Ne te méprends pas, ce n'est pas ce que tu penses !

— Je ne me méprends pas, comme tu dis, je m'interroge.

— J'ai passé la journée à mentir à toute ma famille.

— C'est tout ? Moi, ça m'arrive tout le temps et j'en suis pas morte.

— Je déteste ça.

— Ne me dis pas que tu ne racontes jamais un petit mensonge ?

— Pas de manière aussi volontaire, et pas aux gens que j'aime.

— J'adore tes scrupules. Ils vont super bien avec ta façon de t'exprimer... Moyenâgeux !

— Laisse tomber !

— Bon, parlons de choses sérieuses... Jonathan est passé dans l'aprèm. Pas content, le garçon, que lui as-tu fait ?

— Ou qu'est-ce que je ne lui ai pas accordé ? corrigé-je.

— Ah, voilà ! observe Noémie en levant l'index vers le ciel. Nous avions donc raison ?

— Vous aviez donc raison. Ce qui me dérange le plus, c'est cette ambivalence entre le garçon charmant et le sale type. Tu vois, un peu comme dans *Dr Jekyll et M. Hyde*.

— Non j'vois pas. Pour moi, Jonathan Dussaunier est un type arrogant, autoritaire et vaniteux, tranche-t-elle sans ménagement.

— Pourquoi cherche-t-il à me convaincre du contraire ?

— Sans doute parce que tu as quelque chose qui l'intéresse, mais rassure-toi, quand tu lui auras donné ce qu'il veut, tu verras qui il est réellement.

La remarque de Noémie me laisse pensive.

— Il faut que je te raconte ma soirée, beugle-t-elle, faisant ainsi voler en éclats mon début de réflexion.

Et elle m'inflige deux heures de quasi-monologue, seulement entrecoupé de quelques interjections de ma part et de plusieurs bâillements. J'ai hâte d'être au lendemain, de retrouver Mathias.

Ma nuit est encore agitée du même rêve. Cette fois, je ne cherche plus à le fuir. Je marche dans une forêt bien plus sauvage que celle où se trouve l'érable, et dont se dégage une odeur puissante où dominent les notes de terre humide et d'aiguilles de sapin. J'ai le sentiment d'être suivie, mon cœur se met à battre très fort.

— *Find Aïr nawr ! Alwedol !* murmure une voix près de moi.

Je tourne la tête et je la vois pour la première fois : belle et lumineuse avec ses longs cheveux soyeux et ses yeux verts. L'inquiétude se lit sur son visage.

— *Nawr ! Alwedol !* répète-t-elle en désignant ma poche d'un geste gracieux de la main, et elle disparaît.

Je me réveille, tremblante, dans mon lit.

Éorin !

C'est elle, j'en suis certaine. Mais pour quelle raison ?

Je me lève d'un bond et triture la poche de mon jean pour en sortir le petit objet d'argent. Je l'approche de ma lampe de chevet et le scrute sous toutes les coutures. Il me semble distinguer une très fine inscription sur la tranche du boîtier.

Une gravure ? Un symbole ?

Rien de connu pour moi en tout cas.

Je consulte mon réveil pour me rendre compte qu'il est déjà quasiment l'heure de me lever. Je range précieusement le boîtier dans ma poche avant de descendre. Noémie a collé un post-it sur sa porte où elle a écrit « Prière de ne pas déranger ». Je n'en suis pas fâchée, au contraire, Mathias garde toujours ses distances lorsque je suis accompagnée. J'arrive sur le campus bien avant l'heure de mes cours d'informatique. Je remonte l'allée en prenant le temps de flâner devant la vitrine de la librairie quand j'entends la voix de Jonathan derrière moi.

— Pourquoi tu ne m'as pas appelé ? gronde-t-il.

Il est encore plus beau lorsqu'il prend cette attitude, tout comme il est sublime sur la glace au beau milieu d'un combat. Ça convient bien à son tempérament : Jonathan est taillé pour la lutte.

— Je n'en ai pas eu le temps, j'étais chez Sandy.

— J'étais mort d'inquiétude. Heureusement que Noémie m'a dit qu'elle t'avait entendue rentrer. Je t'ai cherchée partout, Léo. J'ai repris la voiture et j'ai refait le chemin. Comment es-tu rentrée ?

— En taxi.

— Jure-moi de ne plus me refaire un coup pareil.

Son apparente sincérité me déboussole. Il ne me semble pas avoir accepté un prochain rendez-vous.

— Mercredi soir, il y a un match, j'aimerais que tu viennes m'encourager.

— J'évite de sortir en semaine.

— Je ne te demande pas la lune, juste de venir assister au match. Au pire, tu seras rentrée pour minuit. S'il te plaît ! Ta présence sera un véritable booster.

Son visage s'illumine d'un sourire éblouissant.

— Je ne te promets rien, fais-je en soupirant, presque vaincue.

— Génial !

— Ne te réjouis pas trop vite.

— Je ne me suis pas conduit comme un gentleman, n'est-ce pas ?

Je ne peux retenir un rire nerveux.

— Je suis désolé, Léo, ce n'est pas ce que je voulais, je t'assure, mais j'avais sans doute un peu trop picolé et…

— N'en parlons plus, coupé-je, indisposée par cette explication.

Je tourne la tête pour échapper à son regard insistant et vois soudain Mathias, adossé tranquillement contre la vitrine de la boutique d'en face. Il nous regarde sans vergogne. Je dois changer de couleur, car Jonathan suit mon regard et interrompt ses excuses foireuses.

— Est-ce que je peux compter sur toi ? insiste-t-il.

Trop pressée d'abréger notre conversation, j'accepte sans réserve. Jonathan lève doucement la main vers ma joue et effleure ma peau du bout de son index comme il en a pris l'habitude. Instinctivement, je me raidis. À ce moment même, c'est à d'autres mains que j'aspire, à des mains qui se tiennent bien serrées dans des poches de manteau, de l'autre côté de la rue.

Jonathan s'écarte et fait demi-tour. Il soutient le regard de Mathias tandis qu'il s'éloigne. Une tension palpable s'est installée entre les deux garçons. Je n'ose pas faire le premier pas alors que je meurs d'envie de courir vers lui.

Le sent-il ?

Mathias vient à moi lentement.

— Es-tu toujours fâchée ? demande-t-il après m'avoir examinée attentivement.

— Non, et toi, tu m'en veux ?

— Aucunement.

Nous prenons ensemble le chemin des cours. Noémie étant absente, il s'installe près de moi. Certains étudiants nous dévisagent avec curiosité. Mon compagnon ne semble pas s'en apercevoir. J'aimerais savoir ce qu'il pense de ma relation avec Jonathan. Ils se sont toisés comme deux lutteurs prêts à en découdre. Je ne résiste pas longtemps.

— Est-ce que tu connais Jonathan Dussaunier ? chuchoté-je tandis que le prof entame son cours.

Mathias secoue seulement la tête.

— Il a l'air de te connaître, lui.

— On pense parfois connaître des gens et on se trompe, me répond-il un ton plus bas.

Je prends cette remarque pour moi et me tais. Mathias m'adresse un coup d'œil étonné par ma réaction, mais je ne suis pas capable de lui en vouloir très longtemps. Quelques minutes plus tard, il me glisse un bout de papier soigneusement plié sur ma table, je découvre alors son écriture très particulière, fine et soignée :

Tu déjeunes avec moi.

Je griffonne rapidement à la suite de son message et lui retourne le billet :

Et si je n'étais pas libre ?

Il sourit d'une façon discrète et craquante en prenant connaissance de ma réponse. Je suis rapidement destinataire d'un autre mot :

Tu es libre.

Je me pince les lèvres, ce diable de garçon a décidément réponse à tout. Je rédige donc ma délicieuse capitulation :

Je suppose que tu décides aussi du menu ?

Il réprime un ricanement et se contente de hausser un sourcil éloquent en me regardant. Le billet, quant à lui, disparaît dans sa poche. Au terme des cours, il attend patiemment que j'aie rangé mes affaires au fond de mon sac. Il rectifie encore le col de mon manteau. Ses prunelles de jade capturent les miennes.

— En quel honneur, ce déjeuner ? demandé-je avant de fondre comme neige au soleil.

— Je voudrais te présenter Andréas et Élawen.

J'en demeure coite.

— Anwen ne cesse de parler de toi, ajoute-t-il. Ils meurent d'envie de te rencontrer.

— Je n'imaginais pas Anwen si disserte.

— C'est une vraie chipie, dans son genre, elle t'aime beaucoup.

Et lui ? M'aime-t-il beaucoup ?

Il perçoit sans doute le trouble dans mon regard et me fixe étrangement. Je ne peux supporter longtemps son examen, je récupère mon sac et prends les devants. Hélas pour mon orgueil, je m'emmêle les pieds dans un câble électrique mal rangé et je trébuche. Je ne sais pas comment il se débrouille pour être aussi rapide, mais il parvient à me rattraper avant que je ne m'affale sur le sol. Je me retrouve blottie contre sa poitrine.

Étourdie, je ferme les yeux, le cœur battant, la tête bourdonnante, puis je les rouvre pour vérifier sa réaction. C'est alors que j'aperçois, sous sa chemise, dont un bouton s'est défait dans l'action, une chaîne en argent d'une finesse extrême soutenant un médaillon aérien du même métal. Ce médaillon aux lignes courbes me fait penser aussitôt au motif gravé sur le boîtier d'Éorin. Il ne fait désormais plus aucun doute que cet objet lui appartenait.

Mathias n'a pas relâché son étreinte. Mon cœur ne se calme pas et, si je peux en entendre chaque battement précipité, nul doute qu'il les perçoit aussi. Son parfum boisé me grise. Je voudrais que ce moment s'éternise, mais il m'écarte doucement.

— Ta distraction te jouera de sales tours, dit-il calmement.

Ce qu'il peut être agaçant, par moments !

Pourquoi reste-t-il toujours aussi maître de lui-même ?

Pourquoi n'avoue-t-il jamais ses sentiments ?

Je suis persuadée qu'il m'a gardée contre lui volontairement, qu'il crève d'envie de me dire quelque chose mais, en quelques secondes, il a recouvré son air imperturbable et distant.

Ne voit-il donc pas à quel point je suis tombée amoureuse de lui ?

Cet incident a au moins eu pour mérite de me rendre à l'évidence : j'aime Mathias Gardner... Irrémédiablement !

Je baisse la tête et veux le précéder afin de lui dissimuler les larmes qui emplissent mes yeux. Encore une fois, il est plus vif que moi et me force à lui faire face en levant mon menton du bout de son doigt.

— T'ai-je offensée ? s'enquiert-il, visiblement inquiet.

C'est la première fois que je lis aussi clairement la détresse sur son visage. Je perds pied. Je lui dis que non d'une voix étranglée et il fronce les sourcils.

— Tu mens très mal.

— Et toi, tu mens trop bien, répliqué-je, emportée par une trop vive émotion.

— En quoi t'ai-je menti ? se récrie-t-il, perdant son sang-froid de manière tout à fait inédite.

— Tu me caches tellement de choses !

— Il n'est rien qui ne soit à ta portée, se défend-il en souriant.

Il a une fois de plus dompté ses sentiments, j'enrage.

— Ne m'as-tu pas dit que ton frère et ta sœur nous attendaient ?

Sans rien ajouter, il s'empare de ma main et m'entraîne derrière lui. Il est encore parvenu à s'en tirer par une pirouette.

Mathias prend garde à ne pas marcher aussi vite que d'ordinaire. À deux rues de là, je me trouve face à une surprise de taille : un modèle récent de 4 × 4 devant lequel je reste ébahie quand il m'ouvre la portière.

— J'ignorais que tu avais une voiture.

— Il y a beaucoup de choses que tu ignores.

Et toc !

Il marque encore un point et je cherche encore une fois à percer ses sous-entendus, pétrie de folles espérances. Je reste muette durant la majeure partie du trajet. Un nœud s'est formé dans mon estomac.

— Qu'y a-t-il ? demande-t-il, alerté par mon silence inhabituel.

— Et si je ne leur plaisais pas ?

— Stupide !

— Pourquoi stupide ?

— Tu as passé le cap le plus difficile.

Je fais une moue dubitative et je risque un coup supplémentaire.

— Quel cap ?

— Moi !

Je rougis violemment. Mon cœur s'envole. Ce petit jeu du chat et de la souris n'a que trop duré, je n'en peux plus.

— Sous-entends-tu que je te plais ?

— Ne pose pas une question à laquelle tu as déjà la réponse, me rappelle-t-il en fixant la route.

— Je n'ai pas la réponse, Mathias, marmonné-je entre mes dents.

— C'est que tu n'es pas attentive.

— C'est que tu ne te comportes pas de manière ordinaire.

— Sans doute parce que nous avons chacun une nature différente.

— Quelle est la tienne ?

Il jette un coup d'œil dans le rétroviseur, ralentit et gare la voiture le long du trottoir. Il se tourne vers moi.

— Tu t'améliores de jour en jour, dit-il, admiratif. Tu poses les bonnes questions à présent.

— Et tu n'y apportes guère de réponse.

— Je ne fais que ça !

— Tu me rends dingue, me renfrogné-je en m'enfonçant dans le siège.

— Comment devrais-je me comporter, selon toi ?

Je me décompose. Il est trop malin, et tous ses pièges fonctionnent à merveille.

— Exprime-toi de manière intelligible pour commencer, réponds-je, horriblement confuse.

— Parce que mon langage ne te paraît pas suffisamment intelligible ?

— Tu sais très bien que ce n'est pas ce que je veux dire.

— J'adore te voir te débattre dans tes contradictions.

— J'ai l'impression de n'être qu'un motif d'amusement pour toi.

— J'avoue que je résiste difficilement à la tentation.

Sa voix s'égaie et une lumière malicieuse éclaire son regard.

— Tu n'as aucune pitié pour moi.

— Tu ne m'inspires pas la pitié, dit-il doucement.

Je me demande si je vais saisir cette nouvelle perche, au risque de me faire avoir une fois de plus. Je décide de le laisser mariner un peu et ne relève pas.

— Nous sommes arrivés, au fait, déclare-t-il en souriant de façon énigmatique.

Je ne montre pas ma déception et passe la tête au dehors. Je reconnais la rue.

— Tony ?

— *Si*, répond-il en italien.

Je descends de la voiture et me retrouve aussitôt prise au piège de ses bras, plus puissants qu'ils n'y paraissent.

— Si je te dis que tu me plais, est-ce assez clair pour toi ?

Mon pouls s'accélère de manière vertigineuse.

— Ça se pourrait, réponds-je, étourdie par cette attaque imprévue.

Je sens son souffle sur mon visage tant sa bouche est près de la mienne. Ce n'est pas du jeu, je suis au supplice et je tremble comme une feuille.

— Est-ce que, si je t'embrassais, ce serait une manière normale de me comporter ? fait sa voix de velours.

Je manque défaillir. Il est plus que doué... Il est terriblement dangereux.

— Mathias, supplié-je, au bord du précipice.

Je ferme les yeux pour ne plus subir les siens. Son haleine effleure mes lèvres, une caresse divinement douce et légère. Sa bouche s'égare le long de ma mâchoire et remonte sur ma joue. Elle poursuit son tendre chemin sur mes paupières closes et redescend sur l'arête de mon nez. Mathias retient le temps, une seconde qui dure une éternité, et sa bouche prend possession de la mienne, avec passion. Lorsque je rouvre les yeux, les siens m'observent avec tendresse. Je ne résiste pas à l'envie de le taquiner pour me venger de la torture morale qu'il m'a infligée.

— Puis-je me permettre de te faire remarquer que tu ne m'as pas demandé ce que je pensais de toi ?

— Je ne pose jamais les questions auxquelles j'ai les réponses.

— Bien entendu, soupiré-je. Est-ce donc si évident ?

— Flagrant, répond-il, l'air réjoui.

— Je dois t'avouer que je n'ai pas prévu toutes les options, ni étudié toutes les possibilités, ni même envisagé quoi que ce soit, annoncé-je timidement.

— C'est un tort !

— As-tu tout prévu, toi ?

— Oui.

Je le dévisage, bouleversée. Je me rends compte que je me suis entièrement livrée à lui, sans protection aucune. Sa beauté et son charme envoûtants ne sont pas des arguments suffisants pour expliquer mon manque de prudence.

N'ai-je donc pas retenu la leçon que Grégory m'a donnée ?

Je cherche à me dégager de ses bras. Mathias ne me laisse pas la moindre chance d'y parvenir, il immobilise mon menton dans sa poigne et m'oblige à soutenir son regard.

— Me croirais-tu si je te disais que cette décision a, sans conteste, été la plus difficile à prendre de mon existence ? J'ai souffert mille incertitudes et je connais le prix à payer.

Je sais au plus profond de mon âme qu'il ne me ment pas. Ses hésitations ont sans doute été motivées par la volonté de ne pas me blesser plus que je ne l'ai été auparavant, et je l'en remercie, émue.

— Tu te trompes, réfute-t-il après avoir pris une profonde inspiration. Ce n'est pas uniquement pour te protéger que j'ai à ce point hésité et réfléchi, c'est pour nous deux. Léo, mon... univers est assez différent du tien. Je ne veux pas t'entraîner dans une situation que tu n'aurais pas choisie et acceptée. Je n'en ai pas le droit.

Je blêmis, Mathias m'a offert ce que je désire le plus et il est en train de me le reprendre. Je ne suis pas capable de le supporter.

— Ne me fais pas ça, je t'en supplie, imploré-je, alarmée.

— Ne t'inquiète pas, la voie que je vais prendre ne nous séparera pas ! Je te l'ai dit, j'ai tout prévu et j'ai choisi, je t'ai choisie !

Ses propos énigmatiques me donnent la chair de poule. Je ne comprends pas grand-chose au mystérieux cheminement qui l'a conduit à moi, mais je sais seulement qu'il veut être mien et que je lui appartiens déjà. Je n'ai pas besoin de réfléchir, cette fois, c'est une évidence absolue.

« Je t'ai choisie ! »

Ces mots tourbillonnent dans ma tête et m'enivrent. Je garde néanmoins un goût étrange dans la bouche, une saveur douce mêlant bonheur, désir et peur. Une peur instinctive. La pensée d'Éorin vient de nouveau me hanter sans crier gare. Mathias n'a jamais évoqué sa sœur devant moi. Elle manquera forcément à la table où il souhaite m'inviter. Je ne veux pas commencer notre histoire sur des non-dits. J'hésite, cherchant mes mots afin de ne pas lui faire de peine inutile.

— Je... Je suis au courant pour Éorin, bafouillé-je.

Il me sourit gentiment. Je m'attendais à plus de tristesse et son attitude me désappointe un peu.

— Je le savais. J'ai entendu ta conversation avec Noémie le jour où tu es arrivée et où tu as choisi de t'installer à la table qu'elle occupait.

— Pourquoi m'as-tu ainsi fusillée du regard ?

Mathias réprime un petit rire et, sans lâcher ma main, caresse ma joue du dos de la sienne.

— Je suis d'un naturel méfiant, il me faut toujours un moment avant de me faire une opinion des personnes que je rencontre.

— C'est pour cela que ton frère, tes sœurs et toi restez si distants des autres étudiants ?

— Nous ne sommes pas très sociables, rigole-t-il.

— Pourquoi moi ? osé-je enfin, la gorge nouée.

— Parce que toi.

— C'est une réponse facile, Mathias !

— Tu veux vraiment que tout soit rationnel autour de toi, tu cherches en permanence des réponses logiques et cartésiennes. Tu ne vois de l'iceberg que la partie émergée, Léo. Laisse-toi aller, écoute ta vraie nature !

— Ma vraie nature ?

— Celle qui te permet de parler à l'érable, répond-il avec un sourire adorable.

Il gagne encore la partie et je le suis docilement.

*
* *

— *Ciao*, Mathias, bonjour, Léo ! s'écrie Tony en nous voyant entrer.

Il traverse la salle à grandes enjambées, presse Mathias contre lui et me donne une accolade généreuse. Son entrain a quelque chose d'artificiel, Tony paraît soucieux ou triste, je ne sais pas trop, mais quelque chose le tracasse de toute évidence.

— *Ho indivinato*[1] ? demande-t-il à mon compagnon.

— *Non si puo nascondere nulla da te*[2] ! fait Mathias, l'air grave. Ils sont là ?

---

1. « J'ai deviné, n'est-ce pas ? » (*N.d.A.*)
2. « On ne peut rien te cacher ! » (*N.d.A.*)

— Dans la petite salle, ils vous attendent, répond Tony en retrouvant son air enjoué. J'arrive avec le vin.

Mathias se tourne vers moi et me dévisage comme s'il cherchait en moi un appui. Je devine une lutte intérieure violente puis il m'attire contre lui.

— J'ai besoin que tu me dises ce que tu éprouves pour moi, maintenant ! exige-t-il d'une voix de velours.

C'est comme un tourbillon qui m'emporte, m'arrachant un aveu aussi sincère que vibrant d'émotion.

— Je t'aime, soufflé-je sans hésiter.

Sa bouche se soude à la mienne, et ma main sur sa poitrine enregistre l'accélération des battements de son cœur. Il me murmure un merci à l'oreille puis il m'écarte un peu. Je le regarde, émerveillée mais inquiète. Quand il pousse la porte de la salle indiquée par Tony, je suis immédiatement saisie par une tension dans l'atmosphère. Les voix étouffées que j'ai entendues avant que nous franchissions le seuil se sont aussitôt tues pour laisser place à un silence prudent.

Anwen se lève et, en guise de bienvenue, pose sa main sur mon épaule. Elle jette un regard perplexe à Mathias, que je vois pour la première fois en sa compagnie. Les liens unissant les uns et les autres m'apparaissent complexes. Sans avoir besoin de paroles, ils semblent parfaitement se comprendre. Rejoignant Anwen près de nous, leur frère m'adresse un sourire chaleureux. Je m'aperçois alors que Mathias et lui ne se ressemblent pas du tout. De loin, leur allure et leur taille identiques m'en avaient donné l'impression, mais je me suis trompée.

— Bonjour, Léo, je suis Andréas, dit-il d'une voix aussi douce que celle de Mathias. Nous sommes heureux de faire ta connaissance.

Il me tend une main que je serre timidement. Sous son air gracieux, il a une poigne de fer. Pendant ce temps, Élawen n'a pas bougé. Elle s'est contentée de me jeter un coup d'œil sévère à mon arrivée puis conserve obstinément la tête tournée vers la fenêtre. Anwen se dirige vers elle pour rompre son isolement.

114

— *Maëi en delwis*[1] ! dit-elle d'une voix calme et assurée.

Élawen se tourne vers nous, les traits empreints de colère.

— *Nié yn dehaïlé*[2] ! s'exclame-t-elle en s'adressant à Mathias.

— *Nid im hym per iê*[3], rétorque ce dernier sans se départir de son calme apparent.

Je sens cependant sa main se crisper dans la mienne.

— Paix ! réclame Andréas d'une voix plus forte. Nous ne faisons pas honneur à notre invitée, ajoute-t-il en m'offrant un siège près de lui. Excuse la conduite d'Élawen, Léo. Notre sœur semble faire preuve d'une mauvaise humeur qui n'est pas légitime.

Cette remarque ciselée fait mouche, Élawen se lève comme un ressort.

— Mon humeur m'appartient, aboie-t-elle, cinglante, à l'intention d'Andréas. Pourquoi ne lui expliquez-vous pas l'origine de ce désaccord ? Elle serait en droit de savoir !

— Tu es bien jeune et impulsive, Élawen, tonne notre hôte en entrant un plateau chargé à la main. Tu comprendras Mathias quand, à ton tour, tu auras éprouvé des sentiments. N'as-tu donc pas appris la tempérance ?

— Il me semble que si quelqu'un ici fait preuve d'impatience, c'est bien Mathias. Pourquoi n'a-t-il pas attendu la fin de notre mission ?

— Suffit ! gronde Mathias, furieux. Tu dépasses les limites, Élawen, je n'ai de comptes à rendre qu'à mon père, et il a accepté mon choix sans émettre le quart de tes réserves. De quel droit oses-tu porter un jugement tel que celui-là ?

---

1. « C'est son choix ! » (*N.d.A.*)
2. « Je ne te comprends pas ! » (*N.d.A.*)
3. « Cela ne te regarde pas. » (*N.d.A.*)

— Parce qu'Éorin ne dort pas du Grand Sommeil, siffle-t-elle entre ses dents.

— Je n'ai jamais perdu ça de vue, réplique Mathias.

Je regarde les uns et les autres, ahurie. Je ne comprends strictement rien à ce qui se passe dans cette pièce. Tony me glisse un verre de vin dans la main.

— Ces enfants-là sont turbulents, mais ils finissent toujours par se réconcilier. Ne t'en fais pas, la tempête ne durera pas. Allez, *pasta* pour tout le monde, conclut-il de sa voix de ténor.

— Promets-le-moi ! exige Élawen, les larmes aux yeux, devant Mathias.

Celui-ci attire sa sœur dans ses bras et pose son menton sur le sommet de son crâne.

— Je t'en fais le serment. Je ne trahirai pas ma promesse, Élawen. Éorin regagnera les Hautes Terres dignement.

— Tu vas me manquer, murmure-t-elle très bas.

Pas suffisamment cependant pour que je ne l'entende pas. Cette ultime phrase de leur affrontement réveille ma peur.

De quoi parle-t-elle ? Quel départ évoque-t-elle ?

Mes interrogations sont interrompues par Élawen elle-même qui vient à ma rencontre.

— J'ai dû te faire piètre impression, je te demande de me pardonner.

Je la regarde, interdite. Sa voix a recouvré tout son calme, et son visage magnifique ne reflète plus rien de ses émotions récentes. Seuls ses yeux verts demeurent humides. Son accueil chaleureux paraît sincère, je lui rends gentiment son salut.

Les pâtes de Tony sont appréciées avec un enthousiasme bruyant. Le maître de maison s'octroie le plaisir de partager notre repas. À plusieurs reprises, je surprends des échanges auxquels je ne comprends rien.

Les Gardner sont un véritable mystère. Ils sont unis par un secret qui dépasse de loin les seuls liens du sang, et Tony n'y est pas étranger.

Mathias est heureux, il rit franchement, ce qui jusqu'ici n'est pas arrivé fréquemment. Bien qu'il ne soit pas l'aîné, je constate qu'il est l'âme de cette étrange famille, les trois autres tenant son avis pour essentiel.

Le repas s'éternise, si bien que je rate le cours de communication de l'après-midi. Mon portable vibre plus d'une fois avant que je me décide à m'y intéresser, captivée par le moment extraordinaire que je vis. Je suis bien en compagnie des Gardner et de Tony. Pour la première fois depuis longtemps, je me sens à ma place. Anwen, Élawen et Andréas font mieux que m'accueillir, ils m'acceptent parmi eux.

Malgré tout, certaines questions me perturbent. Jamais ils n'évoquent leurs parents. Mathias a parlé de son père lors de son échange avec Élawen, il a dit « mon père », pas « notre père ».

Est-ce l'une des nombreuses subtilités de langages dont ils sont coutumiers ?

Et ce langage, justement ! Quelle est cette langue si fluide qu'ils emploient avec parcimonie ? D'où viennent-ils ?

Un fourmillement de questions agite mon cerveau mais, trop contente d'être là, je ne veux pas troubler cet instant.

*
* *

Ce n'est qu'en prenant le chemin du retour que je lis les messages incendiaires de Sandy. Je suis à deux doigts de l'envoyer paître en lui demandant de se mêler de ses oignons, mais Mathias m'en dissuade. Sandy trouve en lui un avocat digne de ce nom et je lui expédie finalement un message d'excuses et de remerciement concernant sa grande sollicitude à mon égard. Il gare le 4 × 4 devant ma résidence et coupe le moteur.

— Tu as promis que tu accepterais de monter chez moi la prochaine fois que je te le demanderais, lui rappelé-je.

— C'est exact !

— Je te le demande, ce soir.

Contrairement à ce que je craignais, il descend de voiture sans se faire prier et m'accompagne. Je suis extrêmement nerveuse en ouvrant ma porte. Je trompe mon stress en m'empressant de ranger quelques affaires qui traînent. Mathias, quant à lui, semble connaître l'endroit comme s'il en était un habitué. Il devine ma perplexité et sourit en me lançant un coup d'œil.

— Anwen m'a fait une description détaillée des lieux, explique-t-il.

— Elle m'a paru en retrait aujourd'hui. Je m'attendais à ce qu'elle soit plus bavarde.

— Elle observe, c'est dans sa nature. Anwen t'aime beaucoup, mais je doute qu'elle te le dise un jour.

Il s'intéresse aux notes que j'ai laissées en désordre sur mon bureau. Il s'arrête soudain sur un papier sur lequel j'ai dessiné le symbole gravé sur le boîtier d'Éorin, en vue de recherches ultérieures. Contre toute attente, il repousse le bloc-notes et ne fait aucune remarque. Je suis prise d'un doute et décide donc de ne pas aborder le sujet avec lui ce soir. J'ai l'occasion de profiter de sa présence, je ne compte pas la gâcher.

— Assisteras-tu au match ? demande-t-il d'un ton neutre en me tournant toujours le dos.

Je m'assieds sur le lit, indisposée par cette interrogation qui me ramène à Jonathan.

— Est-ce que ça t'ennuie ?

Mathias pivote et me regarde enfin. Ses yeux verts sont étonnamment profonds. Je n'y lis aucune colère.

— Est-ce important, ce que j'en pense ?

Je hoche la tête, incapable d'articuler un son. Comment peut-il imaginer que son avis m'est indifférent ?

— Léo, soupire-t-il, je refuse que tu te sentes contrainte par moi. Je ne te demanderai jamais de sacrifier ta liberté. La seule chose que j'exige, c'est que tu sois prudente. Ne joue pas avec le feu !

Je m'interroge subitement sur le sens de ces paroles.

— Crois-tu que je risque quelque chose ?

— Il est parfois des dangers que l'on ne voie pas, et d'autres qu'on refuse de voir.

— Tes efforts pour être intelligible n'ont pas duré très longtemps, le grondé-je gentiment.

— Tes facultés d'entendement dépassent de loin ce que tu prétends. Je suis sûr que tu sauras dégager l'essentiel de mes propos.

— J'ai accepté d'assister au match, fais-je avec une grimace.

— Je le sais.

— Pourquoi m'as-tu posé la question alors ?

— Accepterais-tu qu'Anwen t'accompagne ?

Je ne suis pas certaine de comprendre son raisonnement et lui en fais part.

— Je ne veux pas que tu croies que je t'espionne, avoue-t-il d'une bien étrange manière, qui me laisse penser que là n'est pas sa seule motivation.

— Je serai ravie qu'elle vienne avec moi, si elle le souhaite, accepté-je.

Mathias manifeste sa satisfaction puis évoque, à ma demande, quelques détails concernant son pays. À aucun moment cependant il n'en laisse échapper le nom. Il me parle des forêts où il a grandi, en compagnie de ses frères et sœurs, de l'éducation un peu particulière qui explique certainement leur langage d'un autre âge. Il s'attarde longuement sur les nombreux livres qu'il a adorés, sur les poèmes qu'il aime, je lui réclame qu'il me récite à nouveau « Recueillement » et il s'y plie avec plaisir.

Petit à petit, nous prenons nos aises sur mon lit. Mathias se cale sur mon oreiller et je m'étends contre lui, la tête posée sur sa poitrine. J'écoute les battements de son cœur, sa lente respiration, et je bois chacune de ses paroles, je m'enivre de son odeur. Je m'endors ainsi, sans m'en rendre compte, bercée par sa voix sublime. Je me réveille en sursaut dans la nuit. Éorin s'est encore enfuie et j'ignore toujours le sens de ses paroles. Je pousse un cri lorsqu'une main se pose sur ma joue puis je réalise que Mathias est resté près de moi.

— Que se passe-t-il ? demande-t-il, alarmé.

— Je me suis endormie, je suis désolée... Il... Il est tard ?

— Près de 4 heures du matin.

J'hallucine.

— Tu es resté là ?

— J'aime bien te regarder dormir, s'amuse-t-il.

— Mais toi ?

— Je t'ai emprunté un livre, tu ne m'en veux pas ?

— Tu n'as pas sommeil ?

— Non, je dors peu.

— Attends, je reviens tout de suite.

Comme chaque nuit ou presque, je me lève pour aller prendre un verre d'eau et me rafraîchir le visage. Dans la salle de bains, j'en profite pour me changer, je porte encore mes vêtements de la veille. Instinctivement, je tâte la poche où je cache toujours le boîtier en argent. Sa présence me rassure. Mathias ne doit pas se douter de ma découverte. J'enfile un leggings et un tee-shirt, je plie soigneusement mon pantalon dans un coin sous une pile de linge et regagne ma chambre.

— Comment te sens-tu à présent ? demande Mathias, inquiet de mon réveil brutal.

— Mieux ! Ce n'était qu'un cauchemar.

— Tu avais l'air agité et tu ne cessais de marmonner, me dit-il.

— Qu'est-ce que j'ai dit ?

— Que tu ne comprenais pas quelque chose, mais j'ignore quoi. Et tu t'es réveillée.

Je pousse un soupir de soulagement.

— Tu te souviens de quelque chose ?

— Non. On oublie souvent ses rêves en se réveillant.

— Tout dépend des rêves, susurre-t-il en reprenant place près de moi.

— Si tu dors peu, quand rêves-tu ? interrogé-je malicieusement.

— Tout de suite, je rêve éveillé que je te tiens entre mes bras.

— Tu ne rêves pas.

— Mmm… Et comment le saurais-je ?

— Parce que tu ne contrôles pas tout. Ça, c'est un signe !

Il se fige lorsque je me mets à jouer avec un bouton de sa chemise.

— Léo, j'ai l'habitude de toujours tout maîtriser, dit-il d'une voix calme en retenant mon geste.

Se rend-il compte que je suis prête à m'offrir à lui ?

Ce moment qui m'a fait si peur et si mal dans ma vie, je lui en fais cadeau et il le dédaigne tout en en connaissant l'importance. J'en conçois un profond dépit. Mathias pousse un grognement étouffé et m'attire contre lui.

— Ne le prends pas comme une offense, je ne te repousse pas. J'ai conscience de l'importance de ton choix. Tu ne sais pas à quel point il m'est difficile de te refuser ça maintenant.

— Alors, pourquoi ?

— Parce que ce n'est pas ainsi que je vois les choses.

— Qu'est-ce que tu veux dire ?

— J'aimerais rendre cet instant magique, inoubliable… Pour nous deux. Et le moment n'est pas encore venu. Peux-tu comprendre ça ?

— Ce sera inoubliable de toute façon, argumenté-je.

— Accorde-moi ça, Léo, je t'en prie ! Ne gâche pas mon plaisir, notre plaisir !

Que puis-je dire contre ça ?

Je promets d'être sage et je me calme contre son épaule. Son comportement n'a vraiment rien de conventionnel. Je suis tombée sur un être venu d'ailleurs. Je suis amoureuse d'une énigme.

Chapitre 7
Le match

Mathias s'échappe de ma chambre aux premières lueurs de l'aube. Je garde sur mes lèvres le goût de son long baiser. Je plonge le nez dans mon oreiller qui embaume encore son parfum boisé. Je manque me rendormir, mais le réveil ne m'en laisse pas l'occasion. J'ai une journée chargée qui m'attend, et un cours de rattrapage, le soir. Grâce à mon message, Sandy n'est pas fâchée de ma désertion de la veille. Je remercie secrètement Mathias de son inspiration. En plus d'être intelligent, subtil et incroyablement magnifique, il est fin psychologue.

Qu'ai-je donc bien pu faire pour mériter un tel cadeau ?

— Léo, il faut que je te dise, Stephen et moi avons mis les choses au clair avec mes parents, exulte ma cousine.

— Et comment ont-ils pris la nouvelle ?

— Mieux que je ne l'espérais.

— Tu es contente, je suppose.

— Aux anges ! Et toi ? Tu en es où avec Jonathan Dussaunier ?

— Avec lui, nulle part, mais je vais voir son match demain.

Devant la moue boudeuse de Sandy, je m'empresse de préciser que je n'y vais pas seule.

— Les Gardner auraient-ils décidé de rompre leur isolement ? s'étonne ma cousine quand je lui révèle l'identité de mon accompagnatrice.

Je m'oriente tout droit vers des aveux, j'en éprouve le besoin. Sandy est sans doute la personne la mieux indiquée pour ça.

— En fait, c'est surtout Mathias Gardner que je connais.

— Ah ! Je vois, tu as fini par trancher en sa faveur. Ça va pas être simple, ma cocotte, t'as pas choisi le gars le plus abordable du campus.

— Il m'aime, lâché-je tout bas.

— Hein ?

— Et moi aussi !

— Waouh ! souffle-t-elle, sonnée par ma révélation. J'ai dû rater un ou deux épisodes, moi. Et comment abordes-tu ça ?

— Déterminée et convaincue, souris-je.

— J'en conclus donc que tu es amoureuse... Vraiment ?

— Vraiment. Je peux compter sur ta discrétion ?

— Tu n'as rien à craindre, je serai aussi muette qu'une tombe.

Soulagée par cette confession, j'aborde la journée sur un petit nuage. Dans l'après-midi, je bénéficie d'un trou dans mon emploi du temps et j'en profite pour me rendre à la bibliothèque. Je suis décidée à découvrir le fin mot de mes nuits agitées. Je gagne le second étage et m'installe derrière l'un des postes informatiques à l'écart. Je sors un bloc-notes de ma besace et j'entame mes recherches sur différentes pistes, allant des runes au babylonien en passant par l'alphabet cyrillique.

Je suis sur la bonne piste, j'en suis sûre.

Tout à mon excitation, je sursaute quand une main puissante se pose sur mon épaule.

— Tu travailles trop, chuchote Jonathan en se penchant à mon oreille pour ne pas éveiller l'attention. Que fais-tu ? demande-t-il en faisant tourner vers lui mon bloc-notes.

— Rien, coupé-je en refermant mon cahier rapidement.

Je clique également sur l'écran de l'ordinateur et fais disparaître la page que j'étais en train de consulter.

— Tu avais l'air très concentré, ajoute-t-il en faisant une moue boudeuse.

— Tu étais là depuis longtemps ?

— Quelques secondes, je ne faisais que passer quand je t'ai aperçue, explique-t-il d'un air détaché. J'espère que tu n'as pas oublié ton engagement. Je serais content que tu viennes m'encourager avant le match.

— J'essayerai.

— Fais mieux que ça !

— D'accord, je serai là.

— Merci, Léo. Je te laisse à tes chères études, plaisante-t-il en désignant l'écran de la tête avant de s'éloigner rapidement.

Je reste à la bibliothèque jusqu'à l'heure de mon cours du soir sans trouver de résultat satisfaisant. La perspective de retrouver mon amoureux adoucit considérablement ma déception. Je suis accueillie par un Mathias impatient et affreusement craquant. Son attitude à mon égard suscite la curiosité des quelques étudiants présents et, à n'en pas douter, la jalousie des filles. Jusqu'alors, il était muré dans une position qui a dû en refroidir plus d'une. Il paraît tomber des nues quand je lui affirme qu'il les rend folles.

Se peut-il vraiment qu'il soit à ce point indifférent au monde qui l'entoure ?

Ce garçon est un Martien !

Après le cours, il me ramène chez moi. Il refuse cependant de monter, prétextant une affaire à régler. Son humeur n'est pas aussi joyeuse que la veille, il a l'air préoccupé. Je rentre donc seule et désappointée. Je dors mal, troublée par la visite d'Éorin à laquelle je ne m'habitue pas.

Le mercredi matin, je me réveille passablement de mauvaise humeur. Mon irritation s'aggrave lorsque je songe à cette stupide promesse que j'ai faite d'assister à un match de hockey qui ne me procurera certainement aucun plaisir, et à celle encore plus ridicule d'aller encourager Jonathan avant la partie. Mais une promesse est une promesse, et mon engagement va au-delà de ma seule personne désormais. J'ignore l'intérêt qu'a Anwen à m'accompagner, mais Mathias y attache de toute évidence une certaine importance.

Ma première préoccupation consiste à rendre visite à Noémie, dont je suis sans nouvelles depuis quelques jours. Nos chemins prennent des routes différentes depuis que j'ai renoncé à son mode de vie trop agité et surtout depuis que Mathias occupe pleinement mes pensées. Je frappe à sa porte, j'entends un bruit de pas précipités. Je dois certainement la tirer de son lit, elle a mauvaise mine et son humeur n'est pas meilleure que la mienne.

— Ça va ? interrogé-je devant son air renfrogné.

— Bof ! Ambiance pourrie !

— Tu sèches les cours depuis plusieurs jours, lui fais-je remarquer.

— C'est la seule façon de passer du temps avec Phil. Les entraînements l'accaparent. Ce Dussaunier, j'aimerais lui tordre le cou, rugit-elle.

— À ce point ?

— Le match de ce soir compte pour les séries. En cas de défaite, l'équipe est éliminée automatiquement. Vu les circonstances, Sa Majesté est particulièrement exigeante. Phil commence à saturer. En plus de ça, Jonathan a remanié une partie de l'effectif, il place tous ses copains.

— Ne m'as-tu pas dit que Phil ne craignait rien ?

— Jonathan n'aura aucun scrupule à le faire gicler s'il lui en prend l'envie.

Je sourcille, j'ai du mal à superposer les deux images si différentes de ce garçon.

— Tu vas au match ? demande Noémie.

— Oui, au fait... Est-ce que tu pourrais me trouver une seconde place ? la prié-je avec des yeux de biche.

Noémie se met à rigoler en s'étirant.

— Tu veux épater quelqu'un de ton savoir technique ?

— Et pourquoi pas ? Alors c'est possible ?

— Ça ne devrait pas poser de problème. Je peux savoir qui ?

— Anwen Gardner.

— Je savais pas que t'avais un don pour apprivoiser les gens, se moque-t-elle.

— C'est ça de rater les cours, après on ne sait plus ce qui s'y passe, plaisanté-je.

Noémie se hâte de se préparer et nous nous rendons ensemble à la fac. À la fin de la première heure, elle s'éclipse un moment, me laissant enfin l'occasion de rejoindre Mathias pour quelques brèves minutes. Fidèle à ses habitudes, il s'est contenté de m'adresser un sourire lorsque je suis entrée dans la salle en compagnie de Noémie. J'ai compris aussitôt qu'il ne romprait pas son isolement et ne trahirait pas notre secret tant qu'elle serait près de moi. Pas question d'effusions au milieu des autres, mais le regard de Mathias sur moi vaut une caresse.

— Mieux dormi ? me demande-t-il à voix basse.

— Tu m'as manqué.

— Toi aussi.

— Anwen est-elle toujours décidée à venir au match ?

— Elle passera te chercher chez toi.

— Que vas-tu faire pendant ce temps ?

— Des recherches, chuchote-t-il.

— Sur quoi ?

— Diverses petites choses qui m'intéressent.

Je brûle d'envie de connaître ces choses, mais Mathias lève l'index pour réclamer mon silence.

— Noémie revient.

— On t'a branché une oreille bionique ou quoi ?

— Elle n'est pas du genre discret.

Effectivement, je peux entendre moi-même sans trop de difficulté la progression de ma copine au son de sa voix et de ses talons dans le couloir.

— Attends-moi à la sortie, le supplié-je avant de regagner ma table.

Mathias hoche la tête puis replonge le nez dans son bouquin avec indifférence.

— Je l'ai ! s'exclame Noémie. Tiens, voilà ta seconde place. Pfiou, ça n'a pas été facile ! Comme c'est un match à enjeu, tout le monde veut y être.

— Comment as-tu fait ?

— Jenny a rompu avec Ben.

Je la regarde d'un air bête. Noémie se lance alors dans le récit des épisodes précédents du feuilleton « Ben et Jenny », dont la relation connaît régulièrement des hauts et des bas.

— Quel rapport ? finis-je par demander.

— Ben est l'un des défenseurs de l'équipe, un bon copain de Jonathan. Jenny a eu le tort d'émettre une critique contre Sa Majesté, Ben a pris sa défense comme toujours, et leur dispute s'est envenimée. Du coup, Jenny n'assistera pas au match. Et voilà sa place, explique-t-elle en me collant le billet sous le nez.

Je la remercie chaleureusement en lui promettant de la rejoindre pour le match. Je la soupçonne de vouloir satisfaire sa curiosité au sujet d'Anwen, mais je lui suis redevable et n'ai pas d'excuse valable à lui opposer. À l'issue du cours, je prétexte un truc à finir pour la laisser partir seule. Mathias attend, comme prévu, en pianotant rapidement sur son portable. Un air soucieux ternit l'éclat de ses prunelles. Ses traits se détendent aussitôt qu'il me voit près de lui. Je scrute les alentours et vérifie que nous ne pouvons être entendus.

— Comment dit-on « je t'aime » dans ton curieux dialecte ? demandé-je.

— Ce n'est pas une phrase que l'on emploie usuellement, se défend-il avec une vigueur qui me surprend.

— Pourquoi ? fais-je, presque vexée.

— Nous exprimons rarement nos sentiments de manière aussi directe.

— Ça, j'avais remarqué, répliqué-je en faisant un rapide bilan de nos conversations précédentes. Vous n'avez donc aucun mot pour l'amour ?

— *Yn bréalaï ty liom*, chuchote-t-il en dardant sur moi un regard extraordinaire.

— Ce qui veut dire ?

— Mon cœur est à toi.

Je le dévisage, sans doute un peu trop émue, il fronce les sourcils.

— Ne cherche pas à comprendre ma langue, elle est très compliquée, dit-il avec un sourire en attrapant mon manteau pour me le tendre.

— Elle est jolie pourtant, j'aimerais que tu m'apprennes d'autres mots, insisté-je malgré tout.

Les paroles énigmatiques d'Éorin chaque nuit sont gravées dans ma mémoire. Peut-être aurais-je ainsi l'occasion d'en obtenir une traduction sans me trahir.

— À quoi te serviraient-ils ? demande-t-il en me poussant carrément devant lui pour m'obliger à sortir.

— À te dire des choses que toi seul pourrais comprendre, minaudé-je.

Mathias soupire, je pense la victoire toute proche.

— Je n'ai pas besoin de ça pour te comprendre, Léo, conclut-il mi amusé, mi-agacé.

— S'il te plaît !

— Très bien, cède-t-il enfin. Quel mot veux-tu que je t'apprenne ?

J'ai largement eu le loisir d'essayer d'interpréter les mots de sa sœur au regard de l'environnement récurrent de mon rêve. Innocemment, je fais donc une première tentative.

— Forêt, par exemple !

— *Coëdwing*, répond-il sérieusement.

— Danger !

— Tu as de drôles d'idées, dit-il en faisant une moue dubitative.

— Quoi ? Ça peut être utile si on veut éviter de se faire pincer tous les deux !

Mon imagination est à l'évidence dopée par la curiosité, et je me surprends moi-même par ma vivacité à me tirer de pièges où je risque fort de tomber toute seule. Mathias a l'élégance de ne pas me le faire remarquer.

— J'ai une bonne ouïe, je te rappelle, et je trouve que la tienne n'est pas loin d'être aussi bonne.

— Merci du compliment, mais revenons à nos moutons !

— Tu es dure à divertir ce soir.

— Vous avez bien un mot pour signaler le danger quand même ou n'y a-t-il pas de situation périlleuse chez vous ?

— Le danger est partout, parfois plus près qu'on ne le pense, déclare-t-il d'un drôle d'air.

Zut, j'ai commis une gaffe !

— Eh bien, comment dit-on ?

— *Pérygleï*, est-ce tout ?

— Encore un, je t'en prie, supplié-je comme une enfant capricieuse qui le fait rire malgré lui.

— Un seul !

Je réfléchis une seconde. De manière intuitive, je suis tentée par un dernier mot.

— Maison !

— Maison se dit Aïr !

— Aïr, tu dis ?

Mon sang ne fait qu'un tour, je viens de mettre le doigt sur l'un des mots.

— Oui.

— Et comment dit-on dans ce cas...

— Stop, coupe-t-il. Nous étions convenus que ce soit le dernier.

— Un tout petit dernier, Mathias, je ne vois pas en quoi cela t'ennuie ?

— Je n'ai pas l'intention de passer ma soirée à te donner des cours de vocabulaire, gronde-t-il en poussant la porte de sortie.

— Eh bien, je demanderai à Anwen.

— Laisse donc Anwen en dehors de ça, veux-tu ? finit-il par s'énerver.

— Alors comment dit-on « Il faut rentrer à la maison » ?

— Ce n'est pas un mot, c'est une phrase, constate-t-il.

— Juste ça !

— Tu es terriblement obstinée.

— Toi aussi.

— *Fynd aïr nawr*, laisse-t-il enfin tomber.

Un frisson parcourt mon corps. Je sais à présent ce qu'Éorin veut en partie me dire. Mathias saisit ma main pour me ramener à lui.

— Quelque chose te chagrine ?

— Non, m'écrié-je trop vivement. Non, tout va bien !

— Il est temps que je te ramène, Anwen ne va pas tarder, conclut-il après avoir marqué un instant de doute à mon sujet.

Son comportement se fait beaucoup plus tendre dès que nous avons franchi le seuil de mon studio. Il préfère infiniment réserver ses démonstrations d'affection aux moments de stricte intimité, pimentant notre relation d'un secret qui n'appartient qu'à nous. Ça m'a d'abord paru curieux mais, à présent, je trouve ça amusant. Le problème est que je perds rapidement le contrôle de mon comportement dès lors que ses lèvres s'emparent des miennes. Il dénoue mes bras de sa nuque.

— À quoi cela nous avancerait-il de nous laisser emporter ? gronde-t-il en me ramenant à la triste réalité.

J'ai d'autant moins de mal à accepter sa remarque qu'Anwen nous tombe dessus presque instantanément. Mathias s'échappe rapidement et nous laisse donc en tête à tête.

— Je n'ai pas vu Mathias aussi heureux depuis long-temps, assure Anwen en refermant la porte derrière lui après qu'il lui a soufflé quelques mots dans leur étrange langage.

— Que vient-il de te dire ?

— De passer une bonne soirée... Entre autres, dit-elle d'un air mystérieux qui me fait penser qu'elle ne m'avoue pas l'exacte vérité.

Je n'insiste pas, elle n'est pas du genre à se laisser forcer la main.

Noémie nous attend de pied ferme. Anwen se montre parfaitement détendue en sa compagnie. Notre petite troupe se dirige donc en caquetant vers la patinoire. Nous arrivons suffisamment tôt pour nous permettre de traîner dans l'enceinte. J'abandonne mes compagnes quelques minutes pour me rendre aux toilettes. Tandis que j'erre dans un couloir où, de toute évidence, je me suis égarée, j'entends les accents d'une voix que je connais bien. Jonathan Dussaunier donne les dernières consignes à son équipe. Je risque un œil en passant. Seuls quelques joueurs sont réunis. Ils sont assis, les uns à côté des autres, déjà en tenue de combat, à l'exception de leur casque. Debout au milieu d'eux et me tournant à moitié le dos, Jonathan a un air déter-miné absolument remarquable. Je ne devrais pas être là, mais la curiosité me plante derrière cette porte. Si quelqu'un passe, je suis bonne pour le flagrant délit d'espionnage.

— Il est hors de question de perdre ce match, pré-vient Jonathan. Je ne veux pas voir Tom Delarue mettre un patin au-delà de notre ligne de défense, c'est clair ?

— Qu'est-ce qu'on fait ? s'enquiert un joueur.

— Comme d'habitude, Marcus se charge personnel-lement de Delarue.

— Mais Marcus est déjà sous le coup d'un avertis-sement de l'entraîneur, il ne lui pardonnera pas un coup tordu de plus, tu le sais bien, intervient un autre.

— Qui est-ce qui décide, ici ?

— Ses joueurs vont le protéger et il est rapide, admet cependant Marcus.

— Je ne veux pas le savoir, c'est ton problème. Ben et Simon vont l'isoler à un moment ou à un autre, tu fais le reste.

— Jusqu'à quel point ?

— Je m'en fous, expédie-le au cimetière s'il le faut, siffle Jonathan.

Je sursaute à ces derniers mots. Jonathan cache bien son jeu. Je file par le chemin que j'ai emprunté et trouve enfin le bon couloir. Le miroir des toilettes me renvoie une image un peu affolée. Je ne cesse de penser à ce que je viens d'entendre. Noémie passe la tête par la porte.

— Ah, tu es là. On se demandait où tu avais disparu. Dépêche-toi !

Je déboule vers l'entrée des gradins, au moment où les joueurs gagnent la patinoire.

— Léo, crie Jonathan en me faisant signe de le rejoindre.

Préférant cacher ma découverte, j'avance timidement vers lui.

— Je suis content de te voir, assure Jonathan en se penchant vers moi.

— Je te souhaite un bon match.

— Je connais une meilleure façon de me porter chance, s'exclame-t-il en plaquant sa main gantée derrière ma nuque et en forçant mes lèvres brutalement.

Ce baiser me fait l'effet d'une agression, et je tente de le repousser. Jonathan est non seulement puissant, mais l'adrénaline liée au match doit décupler ses forces, son étreinte redouble d'intensité, fouettée par ma réaction farouche. Il me relâche enfin, content de lui.

— Je te devrai cette victoire, affirme-t-il, triomphant, avant de partir en trottinant vers ses coéquipiers.

À cette seconde, je le hais, je me hais. Je passe mon doigt sur ma lèvre endolorie.

— Ce crétin m'a fait mal, ronchonné-je, furieuse.

— C'était prévisible. Il a apprécié et il recommencera.

Je détourne la tête pour constater qu'Anwen se tient près de la porte.

— J'aimerais bien voir ça, menacé-je en bougonnant.

— Viens, le match va commencer.

Anwen conserve la même attitude calme et réservée durant toute la partie. Dès le début de l'engagement, je remarque les manœuvres de Marcus sur celui que je devine être Tom Delarue, le meneur de jeu adverse.

— Mais qu'est-ce qu'il fout ? hurle Noémie en le voyant mener une charge d'une brutalité incroyable contre le joueur.

— Il l'expédie au cimetière, fais-je d'un ton grinçant.

Ma lèvre coupée m'aide à rester en colère contre Jonathan.

— Tes commentaires sont pour le moins étranges, constate Anwen, qui a réussi à m'entendre malgré le vacarme.

Je lui explique ma séance d'espionnage.

— Jonathan Dussaunier est un garçon plutôt mystérieux.

Sa remarque me fait rire.

— Vous n'êtes pas mal dans votre genre, les Gardner !

— Nous nous trouvons très conformes.

— Oui, entre vous !

— Ah ben quand même ! intervient Noémie en désignant l'arrivée tardive d'un joueur.

J'observe le changement de jeu qui s'opère dès son arrivée. Jonathan le réclame et on fait sortir un gars à sa place. Le joueur patine jusqu'à son capitaine, ils échangent quelques paroles rapides puis le jeu redémarre. Marcus colle une pression insoutenable au camp adverse. Tom Delarue parvient cependant à se faufiler comme une anguille et expédie le palet dans les buts de Phil. Jonathan a un geste d'agacement et adresse à

Marcus un petit signe de tête dont je devine la signification. L'engagement reprend, plus brutal encore. Encouragé par son exploit personnel, Tom Delarue s'écarte légèrement du jeu pour réclamer une passe. Au lieu de lui expédier le palet comme tout le monde pouvait s'y attendre, le centre envoie par diversion le jeu du côté opposé. Alors que l'action se déporte vers la droite, Marcus fonce délibérément sur Tom.

— Il lui a pété la jambe ! hurle Noémie en se levant d'un bond, tout comme les spectateurs dans les gradins.

L'arbitre siffle un arrêt de jeu. Une civière doit intervenir pour évacuer Tom Delarue grimaçant de douleur. Une partie des spectateurs quitte les gradins. Je m'attends à ce que le match soit annulé, arrêté, mais il n'en est rien. Le meneur de jeu est simplement remplacé et le match reprend sans Marcus, exclu, évidemment. L'équipe adverse accuse le coup de la sortie violente de son capitaine. Déstabilisée, elle encaisse deux buts consécutifs de Jonathan, déchaîné. Le score final consacre notre équipe, qui se qualifie ainsi pour la suite du championnat universitaire. Écœurée, je jette un dernier coup d'œil à la patinoire, où Sa Majesté parade au milieu de ses joueurs. Il me voit de loin et m'adresse un geste de la main censé me rappeler qu'il me dédie personnellement cette victoire au goût de sang.

— Comment va ta lèvre ? demande Anwen sur le chemin du retour en constatant que je ne cesse de la mordiller.

Je suis agacée de sentir la petite coupure me rappeler ce baiser brutal, si éloigné des effusions délicieuses de Mathias.

— Ça m'énerve !

— Cela ne changera rien, ce qui est fait est fait.

— Comment vas-tu rentrer chez toi ? interrogé-je en espérant découvrir au hasard de mes petites questions quelque renseignement que je n'arrive pas à soutirer à son frère.

— Andréas a dû déposer ma voiture devant chez toi, répond-elle tranquillement.

Leur organisation toujours si parfaite m'impressionne, mais ne me fait pas perdre de vue mon objectif.

— C'est si loin que ça ?

— Assez.

— Pourquoi ne vivez-vous pas sur le campus ?

— Ce sont nos choix personnels et nous étions unanimes à ce sujet.

— L'unanimité a-t-elle toujours autant d'importance pour vous ?

— Absolument, affirme-t-elle tout en marchant. Et dans la situation actuelle, elle s'avère primordiale.

— C'est pour ça que Mathias voulait que vous me rencontriez.

— En partie, élude-t-elle.

— Pourquoi en partie ?

— Parce que tout ce qui te concerne relève du choix strictement personnel de Mathias. Pour le reste, il est engagé dans un processus qui nous touche tous les quatre, et c'est à ce titre qu'il a tenu à nous présenter.

— Ça n'éclaire guère ma lanterne.

— Ça n'est pas bien important, ne t'en préoccupe pas. Nous sommes arrivées.

Je remarque la petite voiture garée le long de l'allée. Pour s'assurer qu'il s'agit bien du véhicule amené par son frère, Anwen actionne un porte-clefs argenté au motif qui n'est pas sans me rappeler le symbole du pendentif de Mathias et le boîtier de sa sœur.

— C'est joli, dis-je en désignant l'objet. Est-ce que ça a une signification particulière ?

— Aucune, répond-elle en récupérant ses clefs pour fermer.

— J'ai remarqué que Mathias porte aussi un pendentif dans ce genre.

— C'est un petit bijou très en vogue chez nous en ce moment.

Ne pouvant visiblement rien tirer de plus d'Anwen, j'abandonne pour ce soir. Elle patiente tandis que je m'obstine sur la serrure de ma porte.

— Qu'y a-t-il ? demande-t-elle en m'entendant insulter la clef avec laquelle je ne parviens pas à ouvrir.

— Je ne sais pas, je n'arrive pas à faire le deuxième tour.

— Laisse-moi essayer, propose-t-elle.

Son calme inébranlable vaut mieux que mes nerfs à vif, je lui cède donc mon trousseau. Elle fait jouer la serrure et la porte s'ouvre.

— Tu n'avais fait qu'un tour.

Anwen se moque gentiment de moi en me rendant mes clés, mais son sourire s'efface subitement dès qu'elle a passé le seuil de mon appartement. Je la dévisage, ahurie, jusqu'à ce que je comprenne à mon tour.

— Qu'est-ce que ça sent ? On dirait... comme une odeur rance de transpiration.

— Exact ! Quelqu'un est venu chez toi, déclare-t-elle en scrutant la pièce de ses yeux attentifs. Un homme !

Rien n'a pourtant l'air d'avoir bougé dans la pièce. Mon ordinateur est là, bien en vue sur mon bureau.

— Il ne manque rien ? interroge Anwen.

— On dirait que non... Oh !

Je reste bouche bée devant ma besace grande ouverte au pied de ma chaise.

— Mon bloc... On a arraché les feuillets avec mes notes, bredouillé-je, stupéfaite.

Sur ces quelques pages, j'avais reproduit le motif du boîtier d'Éorin. J'avais aussi noté les quelques indications trouvées lors de mes recherches à la bibliothèque. Mathias les avait d'ailleurs aperçues en venant ici. Bizarrement, il n'avait fait aucun commentaire, posé aucune question.

Et ce soir... ?

Il savait très bien que je n'étais pas là. Mieux, il m'a envoyé sa sœur.

Était-ce pour me surveiller pendant qu'il effectuait ses fameuses petites recherches ?

Mon cerveau entre en éruption. Je n'ose pas croire cette évidence.

— Léo, m'interpelle Anwen. Que contenaient ces notes ?

Je la regarde, hébétée, anéantie par ma supposition. En proie à des doutes atroces, j'interroge au lieu de répondre.

— Où est Mathias ?

— Il avait des choses à faire, réplique-t-elle évasivement.

— Pourquoi voulait-il tellement que tu m'accompagnes ce soir ?

— Qu'est-ce que tu es en train d'imaginer ? devine-t-elle sans pour autant se départir de son calme.

— Je veux savoir pourquoi Mathias a tant insisté pour que tu m'accompagnes ce soir ? répété-je, un poil agressive.

— Parce qu'il est jaloux.

— Pardon ? fais-je, décontenancée.

— Je ne voulais pas encourager ce penchant, mais il a été usant, et j'ai finalement accepté de t'accompagner pour le rassurer.

— Jaloux de quoi ?

— Jonathan Dussaunier, qui d'autre ?

— Mais, il a l'air si... indifférent à ce genre de choses !

— Ce n'est qu'une façade, affirme-t-elle. Mathias n'est pas du genre à s'épancher. Par contre, il sait prendre ses précautions. Pourquoi cette question ?

— Mathias sait ce que contient mon bloc-notes.

— Tu n'imagines tout de même pas qu'il se serait abaissé à ce stratagème pour obtenir de toi cette information ? Léo, tu n'es pas sérieuse ? s'emporte-t-elle. Et cette odeur, te fait-elle penser à Mathias ?

— Non, sursauté-je, piquée au vif par cette attaque. Mathias porte un parfum boisé que j'adore et que je reconnaîtrais entre mille... pas cette horreur !

— Qui d'autre aurait pu avoir accès à tes notes ?

Sous le choc et mal à l'aise, mon esprit tourne à vide.

— Quand les as-tu utilisées pour la dernière fois ? reprend Anwen en me voyant si perplexe.

— À la bibliothèque !

— Et à ce moment-là, tu n'es pas sortie de la pièce ?

— Non, j'ai... juste été dérangée... par...

Mon sang abandonne mon visage et j'ouvre des yeux ronds.

— Par qui ? insiste ma compagne.

— Jonathan... Jonathan Dussaunier.

— Et tu penses qu'il a vu ce que contenait ton bloc-notes ?

— Oui, il a pu l'apercevoir, même si j'ai fait attention.

— Sauf que tu le sais mieux que moi, Jonathan était en train de t'embrasser tandis que l'on fouillait ton appartement.

Je soupire, désappointée, tandis qu'elle m'observe.

— Pourrais-tu me dire ce qu'il y avait de si important sur ces documents pour que l'on vienne les chercher ici par effraction ? s'enquiert-elle en me prenant la main.

Mon instinct me dit que le moment est venu de m'en remettre à elle. Anwen a peut-être la réponse à mes nuits d'insomnie. Sa ressemblance avec Éorin me donne le courage d'affronter enfin mon rêve.

— Un symbole, avoué-je tout bas.

— Quel genre de symbole ?

Je glisse la main au fond de ma poche et en retire le boîtier que je lui tends. Anwen pâlit tout à coup, je vois sa main trembler sur l'objet.

— Où as-tu trouvé ça ? interroge-t-elle d'une voix à peine audible.

— Sous la table d'Éorin, dans la salle 207. Il était caché dans la structure du meuble, je l'ai trouvé par hasard en cherchant quelque chose que j'avais fait tomber.

— Comment sais-tu qu'il appartenait à Éorin ?

— Parce que depuis que je l'ai trouvé, ta sœur me rend visite chaque nuit.

Les yeux verts d'Anwen flamboient et elle se raidit. Je me sens tout à coup obligée de me justifier.

— Toutes les nuits, je fais le même rêve... Éorin me parle dans une langue que je ne connais pas et disparaît.

— Que dit-elle ?

— Je l'ai découvert en jouant avec Mathias. Je sais à présent qu'elle veut que « je rentre à la maison ».

— *Fynd aïr nawr* ?

— C'est ça ! Plus un autre mot dont j'ignore le sens.

— Quel mot ? demande-t-elle dans un état qui m'inquiète soudain. Léo, quel mot ?

— *Alwedol* !

Elle encaisse ma réponse comme une gifle puis m'ordonne subitement de ne pas bouger tandis qu'elle tire son portable de sa poche. Elle compose fébrilement un numéro, attend, s'énerve, ce qui n'est absolument pas dans sa nature. Elle raccroche, recommence sans plus de résultat. Agacée, elle compose un nouveau numéro avec plus de succès.

— Andréas, j'ai besoin de ton aide, commence-t-elle avant de poursuivre la conversation dans sa langue.

La seule chose que je suis sûre de comprendre, c'est lorsqu'elle fait enfin allusion à Mathias.

— Je n'ai pas pu le joindre, sais-tu où il se trouve ? Oh, ça explique... Nous ne pouvons pas prendre de risque, nous arrivons, conclut-elle avant de raccrocher et de se tourner vers moi.

» Prends ton manteau, nous partons, déclare-t-elle. Si tu as des affaires de toilette, emporte-les !

Un début de panique s'installe dans mon cerveau. J'ai l'impression curieuse d'avoir poussé, sans le savoir, le bouton déclencheur d'une bombe et d'être assise dessus.

— Que se passe-t-il, Anwen ? demandé-je sans bouger.

— Je t'expliquerai plus tard. Ne perdons pas de temps, il faut partir d'ici !

— Tu crois que le cambrioleur va revenir ?

— Il a sans doute manqué de temps et n'a trouvé que tes notes... Il voudra l'objet !

Ses paroles me font blêmir.

— Léo, dépêche-toi, s'il te plaît ! intervient vivement Anwen.

Je m'exécute comme un automate. J'enfourne au hasard quelques affaires de rechange dans un sac avec ma trousse de toilette. Lorsque j'ai fini, Anwen m'arrache littéralement le sac des mains et m'embarque par le bras sans me laisser l'occasion de protester. Elle vérifie soigneusement les environs avant de sortir de l'immeuble, me précipite sur le siège passager de la voiture et démarre en trombe. Tandis qu'elle conduit vite dans la nuit, elle jette des coups d'œil fréquents à son rétroviseur. Quelques minutes après notre départ, son téléphone sonne. Elle répond à son correspondant dans sa langue en me décochant un regard inquiet puis me tend le portable.

— Tiens... Mathias.

Je souffle de soulagement en récupérant le téléphone.

— Mathias, je...

— Léo, écoute-moi, coupe-t-il d'une voix tendue. Tout va bien se passer, tu ne risques rien avec Anwen. Nous allons nous occuper de toi.

— Mais... Mat !

Avant que j'aie pu finir ma phrase, Anwen m'arrache le combiné des mains, marmonne quelques paroles inintelligibles et raccroche. La situation est en train de m'échapper.

— J'aimerais comprendre ! m'écrié-je, au bord de la crise de nerfs.

— Pourquoi n'as-tu pas donné le boîtier à Mathias ? exige-t-elle de savoir.

— Qu'est-ce que j'en savais, moi, à qui il appartenait ? Et Mathias et moi n'étions pas particulièrement
intimes à ce moment-là, répliqué-je sur le même ton
énervé.

— Et par la suite ? insiste-t-elle plus doucement,
m'obligeant à revenir à plus de calme.

— Je ne sais pas, les choses se sont enchaînées sans
que je les contrôle, et puis il y avait ce rêve. Je me sentais en communication avec ta sœur. Ça peut paraître
stupide, du grand n'importe quoi, mais c'est pourtant
ce que j'ai ressenti. Je dois te paraître folle, n'est-ce pas ?

— Je ne pense pas du tout que tu sois folle, Léo.

— Puis-je savoir où tu m'emmènes ?

— Chez nous ! Tu y passeras la nuit, ensuite nous
aviserons.

— Aviser quoi ? Anwen, j'ai besoin de réponses.

— Ton cambrioleur est à la recherche de cette clé,
il doit se douter qu'elle est en ta possession.

— Quelle clé ?

— *Alwedol* veut dire « clé ».

Cette révélation n'apaise pas mon angoisse, et
puisque ma compagne paraît décider à parler...

— Qu'est-ce que c'est que cette histoire de maison,
de clé, interrogé-je encore. Et pourquoi est-ce que je
fais ces rêves ?

— Nous t'expliquerons plus tard.

— Pourquoi plus tard ?

— Nous ne sommes pas tout à fait unanimes,
répond-elle en me jetant un coup d'œil.

— C'est pas croyable ! explosé-je, furibonde.

— Léo, tu devrais dormir, me conseille une Anwen
maîtresse d'elle-même.

— Parce que tu crois que je serais capable de dormir
après ça ?

Elle me toise, agacée par mes cris hystériques.

— La route est encore longue, et on est plus lucide
quand on est reposé.

— J'en ai assez que tu me parles par énigmes, comme Mathias. Je voud...

— *Cysgüe*, murmure-t-elle en passant la main sur ma joue.

Chapitre 8
Le repaire des Gardner

Lorsque je me réveille, une lumière dorée filtre par une fenêtre aux rideaux tirés. Je me frotte les yeux et me redresse dans un lit où on m'a déposée sans que je m'en rende compte. Je ne me rappelle pas non plus avoir enfilé ce tee-shirt qui me fait office de chemise de nuit.

Je me lève avec précaution et vais ouvrir la fenêtre. Une brise froide me frappe au visage. Il fait grand jour et le soleil illumine la surface d'un lac. Un brouhaha d'ailes rompt le calme en même temps que des clameurs furibondes de canards retentissent.

Je me penche un peu pour apercevoir, en bas de la maison, un ponton au bout duquel flotte une vieille barque amarrée. La course-poursuite des canards s'arrête sur l'eau, devant ma fenêtre.

De l'autre côté de la berge, des arbres offrent un spectacle fantastique. Une palette de nuances dorées, de rouges, allant du vermillon au grenat, et de verts déclinés à l'infini.

— Tu es réveillée ? fait la voix de Mathias près de moi.

Absorbée par ma contemplation, et l'oreille distraite par le concert des canards, je ne l'ai pas entendu entrer. Il me presse contre lui et je laisse ainsi mon cœur recouvrer son allure normale, sans bouger, me délectant de son parfum. Il fait courir sa bouche sur ma nuque, faisant naître des frissons délicieusement agaçants. Ce n'est que lorsqu'il a réussi à m'arracher une véritable chair de poule qu'il consent enfin à m'embrasser. Son baiser dure longtemps. C'est même le plus long baiser qu'il m'ait donné jusque-là. Mes jambes en flageolent et il me serre contre lui, comme s'il avait craint de me perdre. Son attitude m'alarme quelque peu.

— Qu'ai-je fait pour mériter ça ? demandé-je quand ses lèvres me le permettent.

— Tu m'as fait peur.

— Ce n'était pas dans mes intentions.

— Tu as faim ?

— Un peu. Quelle heure est-il ?

— Pas loin de 10 h 30.

— Quoi ? Comment ai-je pu dormir tout ce temps ?

— Anwen n'y est pas allée de main morte, admet-il, contrarié.

Je fais défiler les événements de la veille. Je suis perdue, je n'ai aucune explication logique, encore moins qu'avec l'érable.

— Je ne comprends pas ce qui se passe, avoué-je, la gorge nouée.

— Je le sais.

— Et ?

— Nous allons tenter de te fournir une explication, répond-il sur un ton bizarre après une légère hésitation.

Mathias ne me laisse pas le temps de réagir à cette nouvelle énigme, il me recommande de me presser, m'indique où se trouvent mes affaires dans la petite salle de bains attenante à ma chambre, et sort.

J'aime le cadre de la maison où je me retrouve sans l'avoir voulu. Je découvre enfin le refuge de mon mystérieux petit ami. De manière absolument indiscrète, je passe la tête par chacune des portes ouvertes sur mon passage. Tout est impeccablement rangé. On pourrait même douter que quelqu'un habite là, à plus forte raison quatre jeunes gens parfaitement constitués.

Lorsque je songe au désordre que je suis capable de semer en quelques heures, j'ai presque honte.

Les deux étages suivants sont dans le même état de propreté. Quand j'arrive au rez-de-chaussée, j'entends les bruits étouffés d'une conversation animée, incompréhensible. Les Gardner n'allaient certainement pas prendre le risque de parler en français avec moi dans les parages. Je fais du bruit pour prévenir de mon arrivée et j'entre enfin dans la grande pièce où tous les quatre sont réunis.

Mathias vient cueillir un baiser auquel je m'attendais si peu que j'en sursaute presque. Il enlace ma taille et m'attire dans le salon. Andréas se lève pour me saluer chaleureusement et Élawen pose sa main sur mon épaule avant de disparaître dans la cuisine, suivie par Anwen.

Mathias me fait asseoir dans un vieux fauteuil au velours usé. Je me cale bien au fond, il est confortable, rassurant comme une vieille paire de chaussons qu'on ne se résout pas à jeter. Les filles reviennent chargées de tasses de café, de croissants, de verres de jus de fruits. Elles disposent le tout sur la table basse et Élawen me colle d'office un bol de café entre les mains. Andréas et Mathias en reçoivent un aussi et échangent un regard à la fois amusé et surpris.

— Buvez ! gronde Élawen comme pour répondre à leur moquerie silencieuse à laquelle je ne pige rien, comme d'habitude.

Le café de la jeune femme n'a de café que le nom. Pour ne pas la vexer, je me force un peu et repose rapidement mon bol sur la table. Un silence lourd s'impose quand elle-même goûte à sa préparation. Ne pouvant contenir davantage leur hilarité, les garçons explosent d'un rire tonitruant. Anwen se contente de pouffer et je tente de conserver un peu de dignité pour ne pas faire de peine à Élawen.

— Je suis désolée, s'excuse-t-elle, toute penaude.

— Ce n'est pas grave, dis-je en maîtrisant mal les hoquets de rire qui commencent à me gagner face à ses frères qui se tordent véritablement.

— Je n'ai pas l'habitude de faire ça, explique-t-elle en riant à son tour.

— Ça se voit, confirmé-je, provoquant ainsi une nouvelle salve sur le canapé d'en face.

Nos effusions se prolongent quelques minutes, comme si ce moment de détente, après les événements de la nuit et la discussion qui s'annonce, servait de soupape à une angoisse contenue. Mathias me laisse grignoter mon croissant et avaler le jus d'orange dont n'est pas responsable Élawen, puis il sort de sa poche le petit boîtier d'Éorin.

— Léo, où l'as-tu trouvé ?

Aucun reproche dans le ton de sa voix, juste de la curiosité.

— En récupérant mon portable sous ma table, dans la salle informatique. C'était un pur hasard, ajouté-je pour me défendre préventivement.

— Nous ne croyons pas au hasard, dit alors Élawen, s'attirant un regard sévère de son frère.

— Quel rapport avec moi, dans ce cas ?

— Personne n'a occupé la place d'Éorin depuis son départ, reprend Mathias. Personne, à part toi !

— Comment se fait-il que tu ne te sois pas installé à cette place ? Tu es arrivé avant moi dans cette fac, lui fais-je observer.

— Par prudence. Tout le monde sait qui nous sommes et je ne doute pas que l'assassin d'Éorin soit aussi au courant.

— Tu crois… que l'assassin de ta sœur est encore sur le campus ? bredouillé-je, sonnée par cette révélation. Mais la police prétend qu'il s'agit d'un rôdeur !

Mon estomac fait subitement des contorsions.

— La police ne semble pas faire d'efforts démesurés, intervient encore Élawen, agressive, mais pas à mon encontre.

— Mais, pourquoi Éorin, et quel rapport avec ça ? m'écrié-je en désignant le boîtier en argent sur la table.

Mathias s'accroupit devant moi et je lis dans son regard toute la tendresse du monde, teintée d'incertitude et d'angoisse.

— Tu te souviens de ta réaction quand tu as fait la connaissance avec l'érable ? Je t'ai dit que tu étais trop cartésienne et que tu n'écoutais pas ton cœur.

— Je m'en souviens.

— Léo, je t'assure que j'aurais préféré t'épargner… Je ne savais pas à quel point tu serais impliquée. Je suis le plus grand des imbéciles, j'aurais dû être capable de m'en rendre compte. Bon sang, c'est encore plus difficile que je ne le croyais ! Pourquoi Éorin m'a-t-elle fait ça ?

Dans un accès de colère que je ne comprends pas vraiment, Mathias se lève brusquement et gagne la fenêtre du salon pour plonger son regard émeraude dans l'eau du lac.

— Mathias, tu ne pouvais pas savoir, lance Andréas, compatissant. Personne n'aurait pu prévoir ça.

— Tu n'y es pour rien. Éorin a reconnu Léo comme l'une des nôtres, s'élève la voix d'Élawen d'une façon étrange.

Interdite, je me tourne vers elle, imitée par ses frères et sœur.

— En es-tu sûre ? s'enquiert Andréas tandis que Mathias reste figé sur place.

— Aussi sûre qu'Éorin était ma sœur, je peux vous affirmer que Léo possède, au fond d'elle, les lointaines racines des Hautes Terres.

— Pourquoi me dis-tu ça seulement maintenant ? réagit enfin Mathias en revenant près de moi.

— Tu n'es pas le seul à craindre de te tromper, et ce n'est pas en croisant les gens quelques minutes qu'on peut se faire une opinion. Mais à la lumière de ce que m'a raconté Anwen au sujet des rêves de Léo, je reconnais parfaitement le style d'Éorin. Tu te rappelles, elle était la plus douée d'entre nous pour reconnaître les gynnildwyrs ? Tant qu'elle n'aura pas rejoint la Terre des Anciens, elle nous guidera de son mieux.

— Ta sœur a choisi Léo ? souffle Andréas mi-ébahi, mi-enthousiaste. Voici qui change substantiellement les choses, Mathias.

— Ta précédente décision est donc caduque, annonce tranquillement Anwen. Le Conseil doit être à nouveau réuni.

— Le nôtre, ou celui de nos parents ? demande Andréas en se tournant vers Anwen.

— Les deux ! La situation a évolué. Tant qu'elle ne concernait que nous, nous pouvions en décider, mais Léo est désormais impliquée, cela dépasse nos seules prérogatives.

— Elle a raison, conclut Élawen.

— Mathias ? interroge Andréas devant le mutisme de son frère.

Je regarde mon amoureux. Il est blême, tendu. Ses yeux pétillent sous l'effet d'une émotion qu'il retient à force de combat contre lui-même. Encore une fois, je ne saisis pas ce qui se passe dans ce salon. Leur conciliabule énigmatique me donne la chair de poule.

Mais qui sont-ils donc ? Qu'est-ce que c'est que cette histoire de conseil ? Et qu'a donc pu décider Mathias qui soit à ce point un enjeu ?

Je me lève de mon fauteuil sous le regard alarmé de Mathias et j'essaie, dans la mesure des faibles moyens dont disposent mes nerfs, d'articuler clairement.

— Serait-il possible à l'un ou à l'une d'entre vous de se montrer charitable à mon égard en m'expliquant ce qui se passe exactement ?

— Mathias, insiste Anwen sans se préoccuper de moi le moins du monde. Nous sommes trois. Quelle est ta décision ?

Ce dernier marque un temps d'abattement en observant un silence obstiné puis se résigne.

— Nous avertissons Iliud.

— C'est une sage décision, approuve sa sœur.

Du coin de l'œil, je vois Élawen soupirer de soulagement en posant sa main sur le bras d'Andréas, qui lui répond par un sourire.

— Et moi ? insisté-je, impuissante à perturber leur débat inintelligible.

— Assieds-toi, m'ordonne gentiment Mathias qui semble à peine plus détendu.

J'obtempère, espérant obtenir une explication, mais je suis vite déçue.

— Je ne veux pas quitter Léo pour l'instant, reprend-il à l'adresse de sa famille. Qui d'entre vous se charge de transmettre le message ?

— Personne ne sait qu'elle est ici, je peux m'en occuper, dit Andréas.

— Nous avons affaire à quelqu'un de beaucoup mieux informé que ce que nous pensions, rétorque Anwen. Il sait forcément qu'elle est en notre compagnie.

— Elle est en sécurité ici, pour le moment, tranche Mathias. Andréas, tu peux y aller. Anwen, ta présence ici me paraît plus indispensable, se justifie-t-il en me désignant.

Andréas se lève d'un bond et son départ donne le signal d'une brutale reprise d'activité chez les trois Gardner restants. Élawen débarrasse la table, aidée d'Anwen, et Mathias ouvre un meuble dont il extrait un ordinateur portable. Je fulmine, à bout de patience.

— Puisqu'on ne veut rien me dire, je suis censée faire quoi, moi ?

— Prendre l'air, déclare soudain Mathias. Je t'accompagne.

Il sort de la pièce et revient avec une veste polaire qu'il pose sur mes épaules.

— Tiens, mets ça ! Inutile de prendre froid.

Je le suis docilement dans l'entrée après l'avoir remercié. Sitôt dehors, un vent glacial me saisit malgré le lumineux soleil. Mathias me prend la main et m'entraîne sur le ponton. Les canards nous escortent un moment, espérant sans doute tirer un quelconque avantage en nourriture qui ne vient pas, ils reprennent alors leurs bruyantes occupations sans plus se soucier de nous. Mathias reste silencieux, je décide donc d'une offensive masquée.

— Cet endroit est magnifique. Où sommes-nous exactement ?

— Quelque part au nord-ouest de Montréal, dans le parc du Mont-Tremblant.

— Cette maison vous appartient ?

— Non, nous la louons depuis la rentrée.

— Oh… C'est pour ça que tout est aussi en ordre.

Il me regarde, surpris de mes talents d'observatrice sans doute.

— Pourquoi êtes-vous ici ? continué-je tandis qu'il m'invite à m'asseoir à ses côtés au bout du ponton.

— C'est un endroit qui nous convenait mieux. Il est plus sûr.

— Êtes-vous… en danger ?

— Les choses semblent nettement se préciser depuis hier soir.

— Est-ce que c'est si grave ?

— Maintenant oui !

— À cause de moi ?

Mathias esquisse un rictus douloureux avant de me répondre.

— Même si j'avais pris des précautions, si je m'étais abstenu d'entrer dans ta vie comme je l'avais prévu au départ, les choses auraient été comme elles sont. J'ai été particulièrement vaniteux de croire que je pouvais tout maîtriser, et Éorin vient de me donner une cruelle leçon.

— Éorin est morte, murmuré-je, tétanisée par son angoisse que je ressens au plus profond de moi.

— Certaines personnes sont capables, par-delà la mort, de faire passer des messages à ceux qui sont en mesure de les entendre.

150

— Et j'ai été capable de l'entendre ?

— Oui !

— Pourquoi ?

— Parce que tu n'es pas aussi cartésienne que je t'accusais de l'être ! Parce que tu sais parler aux érables, que tu as un instinct très sûr, une ouïe fine et un odorat sans faille. Parce que tu es un être exceptionnel, et que j'aurais dû m'en rendre compte bien avant tout cela, répond-il d'une voix sourde.

— Génial, marmonné-je. Me voilà renseignée !

— Et exceptionnellement râleuse, plaisante-t-il.

— Explique-moi ce qui se passe, Mathias, je t'en prie !

— Andréas, les filles et moi cherchons à découvrir ce qui est arrivé à Éorin, cède-t-il enfin.

— C'est donc vrai ce que l'on raconte sur vous ? Vous enquêtez sur la mort de votre sœur ?

— Nous ne sommes pas réellement frères et sœurs, avoue-t-il, soucieux de ma réaction. Éorin était uniquement la sœur d'Élawen.

— Vous semblez pourtant si proches. Qui êtes-vous en réalité ?

— Nous sommes effectivement très proches. Nous appartenons à une même famille et nous ne faisons que la protéger.

— En menant l'enquête à la place de la police ?

— Parce que la police ne cherche pas avec les bons yeux. J'espérais que l'ordinateur d'Éorin attirerait à un moment ou à un autre celui qui lui a ôté si cruellement la vie, et voilà que, toi, tu as débarqué et tu t'es installée sans vergogne à sa place.

— Tu semblais me haïr ?

— Je n'ai pas compris ce que tu faisais là. Ta présence à cette table a suscité ma colère dans un premier temps.

— C'est pour ça que tu as dit que tu ne souhaitais pas entrer dans ma vie ?

— Je ne le voulais pas, en effet, mais je devais apprendre si tu savais quelque chose.

— Tu m'as soupçonnée ?

— Oui, avoue-t-il en me glissant un baiser dans le cou pour se faire pardonner. Je t'ai suivie, espionnée même.

— Mmm, et c'est donc comme ça que tu m'as pistée jusqu'au parc, près de l'érable ?

— J'ai pris goût à te surveiller, confesse-t-il en me bécotant de manière persuasive au point que j'en oublie un peu mes questions.

— Tu m'espionnais tout le temps ?

— Tout le temps ! Je connais chacune de tes petites manies.

— Pourquoi as-tu changé d'attitude envers moi, finalement ?

— Parce que j'étais jaloux.

Sa réponse me laisse sans voix, il s'empresse donc de compléter.

— Tout ce que j'apprenais de toi me rendait chaque fois plus attentif. Quand je t'ai dit chez Tony que tu étais fascinante, je le pensais vraiment.

— Tu exagères, me défends-je en rougissant stupidement.

— Ne me rends pas la tâche plus compliquée qu'elle n'est, supplie-t-il en dardant sur moi ses yeux merveilleux.

— Très bien, mais jaloux de quoi ?

— En voyant Jonathan Dussaunier caresser ta joue, j'ai compris pourquoi je me sentais si terriblement frustré. Tout en toi m'attire irrésistiblement, Léo. J'ai lutté pour me convaincre du contraire, je me suis menti en affirmant que seul l'intérêt de l'enquête me poussait à te suivre, j'ai consumé ma résistance à la flamme de mon désir. Lorsque je t'ai vue si malheureuse, je n'ai pas pu résister. Si tu savais comment j'ai combattu l'envie folle de te prendre dans mes bras tout le temps où j'étais près de toi. Et puis tu m'as

152

accordé ta confiance, je t'ai apprivoisée malgré moi, et le bonheur incroyable que j'en ai ressenti m'a fait changer d'avis. J'ai dû reconsidérer la situation : puisque je ne pouvais plus me passer de toi, il fallait que je m'organise différemment. J'ai annoncé ma décision à Anwen, Élawen et Andréas. Élawen a très mal pris la nouvelle. Elle a alerté mon père. J'ai dû rentrer chez moi pour tenter d'expliquer la situation dans laquelle je me trouvais et ce qui m'empêchait de renoncer à toi. Mon père a parfaitement compris, même s'il en a ressenti de la peine.

— De la peine ? N'aurait-il pas dû être heureux que son fils le soit ?

— Il y a certaines choses qui t'échappent, Léo, me dit-il avec indulgence. Notamment l'endroit d'où je viens.

— D'où viens-tu ?

— D'un endroit qui te demanderait un trop gros sacrifice pour y vivre avec moi, quand bien même m'aimerais-tu assez pour le croire.

— Est-ce si terrible ? demandé-je en frissonnant.

— Ça te paraîtrait sans doute… irréel. Moi, je suis à l'aise dans l'univers qui est le tien, je peux très bien m'y adapter.

— Pourquoi Élawen était-elle si inquiète à ce sujet ?

— J'ai jugé indispensable de te présenter Élawen et Andréas pour qu'ils puissent se rendre compte par eux-mêmes et témoigner auprès de mon père. À partir du moment où j'étais seul à subir les conséquences de mon choix, et où toi, tu étais préservée, cela me semblait d'une facilité évidente, pas pour elle, et je le comprends.

— J'ai cru qu'elle me détestait.

— Élawen était en colère après moi, ce qui est très différent. Elle avait peur que je ne les abandonne.

— Je me rendais bien compte qu'il se passait quelque chose d'anormal, mais je ne soupçonnais rien de tout ça.

— J'ai essayé de te protéger au maximum, mais notre petite réunion chez Tony a dû te sembler hallucinante.

— Tu n'imagines pas à quel point ce que je vis depuis que je te connais me paraît hallucinant !

— Je le conçois, mais je ne peux plus l'éviter maintenant.

— Quelles conséquences cela a-t-il eues chez toi ?

— Mon père n'a exigé qu'une chose, que je termine ma mission avant de partir.

— Trouver l'assassin d'Éorin ?

— L'assassin et le voleur. Éorin a été dépouillée d'un objet très précieux. Si nous trouvons cet objet, nous mettrons la main sur son meurtrier.

— Quel objet ?

— Son médaillon.

— Un médaillon comme le tien ?

— Dans le même genre, oui !

— Pourquoi est-il si précieux ?

— Pour des raisons que je ne peux pas t'expliquer, mais il faut que nous le retrouvions.

— C'est donc ça, le but de tes « petites recherches » ?

— Oui.

— Moi qui pensais que c'étaient mes notes qui t'intéressaient, fais-je avec un soupir en me sentant stupide.

— Tes notes m'ont beaucoup surpris, je le reconnais. J'aurais dû être plus prudent, je n'ai pas deviné que tu avais découvert la clé.

— Mais le motif aurait dû t'avertir, non ?

— Éorin avait ses petits secrets... Je ne connaissais pas l'existence de cet objet, je ne pouvais savoir que ce motif s'y rapportait. Les autres non plus, à l'exception d'Élawen, qui pensait qu'elle avait caché un indice quelque part. Nous supposions que le voleur l'avait trouvé aussi. J'ai cru que tu avais fait des recherches au sujet de tout autre chose. Je n'ai pas été assez attentif, et tu avais commis une erreur en le recopiant sur ton bloc-notes.

— Pardon ?

— Le motif que tu as dessiné est un symbole ancien tiré d'un alphabet cyrillique. Pour nous, il renvoie à une notion de tranquillité. J'ai pensé que tu t'étais intéressée au sujet... La zen attitude est à la mode, et les adeptes sont fans de ce genre de symbolique.

Je le regarde de travers sans qu'il se démonte.

— Le symbole porté sur la clé d'Éorin signifie quelque chose d'obscur, de secret... Et ça aurait immédiatement attiré mon attention.

— Qu'est-ce que c'est que ce boîtier ?

Mathias tire l'objet d'argent de sa poche. Il glisse son ongle dans un angle du motif avant de faire tourner le mécanisme minuscule et je comprends tout à coup.

— Une clé USB !

— Éorin était étudiante en informatique, me rappelle-t-il.

— Elle est formidablement bien conçue. J'ai eu beau la tourner dans tous les sens, je n'ai jamais trouvé. Avez-vous pu lire le contenu ?

— Nous sommes persuadés qu'Éorin tenait son journal de bord pour le remettre plus tard à Algol.

— Qui est Algol ?

— Un vieux professeur qui adore se tenir informé des nouvelles technologies, élude-t-il. Elle a dû forcément y écrire quelque chose d'important, et elle devait se sentir menacée pour ne pas l'avoir conservé sur elle, ni dans ses affaires, mais caché dans un lieu public. Elle était véritablement ingénieuse !

— Oui, mais si je ne m'étais pas retrouvée sous cette table, personne ne l'aurait déniché avant un bon moment.

— Elle a tout prévu et t'y a conduite.

— Mathias...

— Je sais que ça peut te sembler difficile à admettre, Léo...

— Tu vas me dire de songer à l'érable ? coupé-je avant d'entendre son argument.

— Sûrement !

— Mais que contient cette clé ?

— Éorin a verrouillé ses fichiers. Nous avons fait plusieurs tentatives, en anglais, en français, dans notre langue, en italien...

— En italien ?

— Éorin adorait Tony, elle parlait très bien italien grâce à lui. C'est parce qu'il était à Montréal qu'elle a choisi d'y faire ses études. Il se dit que s'il n'avait pas été là, tout cela ne serait pas arrivé.

Mathias prend soudain une expression bizarre qui s'efface dès qu'il pose de nouveau les yeux sur moi.

— Je suis désolée, lui dis-je tristement.

— Tu n'es pas responsable. Ce que je regrette, c'est que tu te sois mise en danger.

— Je suis en danger ?

— Au cas où il faudrait encore te préciser les choses, oui, répond-il en fronçant les sourcils. Éorin a été assassinée pour l'information qu'elle a transmise. À ton tour, tu es dépositaire de ce renseignement, et les notes que tu as prises ont intéressé quelqu'un au point qu'il vienne fouiller ta chambre.

Je blêmis en m'accrochant à son bras.

— Je suis désolé d'être si brutal, mais tu ne sembles pas réaliser la complexité et le danger de notre situation.

— Si je me suis trompée de symbole, le voleur se rendra compte de l'inutilité de mes notes, non ? Il peut très bien en tirer les mêmes conclusions que toi, argumenté-je dès que mon cerveau me permet à nouveau de réfléchir.

— Je crois que nous avons sous-estimé le danger. Le voleur sait très bien ce qu'il cherche et où il doit le chercher. Il sait, malgré les précautions que j'ai prises pour rester aussi distant que possible en public, que nous sommes liés d'une manière ou d'une autre. La présence d'Anwen à tes côtés le soir du match a été une erreur. Nous lui avons fourni une confirmation.

— Alors pourquoi lui avoir demandé de m'accompagner ?

— Parce que je craignais les manœuvres de Jonathan Dussaunier à ton égard. Je ne voulais pas être présent moi-même pour ne pas éveiller l'attention, et je pensais qu'elle aurait un effet dissuasif.

— Sur qui, lui ou moi ?

— Je regrette, Léo, et je le répète, ça a été une erreur !

— Pas tant que ça, grommelé-je en passant ma langue sur ma lèvre gercée.

Mathias arrête mon geste du bout de son doigt.

— Je pourrais le tuer rien que pour ça.

Je lis dans son regard qu'il ne plaisante pas et reviens aussitôt au sujet qui nous préoccupe.

— Tu crois vraiment que le voleur aura fait le lien entre toi, moi et la clé ?

— Anwen a réagi vivement hier soir. Ta fuite n'est sans doute pas passée inaperçue. De plus, nous avons séché les cours ce matin. S'il a deux sous de jugeote, ce type aura vite fait le lien.

— Anwen a essayé de te joindre ! plaidé-je.

— Je le sais, je ne peux pas la blâmer. Elle a agi selon sa conscience, et ce qui est fait est fait.

— Tu le regrettes ?

— Oui et non ! Si Anwen avait réussi à me joindre avant votre départ, je vous aurais conseillé de ne pas bouger, de faire comme si de rien n'était et nous aurions mis en place une surveillance étroite. C'était une occasion inespérée. En t'amenant ici, elle t'a mise en ligne de mire de celui qui a assassiné Éorin. J'ai du mal à apprécier ça, mais…

— Mais quoi ?

— Elle a bouleversé tous mes plans. Je ne sais pas encore si c'est bien ou non… mais je suis obligé de te dévoiler des choses que je t'aurais cachées longtemps.

— Pourquoi voulais-tu me mentir ? m'offusqué-je en m'écartant de lui.

Il me force à revenir dans ses bras.

— Je ne t'aurais pas menti, juste dissimulé certains éléments. Mais la situation n'est plus la même et il semblerait que je sois passé à côté d'une information capitale qui changerait spectaculairement mes plans.

— Quelle information ?

— Éorin t'a reconnue.

— Je ne comprends pas, me lamenté-je de nouveau.

— Moi, je me comprends très bien. Anwen avait raison, ma décision initiale est caduque. J'ai hâte de savoir ce qu'aura décidé le Grand Conseil !

— Qu'est-ce que c'est que ce « Grand Conseil » ?

— Une sorte de conseil de famille.

— Vous formez une famille plutôt… étrange.

— De ton point de vue, certainement.

— Vous avez évoqué un second conseil tout à l'heure, pourquoi ?

— Parce que chacun d'entre nous dispose d'une certaine autonomie, mais nous prenons rarement les grandes décisions seuls.

— Oh oui, votre fameuse unanimité ! Tu as été mis en minorité, n'est-ce pas ?

— Ça ne se passe pas ainsi. Si j'avais voulu maintenir ma décision te concernant, je l'aurais fait sans qu'ils puissent y redire quoi que ce soit. Leur avis m'est précieux, même s'il ne s'impose pas. Le problème ici, c'est que tu es désormais impliquée à un point qui dépasse le cadre de notre relation. Je ne suis pas capable de décider pour ma famille tout entière, je suis contraint d'en référer à nos parents. Anwen l'a bien senti.

— Trois contre un !

— Trois contre moi, nuance.

— Subtile ! Quelle différence cela fait ?

— J'aurais emporté la décision.

— Tu as des voix d'avance ?

— En quelque sorte.

Je m'apprête à répliquer, mais nous entendons des pas derrière nous. Anwen a son air calme et serein.

Elle nous laisse le temps de nous lever et nous adresse un regard un peu tendu.

— Andréas est revenu !

Je sens un frisson me parcourir. Sa phrase me fait l'effet d'être une prisonnière attendant le verdict de ses juges.

— *Seït yn*[1] ? demande Mathias, visiblement inquiet.

Sa précaution de langage à mon encontre m'agace, Anwen s'en aperçoit et précise en français.

— Optimiste !

J'ai envie de l'embrasser sans même savoir ce dont il s'agit.

— Nous arrivons, dit Mathias d'une manière si déterminée qu'Anwen ne se fait pas prier pour tourner les talons et repartir en courant.

— J'ai l'impression d'être au seuil d'un précipice sans avoir d'autre solution que de sauter dans le vide, confié-je à celui entre les mains duquel je mets ma destinée... aveuglément.

— Léo, quoi qu'il arrive, je veux que tu saches que je te choisirai toujours. Je ne suis peut-être pas tout à fait celui que tu penses, mais mes sentiments pour toi sont profonds.

— *Yn bréalaï ty liom !* prononcé-je avec ferveur.

— Tu as bonne mémoire.

— Je tâcherai donc de me rappeler ce que tu viens de dire.

Mathias pose ses lèvres sur les miennes et me chuchote pour la première fois qu'il m'aime.

---

1. « Comment est-il ? » (*N.d.A.*)

Chapitre 9
Étonnantes révélations

Quand j'entre dans le salon, Andréas m'adresse un sourire confiant. Mathias me fait asseoir et prend position sur l'accoudoir de mon fauteuil. Les spectateurs s'installent, attentifs et impatients.

— Iliud a ordonné la réunion du Grand Conseil, commence Andréas. J'ai été entendu et ils sont parfaitement au courant de la situation désormais.

— Qu'ont-ils dit ? demande Élawen.

— Iliud a ordonné des recherches généalogiques à Algol.

Je suis perdue, Mathias pose la main sur mon épaule.

— A-t-il trouvé quelque chose, ils ne doivent pas être légion ?

— Éléna, 1024 !

— Algol est sûr ?

— Tu préfères lui demander toi-même ? dit Andréas en riant.

Je ne comprends pas une bribe de ce qu'ils racontent, mais ça a l'air de les réjouir.

— Nous avons trace des descendants jusqu'en 1678, puis les passages ont été fermés et nous n'avons plus d'information, mais la géolocalisation ne permet pas de doute, il n'y en a pas eu d'autres dans cette région-là.

— Qu'a décidé le Grand Conseil ? interroge Mathias, préoccupé.

— À l'unanimité, ils pensent que Léo doit être traitée comme une Teitwyr du Dalahar.

— Comme une quoi ? m'écrié-je, surprise par le nom qu'il vient de m'attribuer.

Anwen adresse un regard à Mathias, visiblement trop ému pour me répondre lui-même.

— Une Teitwyr, Léo, une Elfe des Terres du Dalahar, répond Andréas.

Incrédule, je les dévisage les uns après les autres, leurs beaux visages sont figés dans une attitude fière.

J'ai bien entendu le mot « elfe » ? Non, ce n'est pas possible !

— Les Elfes sont des créatures mythiques avec les oreilles pointues, affirmé-je en me remémorant tout à coup les images du *Seigneur des anneaux* vagues souvenirs de contes de fées. Ce sont...

— Les mythes prennent bien souvent leur origine dans la réalité, Léo, coupe Andréas. Nos oreilles ont conservé quelques traces, rigole-t-il en soulevant ses cheveux qui masquent habituellement cette partie de son anatomie.

Je reste muette de stupeur en constatant qu'effectivement ses oreilles sont plus effilées que la normale. Puis je réprime un juron avant de me tourner vers Mathias qui se plie au même exercice. Anwen et Élawen soulèvent à leur tour leur longue chevelure et je remarque la même caractéristique que chez les garçons.

— Mais moi, non ! m'assuré-je en tâtant machinalement mes oreilles.

— Tu es le fruit d'une très ancienne lignée qui s'est presque entièrement diluée dans le monde des hommes. Tes caractéristiques elfiques sont tellement atténuées qu'elles sont sur le point d'être perdues à jamais. Sandy en est l'exemple flagrant, là où ta tante a conservé le vert de ses yeux, le gène elfique ne s'est pas transmis à sa fille. Toi, tu le portes toujours en toi.

— Êtes-vous sûrs de ce que vous avancez ?

— Algol est formel, reprend Andréas, qui a suivi les recherches. Nous conservons absolument tout ce qui concerne notre peuple. Chaque événement est noté et classé dans nos archives qui sont très scrupuleusement répertoriées. En 1024, Éléna, fille d'Idril et de Céléborn, a quitté volontairement le Dalahar. Les archives précisent que ses épousailles ont eu lieu à Sens, en Bourgogne avec un certain Sigesbert. Éléna a disparu des registres après 1330. La famille d'Éléna est la seule à avoir pris racine en France à cette époque-là. Non seulement en France, Léo, mais à proximité immédiate de l'endroit où tes parents habitent.

— Si je résume ce que tu viens de dire, je suis la descendante lointaine d'une Elfe, c'est ça ?

— Tu as bien compris.

— Éorin avait un talent particulier pour deviner ce genre de choses sans avoir à consulter les archives, ajoute Élawen. Elle a senti ta présence, j'en suis sûre et c'est pour ça qu'elle est entrée en communication avec toi. Et c'est sans doute aussi la raison pour laquelle Mathias, inconsciemment, s'est rapproché de toi.

— Mais je suis davantage humaine que… teitwyr plaidé-je, abasourdie.

— Certainement, mais tu restes plus réceptive que tes congénères. Tu as quelques dons supplémentaires qui ne font cependant pas de toi une Elfe à part entière.

— Comme vous ?

— Presque comme nous ! Nous sommes la troisième génération, dit Andréas.

— La troisième génération de quoi ? Je n'y comprends rien.

— Laisse-moi reprendre depuis le début, propose Mathias.

J'acquiesce bien volontiers. Il s'assied plus confortablement et commence son récit extraordinaire.

— La civilisation elfique existe depuis la nuit des temps. Durant des siècles, elle a occupé à loisir les forêts occidentales où les hommes s'aventuraient rarement par peur des loups, des sorcières, des brigands et des superstitions en tout genre. Cela a permis aux

Elfes de vivre en paix durablement. Malheureusement, les forêts ont petit à petit été investies par les humains. Les Elfes se sont retranchés, à l'abri, dans un monde caché des hommes, nos terres ancestrales du Dalahar.

» Les Elfes sont des guerriers très expérimentés et certains d'entre eux se sont rebellés contre ce phénomène inexorable qui les privait de leur espace et de leur liberté. Ils pensaient qu'ils n'auraient aucun mal à soumettre cette civilisation, qu'ils jugeaient inférieure, et se sont réunis autour d'un des leurs, plus charismatique, Lothar.

» Des querelles de plus en plus fréquentes ont opposé notre roi Aberthol et Lothar qui, contre l'avis du Grand Conseil, a mené des offensives contre les humains. Les Elfes ne font la guerre que lorsqu'ils sont en danger immédiat, le comportement de Lothar était inacceptable. Aberthol a chassé Lothar du Dalahar. La paix semblait revenue, et les Elfes ont continué à passer régulièrement d'un monde à l'autre sans souci.,

» Lothar, lui, n'a pas accepté cet exil. Il a constitué en secret une véritable armée composée d'Elfes acquis à sa cause et de mercenaires humains attirés par ses promesses de terres miraculeuses. Lothar et ses hommes sont devenus de redoutables guerriers vêtus de cuirasses sombres et se sont fait appeler les Elfes noirs. Ils étaient de plus en plus nombreux, pillant, violant, tuant hommes, femmes et enfants sur leur passage. Ils ont parfois été assimilés aux barbares dans vos livres d'histoire.

» Lothar savait que ses anciens frères s'en tenaient à leur politique pacifiste. Il a fini par rêver de conquérir le Dalahar et de prendre la place d'Aberthol sur le trône. Je te fais grâce des années de guerre sans merci que l'on a appelées la Grande Colère. Les effectifs elfiques ont été presque anéantis dans cette lutte fratricide. Notre peuple a été réduit au dixième de ce qu'il était. Aberthol a fini par vaincre.

» Les humains enrôlés par Lothar ont pour la plupart péri. Les Elfes noirs se sont avérés trop peu nombreux pour poursuivre le combat. Lothar a dû reconnaître sa défaite. Aberthol, contrairement à l'avis du Grand Conseil, a choisi de lui laisser la vie sauve. Lothar a été définitivement chassé du Dalahar et nous n'avons plus jamais entendu parler de lui, même s'il a forcément élu domicile quelque part dans votre monde. Aberthol était usé par cette guerre, il a abdiqué en faveur de son fils Iliud. Pendant des années, les Elfes ont vécu de nouveau en paix avec les humains, allant, de manière exceptionnelle, jusqu'à l'union entre nos deux peuples. C'est ainsi que ta lointaine grand-mère a choisi d'unir sa destinée à celle d'un homme. Elle a accepté de le suivre ici. Rares ont été ce genre de relations pourtant. Dans la majeure partie des cas, les humains ont suivi les Elfes au Dalahar, sacrifiant leurs racines sur cette terre.

— Pourquoi ce choix ? demandé-je, intriguée.

— Question de goût, intervient Andréas, volant au secours de Mathias qui semble hésiter.

— Et que s'est-il passé ensuite ?

— Les progrès techniques des hommes ont ravagé les derniers territoires des Elfes. Ils sont donc retournés définitivement sur les Terres du Dalahar et le Grand Conseil a fermé tous les passages.

— Mais ?

— Mais les descendants des Hauts Elfes et les humains ont donné naissance à une nouvelle génération.

— La troisième !

J'ai apparemment tout suivi, Andréas hoche la tête.

— Des enfants sont nés de l'union des Elfes et des hommes. Nous en faisons partie tous les quatre.

— Est-ce que vous êtes différents ?

— Nous sommes des Elfes à part entière, mais nous disposons de certaines qualités que n'ont pas nos frères. Notre part humaine nous permet de nous fondre plus facilement parmi les hommes. Les Elfes ont certaines caractéristiques physiques et comportementales qui ne leur permettent pas de passer inaperçus. De plus, leur tempérament est inconciliable avec la vie humaine moderne. Le nôtre, si ! Nous avons été des enfants plutôt turbulents, rigole Mathias.

— Tu parles, nous étions impossibles, rectifie Élawen.

— Nos précepteurs ont manqué rapidement de sujets d'étude et la vie au Dalahar est devenue… ennuyeuse, ajoute Anwen.

— Le Grand Conseil a fini par accepter l'idée de nous envoyer dans le monde des hommes pour voir ce qu'il en résulterait. Cela s'est avéré plus satisfaisant que prévu. Nous seuls avons donc été autorisés à reprendre nos incursions chez les humains. Ceci nous a permis de développer d'autres aptitudes et d'acquérir d'autres connaissances. Nous vérifions ainsi les progrès des hommes et nous tenons en permanence les Elfes informés de ce qui se passe ici. Les Elfes nous ont appelés les Teitwyrs, ce qui signifie « les passagers ». Quand un Teitwyr arrive à sa majorité et émet le désir de partir étudier dans le monde des hommes, le Grand Conseil lui ouvre un passage à l'endroit qu'il souhaite et lui en remet une clé. Chaque Teitwyr est gardien de son passage. Il doit en protéger l'accès contre toute espèce de danger. Cette clé, tu la connais, Léo.

Mathias écarte le col de sa chemise et fait glisser son pendentif.

— Je vois. Je suppose que vous avez tous un bijou comme celui-là ? fais-je en admirant le fin symbole attaché au cou de mon amoureux.

Anwen exhibe le sien, que je reconnais comme étant son porte-clés.

— Éorin avait choisi de faire ses études ici. Un passage lui a donc été ouvert. Nous ignorons ce qui s'est passé exactement. Nous avons commencé à avoir des craintes la concernant lorsqu'elle n'est pas revenue pour l'anniversaire d'Élawen.

Je jette un regard perplexe sur cette dernière qui, bien qu'affectée, complète l'explication.

— L'anniversaire ponctuant la majorité d'un Teitwyr est un événement chez nous. Il est fêté lors d'une cérémonie particulière en présence de sa famille et on lui remet sa clé. C'est une occasion que personne ne songerait à manquer, surtout pas une sœur !

— Que s'est-il passé ?

— Nous avons reçu un message inquiétant d'Éorin. Elle nous disait de manière très évasive qu'elle avait découvert quelque chose de grave et qu'elle s'excusait de n'être pas là. Nous pensons à présent qu'elle n'a pas voulu mettre en danger son passage. Nous n'avons plus eu de nouvelles pendant des semaines. Puis le Grand Conseil a demandé l'appui de Tony. Il nous a fait parvenir les rares nouvelles d'Éorin dont il disposait jusqu'au jour où la police est venue l'avertir que l'on avait retrouvé son corps à quelques mètres de chez elle. Tony nous a aussitôt prévenus et le Grand Conseil a rappelé les Teitwyrs au Dalahar, tous les passages ont été fermés par mesure de sécurité.

— Quel est le problème ? interrogé-je en soupçonnant la réponse.

— Le médaillon d'Éorin a été volé. Son passage constitue donc un danger pour le Dalahar. Le Grand Conseil nous a choisis pour venir enquêter sur sa mort et pour retrouver cet objet. Il nous a ouvert un passage non loin d'ici et nous nous sommes inscrits à l'université sous le nom qu'elle avait utilisé. Nous nous sommes réparti les différentes matières qu'elle étudiait, convaincus qu'elle avait découvert quelque chose d'important et avait été assassinée à cause de cela.

— Mais Éorin était dotée de... pouvoirs, non ?

— C'est ce qui nous fait craindre le pire, acquiesce Andréas, soucieux.

— Le pire ?

— Nous supposons qu'Éorin n'a pas été tuée par un humain.

166

— Par qui, dans ce cas ?

— Un Elfe noir !

Je les regarde, médusée. Je prends soudain conscience de l'énormité de cette information.

— Qui cela peut-il bien être ? Si vous, vous ne passez pas inaperçus, je présume que les Elfes noirs non plus !

— Ils vivent depuis fort longtemps parmi les humains, ils ont sans doute eu eux-mêmes des enfants comme nous. Leur nature elfique a probablement diminué, ce qui a gommé leurs caractéristiques. Éorin pouvait cependant les reconnaître. Elle est malheureusement tombée sur un adversaire aussi doué qu'elle. Elle était rapide et insaisissable, celui qui l'a tuée n'a pas pu agir seul.

— Contre un seul adversaire même elfique, elle était de taille à se défendre. Elle est tombée dans un piège, c'est certain, ajoute Élawen avec ferveur.

— Tu penses qu'ils sont plusieurs ? gémis-je en voyant la situation se compliquer.

— Oui, répond Mathias. Éorin disposait de pouvoirs qui lui assuraient une entière sécurité dans le monde des hommes. C'est d'ailleurs ce qui nous a aveuglés pendant trop longtemps. Nous n'avons pas pris suffisamment au sérieux la menace, nous aurions dû envoyer un autre Teitwyr près d'elle. Mais nous vivons en paix depuis très longtemps et nos pouvoirs nous rendent trop sûrs de nous. Ce fut notre plus grande erreur. Nous avons perdu un Elfe exceptionnel et notre monde est à présent en danger. Les Elfes noirs disposent d'une clé avec le médaillon, ils ont fait disparaître le témoin gênant, et il ne leur manque qu'une seule chose.

— Quelle chose ?

— L'emplacement du passage.

— Ont-ils une chance de le trouver ?

— S'ils ont conservé certains pouvoirs, ils peuvent y arriver. Mais selon nous, ce n'est pas le cas. Voilà pourquoi je pense moins à Lothar qu'à un demi-Elfe ignorant de ces choses-là. Notre agresseur doit savoir qu'Éorin a laissé des consignes à notre intention car nous devons récupérer le médaillon pour fermer définitivement le passage. Il est donc à la recherche de ces informations, et nous étions à égalité... jusqu'à hier !

— Il sait maintenant que nous avons la clé USB d'Éorin.

— Nous ne doutons pas un instant qu'il fera tout pour mettre la main dessus. Tant que nous n'aurons pas pu lire le journal d'Éorin, en espérant qu'elle nous ait indiqué le nom des Elfes noirs, nous ne connaissons pas notre adversaire. Le seul point positif à ce stade, c'est que nous sommes désormais sur nos gardes.

— Léo est notre talon d'Achille, affirme soudain Anwen d'une voix calme et assurée.

— Pardon ? m'offusqué-je.

— Tu ne disposes pas de pouvoirs, ni d'arme et, malheureusement, tu es placée en première ligne, approuve Andréas.

Je regarde Mathias, qui me sourit douloureusement.

— Ils ont raison, je crains que tu ne puisses retourner sur le campus.

— Mais non, je ne peux pas faire ça ! Que vont dire ma tante, mes parents ?

— Nous allons trouver un moyen, tente Mathias en constatant mon affolement.

— Elle pourrait rester ici, dit Andréas.

— Elle est aussi exposée ici qu'ailleurs, et peut-être même davantage. Ils n'auront pas de mal à deviner qu'elle se trouve avec nous, et nous sommes isolés.

— Si nous ne la quittons pas d'une semelle...

— Nous ne tiendrons pas ainsi éternellement, objecte Mathias.

— Et si je faisais comme si de rien n'était ? proposé-je à mon tour. Supposons une minute que notre agresseur n'ait pas eu vent de notre fuite hier soir.

— Ce matin, tu n'es pas en cours.

— Nous sommes jeudi, répliqué-je, rayonnante.

— Et alors ?

— Je n'ai qu'une heure de cours dans la matinée, après le match d'hier soir, on peut croire que j'ai eu du mal à me réveiller, non ?

— Où veux-tu en venir ? interroge Mathias, l'air contrarié, ce qui me laisse penser qu'il a parfaitement deviné.

— Nous savons que quelqu'un s'est introduit chez moi pour me voler des notes sur lesquelles j'ai commis une erreur de recopie. Il suffit que je joue l'innocente, que je multiplie l'apparition de signes ésotériques pour semer le doute dans l'esprit du voleur. Il va voir que je ne suis pas partie et que, de toute évidence, je n'ai rien à cacher. Je vais créer un nuage de fumée et vous aurez le temps de trouver un moyen de lire le journal d'Éorin.

Mon ton déterminé arrache un petit sifflement à Andréas.

— Elle est astucieuse pour une humaine.

— Équipée d'options elfiques, je te rappelle, précise Anwen, prompte encore à prendre ma défense.

— Mathias ? demande Élawen à son ami, toujours muet.

— C'est hors de question, tranche-t-il sévèrement, crevant d'un seul coup la bulle d'espoir que j'avais fait naître.

— Mais pourquoi ? m'exclamé-je.

— Ce ne sont que des suppositions, Léo. Nous ne savons pas à quel point il est informé. Je refuse que tu coures un tel risque.

— Mais si Léo a raison, elle nous offre la possibilité de le traquer sans qu'il s'en doute.

— Je servirai d'appât, fais-je un peu trop légèrement, ce qui me vaut une œillade meurtrière de Mathias.

— Les filles n'ont pas tort, plaide à son tour Andréas.

Mathias blêmit et se tourne vers Anwen.

— Trois contre un, je suis désolée… Mais j'ai peut-être une solution à te proposer.

— Je t'écoute, rugit ce dernier alors que je commence à paniquer.

— Nous avons affiché notre nouvelle amitié hier soir au stade, personne ne trouverait choquant que je m'installe un moment chez Léo.

— Formidable ! exulté-je.

Mathias ne se déride pas pour autant. Il accueille la proposition d'Anwen en haussant simplement un sourcil, mais ne prononce pas une parole encourageante. Je crois bon de plaider encore ma cause.

— Tu n'as pas le droit de m'arracher comme ça à mon univers, Mathias.

Je le vois réagir violemment à cette attaque, j'ai la désagréable impression de lui porter un coup bas, mais je suis sûre que le jeu en vaut la chandelle. Je m'approche de lui et lui offre mon regard, il ne peut douter de ma sincérité à ce moment-là.

— Tu sais combien je t'aime, dis-je calmement.

— Léo, je...

Je pose vivement mes doigts sur ses lèvres.

— Peu importe ce que tu es, j'accepte tout, sans réserve, et je suis prête aujourd'hui à tous les sacrifices pour être simplement près de toi. Je ne te demande qu'une seule chose, laisse-moi le temps de préparer ma famille à ces changements. Je n'ai pas le droit de leur faire du mal, je ne leur en ai déjà que trop fait. Je ne peux pas disparaître comme ça, du jour au lendemain, ce serait cruel et je ne pourrais pas vivre avec le poids d'un tel remords.

Les yeux de Mathias brillent d'un éclat indéfinissable.

— Tu accepterais de me suivre ? demande-t-il d'une voix sourde.

— Sans la moindre hésitation.

— Les Elfes ne sont pas des êtres faciles à vivre, menace-t-il, un petit sourire aux lèvres.

— Les filles humaines non plus, rétorqué-je.

— J'ai eu le temps de m'en apercevoir.

— Et moi, je découvre seulement qui tu es, lui fais-je remarquer.

— Tu es néanmoins prête à m'accompagner au Dalahar ?

Je ne peux détacher mon regard du sien, hypnotique. En cette seconde, je ne doute pas le moins du monde de ce que je veux. Il est tout, il est ma vie.

— Aveuglément !

Mathias fond sur ma bouche avec une passion presque brutale. Je perds complètement le contrôle de moi-même, je ne sais plus où nous sommes, je m'en fous. La seule chose qui compte, c'est lui. Une sensation de brûlure intense irradie mon ventre et mon corps entier le réclame. Je ne réponds plus de rien et je perçois la même chose chez Mathias. Hélas, il reprend vite ses esprits alors que, moi, je suis sur le point de défaillir tout à fait. Il laisse ses lèvres sur les miennes et ouvre les yeux. Ses mains fourragent dans mes cheveux.

— Je ne supporterai pas qu'il t'arrive quelque chose, murmure-t-il.

— Il ne m'arrivera rien.

— Tu ne fais pas un pas sans l'un d'entre nous près de toi, tu ne commets aucune imprudence, exige-t-il.

— Promis ! Je serai très prudente.

— Tu te méfies de tout le monde.

— Même de toi !

— Je suis sérieux ! Tu me tiens au courant de tout.

— Je te ferai des rapports fidèles et exhaustifs.

— Tu gardes tes distances avec Jonathan Dussaunier, réclame-t-il encore.

— Oh, oh ! Est-ce pour me protéger moi, ou toi ?

— S'il porte encore une seule fois la main sur toi, je le tuerai, gronde-t-il si sauvagement que je ne doute pas une seconde qu'il mette ses menaces à exécution.

Le seul sort de Jonathan ne me préoccupe guère, mais l'idée de faire de Mathias un meurtrier me déplaît souverainement.

— Je me faufilerai entre ses griffes.

— Je ne sais pas combien de temps cette situation va durer, Léo, me prévient-il.

— J'en ai conscience. Est-ce tout ?

— Non.

— Quoi d'autre ?

— Je t'aime !

Mon cœur bondit contre mes côtes et je lui abandonne mes lèvres. Je me rappelle soudain la présence des autres et rougis devant l'inconvenance de mon comportement. Mathias a le don de me faire perdre la tête.

— Nous savons être patients, déclare Anwen en observant mon trouble s'afficher sur mes joues.

Mathias exige encore d'examiner chaque détail. Mon emploi du temps est entièrement décortiqué, analysé puis modifié pour permettre à l'un d'entre eux de se trouver en permanence près de moi sans que cette surveillance rapprochée devienne trop visible.

— Il va falloir que je me montre en cours cet après-midi, préviens-je en voyant l'heure avancer.

— Mathias, quelle est ta décision ? réclame Anwen.

— Je présume que vous êtes tous les trois du même avis.

— Nous le sommes, confirme Élawen.

— S'il y avait le moindre doute, le plus petit risque que ça ne fonctionne pas, Léo sera mise en sécurité et ce ne sera pas discutable, précise-t-il.

— Nous sommes d'accord, conclut Andréas.

— Anwen, tu emménages dès ce soir chez elle.

— Bien, chef, s'écrie-t-elle en bondissant sur ses pieds. Je vais faire ma valise.

— Andréas, je vais te demander de retourner au Dalahar. Vois Iliud et réclame-lui des armes pour nous quatre. Vois Élogas pour Léo, il lui trouvera quelque chose de facile à utiliser.

— Quoi ? Moi, armée ? Non, mais ça va pas ?

— Éorin aurait sans doute préféré se défendre, me lance Élawen, qui me cloue le bec.

— Mais je ne suis pas une Elfe, moi, je n'ai jamais appris, plaidé-je néanmoins.

— Nous te donnerons des cours de self-defence à la mode elfique, rigole-t-elle.

Sa remarque est censée m'amuser, elle me fait froid dans le dos.

— Élawen, tu ramènes Léo chez elle discrètement, achève Mathias, je vous suivrai à bonne distance. Cet après-midi nous avons cours ensemble et, dès la sortie, Anwen prendra le relais.

*
* *

Avant de nous mettre en route, nous prenons un copieux déjeuner durant lequel je m'aperçois que mes quatre gardes du corps se contentent de pain, de céréales et de fruits. Je propose de faire moi-même le café et je comprends mieux l'incident du matin. Les Elfes n'en ont jamais préparé, ni même bu. Élawen s'est inspirée de ce qu'elle a observé pour en faire à mon intention. Cette fois, ils reniflent d'abord avec une méfiance comique, mais acceptent de goûter de nouveau. Andréas manque s'étrangler. Élawen admet une substantielle différence avec sa mixture, mais n'apprécie guère plus. Mathias avale le sien en fronçant les sourcils. Au final, seule Anwen se déclare satisfaite de l'expérience.

Cette dernière a rassemblé mes affaires avec les siennes dans le coffre de la voiture et je m'apprête à reprendre le chemin de Montréal en compagnie d'Élawen. C'est la première fois que nous allons être seules pendant si longtemps, et j'appréhende un peu ce voyage. Au moment de partir, Mathias me tend mon téléphone portable.

— J'ai reconfiguré ton répertoire, annonce-t-il sans scrupules. Tu disposes désormais de chacun de nos numéros, ils sont identifiés par nos seules initiales, avec un « W » pour différencier Anwen d'Andréas.

Je hoche la tête, désespérée de devoir le quitter, même pour quelques heures. Mathias me presse contre lui.

— Tout au fond de toi, tu es restée une Elfe, susurre-t-il.

— Est-ce important ?

— Je le crois ! Aucune humaine ne m'a jamais attiré comme tu l'as fait dès le premier regard de tes yeux verts.

— Je t'aime !

— Je t'aime, Léo, répète-t-il avant de m'embrasser.

Il me fait ensuite monter dans la voiture, donne quelques ultimes consignes à mon chauffeur en langue elfique et nous regarde partir, le visage fermé. Nous ne sommes pas parvenues au bout de la petite route qui mène à leur maison que je me retourne pour le voir filer comme une flèche sur son 4 × 4.

— Mathias a une conception tout à fait personnelle de la « bonne distance », fait Élawen en regardant dans son rétroviseur. Il va m'obliger à commettre un excès de vitesse pour le semer.

— Ça a l'air de t'amuser, constaté-je devant sa mine réjouie.

— Assez. Depuis des semaines, nous vivions dans le doute : les recherches qui ne mènent à rien, les espoirs toujours déçus... Et voilà que tu débarques et tout s'accélère.

— Je ne pensais pas avoir à ce point bousculé les choses.

— À commencer par Mathias.

— Raconte-moi, réclamé-je, avide d'en savoir davantage.

— Mathias est très sûr de lui. Il prétend vouloir toujours tout maîtriser et c'est jubilatoire de le voir se débattre avec lui-même depuis qu'il a compris qu'il t'aimait. Tu es la première à avoir percé sa cuirasse.

Les paroles d'Élawen me procurent un plaisir indescriptible et j'éprouve le besoin d'en entendre encore.

— Il s'était montré plutôt distant jusque-là, confié-je volontiers.

— Les Elfes ne sont pas particulièrement démonstratifs, et Mathias est quelqu'un de très pudique. Mais depuis qu'il te connaît, il ne peut plus dissimuler ses sentiments, ça le rend nerveux. La pauvre Anwen a fini par céder tant il était agaçant.

— Je ne l'imaginais pas ainsi.

— Il est doué pour cacher certaines choses. Tu es devenue sa priorité.

— À ce point ?

— Lorsque tu es arrivée avec Anwen, cette nuit, je ne l'avais jamais vu comme ça, il était comme fou parce qu'elle t'avait endormie. Il a refusé que l'une d'entre nous prenne soin de toi à sa place. Il nous a mises à la porte de ta chambre.

Je pousse une exclamation de désapprobation en comprenant soudain comment je me suis retrouvée en chemise de nuit et je deviens écarlate à la pensée de Mathias me déshabillant.

— Il était beaucoup trop préoccupé par ta sécurité pour se soucier d'autre chose, le défend Élawen.

— Parle-moi de lui, plus jeune, il était terrible ? demandé-je pour clore ce sujet embarrassant.

— Le pire de tous ! Algol a manqué en manger son chapeau à plusieurs reprises. Mathias était un élève impatient. Il a été le premier Teitwyr à partir du Dalahar. Cette expérience lui a été salutaire. Il est revenu métamorphosé, plus calme, assagi et plus mature. Il avait appris plus en trois ans qu'en un siècle.

— Tu ne serais pas en train d'exagérer un peu ? dis-je en riant.

Élawen darde sur moi un regard inquiet.

— Léo, n'as-tu jamais entendu dire que les Elfes étaient immortels ?

— Pardon ?

Elle me jette un coup d'œil pour voir comment j'encaisse le choc avant de reprendre :

— En fait, ce n'est pas tout à fait le cas !

Je respire de nouveau, croyant qu'elle va m'annoncer qu'ils sont tout à fait normaux, mais hélas, leur normalité n'a rien de comparable avec la nôtre.

— Les Elfes sont dotés d'une longévité exceptionnelle.

— Du genre ?

— Les Hauts Elfes, ceux de la première génération, n'ont pas su s'adapter aux changements des mondes, ils ont suivi leur roi Aberthol sur les Hautes Terres ancestrales au-delà de la mer des sept jours et ont confié le Dalahar à leurs enfants, plus en phase avec leur environnement. Tout cela s'est passé il y a plus de 1500 ans.

— Tu veux dire que les Hauts Elfes ont plus de 2000 ans ?

— Beaucoup plus !

— Et ceux de la deuxième génération ?

— Mon père vient de fêter 900 de vos années humaines.

Je frissonne nerveusement.

— Et toi, quel âge as-tu, Élawen ?

— Je te l'ai dit, l'anniversaire marquant ma majorité devait être célébré avec ma sœur, il y a six de vos mois.

— Et c'est quoi, la majorité chez un Elfe ?

— 100 ans.

Je déglutis pour pouvoir continuer d'une voix un peu étranglée.

— Vous êtes… pareils que les Elfes ou le fait d'avoir un parent humain a changé quelque chose ?

— Nous l'ignorons. Aucun de nous n'a vécu assez vieux pour répondre à cette question. Toutefois, notre métabolisme semble réagir de la même façon que les Elfes et nous ne vieillissons que très lentement dès que nous avons atteint l'âge adulte.

— Quel âge a... Mathias ?

— Il va bientôt fêter ses 183 ans.

Ma tête se met à tourner vertigineusement, je me cramponne à mon siège, et mon estomac fait des contorsions dangereuses.

— Je n'aurais pas dû te parler de ça, gémit Élawen en me dévisageant, inquiète de mon état de choc.

— Comment... peut-il envisager..., bafouillé-je confusément. Est-ce que tu te rends compte de ce que cela signifie ? Ça n'a pas de sens !

Dans vingt ou trente ans, de quoi aurai-je l'air ? À quoi ressemblera notre couple ?

— Je ne pense pas que Mathias conçoive les choses de cette façon, risque Élawen d'un ton serein qui m'affole.

— Ça ne change rien à l'évidence.

— À l'évidence humaine, non, mais les Elfes abordent la question tout à fait différemment. Tu devrais en discuter avec lui.

Je reste silencieuse et maussade durant le reste du trajet. Je me réfugie dans la contemplation obstinée du paysage que nous traversons. Mon cerveau échafaude sans arrêt le même discours... Je dois libérer Mathias de son serment. J'ai été complètement stupide de croire que je pourrais m'unir à un Elfe. J'aurais dû réfléchir plus loin que le bout de mon nez et ne pas me bercer de douces illusions. Je tente une ultime question.

— Mathias ne parle jamais de sa mère.

— Elle est morte, répond tristement Élawen.

— C'était elle, l'humaine ?

— Oui, mais la mère de Mathias est morte accidentellement ! Ça n'a rien à voir avec une question d'âge.

— Oh ! J'avais mal compris alors ! fais-je, cinglante.

— Il me semble que tu te fourvoies. Attends de connaître l'avis de Mathias sur le sujet avant de t'enfoncer dans des projections aussi sombres.

Je la regarde sans comprendre, mais mes réflexions me ramènent inlassablement à ce sujet. Je devrais être davantage préoccupée par les risques que j'ai accepté de courir devant un Elfe noir assassin à mes trousses, mais Mathias est l'unique objet de mes pensées, le reste m'importe peu.

Nous arrivons aux alentours de 13 h 30. Élawen fait un petit détour pour garer la voiture à distance de la résidence. Je récupère mon sac dans le coffre et remonte l'allée sous l'œil vigilant de mon garde du corps personnel. Au moment de pousser la porte du hall, mon téléphone vibre dans ma poche. Je décroche après avoir consulté l'identité de mon interlocuteur.

— Tout va bien ?

— Oui ! dis-je simplement.

— Léo, je ne veux pas être à l'origine d'un drame entre toi et Mathias, ajoute Élawen sur un ton désolé.

— Tu n'y es pour rien, je l'aurais découvert un jour ou l'autre. Mieux vaut maintenant, réponds-je, sinistre.

Pendant le temps de cet échange, j'ai rejoint ma porte, je tourne la clé deux fois dans la serrure : tout est parfaitement normal, et mon appartement est dans l'état dans lequel je l'ai laissé. Je rassure Élawen qui s'en inquiète, et elle raccroche avec hésitation. Je défais mon sac en attendant l'heure de rejoindre la fac. Je n'ai plus au cœur la joie qui me tenait à bout de bras depuis que Mathias m'a révélé son amour pour moi. Il vaut mieux arrêter tout de suite, avant de s'engager plus encore. Je l'ai senti ce matin, Mathias et moi partageons le même désir l'un de l'autre. Il ne faut pas aller plus loin. J'ignore cependant quand j'aurai l'occasion de lui faire part de ma décision. Je doute qu'il m'approche pendant le cours. Je n'ai pas terminé mes préparatifs que mon téléphone sonne de nouveau.

— Où étais-tu passée ? glapit Sandy.

— Ben là, je dormais ! Je suis rentrée tard du match hier soir, mens-je en faisant de mon mieux pour jouer le rôle que je suis censée tenir.

— Je me suis inquiétée de ne pas te voir en cours ce matin.

— Je me sentais patraque.

— Oui, tu as une drôle de voix, confirme-t-elle.

Le nœud dans ma gorge se resserre encore.

— Je me sens un peu… malade.

— Mathias Gardner en est-il la cause ? demande-t-elle.

Je regrette soudain de m'être confiée à ma cousine.

— Ce n'est pas grave, rassure-toi, dis-je, commettant ainsi le plus énorme des mensonges.

— Tu es sûre ?

— Oui, certaine !

— Je passe te prendre demain matin ?

— Si tu veux, mais je ne serai pas seule, Anwen vient passer quelques jours chez moi.

— Vous êtes devenues bonnes copines, on dirait.

— Les Gardner habitent loin du campus, je lui ai proposé de la dépanner quelque temps parce qu'elle a un stage qui démarre très tôt le matin. Ce sera plus simple.

— OK, on se voit demain !

— À demain !

Je raccroche et les larmes que je retenais difficilement pendant notre conversation se mettent irrémédiablement à couler sur mes joues. Je tente malgré tout de boucler ma besace quand ma porte s'ouvre à toute volée. Mathias déboule comme un cyclone dans ma chambre.

J'ai à peine eu le temps de réagir que je me trouve dans ses bras, contre ses lèvres, étourdie, sonnée, incapable de le repousser. Je me laisse griser de ses baisers, trop griser, il faut que j'arrête ça avant que ça ne me fasse, que ça ne nous fasse, trop mal. J'essaie de me dégager, en vain.

— Tu ne sortiras pas de mes bras tant que je ne serai pas certain que tu as parfaitement assimilé ce que je vais te dire, espèce de petite sotte !

Mon orgueil se rebelle aussitôt contre ce qualificatif auquel je ne m'attendais pas de sa part.

— Tu me fais mal, râlé-je en tentant une sortie honorable, mais il ne s'en laisse pas conter.

— Je te fais moins mal en ce moment que tu ne m'en as fait, il y a quelques minutes, lorsque j'ai appris par Élawen ta façon de réagir à certaines informations.

— Tu comptais m'en parler quand ? attaqué-je pour mieux me défendre.

— Tu as raison, je n'envisageais pas d'évoquer ce sujet.

— Formidable ! grincé-je, hargneuse. Et pourquoi ?

— Parce que ce n'est pas un vrai problème. Ce qui me préoccupe en ce moment, c'est ta sécurité.

— Je ne serai jamais en sécurité, Mathias, je vais mourir dans ce qui te semblera sans doute un tout petit moment. Je ne serai qu'un battement de cils dans ton existence.

— Tu ne sais absolument pas de quoi tu parles. Je ne serai pas là, à essayer de raisonner la plus belle tête de mule que j'aie jamais vue si mon père n'avait pas aimé une humaine !

— Qui n'est plus là ! Ton père a dû souffrir, ça ne te laisse pas songeur ?

— Mon père souffre encore, en effet et, dans sa douleur, je n'y vois que de l'amour.

— Comment peux-tu souhaiter ça ?

— Parce que je t'aime !

— C'est un jeu cruel.

— Ce n'est pas un jeu.

— N'auriez-vous pas préféré conserver vos deux parents à vos côtés ?

— Qu'est-ce qui te fait croire que ce n'est pas le cas ?

— Le père d'Élawen a 900 ans, beuglé-je.

— Lui as-tu demandé quel âge avait sa mère ?

Je me tais net. Mathias desserre à peine son étreinte et sollicite mon regard.

— Sa mère est… vivante ? balbutié-je, abasourdie.

— Tout comme celles des autres Teitwyrs. Léo, ma mère est morte à plus de 250 de vos années.

— Comment est-ce possible ?

— Le Dalahar est un monde parallèle où le temps s'écoule différemment. Pourquoi crois-tu que nous éprouvons si peu le besoin de dormir quand nous sommes parmi vous ?

— Je... n'y avais pas réfléchi, bafouillé-je, vaguement honteuse.

— Je t'assure pourtant que j'ai le sommeil extrêmement lourd. Les humains qui ont choisi le Dalahar se retrouvent dotés d'une longévité pratiquement équivalente à celle des Elfes. Le passage modifie les effets du temps. Il te faudrait des dizaines d'années au Dalahar avant de constater le moindre changement.

— C'est quoi, le problème ?

Malgré le sourire encourageant de Mathias, je suis quasiment sûre qu'il y en a un dans cette histoire.

— Si tu reviens dans ton monde assez longtemps, le processus de vieillissement reprend.

— Et vous ?

— Dans une moindre mesure. Nous vieillissons cependant et nous mourons bien avant les Elfes du Dalahar. C'est ce qui s'est passé pour ton ancêtre Éléna. Tu n'as pas dû être très attentive à ce qu'Andréas a raconté. Elle a vécu plus de 300 ans après avoir quitté le Dalahar et s'est éteinte à peine au tiers de ce qu'aurait été son existence normale.

Je le regarde, les yeux agrandis par un horrible doute.

— Mathias, tu... tu étais prêt à rester ici, avec moi !

— La seule chose que je souhaite est d'être près de toi.

— En termes clairs, tu... consens à... mourir.

— L'échéance n'est pas si proche.

— Comment peux-tu croire une seule seconde que j'accepterais ça ?

— Tu l'ignorais.

— Ce n'est plus le cas !

— Les choses ont également évolué, me fait-il remarquer.

181

— Oh, oui ! L'alternative est simple, aboyé-je. Ou tu restes ici et tu te suicides à petit feu en me regardant vieillir aussi vite qu'un éphémère, ou je t'accompagne au Dalahar pour vivre une éternité.

— Elle peut subir quelques aménagements, objecte Mathias.

— Je meurs tout de suite et, comme ça, on est tranquille !

— Dans ce cas, je trouverai le moyen de t'accompagner en enfer, tu ne te débarrasseras pas de moi aussi facilement.

— Arrête ça immédiatement, m'écrié-je, furieuse.

— Donnant-donnant, écoute-moi ! propose-t-il.

Je hoche la tête, méfiante.

— La vie au Dalahar est très différente de ce que tu connais. Les Elfes ne ressemblent pas tout à fait aux humains, mais les Teitwyrs leur sont plus semblables. Je ne te propose en aucune façon de t'enfermer là-bas. Nous demanderons au Grand Conseil d'ouvrir un passage pour nous, près de tes parents. Ils ne refuseront pas.

Je reprends soudain un espoir si vif que mon cœur s'envole à m'en faire mal.

— Le passage ne sera ouvert que dans la mesure où le Dalahar ne sera pas en danger, n'est-ce pas ?

— Très certainement !

Je perds le pauvre sourire qui était revenu illuminer mon visage.

— Notre longévité nous confère un certain détachement par rapport aux événements. Ton impatience est légitime, mais je t'assure que ce n'est vraiment plus qu'une question de temps. Rien d'autre, surtout plus rien d'autre. Aie confiance !

— Je me sens… en équilibre instable, tenté-je de me justifier.

— C'est pour ça que je refusais de te parler de ces détails qui, pour l'instant, ne servent qu'à nous compliquer la tâche.

— Certaines choses ne sont évidentes que pour toi.

— Pourquoi crois-tu que je suis là, en dépit des règles de prudence que nous avons mises en place ?

Je sursaute en réalisant soudain qu'il dit vrai.

— Oh, mon Dieu ! gémis-je.

— Élawen me couvre, et quand bien même quelqu'un m'aurait-il vu entrer ici, je ne pouvais pas endurer une seconde de plus en sachant l'état d'esprit dans lequel tu te trouvais.

— Tu es décidément prêt à tout, soufflé-je, béate.

— Tu ne peux pas imaginer à quel point.

La sonnerie du téléphone de Mathias retentit. Il fronce les sourcils en écoutant le message de son interlocuteur.

— Je dois filer, grogne-t-il après avoir répondu quelques mots rapides dans sa langue. Ton amie Noémie ne va pas être longue à débarquer.

Je regrette de le voir partir et noue mes bras autour de son cou. Il se penche sur moi, sa langue cherche la mienne. Noémie ou n'importe qui d'autre peut bien arriver, je m'en moque.

— Je te préviens, je ne te laisserai pas l'occasion de me jouer ce genre de tour une seconde fois ! Je ne cherche pas à te contraindre, Léo, je te supplie de me faire confiance. Si tu as le moindre doute, j'exige que tu m'en parles en premier.

— Je te fais confiance, mais j'ai été dépassée par mes émotions.

— Mon amour trop émotif, murmure-t-il en me bécotant.

Son téléphone vibre de nouveau. Il détache mes bras de sa nuque, mais ses lèvres ne quittent pas les miennes. Il finit cependant par m'abandonner. Je le regarde partir, le cœur gonflé d'espoir et de l'amour qu'il est venu me rendre en forçant ma porte et mon esprit révolté. Mathias prend pour moi des airs de chevalier des temps modernes. Un être merveilleux m'aime et me veut pour l'éternité.

Chapitre 10
Le fantôme d'Éorin

Noémie est bigrement surprise de mon accueil plus que chaleureux quand elle frappe à ma porte. Je dois faire un effort incroyable pour me faire passer pour malade le matin.

— Tu te sens bien ?

— Je dois avoir un peu de fièvre, je me sens... survoltée !

Ma copine approuve en affichant une mine dubitative.

— Tu es sûre de vouloir venir en cours ?

— Tout à fait !

J'empoigne ma besace et la suis dans le couloir. J'ai bien l'intention de ne pas perdre l'occasion de la questionner.

— Au fait, comment s'est passé l'after, hier soir ?

— Cette fois, c'est fini ! Phil a claqué la porte de l'équipe.

— Pardon ?

— Jonathan a été odieux quand Delarue lui a mis le but. Après le match, Phil lui a dit ce qu'il pensait de sa façon de gérer l'équipe et de l'action de Marcus. Ils en sont venus aux mains. Phil a dû passer aux urgences.

— Il est blessé ?

— Seulement trois points de suture sur l'arcade sourcilière. Jonathan est du genre véloce, et Marcus lui sert d'arme de poing.

— C'est dégueulasse ! m'insurgé-je.

— Ce n'est pas un si grand mal, Phil reprend sa liberté. Il a été approché par un petit club, mais c'est à l'autre bout de Montréal. Pour l'instant, il réfléchit. Et moi j'en profite, rit-elle.

Sa bonne humeur m'incite à continuer :

— J'ai un petit service à te demander, fais-je, innocemment. Pourrais-tu me prêter ton matelas pour quelques jours ?

— Tu reçois ?

— Oui, Anwen !

Ma réponse provoque la même réaction d'étonnement chez Noémie que chez Sandy.

— Anwen Gardner ?

— Je n'en connais pas d'autre.

— Est-ce qu'elle a un problème, pour venir dormir ici ?

— Un problème de réveille-matin, oui ! Elle doit se lever tôt pour son stage. Je lui ai proposé de rester chez moi pour quelques jours. Ce sera plus simple pour elle.

— OK ! Je passerai te le donner ce soir. Les Gardner t'ont à la bonne, on dirait.

— Ils sont gentils.

— Et beaux comme des dieux, Mathias surtout !

Après tout, pourquoi nier une évidence ?

Je m'aventure peut-être, mais je risque aussi de m'enrichir de détails intéressants. Aussi, je confirme volontiers son avis sur la question tandis que nous franchissons le hall de la fac.

— Ouais, soupire Noémie, d'un air béat. Il suffirait qu'il ouvre la bouche et il aurait une flopée de filles dans les vapes à ses pieds.

— J'en ferais sûrement partie, plaisanté-je, malgré la pointe de jalousie que me cause cette idée.

— Moi aussi !

— Éorin était-elle comme eux ?

— Tout aussi belle, mais nettement moins distante.

— Elle devait avoir des soupirants, dans ce cas ?

— Je ne t'étonnerai pas si je te dis que Jonathan Dussaunier a bien essayé, mais il a vite été refroidi et on ne les a plus jamais revus ensemble.

— Elle ne sortait jamais ?

— Une fois, je l'ai amenée au match de hockey, j'ai cru qu'elle allait se sentir mal.

— Pourquoi ?

— Elle a été fort impressionnée par la violence du match. Je m'en souviens super bien, tu penses ! C'était le match où Marcus a été viré de l'équipe par l'entraîneur. Il y a eu une bagarre provoquée par Jonathan, et il a envoyé Marcus contre le meneur adverse. Le pauvre gars a été évacué comme Delarue. Toute cette histoire a fait l'effet d'une bombe dans l'équipe. C'est là que Phil a commencé à se poser des questions. Et puis de toute manière, Jonathan a obtenu le retour de Marcus, t'as vu le résultat hier soir ?

— Et Éorin a mal vécu ce spectacle, dis-tu ?

— Oui, mais elle a tenu pourtant à rester jusqu'au bout, elle m'a même accompagnée à l'after. C'est aussi ce jour-là que Jonathan l'a draguée, un peu comme pour toi d'ailleurs. Sauf qu'il s'est montré plus tenace te concernant. Maintenant qu'on en parle, c'est rigolo, les coïncidences !

Noémie me précède dans la salle informatique. Je n'ose pas tourner la tête du côté où se trouve Mathias. Je m'installe, l'air le plus innocent du monde.

— Il est vraiment trop mignon, chuchote ma voisine.

— Qui ça ?

— À ton avis ? Lui ! fait-elle plus bas en désignant Mathias, d'un geste discret.

J'en profite pour l'admirer. Il est accoudé à sa table, ses mains posées sur ses avant-bras. Je remarque seulement combien la couleur grise du pull qu'il porte lui sied à merveille. Malgré leur élégance, les Gardner s'en tiennent en général à une grande discrétion vestimentaire. Mathias prend soin de ne pas afficher sa silhouette parfaite sous des vêtements simples même si, en cet instant, il est impossible d'ignorer sa belle carrure. Indifférent aux regards énamourés de certaines étudiantes à qui j'arracherais bien volontiers les yeux, il est absorbé par la lecture de son écran d'ordinateur. Quelque chose me dit cependant qu'il n'est pas complètement attentif à son occupation. Une petite mèche de ses cheveux sombres s'obstine sur son front lisse et calme. Ses yeux limpides balaient lentement la page qu'il lit. Je me régale du petit sourire en coin qui me signifie qu'il a parfaitement entendu notre échange à son sujet.

— Oui, les candidates ne manquent pas, dis-je, un peu amère.

— Les mauvaises langues prétendent qu'il n'aime peut-être pas les filles, fait Noémie avec une grimace.

Sa remarque m'arrache un ricanement nerveux.

— Ce serait dommage, plaisanté-je en observant les efforts de Mathias pour ne pas rire.

— Oh ! Mais je n'ai pas terminé mon histoire, au fait, reprend-elle vivement. Nous voilà en train d'attendre les joueurs au pub. Évidemment, Lyne Dompart fait une apparition théâtrale, et quand les garçons arrivent, elle se colle à Jonathan, comme d'habitude, bien qu'il ne soit pas de bon poil malgré la victoire.

Je pense brusquement que, contrairement à Mathias, Jonathan n'hésite pas à jouer de son physique avantageux. Je suis pourtant loin d'être persuadée qu'il est aussi parfait que mon Elfe de petit ami. Noémie ne me laisse pas l'occasion de divaguer plus longtemps sur le sujet.

— Heureusement qu'on ne l'a pas croisé en route d'ailleurs, dit-elle. Je n'aurais pas eu le temps de te prévenir.

Je commence à m'inquiéter de toutes les circonvolutions dont elle use.

— Me prévenir de quoi ?

— Jonathan est venu me demander où tu étais passée.

J'affiche un calme que je n'ai pas.

Comment ce garçon a-t-il pu croire que j'allais me jeter à ses pieds après son attitude révoltante à mon égard ?

— Je lui ai dit que tu devais être rentrée chez toi, et c'est là qu'il a pété un câble, tout d'abord contre Lyne. Tu aurais pu me dire qu'il t'avait embrassée, s'offusque-t-elle au milieu de son récit.

— Comment l'as-tu appris ?

— C'est Ben qui a lancé le feu d'artifice. Il a plaisanté en disant que, finalement, ça n'avait servi à rien que Jonathan te roule une pelle pour finir seul. Lyne a fait un bond sur sa chaise et Jonathan est parti en flèche : il lui a répondu que ça ne la regardait pas, qu'il en avait marre de subir son caractère. Lyne s'est barrée, furieuse. C'est ensuite retombé sur Phil, qui a voulu s'interposer avec les conséquences que tu connais. J'allais partir avec Phil quand Sa Majesté m'a agrippé le bras pour me demander qui était avec toi !

— Tu lui as dit ?

— Tu penses, après ce qu'il avait fait à Phil, je l'ai envoyé paître.

Le prof fait son entrée, mettant un terme au récit de Noémie. Je me tourne sur ma chaise après avoir jeté un regard vers Mathias. Il est calme, mais je vois sa mâchoire se serrer de façon plutôt inquiétante.

Pendant tout l'après-midi, je ressasse les confidences de Noémie au point d'en avoir mal à la tête. Quel que soit le sujet évoqué, je retombe immanquablement sur Jonathan Dussaunier. Ça en devient agaçant.

Je trompe mon manque de concentration en surfant discrètement à la recherche de l'alphabet cyrillique. Je transfère quelques fichiers sur ma clé USB personnelle, et efface soigneusement l'historique de l'ordinateur.

Dès la fin du cours, Noémie se propose de rentrer avec moi pour me donner le matelas. J'accepte à voix suffisamment haute pour que Mathias en soit informé. Il hoche imperceptiblement la tête à mon passage près de sa table, mais ne bouge pas d'un pouce. Nous quittons donc toutes les deux le pavillon informatique.

Je manque faire demi-tour en apercevant la voiture de Jonathan garée le long de l'allée Sainte-Hélène, mais la présence de Noémie me rassure. À notre arrivée, il descend rapidement et vient vers nous, le sourire aux lèvres, séduisant au possible.

— Léo, je veux te parler un moment. Je t'emmène faire un tour ? propose-t-il en désignant sa voiture clinquante.

— J'ai quelque chose de prévu, esquivé-je en me tournant vers Noémie, qui comprend aussitôt qu'elle doit rester dans les parages.

Elle se plante près de la porte d'entrée et nous observe.

— Si tu as quelque chose à me dire, fais-le ici et vite.

— Je voulais m'excuser pour hier soir. J'étais un peu excité. J'ai compris que j'avais eu tort quand j'ai vu que tu n'étais plus là après le match.

— Qu'est-ce que tu espérais ? rétorqué-je, mauvaise.

— Ce n'est pas ce que j'avais prévu, reprend-il d'une voix suave.

Sa main se lève vers ma joue, instinctivement, je recule. Il laisse retomber son bras.

— J'espérais te voir au pub, avoue-t-il en plongeant son regard torride dans le mien.

Je soutiens l'épreuve, cette fois. Je me suis toujours troublée sous les assauts de ses yeux sombres, mais ça ne fonctionne plus. Il cligne plusieurs fois de suite les paupières, comme embarrassé.

— Je ne me sentais pas très bien, mens-je à moitié.

— Ah bon... Tu es rentrée chez toi ?

— Où veux-tu que j'aille ?

— Je ne sais pas... Tu n'étais pas seule, hier soir ! J'ai aperçu Sandy ce matin, je lui ai demandé où tu étais. Elle n'en savait rien, c'est pour ça que je suis venu ici directement.

— C'est un interrogatoire ?

— J'étais juste inquiet.

— Je ne me suis pas levée ce matin, j'ai été malade toute la nuit.

— Ah, c'était ça !

Je tâche de rester aussi calme que possible pour ne pas dire de bêtise. Il faut que j'abrège cette conversation pour rester crédible et permettre l'arrivée d'Anwen.

— Oui, excuse-moi, mais je dois filer !

Je fais un pas en arrière mais il me saisit par le bras.

— Léo, je t'ai menti. Je ne suis pas désolé de t'avoir embrassée.

Sa voix a repris des accents furieux qui me font un peu peur.

— Tu as tout gâché tout seul, répliqué-je en essayant de me dégager.

— Léo, tu viens ? interroge Noémie en s'apercevant de la tension qui règne entre nous.

— Il faut que j'y aille, répété-je fébrilement.

Jonathan fait glisser sa main sur mon épaule, remonte sur ma nuque et son pouce caresse ma lèvre blessée. Son regard s'illumine.

— Nous pourrions peut-être reprendre là où j'ai failli ?

— Il est trop tard, Jonathan !

— Tu en aimes un autre ?

Je me raidis, j'ai commis un pas de trop. Il le sait et sourit d'un air victorieux.

— Je n'abandonne pas facilement quand je veux quelque chose, Léo. Personne ne m'a jamais tenu tête très longtemps !

En moi, une petite voix me conseille d'arrêter rapidement ce jeu, mais c'est plus fort que moi.

— Ah bon ? ironisé-je. Personne n'a jamais repoussé tes avances ?

— Tu es une joueuse redoutable.

— Je ne joue pas !

— Ce n'est pas l'impression que tu donnes, encore une fois.

— C'est bien là le problème, tu vis sur des impressions.

Il approche dangereusement son visage du mien, son souffle frais effleure ma peau.

— Et c'est une impression si je te sens troublée quand je m'approche de toi ?

Troublée, je le suis, certes, mais plus animée par un sentiment de crainte qu'autre chose.

— Dis-moi donc que tu n'as pas envie d'un baiser plus tendre que celui que je t'ai donné, poursuit-il.

— Si j'avais envie d'une telle chose, ce ne serait pas de ta bouche que je souhaiterais le recevoir, marmonné-je en reprenant mes esprits.

— De la bouche de Mathias Gardner ? insinue-t-il sournoisement.

— Et pourquoi pas ? lâché-je malgré moi.

— Ce type n'est pas fait pour toi !

— Qu'est-ce que tu en sais ?

— C'était une Gardner qui était avec toi hier soir, n'est-ce pas ?

Je me sens glacée, je me suis fait avoir comme une imbécile.

— Qu'est-ce que ça peut te faire ?

— Tu fréquentes une famille à problèmes. Tu mérites mieux que ça.

— Tu les connais ?

— J'étais là l'année dernière, j'en sais beaucoup plus que toi.

Jonathan plisse les yeux et me regarde d'un drôle d'air. Je sens l'urgence absolue de la fuite.

— Ça ne change rien à ce que je pense de toi, et les Gardner n'ont rien à voir là-dedans, conclus-je vertement. Maintenant, je dois rentrer.

— Je préfère retenir que tout espoir n'est pas perdu.

— Tu es buté, grondé-je.

— Merci du compliment !

— Ce n'en était pas un.

— Toi, tu es horriblement délicieuse, rigole-t-il, satisfait. Et je t'assure que je ne laisserai pas Mathias Gardner me voler ce qui me revient.

— Je n'appartiens à personne, m'écrié-je en le repoussant vivement.

Nettement plus fort que moi, il s'empare de mon poignet et me cloue de son regard brillant.

— J'ai l'habitude des affrontements, Léo, ça aurait même plutôt tendance à exciter mon appétit.

J'arrache ma main à la sienne et, dédaigneuse, je tourne rapidement les talons.

— Waouh, quelle bagarre ! siffle Noémie en me suivant chez moi.

— Je préférerais qu'on n'en parle plus, je suis hors de moi.

— Tu avoueras qu'il y met de la bonne volonté.

— Et une bonne dose de mensonges, lui fais-je remarquer. Il a prétendu qu'aucune fille ne lui avait jamais résisté, or, ce n'est pas ce que tu m'as dit tout à l'heure au sujet d'Éorin Gardner.

— Il ne doit pas vouloir s'en vanter, pourtant je t'assure que j'ai assisté à ses tentatives malheureuses aussi sûrement que j'étais là il y a deux minutes. Je peux même en apporter la preuve, affirme-t-elle.

— Qu'est-ce que tu racontes ?

— Viens avec moi, nous prendrons le matelas en même temps.

Je la suis vers sa porte. Elle ouvre et part aussitôt en expédition du côté de son bureau.

— Attends voir... Où est-ce que j'ai mis ça ? chantonne-t-elle en fouillant ses tiroirs.

À ce moment, nous entendons des petits coups derrière nous. Anwen fait son apparition. Noémie relève la tête avec un grand sourire avant de replonger dans ses archives. Anwen m'adresse un regard interrogateur en approchant.

— Elle cherche une photo d'Éorin, ça ne t'ennuie pas ? demandé-je avec prudence.

— Au contraire, ça m'intéresse, répond-elle en s'asseyant près de moi sur le lit de Noémie.

— Ça y est, je le tiens, se réjouit cette dernière. Vous allez voir que je ne raconte pas de conneries.

Elle allume son ordinateur portable et enfonce sans ménagement le port USB.

— J'ai fait du ménage dans les photos et les vidéos de mon portable récemment. J'en ai gardé quelques-unes en souvenir, explique-t-elle. Je les ai transférées là-dessus. Tenez, regardez, cette capture date du mois d'avril dernier. Ce jour-là, j'étais trop contente de le voir se ramasser un râteau, j'ai immortalisé l'instant.

La vidéo a été prise d'un peu loin, mais Jonathan est parfaitement reconnaissable. C'est la première fois que je vois Éorin autrement qu'en rêve, une boule d'émotion me noue la gorge, mais je me ressaisis pour suivre la courte scène. Les deux jeunes gens se font face avec l'air d'en découdre vertement puis, d'un geste vif, Éorin décoche une gifle que Jonathan n'a pas eu le temps de voir venir. Anwen s'intéresse de près à l'écran sans faire de commentaire puis s'en détache avec un calme absolu après cet épilogue spectaculaire. Elle me jette un regard, remercie Noémie, qui est rassurée par sa réaction tranquille, avant de partir, cette fois, en quête du matelas que je suis venue chercher.

— Je peux t'aider ? proposé-je poliment en l'entendant râler, la tête dans son placard.

— Oui, tiens-moi ça, veux-tu ? Il faut que je dégage le sac, il est coincé sous l'équipement de Phil que j'ai récupéré après son passage aux urgences hier.

Elle me passe une série de protections et des gants, que je remue en plaisantant sur mes capacités à user de ce genre de choses, quand j'ai soudain une révélation.

— Qu'est-ce que c'est que cette drôle d'odeur ?

— Phil utilise de la bombe antibactérienne pour ses gants, mais ça n'y change pas grand-chose, ça garde l'odeur de transpiration.

Je balance la paire de gants à Anwen, qui approuve de la tête, puis je rends l'équipement de Phil à Noémie et nous rentrons chez moi pour la nuit, munies du précieux matelas.

— Je vais le gonfler pour donner le change, assure Anwen.

— Tu ne dors pas, toi non plus ?

— Non !

— Quel est votre rythme de sommeil ?

— Au Dalahar, nous dormons tous les jours pendant quelques heures, ici nous pouvons rester plusieurs semaines sans fermer l'œil.

— Il s'est passé des choses aujourd'hui.

— Je sais. Mets-toi au lit et raconte-moi !

Anwen attend que je sois installée confortablement et vient s'allonger près de moi. Son parfum me rappelle celui de Mathias. J'entame le récit exhaustif de tout ce que j'ai pu apprendre. En toute fin, je ne résiste pas au besoin de lui raconter mon entrevue avec Jonathan.

— Tu es imprudente, mais cela nous a au moins apporté une information utile, me dit-elle sans me gronder.

— Laquelle ?

— Nous n'avons plus besoin de nous cacher puisque notre secret est éventé. Ce sera plus facile pour rester près de toi.

Nous en restons sur ces constatations en demi-teintes. Je trouve difficilement le sommeil, la tête emplie de ce que j'ai vécu pendant cette journée, qui restera sans doute la plus extraordinaire de mon existence. De tous ces événements, celui auquel j'attache le plus d'importance est le fait que Mathias m'aime, et je me plais à sombrer dans les bras de Morphée en songeant à mon Elfe magnifique.

Morphée n'est cependant pas de taille à lutter contre Éorin. Je suis alertée de son arrivée au beau milieu de mon rêve par son parfum de forêt. Les images ne sont plus les mêmes, l'atmosphère est plus légère. Je suis parmi les arbres, comme attendue à un rendez-vous habituel qui ne m'effraie plus.

Je me retourne pour enfin l'apercevoir derrière moi, nimbée d'une lumière argentée. Elle est encore plus belle que sur la photo de Noémie.

— Nous avons trouvé ta clé USB, lui dis-je.

— *Fynd Aïr Nawr !* répète-t-elle comme à chacune de ses apparitions.

— Nous ne pouvons pas, nous n'avons pas ton médaillon, Éorin ! osé-je l'appeler par son prénom pour la première fois.

— *Eïdrych yn nam mylgwyn*[1] !

Je vois Éorin pâlir progressivement, son image s'estompe tel un nuage de brume se dispersant. Je crie, je l'appelle pour la retenir encore.

— Léo ? Léo, réveille-toi, tu m'entends ?

Je sursaute tout à coup, dérangée par cette autre voix féminine, plus grave et plus réelle. Je me redresse dans mon lit en maugréant, Anwen allume ma lampe de chevet. Je suis en sueur et je me sens triste.

— Éorin ? interroge Anwen.

— Oui, attends... Il faut que je te dise, j'ai peur d'oublier !

Je répète maladroitement les paroles de l'Elfe et Anwen affiche une mine circonspecte.

— Qu'est-ce que ça veut dire ?

— Sous le masque ? Je ne vois pas.

— Pourquoi n'est-elle pas restée ?

— Éorin est morte et ses pouvoirs s'amenuisent. Elle ne pourra pas maintenir ce lien très longtemps. Elle a dû déjà consumer une énergie absolument extraordinaire pour parvenir à ce résultat.

Anwen est tout à coup songeuse et je vois son regard se troubler.

— Tu l'aimais beaucoup !

_____
1. « Cherche sous le masque. » (*N.d.A.*)

— Elle était comme ma sœur. Nous ne mentons pas lorsque nous nous faisons passer comme tels. Nos liens sont quasiment de cette nature.

— Elle était très douée ?

— Éorin possédait de rares talents. Les esprits n'avaient pas beaucoup de secrets pour elle. Elle a forcément deviné qu'un Elfe noir rôdait près d'elle et s'est arrangée pour dissimuler la moindre preuve de sa nature elfique.

— Et toi ? De quel talent disposes-tu ?

— Deux, trois petites bricoles amusantes, élude-t-elle, prudente.

— Comme quoi ?

— Tu n'as pas sommeil ? sourit-elle en lorgnant mon air méfiant.

— Oh ! Bien sûr… Épatant comme somnifère !

— Il n'empêche que je suis sérieuse, tu devrais vraiment dormir !

— Je vais essayer, dis-je, peu convaincue.

Je me glisse de nouveau sous ma couette et Anwen éteint la lumière. Je sens un effleurement sur ma joue, j'entends un son doux comme une caresse et plus rien.

Je refais surface quelques heures plus tard, parfaitement reposée et détendue. Anwen accueille mon réveil avec bonne humeur. Elle me tend un bol de café. Je suis rassurée dès la première gorgée. Les Elfes ont une capacité d'adaptation et d'apprentissage hallucinante.

Comment pourrais-je rivaliser sur ce terrain-là avec Mathias ?

— Quelles études Mathias a-t-il faites ? demandé-je alors.

— Tout un tas… Pourquoi ?

— Les Elfes suivent des études semblables aux humains ou ils apprennent d'autres choses ?

— Au Dalahar, nous étudions toutes les matières nécessaires à notre développement en tant qu'Elfe, c'est évident. Des rudiments de magie, la science des plantes, l'astronomie, la littérature.

— Et les Teitwyrs ?

— Pour ce qui nous concerne, c'est un peu différent. Nous avons accès aux études humaines de notre choix. Nous les répercutons ensuite au Dalahar auprès des précepteurs.

— Tu as choisi quoi, toi ?

— La psychologie et la littérature humaines.

— Et Mathias ?

— Il a étudié la médecine à un très haut niveau.

— Pourquoi ?

— C'est une science complètement inconnue au Dalahar.

Je manque m'étrangler tout à fait. Anwen me regarde comme si j'étais à côté de la plaque.

— Les Elfes ne sont jamais malades, quel besoin aurions-nous de cette science ?

— Pourquoi l'a-t-il choisie, dans ce cas ?

— Mathias a été très éprouvé par la mort de sa mère. Il se dit qu'il l'aurait peut-être sauvée, s'il avait su.

Je suis trop bouleversée pour poser d'autres questions sur le sujet. Il n'empêche que Mathias s'avère nettement plus intelligent qu'il ne le laisse paraître. Je ne pourrai jamais combler ce fossé qui nous sépare culturellement. Et je ne vois pas comment je ferai illusion très longtemps. Anwen me jette un coup d'œil éloquent.

— Mathias m'a prévenue que tu avais tendance à tout retourner contre toi. Je ne t'ai pas raconté ça pour que tu trouves encore des arguments qui le blesseraient infailliblement.

Anwen a raison, je suis à deux doigts de renoncer de nouveau. Et pourtant, j'aime Mathias plus que de raison. Sans doute est-ce là ce qui m'effraie. Je m'en ouvre à ma compagne qui m'écoute, attentive, avant de me faire part de ses impressions.

— Tu te fais du mal toute seule, par petites touches. Tu refuses d'affronter le danger, Léo, tu cherches tous les arguments possibles pour détruire ce que tu désires le plus. Si tu laisses ce penchant te guider, tu seras désespérément malheureuse alors que tu es déjà allée trop loin.

— Qu'est-ce que tu veux dire ?

— Que Mathias endure une souffrance pire que la tienne. Tu ne sais pas à quel point tu lui fais mal quand tu cherches à lui échapper et qu'il doit venir mettre son cœur à nu devant toi pour te retenir. Les Elfes sont des êtres extrêmement pudiques. Ils aiment ou ils haïssent, un point c'est tout. Mais dès lors, c'est définitif, irrémédiable, absolu. Mathias t'aime à un point que tu n'imagines pas. Tu le contrains à un comportement contre nature.

Je la regarde, choquée.

— J'ai peur, Anwen !

— Si la peur t'empêche d'aimer et de te laisser aimer, tu ne feras jamais rien de ta vie et tu feras souffrir jusqu'à la mort un être qui ne mérite que ton amour.

— Qu'est-ce que tu dis ? sursauté-je.

— Les Elfes sont peut-être dotés d'une belle longévité, ils n'en sont pas moins mortels. Nous sommes capables de nous laisser mourir de chagrin. Je te demande de bien peser ta décision. Tu as le droit de gâcher ta vie si bon te semble, mais tu t'es déjà trop engagée envers Mathias. Sache-le, nous ne te pardonnerons jamais de le tuer par ton égoïsme stupide.

Le ton d'Anwen est tranchant. Je reçois cette déclaration comme une balle en plein cœur. Je me souviens soudain des paroles de Mathias :

« Je trouverai le moyen de t'accompagner en enfer. »

Tout me devient plus clair dans son comportement. Je suis décidément d'un aveuglement affligeant.

Moi, toujours moi ! Et Mathias ?

L'être que j'aime le plus au monde et que je torture sans cesse. Je m'afflige de cette autocritique jusqu'à ce qu'Anwen me secoue.

— Cesse de te poser des questions inutiles, écoute ton cœur ! Le reste viendra tout seul. L'instinct des Elfes ne ment jamais, Mathias ne doute pas une seconde, il sait.

Je respire plus facilement. Anwen vient de me donner la gifle que je méritais mille fois. J'ai accusé Jonathan de vivre sur des impressions quand il m'a dit que j'étais joueuse, mais j'étais bien mal placée pour lui faire ce reproche. Je joue en permanence avec mes sentiments, mes peurs, laissant finalement le hasard décider pour moi. Je ne peux plus me permettre ça, Mathias est beaucoup trop précieux pour moi.

Au diable mes doutes !

Tout mon être crie son amour, son envie de lui appartenir, et s'il s'agit là de mon instinct d'Elfe, je ne demande qu'à l'écouter.

Chapitre 11
Une cabane au Canada

Sandy fait son apparition peu avant l'heure du cours de communication. Elle bavarde un bon moment avec Anwen pendant que je prends ma douche. Je suis décidée à me plonger avec plus de sérieux dans le travail. Savoir que Mathias a une si longue avance sur moi est une motivation supplémentaire.

La matinée me paraît ainsi moins longue et laborieuse. Durant la pause déjeuner, je reçois enfin un coup de fil de Mathias. Mon cœur s'emballe lorsque le « M » de mon répertoire clignote sur mon écran. Je décroche si vite qu'il en est lui-même surpris.

— Tout va bien ?

— Oui, merci, et chez vous ?

— Tu as de drôles de questions… Que se passe-t-il ? demande-t-il, nullement dupe de mon ton trop euphorique.

Rien qu'au son de sa voix, tout mon corps s'est mis à trembler. La conversation que j'ai eue avec Anwen a allumé un feu que je ne contrôle plus. J'ai envie d'être près de lui, dans ses bras, de lui dire que je l'aime trop pour le blesser. Il me manque déraisonnablement. Je ne veux cependant pas passer encore pour une enfant capricieuse et je décide de lui dissimuler ce nouvel accès de folie. J'ignore toutefois si Anwen a évoqué notre conversation du petit déjeuner.

— J'ai rêvé cette nuit, botté-je en touche.

— Anwen me l'a dit.

J'ai bien fait de me méfier, ils ont eu le temps de se parler.

— Est-ce que tu as une idée au sujet de ce masque ?

— Non, pas pour le moment. Je ne veux pas que tu prennes de risques inutiles, Léo !

Sa voix est teintée d'une colère contenue.

— Nous avons appris des choses intéressantes, me défends-je en comprenant fort bien son allusion.

— Rien qui vaille que tu te mettes volontairement en danger.

— En danger ?

— Dans tous les sens du terme, faut-il que je sois plus explicite ?

— Non, j'ai parfaitement saisi, mais je n'étais pas seule quand Jonathan m'a abordée, réponds-je, décontenancée par sa colère.

— Je suis désolé, Léo, j'ai beaucoup de mal à rester calme quand je suis loin de toi.

D'un coup, j'ai le cœur au bord des yeux. Je crève d'envie de le toucher. Je ne sais plus quoi lui dire sans risquer de me trahir et reste donc muette derrière mon téléphone.

— Léo ?

— Où es-tu ? bredouillé-je d'une voix mal assurée.

— Chez Tony.

Cette perspective anéantit le peu de courage qu'il me reste. Le savoir à la fois si près et si inaccessible me déchire un peu plus le cœur.

— Je dois… reprendre mes cours, coupé-je, incapable d'endiguer le flot d'émotions qui me submerge.

— Léo, explique-moi ce qui se passe, exige-t-il.

Je perçois dans sa voix les accents de l'inquiétude. Il insiste :

— Tu as promis que tu me dirais tout. Je sens que tu me caches quelque chose, tu n'as pas le droit de me faire ça. Léo, je t'en prie !

C'est plus que je ne peux en supporter. Je ne veux pas être son bourreau. Je ferme les yeux et prends une grande inspiration.

— Tu me manques trop, j'ai... envie de toi !

Un silence assourdissant accueille ma confession. Je commence déjà à regretter mes paroles.

— Arrange-toi pour rentrer, je passe te chercher dans une demi-heure.

Sa voix est sûre, déterminée, rassurante. Plus rien n'a d'importance, je ne cherche même pas à savoir ce qu'il compte faire, la seule chose que je comprends, c'est qu'il vient à moi.

— D'accord, je serai là !

— Je t'aime, murmure-t-il avant de raccrocher rapidement.

Et combien je l'aime moi aussi !

À Noémie qui nous a rejointes pour le déjeuner, j'annonce ma défection pour les cours de l'après-midi. Sandy me demande si tout va bien et mon expression ravie doit la rassurer.

— N'oublie pas le déjeuner, dimanche, me crie-t-elle tandis que je m'éloigne en courant.

Je galope le cœur battant jusque chez moi, je file dans l'escalier et me précipite sur ma porte, que je ne verrouille pas pour que Mathias arrive plus vite dans mes bras. Je consulte ma montre... plus de vingt minutes se sont déjà écoulées. Je fonce à la salle de bains remettre un peu d'ordre à mon visage, qui a vu se succéder les émotions depuis ce matin. Je m'asperge d'eau froide et me regarde bien en face.

— Alors, ma vieille, est-ce que tu sais ce que tu veux à la fin ?

Le grand sourire que le miroir voit naître sur les traits de mon double quand il entend des pas légers dans le couloir apporte une réponse évidente.

— Léo ? appelle-t-il en poussant ma porte ouverte.

Pour toute réponse, je lui saute au cou. Il ne me repousse pas, au contraire, son étreinte est presque brutale. Il fond sur ma bouche avec un emportement sauvage. Mon cœur bat à tout rompre et mes jambes m'abandonnent. Un vertige intense balaie ma conscience. Quand je reprends mes esprits, il est penché sur moi, à peine inquiet, visiblement heureux.

— Prépare quelques affaires, nous partons, déclare-t-il, souriant.

— Combien de temps ?

— Jusqu'à dimanche, ta famille compte sur toi, me rappelle-t-il.

— Comment sais-tu ça ?

— J'ai des sources bien informées. Dépêche-toi, s'il te plaît, ajoute-t-il, apparemment pressé de partir.

J'obtempère le plus rapidement possible, Mathias sur mes talons. Il se permet de passer derrière moi et d'embarquer une veste polaire pour la fourrer d'autorité dans mon sac.

— Ce n'est qu'une précaution pour le voyage, précise-t-il.

— Nous allons loin ?

— Non, ricane-t-il.

— Tu ne veux pas me le dire ?

— Ne pose pas les questions...

— Auxquelles j'ai les réponses, je sais. Donc tu ne veux pas me le dire. Alors je ne serai pas responsable de mes choix vestimentaires.

— Ils n'auront pas beaucoup d'importance, annonce-t-il d'une bien étrange manière.

Je le dévisage pour tenter de percer cette nouvelle énigme et me résigne à le voir s'affairer, impassible autour de mon sac.

— Si tu es prête, nous y allons, déclare-t-il satisfait.

— Et Anwen ?

— Je l'ai prévenue, elle a le double de tes clés.

Son 4 × 4 attend le long du trottoir. Il ouvre la portière, envoie mon sac à l'arrière, près du sien, soigneusement rangé, et grimpe à son tour. De manière inattendue, il me vole un long baiser avant de démarrer. C'est en bouclant ma ceinture que je m'aperçois de la présence, à quelques mètres de là, de la voiture de Jonathan.

Personne à bord !

Vaguement nerveuse, je scrute les alentours sans trouver trace de lui. Je donnerais n'importe quoi pour éviter que Mathias et lui se croisent. J'ignore pourquoi, mais cette perspective me donne la chair de poule, sans doute à cause des menaces à peine voilées qu'ils ont l'un et l'autre proférées. J'ai encore le souvenir de la tension palpable qui a électrisé leur rencontre quelques jours auparavant.

— Il est là, dit calmement Mathias. Il n'a pas perdu une miette du spectacle que nous venons de lui offrir.

Je reste muette de stupeur.

Pourquoi m'a-t-il donc embrassée avec si peu de discrétion s'il sait que Jonathan est présent ?

Il se tourne vers moi, un sourire aux lèvres, comme s'il avait deviné mes pensées.

— Au moins, les choses sont claires, à présent.

— Tu es jaloux !

— Oui.

Je le couve des yeux sans pouvoir lui en vouloir. Il prend la route en passant devant la voiture de sport vide. Je me demande comment il peut être si sûr d'avoir vu Jonathan, je n'ai pas réussi à le débusquer. Je suppose que les Elfes ont sans doute bien d'autres qualités avec lesquelles je ne suis pas censée rivaliser. Mais ce n'est pas important, la main de Mathias dans la mienne en cette minute m'empêche d'y trouver le moindre inconvénient. Je reste silencieuse, grisée pendant quelques kilomètres, puis la curiosité prend le dessus.

— Un indice, réclamé-je.

— Les quatre éléments, lance-t-il, joueur.

— Me voilà avancée !

— Je suis certain que ça ne te posera pas de problème.

Je devine à son sous-entendu que sa discussion avec Anwen est allée au-delà de ce que je craignais.

— Anwen a évoqué le sujet, n'est-ce pas ?

— Effectivement !

Je grimace. Mathias me serre la main et reprend sur un ton très doux :

— Je connais Anwen, elle n'a pas dû faire dans la dentelle, je suppose.

— Non, j'en conviens, mais elle avait raison. Puisque tu veux que je te dise tout, je suis morte de trouille.

— Tu as peur de quoi ?

— De toi.

Il me regarde, méfiant, et je précise aussitôt.

— Je réalise petit à petit à quel point tu es différent de moi, différent, en mille fois mieux... Tu as tout ce que je n'ai pas et j'ai peur de te paraître bien pâle et insignifiante. Ma présence risque de te peser, à l'avenir, alors que tu pourrais partager ta vie avec une Elfe qui te ressemblerait, qui aurait les mêmes qualités que toi, la même espérance de vie, la même culture.

— Tu oublies un détail, Léo !

— Lequel ?

— C'est toi que j'aime ! Et contre ça, tu n'y peux rien. Quant à mes soi-disant qualités, il n'est rien qui ne soit à ta portée. Tu es une femme particulièrement intelligente, brillante et cultivée, j'ai eu largement l'occasion de m'en apercevoir. Ta culture n'a rien à envier à la mienne, elle est juste différente et je n'ai que l'avantage de l'âge. Nous mettrons nos connaissances en commun. Tu ne seras pas longue à me rattraper, et nous apprendrons tout le reste ensemble. Nous lirons l'un contre l'autre, nous tournerons les pages chacun notre tour, ça te va, comme marché ?

— C'est très tentant, admets-je, rassérénée par ses paroles.

— Et enfin, pour ce qui est des qualités physiques... Personne ne te demande l'impossible, et surtout pas moi. J'apprécie beaucoup d'être le plus fort.

Je pouffe, incapable de répliquer à tant de suffisance feinte, puis reviens à notre destination.

— Nous disions donc les quatre éléments : la terre, l'eau, l'air, le feu... Et tout ça doit me donner un indice. L'eau... Un lac, nous allons chez toi ?

— Non, pas chez moi, mais tu es sur la bonne voie et nous sommes presque arrivés, me rassure-t-il.

Je regarde le paysage somptueux. Je n'ai pas été attentive au décor jusque-là, mais Mathias a quitté l'autoroute et nous empruntons désormais une route de campagne. Tout autour de nous, la forêt se fait notre hôte. La fin du voyage est un peu plus mouvementée. Mathias engage son tout-terrain sur une piste assez défoncée. Le chemin n'est heureusement pas long, et il coupe le moteur avec un plaisir indubitable. Nous sommes au milieu de nulle part.

— Viens, dit-il en me prenant par la main tandis que je descends avec prudence.

Il guide mes pas sur un sentier qui serpente entre les arbres et les fougères denses. Je prends garde à l'endroit où je pose les pieds et, quand Mathias s'arrête, je relève la tête pour découvrir une petite maison nichée dans un trou de verdure, une cabane tout en bois. Il sort un trousseau de clés, ouvre la porte et me fait passer devant.

La visite n'est pas longue : la maison n'est composée que d'une pièce dotée d'un étage en mezzanine très artisanal et d'une pièce d'eau attenante où tout le nécessaire de toilette tient en quelques mètres carrés. On accède à ce qui fait office de chambre grâce à un escalier qui tient davantage de l'échelle. La mezzanine mansardée ne nous permet pas de tenir entièrement debout, elle est très simplement meublée d'un matelas posé à même le plancher. Le lit est recouvert d'une épaisse couverture de fourrure d'un noir soyeux.

Mathias s'est éclipsé, me laissant découvrir le haut toute seule. Je devine qu'il me laisse le temps de m'habituer. Je redescends très prudemment l'escalier en grimaçant à la perspective de devoir l'emprunter une seconde fois. Dans la grande pièce, un petit coin sert de cuisine. Un évier de pierre et un plan de travail équipent un pan de mur où s'ouvre une fenêtre à carreaux décorée d'un rideau. Curieuse, je fais le tour des placards et découvre force provisions de pâtes sèches et de conserves de sauce tomate. Je sais où nous nous trouvons ou, du moins, je devine qui est le propriétaire de cette cabane au fond des bois.

Mathias fait sa réapparition, les bras chargés.

— Tony a eu peur que nous mourions de faim ? demandé-je, amusée, en l'aidant à se débarrasser.

— Tony est prévoyant, explique-t-il avec un sourire.

— C'est à lui ?

— Oui, c'est son petit nid, comme il se plaît à l'appeler. Il adore pêcher. Tu veux voir le lac ?

— Oui !

Mathias décroche de l'intérieur deux panneaux de bois qui servent de volets et ouvre la baie vitrée. Il m'aide fort inutilement à enjamber la marche qui conduit à une terrasse en bois sur pilotis aménagée pour accueillir un pêcheur passionné. Le soleil couchant prend, en plongeant dans le lac, une couleur flamboyante qui incendie la surface de l'eau. Nous n'entendons que le clapotis des vaguelettes se brisant contre les pilasses, le chant des oiseaux et le murmure du vent dans les feuilles des arbres autour de nous ; un silence, un calme presque religieux, une idée d'éternité. Mathias, dans mon dos, enroule ses bras autour de moi et pose son menton sur mon épaule.

— C'est le paradis, murmuré-je. Est-ce que le Dalahar est ainsi ?

— Par certains aspects, oui. Les paysages sont un peu différents, mais le calme, la paix, la beauté y sont les mêmes.

Je laisse ses paroles pénétrer mon esprit, juste heureuse de ce moment parfait. Une petite brise me fait frissonner.

— Tu as froid ?

— J'ai découvert le premier élément, l'air, plaisanté-je en me blottissant davantage contre lui.

— Que dirais-tu de prendre un bain ? J'ai allumé le poêle dans la salle de bains. Tu seras quitte pour le deuxième élément.

L'idée m'enchante. Pendant que je vide l'essentiel de mon sac sur un fauteuil, j'entends Mathias faire couler l'eau à fond. Il m'embrasse furtivement en passant, laissant dans son sillage une odeur ambrée, et disparaît de nouveau au-dehors. Il règne une douce chaleur dans la salle de bains. L'air embaume les aiguilles de pin qui jonchent le sol près du petit poêle en vieille fonte grise. J'ignore ce que Mathias a pu mettre dans l'eau brûlante, mais je dois lutter contre une mousse envahissante. Je commence par me savonner énergiquement. La moindre parcelle de mon corps subit ce récurage intensif, ma peau en reste rougie un bon moment. Puis, amollie par la chaleur de l'eau, bercée par le poêle qui ronronne, je m'abandonne à la rêverie, nonchalamment adossée à la drôle de bassine en bois qui fait office de baignoire. Le stress de la journée, la fatigue de mes nuits agitées de songes, le voyage en voiture, tout se dilue dans la mousse onctueuse. Je remarque alors le minuscule symbole, discrètement sculpté dans une poutre. Seule une longue contemplation m'a permis de le repérer dans les dessins naturels du bois. Ce petit signe me remet en mémoire le fait que Tony est un familier des Teitwyrs.

C'est un bruit sourd d'objet tombant sur le sol qui me réveille en sursaut. Je me hâte de sortir de l'eau et m'enveloppe dans le gros peignoir de bain que Mathias a tiré d'un coffre posé dans le séjour. Je vérifie ma mine dans le petit miroir embué accroché au-dessus du lavabo. J'ai les joues rouges de ma longue trempette à quarante degrés.

Je pousse la porte avec précaution et suis surprise par la transformation de la pièce. Mathias a allumé un feu dans la petite cheminée. Le bruit que j'ai entendu était celui des bûches qu'il a rapportées de la réserve. Il a aussi tiré la petite table sur le côté de la fenêtre, aménageant ainsi un coin repas en tête à tête, quasiment en terrasse. Le plus inattendu est le matelas. Mathias l'a descendu de l'étage, et il occupe tout l'espace devant la cheminée crépitante. Il se tourne vers moi, visiblement satisfait.

— Il m'a semblé que tu n'aimais pas l'escalier.

— Il t'a bien semblé.

— Tu as faim ?

— Un peu.

— Tant mieux ! Nous avons tout ce qu'il faut.

Il s'écarte du lit pour venir me chercher puisque je ne daigne pas bouger et je découvre le plateau-repas gargantuesque posé sur le sol.

— Tu comptes me faire avaler tout ça ? fais-je en détaillant la salade de pâtes préparée par Tony, les olives et les petites tomates fort appétissantes.

— Tu n'as pas déjeuné.

— C'est vrai, mais ça en valait la peine, dis-je en puisant du courage dans l'eau de ses yeux magnifiques qui brillent de manière extraordinaire.

— Comment voulais-tu que je résiste ? demande-t-il en m'attirant contre lui.

Son parfum boisé s'allie parfaitement au décor. Je sens, sous ma main, la contraction des muscles de son bras, et ma tête se met à bourdonner. Le vertige de son baiser me reste vivement en mémoire. Je prie pour ne pas stupidement m'évanouir de nouveau.

— Je n'osais en espérer tant, articulé-je, le souffle court.

Ses mains encadrent trop sagement mon visage brûlant. Une sensation puissante me poignarde le ventre et, dans un élan absolument irrésistible, c'est moi qui force sa bouche. Mathias émet un gémissement. Sans cesser de m'embrasser, il m'emporte dans ses bras pour me déposer sur le lit avec toute la tendresse du monde.

*
* *

Je me régale de la délicieuse salade de pâtes de Tony. Mathias s'amuse de me voir m'empiffrer des tranches de jambon de Parme auquel il ne touche pas. Je ne me lasse pas de caresser son bras posé sur ma poitrine, laissant mes doigts courir sur les saillies de ses muscles, me réjouissant de le voir tressaillir à mon contact. Je ne sais pas combien de temps s'est écoulé depuis que nous sommes là et je m'en moque. Le temps n'a plus d'importance, il n'existe plus, rayé de mes préoccupations. Je suis juste bien, à ma place, blottie contre le torse glabre de mon amoureux... De mon amant !

Nos corps nus sont bien au chaud sous l'épaisse couverture de fourrure, calés l'un contre l'autre devant le feu. Je m'enfouis dans ses bras, mon oreille collée sur son cœur battant, ma main posée sur sa poitrine au souffle régulier, le nez plongé contre sa peau parfumée. Mathias incarne le paradis, mon paradis.

Je n'ai pas hésité une seule minuscule seconde et la réalité surpasse mes rêves les plus fous. Son corps est mille fois plus beau et plus parfait que ce que mes fantasmes me laissaient imaginer.

Mathias s'est montré doux, tendre, sensuel et patient, me laissant venir à lui comme on apprivoise un animal sauvage, jusqu'à ce que je rompe la première les conventions. Je le voulais, lui, tout entier, et il s'est donné – nous nous sommes donnés l'un à l'autre, sans retenue. Plus rien ne peut changer cela. Je suis sienne et il est mien, rien d'autre, pas même un Elfe et une humaine.

Sauf que les Elfes ont cet avantage supplémentaire sur les hommes de récupérer à une vitesse hallucinante.

Mathias s'étire, en pleine forme, tandis que je n'aspire qu'à dormir. Il finit par avoir pitié de moi et m'installe confortablement sur le lit, emmitouflée dans la couverture. Il se lève et j'en profite pour l'admirer pendant qu'il se balade nu dans la pièce. Je fais une moue qui lui arrache un éclat de rire sonore quand il revient habillé de la salle de bains.

— Tu devrais te reposer, me gronde-t-il gentiment.

— Je n'y arrive pas avec toi dans les parages. Tu me distrais, je n'arrive plus à émettre une pensée qui ne te soit pas liée.

— Le résultat est donc à la hauteur de mes espérances, s'égaie-t-il.

— Quelles étaient tes espérances ?

— Que tu comprennes enfin à quel point je t'aime, dit-il en s'accroupissant près de moi.

— Tu ne regrettes pas ?

— Pourquoi me poses-tu une telle question ?

— Parce que je doute un peu de la réponse, expliqué-je, mue par une impression bizarre. Je crois que tu aurais préféré... différer ce moment.

— Tu es extrêmement perspicace.

— Tu regrettes ?

— Je n'ai pas dit ça mais, effectivement, je n'avais pas prévu de précipiter les choses. Je voulais te laisser plus de temps.

— Me laisser plus de temps ou *te* laisser plus de temps ?

— Tu es un démon.

— Tu as hésité au téléphone, lui fais-je remarquer.

— J'essayais de reprendre mes esprits et d'organiser ton enlèvement. Pour le reste, j'étais vaincu d'avance.

— Vaincu d'avance ?

— Tu n'ignores absolument pas, espèce de chipie, à quel point j'ai envie de toi depuis le début. J'ai échafaudé des dizaines de scénarios, imaginé tout un tas de possibilités. La seule chose que je n'avais pas prévue était que tu en souffrirais autant que moi. Ton appel a été un déchirement, je ne pouvais plus me permettre de nous faire languir alors que rien ne nous retenait plus. Non, je n'ai pas hésité une seconde. Je souhaitais juste que ce soit inoubliable, parfait, pour nous deux.

— Ça l'est pour moi, assuré-je amoureusement. Pas toi ?

— Tu m'as offert le moment le plus merveilleux de toute ma longue existence.

Ses yeux formidables crient l'évidence, mais je ne résiste pas à une malsaine curiosité.

— J'ai eu un peu de mal à croire Élawen quand elle m'a affirmé que tu n'étais jamais tombé amoureux malgré tout ce temps.

— Chez les Elfes, le don de soi n'a rien d'anodin, Léo. Nous respectons infiniment la liberté individuelle. Nous ne prenons rien qui ne nous est pas accordé, pire même, offert ! La sexualité n'est donc pas la préoccupation première des Elfes. Notre peuple fait preuve à ce niveau-là d'une grande modération. Il faut cependant nuancer cette constatation chez les Teitwyrs. Nos gènes humains auraient tendance à nous rendre plus sensibles aux sirènes de l'amour. Mais dans le fond, ça ne change rien à la façon dont nous appréhendons le couple et dont nous concevons l'amour physique. Se donner, abandonner son corps à un autre sous-entend une confiance absolue et un amour partagé. Je ne connais rien de plus délicieusement dangereux. Chez les Elfes, l'acte d'amour engage, Léo, il tisse entre les êtres des liens plus forts, plus solides, qui ne se déferont jamais.

Je prends soudainement conscience de ce qu'il est en train de m'expliquer et de la valeur du cadeau qu'il m'a fait. Je ne peux empêcher mon émotion de déborder. Il m'embrasse si tendrement que j'en suis encore plus bouleversée.

— Tu as vraiment besoin de te reposer, insiste-t-il en me repoussant sur les oreillers et en remontant la couverture sur moi.

Je me laisse faire, épuisée. Il ne s'est pas éloigné de quelques pas que je sombre déjà. L'odeur de la forêt emplit l'atmosphère et lorsque j'ouvre les yeux, je reconnais les arbres autour de moi. Éorin est encore venue me chercher dans mon sommeil. Je me demande si elle sait, si elle est capable de sentir ce qui se passe entre Mathias et moi. Elle est plus pâle que les jours précédents. Sa voix n'est qu'un murmure. Éorin nous échappe et nous n'avons toujours pas la solution. Je la regarde, la supplie, tends les mains vers elle, mais, la voyant si lointaine, je ne pose qu'une seule question.

— Quel est ton mot de passe ? Je t'en prie.

— *Unrhyn*, souffle-t-elle, à peine audible.

Je pousse un cri de victoire en me redressant comme un ressort. La porte s'ouvre à toute volée et Mathias est sur moi avant même que j'aie le temps de respirer.

— Que signifie *unrhyn* ?

— « Rien », dit-il, perplexe. Où as-tu entendu ça ?

Je me décompose, j'ai peut-être mal compris le mot.

— Ça ne veut rien dire ?

— Non, ça signifie « rien » comme « rien du tout », « aucun » ! Léo, que se passe-t-il ? Tu es pâle à faire peur.

— C'était Éorin ! Elle m'a dit *unrhyn* quand je lui ai demandé son mot de passe. Mais j'ignorais ce que ce mot voulait dire, je n'ai pas insisté. Éorin disparaît, sa voix s'éteint. Il faut que nous tentions quelque chose avant que je ne la perde !

Mathias me serre dans ses bras pour me calmer.

— Laisse les Teitwyrs mener ce combat qui n'est pas le tien, Léo.

— C'est le mien, maintenant. Éorin m'a choisie pour vous aider, tu ne peux pas nier ça. J'ai pris ma décision, Mathias, le Dalahar sera ma terre et je veux la défendre.

J'ai mis dans ces paroles toute la ferveur dont je peux faire preuve. Mathias me dévisage, émerveillé.

— Tu es un être tout à fait exceptionnel, Éléonore Duvivier.

— Ce qui veut dire que tu acceptes ?

— Je ne pourrai pas t'en empêcher, de toute façon, mais je devrai en référer en personne au Grand Conseil très prochainement. J'y suis contraint.

— Est-ce que j'ai des raisons de m'inquiéter ?

— Je ne le pense pas, répond-il d'une manière assez sereine pour que je me détende.

— Qu'est-ce qui te chagrine, dans ce cas ?

— Le fait que je doive m'éloigner de toi sans moyen de te joindre.

— Anwen veillera sur moi.

— J'y compte bien.

— Quand vas-tu partir ?

— Je l'ignore encore, nous devons mettre tout en place pour ta sécurité avant ça.

— Quel jour sommes-nous ? demandé-je, perdue.

— Notre lune de miel serait-elle déjà finie pour que tu te préoccupes à ce point de ce genre de détail ?

J'adore ce terme de « lune de miel » dans sa bouche, je n'ose espérer qu'il recouvre exactement le sens auquel je pense. Il enlève sa veste et l'envoie d'un geste habile sur une chaise, plus loin. Je fais glisser mes doigts sur son cou et défais, un à un, les boutons de sa chemise. Le temps suspend son vol encore pour quelques heures.

*
* *

Mathias finit par somnoler contre moi. Le regarder dormir est un spectacle dans lequel je m'absorbe avec ravissement, d'autant qu'il est rare. Ses traits sont détendus, ses lèvres pleines affichent un sourire heureux. Ses cheveux ébouriffés lui donnent un air de mauvais garçon irrésistible. J'adore même la forme un peu pointue de ses oreilles. Je contrôle difficilement mon envie de caresser son corps parfait et doux. Pour ne pas le réveiller, je me contente de laisser planer ma main à quelques millimètres de sa peau en prenant soin de ne pas l'effleurer. Je remonte le long de son bras, suis la forme de son épaule et descends, sans oser respirer, sur sa poitrine. Lorsque je passe sur son ventre, ses muscles se contractent et sa peau réagit violemment. Sans ouvrir les yeux, il attrape ma main et plaque mon geste sur son corps en soupirant à mon contact.

— Je ne voulais pas te réveiller, susurré-je à son oreille.

— Je ne dormais pas.

— Tu es extraordinairement réceptif.

— Tu n'imagines pas quel effet tes caresses sont capables de produire, même à distance.

— Ravie de l'apprendre ! Tu es reposé ?

— Tout à fait, confirme-t-il en me repoussant contre les oreillers.

— Je n'ai pas eu beaucoup l'occasion de bouger de ce lit, je ne sais même pas ce qu'il y a autour de nous.

— Je t'avais dit que le choix de tes vêtements aurait peu d'importance !

— Je comprends seulement maintenant.

— Tu veux découvrir ?

Je n'ai rien contre l'idée de me dégourdir les jambes, et la perspective d'une balade au grand air me redonne de l'énergie. Je saute sur mes pieds et m'habille en toute hâte sous l'œil contemplatif de mon amant. Il est cependant plus rapide que moi quand il s'agit de sortir.

Nous empruntons un petit chemin qui longe le lac puis nous ramène au milieu des arbres. Mathias est attentif à chaque bruit, devinant sa source immanquablement, il énumère les odeurs captées au gré du vent.

Nous faisons un concours de ricochets sur l'eau, je suis largement vaincue comme je l'espérais. Les tirs de Mathias sont d'une précision d'orfèvre, alors qu'il ne prend aucun soin pour viser, quand les miens s'écrasent lamentablement à quelques centimètres du bord. Bon joueur, il m'aide à améliorer mon score en me prenant dans ses bras et en accompagnant mon geste maladroit. Je suis surprise de compter ainsi huit ricochets de notre caillou commun.

À plusieurs reprises, il tente de me montrer un animal, mais mes yeux portent résolument moins loin que les siens. Il me fait alors grimper dans les premières branches d'un arbre et m'enjoint le silence absolu. Je le vois lever la main doucement en signe d'offrande, il murmure quelques mots dans sa langue jusqu'à ce qu'une biche, accompagnée de son faon, vienne poser sa tête contre son flanc, sans méfiance.

Il caresse l'animal et son petit, mais le vent tourbillonne et la bête lève le nez, alertée par mon odeur. Mathias s'écarte sans geste brusque et vient m'aider à descendre. Il me demande de rester immobile et silencieuse puis il rappelle l'animal. La biche hésite, Mathias insiste plus doucement, et c'est le petit faon qui cède le premier, il trottine de manière irrésistible jusqu'à nous. Mathias s'empare de ma main et la pose sous la sienne sur l'encolure de l'animal. Son pelage doux frémit sous ma paume, mais il ne s'enfuit pas.

La biche approche à pas prudents et s'arrête à quelques centimètres, se contentant de tendre le cou. Son petit retrouve son giron et elle se détend, elle le pousse du bout de son museau dans un geste maternel adorable. Mathias s'adresse à elle pour la remercier. Je vois alors son regard s'éclairer puis elle recule et part au petit trot, son faon à ses côtés.

Je suis émue aux larmes de cette rencontre inédite. Mathias m'explique la relation très forte qui unit les Elfes aux animaux, empêchant les uns de se nourrir des autres. J'avais bien évidemment noté ce détail de son alimentation sans qu'il me paraisse choquant. Je ne suis pas moi-même amatrice de viande, me pliant à sa consommation par convention plus que par goût, à l'exception toutefois de certaines charcuteries italiennes dont je me régale.

Mathias est aussi agile qu'un écureuil et aussi souple qu'une couleuvre. Je me sens en parfaite sécurité dans ses bras puissants, il est capable de me soulever d'une main. Ces détails de son physique d'Elfe ne me choquent pas cette fois. Il est devenu tellement clair dans mon esprit qu'il ne doit pas être moins que parfait que je me satisfais pleinement de l'admirer sans arrière-pensée et sans crainte. Il avait raison : l'acte d'amour créait de nouveaux liens plus forts entre les êtres.

Notre balade continue jusqu'à ce que le soleil rouge se jette dans l'eau sombre du lac. Notre promenade ayant aiguisé notre appétit, nous faisons un sort aux provisions de Tony, que je me promets d'aller embrasser. Mathias ranime le feu pour la soirée et nous regagnons rapidement notre couverture de fourrure. Il me réveille trop tôt à mon goût. Je tente vainement d'échapper à ses caresses mutines en me réfugiant sous l'oreiller, mais le traître m'y poursuit. Je n'accepte de quitter le lit qu'après un bol de café. Il se fait donc un devoir d'exaucer mon souhait. Si j'avais voulu lui tendre un piège, c'est raté, il apprend aussi vite qu'Anwen et son café est délicieux.

— Café italien, explique-t-il goguenard.

— Tony va trouver ses placards vides quand il reviendra.

Mathias hausse les épaules d'un air sceptique et m'enlève le bol des mains.

— Nous devons nous mettre en route si tu veux être à l'heure chez ta tante.

Il charge la voiture de nos sacs et c'est le cœur serré que je le regarde fermer la porte à clé derrière nous. Nous ne reviendrons sans doute jamais dans cet endroit qui a abrité nos premières amours. Je tâche d'en garder un maximum de détails en mémoire. Mathias paraît aussi ému que moi lorsqu'il jette un coup d'œil à la maison juste avant de quitter le sentier. Il ne dit cependant rien, me prend simplement la main.

Le trajet de retour me paraît long et je finis par m'endormir tandis que mon amoureux conduit silencieusement. Dans un demi-sommeil, il me semble entendre la sonnerie d'un portable. Mathias a éteint nos téléphones dès notre départ de Montréal. Je suppose qu'il a opéré la manœuvre inverse en quittant le lac. Vaincue par la fatigue, je ne parviens pas à m'y intéresser comme je le devrais. Mathias ne me réveille pas pour autant. Je sens, de temps à autre, sa main caresser ma joue avant de repartir se poser sur le volant.

Une nouvelle sonnerie met un terme à ma somnolence à quelques kilomètres de notre arrivée. Il prend l'appel comme s'il l'attendait avec impatience. Il parle dans sa langue, en termes qui me paraissent abrupts, résonnants comme des ordres, puis il s'adoucit et raccroche, l'air soucieux.

— Qu'est-ce qui ne va pas ? interrogé-je.

— Anwen est rentrée chez toi, il y a une heure. Ton appartement a reçu une nouvelle visite, lâche-t-il en fronçant les sourcils et en observant ma réaction avec prudence.

— Mon Dieu ! gémis-je dans un premier élan de panique.

— Elle a remis de l'ordre, tout va bien, ajoute-t-il en se voulant rassurant.

— De l'ordre ?

— Notre visiteur a pris nettement moins de précautions que la première fois.

— Est-ce qu'il a emporté quelque chose ?

— Ton ordinateur a disparu, ainsi que le dossier où tu avais rangé des recherches sur l'alphabet cyrillique.

Je réfléchis, mon ordinateur ne contenait rien d'important, en tout cas rien qui soit susceptible d'intéresser un Elfe noir. Je suis tranquille à ce sujet, regrettant uniquement la perte de mon outil de travail.

— Ce n'est pas grave, nous en avons plusieurs, je te passerai le mien, me dit Mathias.

— Le dossier, je l'avais constitué comme moyen de diversion, on peut espérer qu'il sèmera le doute dans l'esprit du voleur !

— J'en doute, Léo. Il faut en convenir, notre tentative de bluff n'a pas fonctionné. Il s'obstine autour de toi, surveille, attend. Il savait que tu n'étais pas là pour un moment. Ça lui a donné du temps pour chercher. Peut-être même savait-il où tu étais ?

— Tu me fais peur, m'écrié-je, parfaitement réveillée, cette fois.

— Je veux que tu comprennes que le danger peut venir de partout. Nous ne savons pas à qui nous avons affaire.

— Je crois avoir une petite idée, rétorqué-je sur un ton grinçant.

Mathias ne répond pas. Il m'adresse un regard sévère qui ne me permet pas de deviner le fond de ses pensées. Tandis que je tente de rassembler mes idées, il range la voiture juste derrière celle d'Anwen. La jeune femme nous attend chez moi. Elle semble calme. Je constate que l'appartement est parfaitement propre et rangé. Mathias et elle discutent dans leur langue puis Anwen annonce son départ. Je la remercie chaleureusement de son aide.

— Ne t'en fais pas, nous veillons sur toi, me dit-elle, très sereine.

— Je sais.

— Je reviens ce soir ? demande-t-elle à Mathias.

— Non, tu prendras le relais demain.

— Très bien. Bon appétit, dit-elle d'un air amusé en sautillant jusqu'à la porte.

— Qu'est-ce qu'elle sous-entend ?

— Anwen est fantasque parfois, élude bizarrement Mathias en jetant un coup d'œil par la fenêtre.

— Tu attends quelqu'un ? fais-je, soupçonneuse.

— Ta cousine, bien sûr !

J'ai manqué oublier Sandy.

Elle a promis de venir me chercher en voiture. Je regrette déjà Mathias, la journée va me paraître horriblement longue et stressante sans lui.

Le seul point positif est que je vais pouvoir saluer ma famille dans l'après-midi.

Mathias se détend en apercevant ma cousine traverser la rue à pied. Elle a dû prendre le métro sans doute. Quelques secondes plus tard, Sandy frappe à la porte et entre sans qu'on ait eu le temps de l'y autoriser. Elle marque un temps d'arrêt devant mon merveilleux petit ami, mais ne paraît pas surprise.

— Salut, ma belle, me lance-t-elle sans poser de questions tordues pourtant bien dans son style.

— Bonjour, Sandy. Je ne te présente pas Mathias, tu as l'air de le connaître !

Mathias lui adresse un petit sourire, je suppose que c'est ce qui cloue ainsi le bec de ma bavarde cousine. Je passe par la salle de bains avant de partir et je surprends un signe de tête approbateur de Sandy à une question de Mathias que je n'ai pas entendue.

— Je suis prête, nous pouvons y aller, déclaré-je en poussant Sandy devant moi.

— Je vous accompagne, annonce Mathias en prenant ma taille sous l'œil amusé de ma cousine.

Nous sommes parvenus sur le trottoir et j'hésite à quitter les bras de mon amour. Il me donne un petit baiser et, d'un coup, tend la main vers Sandy que je regarde, éberluée, accepter les clefs du 4 × 4 sans poser de question.

— Puis-je savoir ce que vous manigancez, tous les deux ? demandé-je.

— Aujourd'hui est un jour spécial. Tu ne voudrais pas gâcher le plaisir de Maman quand même ? Allez, grimpe, ordonne-t-elle alors que Mathias a déjà pris place à l'arrière.

— Quel plaisir ?

— Sois pas hargneuse, on va te le dire, se défend Sandy en démarrant.

— Je ne suis pas hargneuse, je n'aime pas qu'on me prenne en otage !

— On ne te prend pas en otage, tu étais invitée, rectifie ma cousine tandis que Mathias se garde bien de faire le moindre commentaire, trop heureux de laisser quelqu'un d'autre se prendre l'orage sur le coin de la figure.

— À déjeuner, oui !

— Il n'est pas question d'autre chose, donc tout va bien, affirme Sandy.

— Et toi ? Je suis sûre que tu es au courant, dis-je en me rabattant sur mon voisin, rieur.

— Il est invité aussi, dit Sandy comme si elle annonçait une évidence.

— Pardon ?

— Ta tante a eu la gentillesse de m'inviter à déjeuner, confirme-t-il en me lorgnant tendrement.

— Quand ça ?

Sandy soupire.

— Je me suis arrangée avec Anwen. Elle m'a tout expliqué pour vous deux et j'en ai parlé à Maman, qui a vu l'occasion de réunir ce midi Stephen et Mathias pour que nous fassions tous connaissance. Tu connais Maman, dès qu'il s'agit d'organiser ce genre de réunion de famille, elle ne résiste pas. C'est génial, non ?

— Est-ce que ma mère est au courant ?

— Non, penses-tu ! Maman préfère d'abord juger sur pièce… Euh… Pardon, Mathias… Enfin tu comprends, n'est-ce pas ?

Mathias ne peut s'empêcher de rire. Je me demande comment il fait pour être aussi détendu alors que nous avons appris il y a quelques minutes que nous sommes menacés, sans compter qu'il va déjeuner dans une famille typiquement humaine qu'il ne connaît pas le moins du monde.

Se doute-t-il seulement de l'interrogatoire que je redoute de la part de ma tante Agnès ?

Ses gènes d'Elfe seront-ils assez forts pour résister à cette épreuve ?

Les Gardner ont une réputation de sauvages et ma tante n'ignore pas le fait divers qui a frappé leur famille. J'ai le temps de me poser trente-six mille questions avant d'arriver et aucune réponse ne parvient jusqu'à mon cerveau. Sandy jaillit du véhicule pour rejoindre un homme que je devine être Stephen, en pleine discussion avec son père sur le perron.

Mathias me serre la main en guise d'encouragement tandis que nous montons. Mon oncle nous accueille chaleureusement et Sandy nous présente Stephen. Leur couple est plutôt bien assorti malgré leur différence d'âge. Mathias me fait remarquer au creux de l'oreille que leur situation est bien moins enviable que la nôtre, n'ayant pas pour eux la possibilité de gommer les années et les différences. Mais je vois que cela ne change rien, pour le moment, ils s'aiment sans se poser de questions.

Puis la tornade : Agnès déboule. Les effusions, les verbes portant haut... Rien ne semble effrayer ni même indisposer Mathias, qui se montre tout à fait charmant. Je le regarde, admirative. Il sait s'adapter à un univers pourtant radicalement différent du sien. Je suis soulagée et plus optimiste en pensant à l'éventuel accueil que pourraient un jour lui faire mes propres parents. D'autant plus optimiste que Tante Agnès est bien plus redoutable que ma mère.

Le déjeuner se déroule admirablement bien et constitue une trêve dans l'interrogatoire. Mais cela ne dure pas. Mathias subit les assauts répétés de Tante Agnès, tout aussi impressionnée par son physique avantageux que par sa grande courtoisie et son charme ravageur. Stephen, mieux connu dans la maison, n'écope pas d'une once d'intérêt ce midi-là.

Toutes les épreuves sont franchies allègrement, toutes sauf la dernière ! Nous sommes en train de boire le café, Mathias y compris, malgré mon regard sceptique quand il a accepté la tasse que lui proposait ma tante, lorsque la sonnerie de Skype retentit dans le bureau voisin.

— Ah ! Ta mère, Léo, indique joyeusement Agnès.

Je bondis au-devant d'elle.

— Tu vas lui dire ?

— Bien sûr ! Tu comptais cacher cette merveilleuse nouvelle à ta mère ?

— Elle va t'arracher les yeux d'avoir favorisé ce qui pour elle sera une nouvelle catastrophe, réponds-je, paniquée d'avance.

— Mais non, allons ! Ne t'ai-je pas aidée à venir ici ? N'ai-je pas persuadé ta mère que tu pouvais prendre un appartement seule ?

— Si.

Je suis à court d'arguments, elle m'écarte énergiquement de son passage et va répondre la première. Je reste un moment dans le salon. C'est à ce moment-là que je vois l'Oncle John examiner de très près son visage dans le miroir, se frotter délicatement la paupière droite et cligner à plusieurs reprises les yeux.

— Ça va ? lui demandé-je, intriguée par son attitude.

— Oui… J'ai cru que j'avais perdu une de ces satanées lentilles de contact, maugrée-t-il.

Voilà pourquoi mon oncle me paraissait différent !

Il ne porte pas ses petites lunettes rondes habituelles. Mathias n'est pas long à s'apercevoir de mon trouble.

— Il porte des lentilles de contact, j'en suis sûre.

— De qui parles-tu ?

— De Jonathan !

— Léo ? appelle la voix de ma tante dans le bureau voisin.

— Vas-y, nous en rediscuterons tout à l'heure, intervient Mathias en me poussant pour me faire réagir.

Ma mère est inquiète et je ne suis moi-même pas parfaitement sereine, il m'est donc difficile d'être naturelle, et ses conseils moralisateurs ont le don de m'agacer. Je dois faire un effort considérable pour me montrer seulement aimable.

Indubitablement, un lien s'est rompu entre ma famille et moi. Mes parents n'ont pas pris conscience que le changement que je réclamais s'est produit. L'éloignement ne facilite probablement pas les choses. Je ne me sens néanmoins pas l'énergie de me justifier. J'abandonne ma mère et sa sœur en format conciliabules, et je retrouve Mathias en compagnie des autres.

La séance Internet s'éternise. J'entends quelques éclats de voix, les interjections nombreuses et répétées de ma tante, et je regarde les minutes s'écouler très lentement.

Mon imagination me ramène sans cesse dans une cabane au fond des bois. Je mesure le fossé qui se creuse irrémédiablement entre ma vie d'avant et celle à laquelle j'aspire. Je ne me sens plus à ma place ici, j'ai envie de fuir. La main de Mathias dans la mienne est la seule chose qui me retient de ne pas me sauver en douce.

Lorsque ma tante revient, elle m'assure que tout va très bien et que ma mère se fera très vite à l'idée d'avoir un gendre comme Mathias. Bien qu'elle me paraisse saugrenue, cette perspective allume une petite, toute petite lumière dans un coin très reculé de mon cerveau.

Ma tante me glisse en aparté dans la cuisine qu'il est temps que je prenne ma destinée en main. Elle me comprend, partage mon point de vue et se fait un devoir de convaincre sa sœur en douceur. Je lui confie donc, lâchement je l'avoue, la pénible mission que je devrais accomplir moi-même. Elle nous raccompagne jusque sur le trottoir où elle nous fait promettre de venir passer une soirée durant les vacances scolaires qui commencent la semaine suivante. Elle nous regarde monter en voiture et démarrer avant de rentrer.

— Nous allons te trouver un autre appartement, déclare Mathias après quelques minutes.

— Quel motif vais-je inventer pour expliquer un déménagement ? Chez moi, il n'y a plus rien d'intéressant, je peux y rester.

— Tu n'y dors pas ce soir, en tout cas !

— Pourquoi ?

— Parce que j'ai envie de toi !

Mon cœur fait un bond. Je rougis malgré moi de cet aveu enflammé. Mathias me dévore des yeux sans rien ajouter.

Chapitre 12

L'embuscade

Je reconnais leur maison au bout du sentier forestier. Quand nous entrons, les Elfes nous accueillent, la mine grave. Andréas est le premier à prendre la parole.

— *Daïsh yn disgwyll*[1].

— *Pryd*[2] ? demande Mathias.

— Demain soir.

Je n'ai pas besoin qu'on me traduise, j'ai parfaitement saisi que Mathias devait se rendre au Dalahar.

— Je rapporterai la clé d'Éorin et nous tenterons le mot de passe que Léo a entendu en rêve.

— Pourquoi ne pas le faire là-bas ? La clé est plus en sûreté au Dalahar, m'étonné-je naïvement.

— Pour la bonne raison qu'il n'y a, au Dalahar, ni ordinateur ni électricité, m'annonce Andréas en riant.

Je reste bouche bée. Je m'apprête à vivre volontairement dans un monde dépourvu d'électricité ?

— Mais comment fait-on ?

— Les méthodes ancestrales, la bougie, mon amie, répond un peu moqueusement Élawen.

— Nous voyons parfaitement dans le noir, explique Anwen, compatissante. Mais nous avons dû nous adapter à nos parents humains.

Je me renfrogne en songeant à mes propres limites.

---

1. « Tu es attendu. » (*N.d.A*)
2. « Quand ? » (*N.d.A*)

— On s'y fait très vite, me dit la voix caressante de Mathias.

— Je l'espère.

— J'ai hâte de savoir ce que contient le journal d'Éorin, fait Élawen avec un soupir en nous ramenant au sujet essentiel.

— Je crois savoir le nom de celui que nous cherchons, déclaré-je avec une assurance qui laisse les Elfes pantois.

— À qui penses-tu ? demande Andréas.

— À Jonathan Dussaunier !

— Il était sur le terrain le soir où ton appartement a été fouillé, me fait remarquer Élawen. Qu'est-ce qui te fait penser à lui ?

— Il porte des lentilles.

Un silence consterné accueille ma déclaration.

— Les Elfes voient parfaitement, tu le sais bien, proteste Élawen. S'il en est un, il n'a nul besoin de correction.

— Les lentilles servent aussi à modifier la couleur des yeux, réplique Anwen, qui a saisi où je veux en venir.

— C'est tout ce qui justifie tes doutes ? interroge Andréas, sceptique, lui aussi.

— Il m'a menti en affirmant que personne ne lui avait jamais résisté, or, nous avons eu la preuve qu'il s'est intéressé de très près à Éorin. Il a toujours eu connaissance de mon emploi du temps, il a vu mes notes à la bibliothèque. Et il n'est pas le gentil et séduisant garçon qu'il veut bien laisser paraître. J'ai vu tomber le masque dans les vestiaires !

— Oh ! s'exclame Anwen. *Eïdrych yn nam mylgwyn*[1] ! Souviens-toi, Léo ! Tu crois qu'elle voulait parler de Jonathan ?

— Tout ramène toujours à lui, je suis sûre que Jonathan Dussaunier cache sa véritable personnalité.

---

1. « Cherche sous le masque ! » (*N.d.A.*)

— Il est jaloux surtout, affirme Mathias très calmement.

— N'empêche qu'à nous surveiller, il a su que nous étions partis ensemble, lui fais-je remarquer. Qui d'autre était au courant ?

— Un point pour Léo, comptabilise Élawen.

— On ne peut pas accuser sans preuve, objecte Mathias, qui étrangement s'entête à défendre son rival.

— Et si je t'apportais la preuve qu'il a les yeux verts ?

— En faisant quoi ? En te mettant en danger ?

Effectivement, toute tentative de ce genre suppose que je sois forcément très près de Jonathan. Mathias ne supportera pas une telle éventualité et, franchement, je n'y tiens pas non plus. Néanmoins, je reste déterminée à prouver que j'ai raison et je me tourne vers la seule personne qui semble partager mon avis.

— Et toi, Anwen, tu es d'accord avec moi ?

— Jusqu'à un certain point, confirme-t-elle en demi-teinte. Mais nous ne sommes pas à l'abri d'une erreur.

— Moi, je pourrais faire quelque chose, suggère Élawen. Je ne suis pas aussi douée que l'était Éorin, mais je pourrais vérifier si ce garçon est un Elfe ou non.

— Personne ne tente quoi que ce soit tant que je ne suis pas revenu, tonne Mathias, excédé. C'est un ordre !

Je vois d'un coup les trois autres baisser la tête.

Ils acceptent sans broncher de recevoir ainsi un ordre ?

Je n'en reviens pas.

Je les ai vus plus coriaces dans les discussions avec Mathias. Tout en moi me pousse à intervenir, mais Anwen m'adresse un signe qui m'exhorte au silence.

— Je vous préviens que je ne tolérerai aucune impru-dence de votre part, quelle qu'elle soit ! Est-ce bien clair ? gronde Mathias en me jetant un coup d'œil qui indique sans équivoque qu'il me met dans le même panier que les trois autres.

— Mais enfin, m'écrié-je en bondissant de mon siège. Comment peux-tu…

228

— Non, Léo, attends ! coupe Andréas d'une voix parfaitement calme. Mathias a raison.

Il se lève à son tour et va au-devant de mon amoureux à qui j'ai juste envie d'arracher les yeux à ce moment-là.

— Nous ferons selon tes ordres, dit-il. Je t'en donne ma parole. Léo sera sous notre garde pendant ton absence.

Mathias, calmé, le remercie puis se tourne vers moi.

— Viens, me dit-il plus gentiment.

Je ne digère pas la scène à laquelle je viens d'assister et je ne vais pas rater l'occasion de lui dire ce que j'en pense. Le soir tombe déjà sur le lac, un froid vif a succédé aux magnifiques journées d'été indien dont nous avons bénéficié jusque-là. Mathias s'attarde dans l'entrée à chercher une veste pour moi. En colère, je ne daigne pas l'attendre et remonte seule le ponton dans l'obscurité naissante. Je me souviens trop tard du passage où deux planches vermoulues ont cédé. Dans ma précipitation furibonde, je me tords la cheville et me retrouve bêtement sur les fesses. Mathias est à mes côtés en une fraction de seconde.

— Ça va, râlé-je, plus vexée par ma chute qu'autre chose.

Il se contente de me soutenir tandis que je me relève. Au moment de poser le pied par terre cependant, je pousse un petit cri de douleur. Mathias me force à m'asseoir de nouveau.

— Montre-moi ta cheville, ordonne-t-il.

— Ça n'est rien, éludé-je en grognant.

— Permets-moi de vérifier.

— Oui, docteur, lancé-je, mordante, en me rappelant qu'il a les qualifications amplement nécessaires à cet examen.

Il manipule mon articulation d'une main assurée.

— Heureusement, ce n'est pas une entorse, annonce-t-il.

— Me tiendras-tu rigueur de ce genre d'incident également ou dois-je me justifier ? attaqué-je, incapable de ronger mon frein.

— Ton orgueil dépasse de loin tout ce qu'il m'a été donné de rencontrer jusqu'à présent. Il t'empêche même de voir l'évidence, répond-il en me fusillant du regard.

— Ils cherchent tout comme toi à protéger le Dalahar et tu leur demandes en plus d'assurer ma sécurité. Qu'est-ce qui t'a pris de balancer des ordres de cette façon ?

— C'était la seule manière d'imposer ma volonté.

— Imposer ta volonté ? relevé-je, assommée par tant de suffisance.

— Écoute, Léo, réplique-t-il en maîtrisant sa colère, les Elfes n'obéissent pas aux mêmes règles que les humains. Le Grand Conseil m'a confié cette mission, c'est une lourde responsabilité. Jusqu'à présent, j'ai écouté l'avis de mes amis. J'ai reconnu mes erreurs et accepté leurs recommandations. Mais je suis désormais obligé de faire des choix au-delà de ce qu'ils sont en mesure de décider. Ils ne m'en tiennent pas rigueur parce qu'ils en sont pleinement conscients. Je sais que cela peut te sembler choquant ou prétentieux, mais c'est ainsi. Je n'ai pas d'autre solution si je veux maintenir la sécurité de ma famille. Je regrette que tu aies réagi ainsi, je ne voulais blesser personne, et toi encore moins, mais tu es impulsive et ton amour-propre ne supporte pas qu'on le hérisse.

— Parce qu'en plus c'est ma faute ? éructé-je, peu sensible à son discours auquel je ne comprends pas grand-chose.

— Cesse de te battre contre moi, aboie-t-il. Je refuse simplement que tu tentes quoi que ce soit qui te mette en danger. Est-ce trop te demander que de rester en vie ?

Je le regarde, hébétée.

— Tu soupçonnes donc aussi Jonathan Dussaunier ?

— Je ne veux pas accuser sans la moindre preuve.

— Alors pourquoi ne me laisses-tu pas dissiper mes doutes ?

— Si tu n'avais pas été aussi prompte à réagir, tu ne m'aurais pas amené à être aussi directif. Je n'ai pas dit que c'était impossible, j'ai seulement demandé qu'on ne tente rien durant mon absence. Nous ne savons pas qui sont nos adversaires et, si ce sont des Elfes noirs, ils sont redoutables. Partir en croisade contre eux de cette façon équivaut à un suicide. Tu peux comprendre ça ? demande-t-il d'une voix plus douce.

Mathias a décidément pris plus de hauteur par rapport aux événements que ses trois compagnons, et largement plus que moi.

— Je suis désolée, marmonné-je, penaude. Je ne prendrai pas de risques inutiles, je te le promets.

— Il est temps de rentrer, tu grelottes. Est-ce que tu peux poser ton pied ?

— Je pense.

Malgré son soutien, mon premier pas me tire une grimace. Mathias m'emporte alors dans ses bras et nous remontons ainsi le ponton jusqu'à la maison. Il me dépose dans le fauteuil puis revient quelques secondes plus tard muni d'un gel à l'odeur douteuse et d'une petite bande de gaze. La caresse de ses mains chaudes réveille en moi le souvenir de notre nuit précédente. Je devine sur ses lèvres un petit sourire entendu quand je suis gagnée progressivement par une tension que je peine à réprimer.

Anwen, Élawen et Andréas sont réunis dans la cuisine et mènent une conversation animée et détendue.

— De quoi parlent-ils ? demandé-je, intriguée par leurs éclats de voix rieurs.

— C'est un jeu de rimes dans la langue elfique. Ça les amuse beaucoup. Il te sera impossible de les en distraire avant plusieurs heures.

— Pas d'ordinateur, pas d'électricité, des jeux de rimes… C'est un voyage au Moyen Âge que tu me proposes de faire au Dalahar ?

— Par certains aspects, oui. Pour le reste, notre civilisation est très cultivée. Elle s'est juste développée sur un modèle différent de celui des humains.

— Les humains qui s'y sont installés se sont-ils bien adaptés ?

— En règle générale, oui, répond Mathias d'un air trop sérieux pour être entièrement sincère.

— Mais ?

— Toute bonne règle connaît parfois des exceptions, grimace-t-il. Mais je t'assure que ce n'est qu'un cas très isolé.

— Je t'aime, lui dis-je pour effacer la petite ride d'inquiétude qui se creuse sur son front.

Mathias se lève, passe dans la cuisine et lance quelques mots dans sa langue. Un éclat de rire général et des applaudissements accueillent ce que je comprends être sa victoire dans l'une des manches, puis un concert de « bonne nuit » le raccompagne jusqu'à moi. Il se penche vers moi et m'enlève dans ses bras.

— Je peux marcher à présent, protesté-je fort timidement.

— Je le sais, mais je m'assure que tu ne t'échapperas pas de nouveau.

— D'où veux-tu que je m'échappe ? demandé-je, malicieuse.

— De notre lit, répond-il en filant dans l'escalier.

La chambre de Mathias est pratiquement la même que celle que j'ai occupée quelques jours auparavant. Je remarque que rien de personnel n'a été ajouté à la décoration de la pièce. Les draps n'ont jamais dû être seulement défaits.

— Je n'ai rien apporté, me lamenté-je tandis qu'il me dépose au creux du grand lit aux montants en bois.

— Anwen s'en est chargée. Tu trouveras tout ce qu'il te faut demain matin, assure-t-il en me bécotant.

— Et pour ce soir ? fais-je, joueuse, alors que je devine aisément où conduisent son petit jeu et ses caresses si persuasives.

Pour toute réponse, il commence à défaire les boutons de ma chemise.

*
* *

Des petits coups à la porte me réveillent. J'entends Mathias répondre à la voix d'Anwen, mais je n'ai aucune idée de ce qui se passe. La chambre baigne toujours dans une obscurité totale. Je sens la chaleur de la couverture qu'il remonte sur mes épaules. Je reconnais le grincement de la porte et le craquement du plancher sous des pas légers. Mathias remercie Anwen et j'entends de nouveau la porte geindre. Une bonne odeur de café frais me chatouille le nez. Des doigts agiles se baladent le long de ma colonne vertébrale, redressent mon menton avant que des lèvres douces réveillent les miennes.

— Quelle heure est-il ? grommelé-je.

— Presque 6 heures, chuchote gaiement Mathias.

J'ouvre un œil incrédule.

— Je suis désolé, ajoute-t-il. Anwen va te ramener chez toi, tu as cours à 9 heures.

— Ah ! constaté-je de mauvaise humeur. Finalement je regagne mon appartement ?

— Après mûre réflexion, oui. C'est l'option que j'ai choisie.

— Quelle était l'alternative ?

— Inutile d'en parler puisqu'elle ne me convenait pas.

— Bien, chef ! fais-je, peu encline à me battre contre lui avant d'avoir avalé mon café.

— Pas trop fatiguée ? me nargue-t-il d'un air satisfait.

Je lui inflige un regard noir en acceptant la tasse qu'il me tend. S'il est vraiment l'heure qu'il m'a annoncée, je n'ai pas dormi plus de quatre heures. J'avale mon breuvage et me blottis contre lui, le nez dans son cou. Mathias me laisse ainsi profiter de chaque seconde de sa présence contre moi. Le petit pendentif d'argent qu'il porte scintille malgré la pénombre. Il me rappelle son départ imminent pour le Dalahar.

— Tu seras parti combien de temps ? demandé-je.

— Je l'ignore, quelques heures humaines tout au plus.

— Le Grand Conseil a-t-il besoin de savoir que… toi et moi…

— Oui et non. Les détails ne sont pas supposés l'intéresser, mais je suis bien obligé d'évoquer l'état de notre relation et ce qui m'a amené à prendre certaines dispositions.

— Du genre ?

— Andréas a rapporté nos armes ici.

— Vos armes ? m'écrié-je.

— Si nous avons affaire à des Elfes noirs comme je le crains, ils disposent des mêmes aptitudes que nous. Éorin n'a pas pu se défendre, je refuse de faire courir le moindre risque aux autres. S'il devait arriver quoi que ce soit, je veux être en mesure de répondre. Et puis, je dois aussi m'assurer que tout sera prêt pour ton arrivée.

— Est-ce le bon moment ?

— Je tiens à ce que tu te sentes chez toi, Léo. Notre monde est tellement différent. Les derniers humains à être entrés au Dalahar appartenaient à une époque lointaine. Les changements ont été moins brutaux que ceux que tu risques d'éprouver en traversant le passage.

— Combien de siècles vais-je remonter ?

— Là n'est pas le problème, mais tu risques d'être surprise. J'aime autant y aller en douceur, tant au Dalahar qu'ici.

— De combien de temps est-ce que je dispose ?

— Je n'en sais rien. Tout dépend de l'évolution de la situation ici et de ton propre choix. Si tu n'es pas prête, j'attendrai près de toi.

234

— Non ! m'insurgé-je. Je ne veux pas t'obliger à demeurer ici. Je suis prête, Mathias, je te suivrai quand tu le désireras.

— Et ta famille, Léo ?

— Elle va me manquer, mais je me suis rendu compte qu'elle a perdu pour moi l'importance capitale qu'elle avait jusque-là. Non pas que je les aime moins, mais je sais que je peux vivre loin d'eux, je sais surtout que je ne peux plus vivre sans toi !

— Je ferai tout ce qui est en mon pouvoir pour te faciliter la tâche. Tu n'auras pas à renoncer entièrement à eux. Iliud appuiera ma demande.

— Comment en es-tu si sûr ?

— C'est une histoire entre lui et moi, élude-t-il.

Deux petits coups à la porte nous interrompent. Mathias me repousse contre les oreillers et m'embrasse longuement. De tout mon cœur je souhaite être à lui ainsi, pour une éternité. Plus rien d'autre ne compte que lui. Je ne fais aucun sacrifice, au contraire. Je choisis la seule et unique option possible, la seule qui me permette de vivre.

Il me fait promettre vingt fois d'être prudente, de ne pas chercher à prouver quoi que ce soit, d'éviter autant que possible la compagnie de Jonathan Dussaunier et de faire confiance à ceux qui vont être mes gardes du corps personnels. J'ai soudain l'impression d'être devenue une princesse nécessitant une protection rapprochée. Mathias se raidit sans que je sache pourquoi à ce trait d'humour pourtant inoffensif.

Il doit m'aider à descendre l'escalier, ma cheville me fait plus mal que la veille. Il enlève le bandage et fait pivoter mon articulation. Son examen minutieux dure quelques minutes pendant lesquelles je patiente tranquillement. Profitant d'une seconde d'inattention de ma part, Mathias fait craquer ma cheville d'un geste sec. Je pousse un cri, plus de surprise que de douleur.

— Tu as mal ? me demande-t-il.

— Oui ! Non ! Je ne sais pas, bredouillé-je, à peine remise de mon émotion.

— Tout devrait rentrer dans l'ordre progressivement, annonce-t-il avec le détachement d'un véritable praticien.

— Préviens-moi la prochaine fois ! le sermonné-je.

— Certainement pas, tu te serais contractée et le résultat aurait été catastrophique. Et je t'interdis de te blesser de nouveau.

— Tu seras là pour me soigner.

— Je ne plaisante pas, me gronde-t-il en ébouriffant mes cheveux.

Anwen abrège notre petit déjeuner. Mon estomac se noue au moment de franchir le seuil de la maison. Mathias m'embrasse avant de me mettre quasiment de force dans la voiture.

— Tout ira bien, je te le promets, assure-t-il en refermant la portière.

Je ne peux articuler un mot tant ma gorge est serrée, et je lutte pour ne pas lui imposer des larmes avant mon départ. Il se penche une dernière fois sur moi, ses yeux étincellent de tendresse, sa voix sublime me murmure qu'il m'aime, puis Anwen démarre.

*
* *

Durant la première heure de route, je me laisse aller à la mélancolie. Anwen reste silencieuse, se contentant de me jeter un coup d'œil de temps en temps. Je finis par m'assoupir, vaincue par la fatigue et l'émotion. À mon réveil, nous ne sommes pas encore arrivés. Je m'étire autant que l'exiguïté du véhicule le permet. Mon corps entier est douloureux. J'ai l'impression d'avoir fait une séance de musculation intensive. Mathias doit être en pleine forme, lui. Certaines choses sont injustes.

Anwen sourit en me voyant ainsi lutter contre mes courbatures. Alors que je tente de lui soutirer des confidences au sujet de mon étonnant amant, elle se borne à de grandes généralités sur les Elfes et le Dalahar. Mathias a certainement donné des instructions dans ce sens, se doutant de ma curiosité. Nous arrivons quelques minutes à peine avant 9 heures. Elle me dépose devant le bâtiment où se déroule le cours d'informatique.

— Mathias voulait que je te donne ceci, me dit-elle en me retenant avant que je descende.

Elle me tend une pochette en cuir d'une vingtaine de centimètres dont je sors une dague au manche d'argent ciselé de gravures somptueuses. Je la contemple, émerveillée et perplexe.

— Qu'est-ce que tu veux que je fasse de ça ?

— Garde-la sur toi. Mathias a raison, il vaut mieux être prudent.

— Mais je ne sais pas m'en servir, protesté-je.

— Dans les moments de danger, laisse parler ton instinct, Léo.

— Ça ne me rassure pas.

— Ne t'éloigne pas d'ici et ne sois jamais isolée. Reste toujours près de tes amis. Évite Jonathan Dussaunier. Si tu as le moindre problème, le moindre doute, tu appelles. Andréas et Élawen sont déjà en route, ils nous rejoindront bientôt.

Je descends après avoir planqué la dague au fond de mon sac. Anwen attend que je sois rentrée pour démarrer. Je gagne la salle 207, Noémie est déjà là.

— Salut, ma belle ! Qu'est-ce qui t'est arrivé ? demande-t-elle en me voyant claudiquer.

— Je me suis foulé la cheville, rien de grave, dis-je en m'asseyant à ma place habituelle.

Mon regard ne peut s'empêcher d'aller vers le fond de la salle.

— Ouais, il n'est pas là depuis vendredi, dit Noémie en constatant ma mine désolée. Il a séché les cours, lui aussi.

Je hausse seulement les épaules et joue les indifférentes avant de bifurquer efficacement vers un autre sujet.

— Et Phil ?

— Oh, ça va ! Il réfléchit encore et je profite de lui.

J'ai certes promis à Mathias de ne pas approcher Jonathan, ni de me mettre en danger, mais je suis néanmoins en droit d'effectuer une petite enquête périphérique.

— Est-ce que tu sais si Jonathan Dussaunier porte des lentilles ? attaqué-je sans préavis.

Noémie me regarde, interloquée. Sa nature enjouée et curieuse ne lui permet pas de résister longtemps à colporter les potins.

— Oui, bien sûr, il porte des lentilles, ce n'est pas nouveau.

Je reste muette de stupeur, je ne m'attendais pas à ce que ce soit à ce point une évidence. Noémie complète sans que j'aie à le lui demander.

— Il est myope comme pas deux, et les lunettes, pour le hockey, c'est juste impossible. Il a fini par les porter tout le temps, ça convient mieux à son charme irrésistible, ironise-t-elle.

— Tu l'as déjà vu sans ?

— Ben oui, il a quitté ses lunettes très récemment, un an peut-être.

— Et il a les yeux marron ?

— Oui, mais pourquoi ça t'intéresse autant ?

— Comme ça, un pari entre Anwen et moi.

Je me renfrogne sur mon siège, déçue. Mes suppositions tombent à l'eau. D'un seul coup, j'ai l'impression d'être espionnée par un ennemi invisible et implacable. Le prof ne parvient pas à me distraire de cette désagréable sensation, même si je mets tout mon acharnement à essayer de suivre le cours.

Lors de la pause déjeuner, nous sommes rejointes par Sandy. Son bavardage et les babillages de Noémie me saoulent. Je ne prête aucune attention à ce qu'elles racontent, picorant le contenu de mon assiette auquel je n'accorde guère plus d'intérêt. Leurs préoccupations sont désormais à mille lieues des miennes. Tandis qu'elles parlent chiffons, je songe au Dalahar, au danger qui me guette et à Mathias. Je me détache de la réalité humaine pour me préparer à intégrer celle d'un monde inconnu ; ce qui fait mon quotidien ici a de moins en moins d'importance. Tous les liens qui m'attachent à mon ancienne existence se défont pour se nouer, plus forts, autour d'un seul être. Son absence, à ce moment-là, m'est insupportable.

Non, la décision n'est pas dure à prendre, je suis prête.

Avant de reprendre les cours, je reçois un appel d'Anwen. Elle me précise qu'elle m'attendra dans le hall après l'heure d'anglais à laquelle je me suis astreinte au vu de mes faiblesses. Je tâche tant bien que mal de me concentrer sur mon travail sans penser à ce qui se passe au même moment au Dalahar. Malgré l'assurance de Mathias, je m'inquiète de l'accueil qui me sera réservé dans un monde où les humains n'ont plus pénétré depuis des centaines d'années.

Au milieu de l'après-midi, Noémie m'invite à prendre un café dans le petit bar situé à quelques pas de notre bâtiment. Nous avons une heure de battement entre les cours et j'accepte volontiers.

Tandis que nous échangeons nos impressions sur divers sujets, je suis distraite par l'arrivée de Lyne Dompart. Comme à son habitude, elle est entourée d'une volée de filles aussi superficielles qu'elle-même. Elle les quitte pour téléphoner sur le trottoir d'en face. La conversation qu'elle mène me fait l'effet d'une dispute. Elle raccroche au bout de quelques minutes et rejoint son groupe sans nous accorder la moindre attention. Nous quittons le café juste avant la reprise des cours. Noémie remarque la première la présence de Jonathan dans le couloir.

— Je n'ai pas envie de le voir, affirmé-je. Je file aux toilettes, dis-lui que je ne suis pas là et garde-moi une place dans l'amphi !

— OK ! Compte sur moi, assure Noémie.

Rien que pour ça, je pourrais l'embrasser !

J'emprunte le couloir sur la droite avant que Jonathan ne me remarque et me réfugie dans les toilettes. Le grand miroir au-dessus des lavabos me renvoie une image un peu affolée. Je n'ai guère l'envie d'être surprise ainsi, aussi, lorsque j'entends un bruit de talons approcher, je m'enferme dans l'une des cabines. Après tout, je ne suis plus à quelques minutes près. Je perçois le bruit du robinet puis une sonnerie de portable retentit. La jeune femme, qui se trouve à l'endroit où je me tenais quelques secondes auparavant, décroche. Elle parle d'un ton bref, autoritaire et désagréable.

— Je t'assure qu'elle est là ! Je l'ai vue, il y a moins d'une demi-heure. Laval était avec elle, interroge-la !

Je devine d'un coup le scénario. Jonathan a été prévenu par Lyne Dompart de mon retour en cours.

Quel intérêt a-t-elle à l'informer ainsi ?

Lyne est, de notoriété publique, la groupie numéro un de Jonathan. S'ils ont eu une liaison, elle doit avoir pris fin depuis longtemps. Jonathan lui témoigne toujours une certaine attention, il prend garde de ne pas se montrer désagréable envers elle en public. Sans doute est-ce cela qui lui permet de s'en faire une alliée fidèle aujourd'hui.

J'attends que le bruit des talons s'éloigne et je sors prudemment de ma cachette. Je regagne l'amphithéâtre en guettant le bout du couloir où j'ai aperçu Jonathan. La voie est libre, je me glisse dans la pièce où résonne la voix monocorde du prof et rejoins Noémie.

— Jonathan m'a demandé où tu étais, chuchote-t-elle. Je lui ai dit que je ne savais pas. Il a demandé si tu finissais bien à 18 heures, je lui ai dit oui. Je n'aurais pas dû ?

— J'ai cours d'anglais, ce soir, il va poireauter pour rien !

— Ah oui ! J'ai complètement oublié !

Je la rassure d'un sourire.

Mon amie me quitte à la fin du cours. Je garde en tête les recommandations de Mathias en matière de sécurité : ne jamais rester isolée. Sauf que la salle d'anglais est située à plus de trois cents mètres du pavillon principal, et seul un petit chemin pavé circulant entre les arbres d'un jardin urbain en permet l'accès. La nuit est déjà tombée, et le froid prédit un hiver précoce. Je croise quelques étudiants que je connais de vue. Leur présence me rassure un peu. Le trajet en lui-même ne me poserait pas de problème si ma cheville ne m'était pas encore aussi douloureuse. Je me hâte donc modérément en serrant contre moi les pans de mon manteau.

— Léo, viens vite, fait soudain la voix d'Anwen à mes côtés.

Je sursaute en laissant échapper un petit cri de surprise.

— Qu'est-ce qui se passe ? interrogé-je en la regardant pianoter à toute vitesse sur les touches de son portable.

— Dépêche-toi, nous sommes suivies !

Elle attrape mon bras et presse le pas. La douleur de mon pied m'empêche cependant de galoper aussi rapidement que je le voudrais.

— Suivies par qui ?

— Je ne sais pas, ils sont plusieurs. J'ai repéré leur attitude louche dès que tu es sortie du pavillon.

— Où allons-nous ?

— J'ai dû garer la voiture en catastrophe de l'autre côté du bâtiment pour arriver ici plus vite. Dépêchons-nous !

Instinctivement, je jette un regard derrière nous. J'aperçois deux silhouettes massives à quelques mètres de là. Les types ne se hâtent pas. J'ignore s'ils nous pourchassent vraiment. Anwen se fige soudain au milieu de la rue déserte. Adossés contre sa voiture, deux autres gars attendent patiemment dans l'ombre, l'un d'eux fume une cigarette. J'entends derrière nous les pas de nos poursuivants, qui ont l'assurance de nous avoir piégées.

— Reste près de moi, susurre ma compagne d'un ton étonnamment calme.

J'ai le cœur au bord des lèvres et la tête vide. Je suis forcée de suivre ses conseils, ne voyant aucune porte de sortie. Nous sommes rapidement encerclées par les quatre espèces de monstres au visage dissimulé sous des cagoules noires. Le vent rabat dans notre direction l'odeur que je reconnais comme celle qui flottait dans mon appartement.

— Alors, les poulettes, on se balade seules la nuit ? demande l'un des types, posté bien en face d'Anwen, qui m'apparaît alors frêle et fragile.

L'Elfe le dévisage cependant de son air tranquille et me fait passer complètement derrière elle pour me pousser fermement sur le côté.

— Tu as quelque chose pour nous, reprend-il en désignant ma petite personne. C'est gentil de nous l'avoir apportée, ça fait un moment qu'on la cherche.

— Elle n'a aucun intérêt pour vous, répond Anwen d'un ton assuré qui m'épate.

Moi, je tremble comme une feuille. Je pense tout à coup à la dague qu'elle m'a donnée le matin même et que j'ai fourrée au fond de mon sac. Mon agitation soudaine à la trouver provoque malgré moi le début des hostilités.

— Embarque-la... Avec son sac ! ordonne le gros type à l'un de ses sbires tandis que lui-même se rue sur Anwen.

Le gars en question balance sa cigarette sur le sol et se dirige résolument vers moi. Anwen esquive agilement l'attaque. Elle hurle quelques paroles dans sa langue et la cigarette encore incandescente prend des allures d'incendie spectaculaire, faisant ainsi barrage entre mon agresseur et moi. Aussi surprise que lui, je recule vivement et trébuche. Je suis rattrapée de justesse par quelqu'un derrière moi.

— Ne t'inquiète pas, nous sommes là, dit Élawen en me redressant.

Elle s'assure que je vais bien et se relève aussitôt en bondissant sans hésiter au travers des flammes. Je remarque qu'elle tire une épée remarquable d'un fourreau fixé sur son dos. Le feu déclenché par Anwen ne faiblit pas et je peine à suivre la scène au travers de la fumée et des flammes ardentes. Je me sens soulagée quand je reconnais la voix d'Andréas aux alentours.

— Emmène-la ! crie-t-il d'un ton ferme.

Anwen revient précipitamment vers moi. Elle n'a pas cherché une seconde à discuter l'ordre de son compagnon. Elle m'attrape le bras et me fait grimper dans la voiture, puis elle démarre à toute vitesse, phares éteints. J'entends le bruit des battements anarchiques de mon cœur et je peine à reprendre mon souffle. Anwen conduit à une allure inouïe, jetant des coups d'œil fréquents dans son rétroviseur.

— Où allons-nous ? demandé-je en hurlant presque.

— Je n'ai pas le choix, chez Tony !

— C'est un endroit sûr ?

— C'est le dernier dont nous disposons !

Son sang-froid absolu a le don de m'agacer.

— Andréas et Élawen sont seuls face à quatre monstres, beuglé-je, désapprobatrice.

— Ils sont armés et de taille à se défendre, assure ma voisine, nullement inquiète.

Tony ne demeure pas très loin du campus. Anwen engage la voiture sous un porche que je n'ai pas remarqué lors de mes premières visites, et deux portes se referment sur nous. Le ténor italien n'a pas son air jovial habituel, ses traits sont marqués par l'anxiété, il fait plus vieux que dans mon souvenir lorsqu'il vient m'ouvrir la portière.

— Vous n'avez pas été suivies ? s'enquiert-il.

Anwen répond que non en nous précédant dans la cuisine. Nous traversons le restaurant jusque dans la petite salle où s'est tenu mon premier rendez-vous avec les Gardner.

— Des nouvelles de Mathias ? interroge encore Tony.

— Aucune !

C'est alors seulement que le sang circule de nouveau dans mes veines, ma tête se met à tourner et un brutal haut-le-cœur me secoue.

— C'est le contrecoup, dit Tony. Je vais lui chercher un verre d'alcool.

Anwen me fait asseoir sur une banquette. Je suis incapable de protester.

— Qu'est-ce que c'était ? demandé-je en claquant des dents.

— Ce n'est rien, Léo. Tu es ici en sécurité, fait Tony d'un air paternel. Bois, me conseille-t-il en me présentant un petit verre que je porte à mes lèvres sans réfléchir.

L'alcool descend, brûlant, le long de ma gorge jusque dans mon estomac retourné. Ça a le mérite de me ramener à moi. Ma panique confine à l'hystérie. Anwen fait une moue embarrassée et me caresse la joue.

— J'avais promis, je suis désolée, Léo, murmure-t-elle. *Cysgüe* !

Je sombre d'un coup dans le néant.

Chapitre 13

Le dernier refuge

— Elle était en état de choc, je n'ai pas eu le choix !

La voix d'Anwen me parvient, étouffée au-travers d'un brouillard épais. J'essaie de reprendre le dessus et de tendre l'oreille.

— Je sais bien que ce n'est pas ce que tu voulais, mais je n'avais pas d'autre solution, Mathias !

Ce seul prénom me sort tout à fait de la léthargie. Je me redresse aussitôt dans le lit où l'on m'a déposée. Anwen se retourne vers moi, le téléphone à l'oreille.

— Elle est réveillée, je te la passe !

Elle me tend l'appareil et mon cœur se met à battre à tout rompre.

— Léo ?

Sa voix me rentre dans le crâne. J'ai besoin de sa force, de ses bras, de ses lèvres sur les miennes. Il me manque atrocement.

— Oui, articulé-je, au bord des larmes.

— Tout va bien, ne t'inquiète pas.

— Comment vont Andréas et Élawen ?

— Ils t'embrassent.

— Ils n'ont rien ?

— Non, je leur ai donné un petit coup de main.

— Quand viens-tu ? supplié-je, anéantie de savoir que je l'ai raté de peu.

— Léo, je vais te demander un peu de patience. Pour l'instant, tu es en sécurité chez Tony. Anwen va rester avec toi encore quelques jours, puis ce sera les vacances.

Je vais prévenir ta cousine que tu m'accompagnes quelque part. Nous allons trouver un endroit parfaitement sûr. En attendant, nous n'allons pas prendre de risques. Je viendrai dès que possible, je te le promets.

La perspective d'être séparée encore de lui m'est difficile à surmonter.

— Sois courageuse. Je sais que tu peux l'être.

— Pourquoi voulaient-ils s'en prendre à moi ?

— Ils pensent que tu sais quelque chose et que tu détiens la clé USB d'Éorin.

— Tu l'as rapportée ?

— Oui, mais nous n'avons pas encore eu le temps de nous en occuper.

Anwen réclame le téléphone.

— Je t'aime, chuchoté-je avant de lui passer l'appareil.

— Je t'aime aussi !

Je n'écoute pas le reste de leur conversation. Je fais dans ma tête le bilan des informations dont je dispose depuis la veille.

Qui pouvaient être ces hommes masqués ?

De toute évidence, j'étais bel et bien leur cible. Trop nerveuse pour tenir en place, je dévale l'escalier en bois et me retrouve à la cuisine, d'où émane une délicieuse odeur de pain chaud.

— Ça sent bon, dis-je en poussant la porte battante qui grince comme je m'y attendais.

— Pizza, chantonne le maître des lieux.

— Vous savez ce qui se passe, n'est-ce pas ?

— *Si*, répond Tony en me regardant tristement.

Sa moustache noire et bien taillée retombe en même temps que son sourire.

— Vous connaissez les Elfes depuis longtemps ?

— Quelques longues années, dit-il d'un air évasif. Assieds-toi là. Tiens, mange, ordonne-t-il gentiment en me désignant un tabouret près du bar et en posant devant moi une part gigantesque de pizza aux anchois.

Je mords dedans en le regardant s'affairer comme si une foule nombreuse attendait en salle.

— Vous ne recevez jamais personne ici ?

— Autrefois !

— Pourquoi avez-vous arrêté ?

— Le secret, Léo ! Les gens n'auraient pas compris.

— Compris quoi ?

— Je suis ici depuis trop longtemps.

Je le dévisage, perplexe.

— Quel âge avez-vous, Tony ? demandé-je, soudainement prise d'une intuition.

— Combien d'années me donnes-tu ? fait-il, joueur, en frisant les bords de sa moustache qui fait sa fierté.

— Cinquante ?

Tony part d'un éclat de rire tonitruant. Anwen nous rejoint sur un tabouret voisin. Elle réprime un ricanement lorsqu'elle entend ma réponse.

— Je vais bientôt avoir 204 de nos années humaines, glousse le ténor italien.

Ma pizza aux anchois reste en suspens.

— Le Dalahar a des côtés bénéfiques, tu vois, ajoute-t-il.

— Comment se fait-il que vous soyez ici ? demandé-je, ahurie.

— Ah… C'est une longue histoire. Un jour peut-être, élude-t-il. En attendant, tu es mon invitée pour quelques jours, ma jolie, fais comme chez toi.

Je décide de différer ma pêche aux indices. Un peu plus tard, Anwen s'éclipse pour aller me chercher quelques affaires. Tandis que Tony l'accompagne pour ouvrir les portes, je fais le tour de ce qui va être ma cachette pour un temps que je ne maîtrise pas. Le cœur lourd, je remonte dans ma chambre et m'écroule sur mon lit. J'entends le bruit des pas de Tony dans l'escalier, il marque un temps d'arrêt derrière ma porte, mais s'abstient de me déranger. Je lui en suis reconnaissante. Je reste ainsi durant quelques minutes avant de sombrer.

Trois jours interminables s'écoulent après mon arrivée impromptue chez Tony. Mathias me téléphone quotidiennement sur le fixe de mon hôte. Dans la panique de l'attaque, mon portable a fait les frais d'une chute plus brutale que la mienne et refuse de ressusciter depuis. Cet appel que j'attends fébrilement constitue à la fois mon seul bonheur et la pire de mes tortures : j'ai besoin de le sentir près de moi.

Anwen va et vient en prenant mille précautions. Elle m'a procuré des vêtements et ma trousse de toilette.

En plus du téléphone, je profite de la connexion haut débit de Tony pour tuer le temps. Lorsqu'il me propose un café italien, je me dis que le moment est venu de me montrer plus aimable envers mon hôte. Il vient s'asseoir près de moi et jette un œil sur mon écran. Je suis sur un site concernant les Elfes, espérant glaner des informations supplémentaires.

— Si tu veux savoir quelque chose, Léo, demande-moi, ce sera plus sûr que ce truc-là ! affirme-t-il en désignant mon ordinateur.

Je considère l'écran avec circonspection.

— Comment se fait-il que les hommes soient au courant de l'existence des Elfes encore aujourd'hui ?

— Les Elfes et les humains ont vécu ensemble longtemps. Ce passé commun a laissé quelques traces, chez les uns comme chez les autres.

— Sont-ils si différents de nous ?

— Les Elfes possèdent des pouvoirs exceptionnels. Ils sont plus intelligents, plus cultivés et plus fins que les humains, confie Tony avec des accents d'admiration.

— Je m'en suis rendu compte, maugréé-je en songeant aux difficultés que je rencontrerai à me mesurer aux Elfes dans des domaines où, simple humaine, je me montre pourtant brillante.

— Quant à leur caractère, il faut être souple pour s'y habituer.

— C'est-à-dire ?

— Les Elfes se préoccupent rarement des péripéties quotidiennes qui nous font marcher sur la tête ici. Ils ont le temps devant eux et ça leur procure un vrai détachement. Tu les verras rarement énervés, mais souvent amusés par des détails qui te sembleront sans importance. Ils n'accordent pas facilement leur amitié, mais quand ils aiment ou détestent, c'est définitif et puissant. Le plus étonnant, c'est leur capacité à se concentrer sur un objectif avec un acharnement hors du commun. Ils ne renonceront pas tant qu'ils n'auront pas retrouvé la clé.

— Tony, puis-je me permettre une question personnelle ?

— *Si !*

— Pourquoi n'êtes-vous pas au Dalahar ?

— Ah... Hé, hé, rit-il en se triturant le bord de la moustache. C'est une réponse que je ne suis pas autorisé à te donner, fillette !

— Pourquoi ?

— Mathias m'a fait promettre.

— Pour quelle raison ? m'offusqué-je.

Tony hausse les épaules en se levant. Je ne compte pas abandonner si vite la partie.

— Dans ce cas, pourquoi a-t-il prévu que vous m'hébergiez ? insisté-je en le suivant.

— Ce n'était pas le plan initial, coupe la voix d'Anwen, Mathias a même cherché à l'éviter.

L'Elfe se tient, tranquille, dans l'encadrement de la porte. J'ai remarqué que plus je m'énerve, moins Anwen se montre disposée à me parler. Je tâche donc de maîtriser mes nerfs.

— Alors pourquoi y suis-je ?

— Parce que c'était ma seule solution ! Je n'ai pas tenu compte de son avis.

— Il va t'en vouloir, prédis-je.

— Non, il a pris quelques précautions, déclare-t-elle en regardant Tony, dont la moustache frise dans un sourire entendu.

— Que fait-il en ce moment ? demandé-je, inquiète. Il ne veut rien me dire.

— La clé USB nous pose des problèmes. Nos tentatives ne fonctionnent pas, le système attend un identifiant et un mot de passe.

— Un identifiant ? Je croyais qu'il ne fallait qu'un mot de passe ?

— Non, il faut les deux.

— Éorin n'est plus qu'une ombre, je ne suis même pas sûre qu'elle puisse encore nous aider, dis-je, démoralisée.

— Est-elle revenue ?

— Une seule fois, mais je n'ai rien appris de plus. Anwen, j'ai besoin d'air. Laisse-moi sortir d'ici, ça fait quatre jours que je suis enfermée, je n'en peux plus !

— Si Mathias apprend que tu es sortie, il va devenir fou.

— Aie pitié de moi, juste une heure ! Le temps de dire à Sandy et à ma tante que tout va bien, elles doivent être inquiètes de mon silence et de ma disparition.

— Mathias a envoyé un message à ta cousine.

— Ça ne sera pas suffisant, je les connais.

Anwen adresse un regard à Tony, qui semble acquis à ma cause.

— Prends ma voiture, personne ne la repérera, assure-t-il.

— Pas un mot à Mathias, conseille Anwen.

Je bondis de joie. L'Elfe fait démarrer la vieille Peugeot de notre hôte, qui lui ouvre les portes après avoir vérifié que tout est parfaitement calme au-dehors. Quand la voiture débouche sur la rue principale, je me sens enfin revivre. Ces deniers jours m'ont paru une éternité. On me dirait que j'ai été captive tout un mois que je le croirais volontiers.

Ma tante s'étonne à peine de me voir débarquer en compagnie de celle que je présente comme la sœur de Mathias. Agnès me trouve mauvaise mine. Je mets ça sur le compte des examens qui approchent. Le quotidien tranquille, familier et confortable me fait chaud au cœur.

Suis-je vraiment capable de renoncer à ça ?

Je repousse aussitôt cette pensée.

— Mathias nous a dit qu'il t'emmenait en vacances, fait Sandy, tout excitée à cette idée.

Je bredouille un oui confus puisque j'ignore ce qu'il a pu en dire exactement. Anwen vole à mon secours.

— Nous partons dans notre famille, ils meurent d'envie de faire la connaissance de Léo.

— C'est formidable, dit Tante Agnès. Hélène n'arrête pas de me poser des questions sur Mathias. J'avoue que j'ai parfois du mal à rassurer ta mère car nous ne savons pas grand-chose de lui.

Notre conversation est emplie de lui et ça me fait du bien, jusqu'à ce qu'Anwen me fasse remarquer que l'heure tourne.

— Envoie-moi une carte postale, réclame Sandy en nous raccompagnant dans l'entrée.

Je promets, sceptique, et nous repartons. Anwen ne cesse de surveiller son rétroviseur sur le chemin du retour. Tony nous attend, fébrile. Tout rentre dans l'ordre dès que nous sommes de nouveau entre ses murs. Je me sens plus détendue et moins inquiète pour ma famille. J'ai au moins réussi à gagner du temps et à justifier mon absence. Je suis désormais assurée que la police canadienne ne se lancera pas à ma recherche.

La soirée est agréable. Tony et Anwen acceptent de me raconter certaines anecdotes elfiques. L'Italien m'assure que je comprendrai très vite le langage du Dalahar.

— Si tu aimes tant le Dalahar, dis-moi pourquoi tu n'y restes pas, reviens-je inlassablement à la charge.

Anwen soupire, Tony grimace.

— Mathias ne veut pas que je t'effraie avec mon histoire.

— Pourquoi aurais-je peur ?

— Anwen ? interroge-t-il ma compagne en face de lui.

— Je ne vois pas pourquoi il prend autant de précautions, raconte-lui.

— *Bene*, j'ai essayé de vivre au Dalahar, *ma...* Je n'ai pas réussi à m'y habituer tout à fait.

Je frémis. Tony lève aussitôt les mains en signe d'apaisement.

— C'est ma faute, Léo, ne crois pas que ce soit si difficile... C'est ma culture, mes racines italiennes qui ont parlé.

— Comment as-tu découvert leur monde ?

— J'étais encore enfant et je jouais dans la forêt aux abords de chez moi quand j'ai surpris l'un d'entre eux. J'ai guetté longtemps et j'ai fini par me faire surprendre à mon tour. Au final, je me suis lié d'amitié avec les Elfes du Dalahar, qui m'ont fait l'honneur de m'inviter dans leur monde. J'y ai rencontré la plus magnifique des Elfes et je l'ai épousée un peu plus tard, répond-il fièrement.

— Et ?

— En Italie, au XIXe siècle, les hommes, ce sont eux qui portent la culotte. Quand j'ai épousé Estrella, je lui ai dit qu'elle devait vivre avec moi. Mon restaurant avait fière allure avec elle au comptoir. Mais... Estrella n'arrivait pas à supporter le rythme humain. Les Elfes ont l'habitude de prendre leur temps. Chez nous, tout est rapide, changeant, nerveux... Et *uno ristorante*, c'est encore plus rapide. Estrella ne dormait jamais alors que moi je faisais la sieste. C'était impossible pour elle de vivre ici.

— Estrella est une Elfe de la deuxième génération, elle n'avait jamais quitté le Dalahar, précise Anwen.

— Je ne pouvais pas la laisser comme ça. Nous sommes rentrés tous les deux au Dalahar, reprend Tony, l'air contrarié. Là, c'est moi qui ai commencé à déprimer. Mon restaurant, mes clients, mes *pasta*, mes pizzas... Je n'avais plus rien.

— Et ton épouse ?

— Elle allait mieux, c'était le seul bonheur de ma vie. Au bout de quelques années, je n'en pouvais plus... Nous avons décidé de mettre un terme à notre torture mutuelle.

— Le divorce existe chez les Elfes ?

— Divorcer d'Estrella ? Il n'en était pas question !

— Alors ?

— Je suis revenu, et Estrella a obtenu une clé du Dalahar. Nous avons construit tous les deux la cabane que tu connais sur le passage. Nous nous retrouvions souvent à cet endroit... Mon petit nid. J'étais heureux.

— Pourquoi n'as-tu pas continué ?

— Parce qu'un humain ne vit pas d'amour et d'eau fraîche, pardi ! Il a fallu que je travaille. J'ai ouvert ce restaurant-là. Et Estrella a continué à me rendre visite ici.

— Mais comment se fait-il que tu ne vieillisses pas ?

— Tu sais beaucoup de choses, on dirait, constate Tony. Estrella ne vient plus, c'est moi qui vais au Dalahar. J'ai ouvert un restaurant près de Dahar, la capitale. Estrella s'en occupe et j'y rapporte régulièrement mes bons produits typiquement humains. Les Elfes adorent les *pasta*.

Je ne peux m'empêcher de rire.

— Tony a obtenu un privilège qu'aucun autre humain n'a jamais eu, ajoute Anwen.

— Pour quelle raison ?

— C'est une autre histoire... J'ai rendu service au roi. Et je te l'ai dit, quand les Elfes aiment, c'est définitif ; j'ai été récompensé au-delà de ce que je méritais.

Je doute d'obtenir un jour ce même privilège.

— Il est temps d'aller se coucher, conclut mon hôte en se frottant les mains. Demain est un autre jour, et qui sait ce qu'il nous réserve.

Je soupire à cette évocation, un autre jour d'attente, d'espoir et d'ennui.

— Quel est le mot de passe ? Quel est l'identifiant ? Puisses-tu m'entendre encore, Éorin ! insisté-je en fermant les yeux.

253

Je m'endors profondément en espérant qu'elle viendra. À un moment de la nuit, je crois qu'elle me rend enfin visite ; une odeur de bois s'immisce dans mon rêve et j'entends des voix lointaines.

— Léo, Léo, je t'en prie, réveille-toi !

On me secoue.

Une urgence ? Pourquoi ma tête est-elle aussi douloureuse ?

Je tente d'ouvrir les yeux, mais ils me piquent tant que je les referme bien vite. Et puis cette odeur forte... J'inhale tant que je peux, mais mes poumons refusent d'obéir. Je suis prise d'une toux incontrôlable, j'étouffe littéralement.

— Il faut la sortir d'ici, entends-je confusément.

Je sens des bras forts autour de moi et je suis ballottée.

— Je vais descendre par l'arrière, dit Tony en me calant contre son épaule.

— Non, pas par là ! crie soudain Anwen. Ils nous ont tendu une embuscade, ils attendent dans la cour. Il faut monter, nous n'avons pas le choix ! Je préviens Mathias.

— Dépêche-toi, la maison ne tiendra pas longtemps, les flammes ont déjà gagné l'étage !

Il y a soudain un bruit assourdissant, des craquements de bois qui cède, des vitres qui volent en éclats. Un vent brûlant me parvient. Mes poumons refusent toujours de fonctionner, j'ai envie de vomir. Des larmes m'échappent, je ne vois rien. J'entends le bruit des pas de Tony dans un autre escalier. Nous montons.

Je perçois les pas plus légers et rapides d'Anwen. L'odeur est moins forte ici, la fumée moins épaisse, je parviens à ouvrir un peu les yeux, mais je suis incapable de sortir le moindre son. Entre mes larmes, je distingue Anwen qui pose un objet brillant contre une poutre de la charpente. Tony, qui se précipite en avant, me porte toujours. Je voudrais comprendre, je voudrais voir, mais je perds connaissance à ce moment-là.

Chapitre 14
Le Dalahar

— Depuis combien de temps est-elle inconsciente ?

Ce sont les premiers mots que je comprends en émergeant d'un sommeil pénible. Une voix de femme, une voix que je ne connais pas.

— Quelques minutes à peine, répond celle de Tony.

Je sens sur mon front la fraîcheur bienvenue d'un linge humide et parfumé.

— Elle est pâle, fait de nouveau la voix.

— Elle a respiré beaucoup de fumée, intervient Anwen.

Je suis prise d'une nouvelle quinte de toux, et je me redresse à la recherche d'un peu d'air frais. Un vertige me saisit, des bras rassurants s'enroulent autour de mes épaules.

— Nous devons la conduire à Dahar, déclare Anwen.

— Elle n'est pas en état de monter à cheval.

— Attelle la petite charrette, conseille la voix féminine près de moi.

— Tu as raison, Estrella, je vais préparer les chevaux.

Dahar, Estrella !

Mon cœur a un raté.

— Où suis-je ? hurlé-je en me débattant des mains qui me retiennent au lit.

— Tout va bien, Léo, je suis là, répond Anwen en me prenant à son tour dans ses bras. Tu es en sécurité.

255

Nous sommes chez Tony au Dalahar. Tu ne crains absolument rien ici.

— Qu'est-ce qui s'est passé ?

— Nous avons été repérées en sortant hier après-midi, répond-elle d'un air sinistre et fautif.

— Oh non ! gémis-je. Mathias va nous tomber dessus !

— Je le crains.

— Qu'y a-t-il eu, cette nuit ? bredouillé-je, incapable de me souvenir de quelque chose de précis.

— La maison de Tony a été incendiée.

— Incendiée ! m'exclamé-je, choquée. Mais pourquoi ?

— Ils ont bien préparé leur coup. Ils savaient qu'en agissant de nuit ils nous prendraient au dépourvu. Ils s'attendaient à ce que nous prenions la fuite par l'arrière de la maison. J'ai eu le temps de les apercevoir avant de descendre. Nous n'avions pas d'autre choix que de prendre le passage.

— Le passage ?

— L'entrée de Tony au Dalahar était située dans la charpente de la maison. C'est ce qui nous a sauvés.

— Comme dans la cabane ?

— Oui, confirme la femme à mes côtés.

Je découvre l'origine de la voix inconnue : Estrella est superbe, grande, fine, des cheveux blonds qui descendent en cascade sur ses épaules. Elle est visiblement plus âgée qu'Anwen, mais sa beauté n'en est altérée en rien. Je contemple un Elfe pour la première fois de mon existence et je ne peux en détacher mon regard. Elle me sourit d'une manière si gracieuse que mon propre sourire doit avoir l'air d'un rictus en comparaison.

— Et Mathias ?

— Je lui ai envoyé un message avant de partir. Il ne tardera pas à revenir ici.

Mon cœur bondit à cette pensée.

Revoir Mathias, enfin !

— Es-tu capable de te lever ? demande Anwen.

Je fais rapidement le tour de mon corps, toutes les fonctions semblent en état de marche. Estrella me soutient tandis que je me lève du lit. Je suis saisie d'un petit vertige qui ne dure pas.

— Je vais bien, assuré-je en tentant quelques pas.

— Tout est prêt, nous pouvons partir, fait Tony en entrant dans la pièce. Ah ! Léo, tu es réveillée ! Comment te sens-tu ?

— Partir où ?

— À Dahar ! Nous devons t'amener au palais, le roi et le Grand Conseil t'attendent.

Je me souviens vaguement des explications de Mathias à ce sujet. Je soupire, anxieuse à l'idée de rencontrer un roi. Si on m'avait dit un jour que j'aurais ce genre de situation à affronter, je ne l'aurais pas cru.

— Pas dans cette tenue en tout cas, constate soudain Anwen en contemplant avec dégoût mon tee-shirt dont émane une odeur tenace de fumée.

— Ceci devrait faire l'affaire, nous sommes presque de la même taille, dit Estrella, que je m'étonne de pouvoir comprendre.

Elle me tend une robe de velours marron très longue. Elle-même en porte une presque identique. Un décolleté souligne sa poitrine menue, la mienne est un peu plus volumineuse et je croise les doigts pour ne pas paraître ridicule. Je n'ai pas porté de robe depuis l'âge de 7 ou 8 ans, lors d'un mariage. Je me glisse derrière un paravent pour enfiler ma tenue. Anwen me jette un regard appréciateur lorsque je sors, vaguement embarrassée. Je traverse ensuite une pièce gigantesque au plafond bas orné de poutres badigeonnées de rouge et où s'alignent de nombreuses tables en bois.

— Mon restaurant, dit fièrement Tony.

— Et ça marche ? demandé-je, amusée.

— Oui ! Mais je vais devoir trouver un moyen de m'approvisionner ailleurs, mon passage est détruit à présent.

— Oh non ! Ta maison !

— Ma maison est ici, me rassure-t-il. Je cherchais le bon moment pour revenir, tu m'as donné l'occasion de franchir le pas. Estrella t'en remercie.

L'épouse de Tony m'adresse un gracieux signe de la tête.

Dès mes premiers pas à l'extérieur, je suis happée par la lumière exceptionnelle. Je me croirais dans un jardin anglais débordant de fleurs toutes plus belles et odorantes les unes que les autres. Un petit sentier nous mène sur une route pavée où patientent deux chevaux. L'un est attelé à une charrette, l'autre attend un cavalier. Anwen saute en selle aussi souplement qu'une écuyère. Tony m'offre sa main pour m'aider à m'asseoir sur la banquette instable du véhicule.

Son restaurant n'est qu'à quelques kilomètres de la cité de Dahar. L'essentiel du trajet s'effectue dans la forêt. Tony m'explique qu'il constitue la liaison principale vers la Terre d'Alioth. Ignorant absolument tout de la géographie de ce monde, j'écoute attentivement ses informations. Bien que le temps ne soit pas un élément essentiel chez les Elfes, je suis sûre que nous ne mettons pas plus d'une demi-heure à apercevoir les remparts d'une cité.

— Dahar la Blanche, m'explique Anwen en désignant la ville qui se présente à mon regard étonné.

En plein cœur de cet écrin de forêt se cache un bijou scintillant d'argent. De hauts remparts de pierre blanche encerclent la cité telle une ville du Moyen Âge. Anwen nous devance dans des ruelles étroites où s'alignent des échoppes. Des artisans, des vendeurs ont ici pignon sur rue. Nous y croisons des dizaines de personnes qui nous saluent d'un signe de tête poli et respectueux. Puis mes yeux sont vite attirés par les flèches flamboyantes du palais se découpant sur l'azur. J'en demeure bouche bée.

— Impressionnant, n'est-ce pas ? dit Tony. Ça m'a fait un drôle d'effet aussi, la première fois.

Le château lance ses hautes tours dentelées vers le ciel. L'architecture n'a rien de comparable avec celle des monuments humains, et mon esprit cartésien n'admet pas certaines subtilités que les lois de la pesanteur semblent ici ignorer. La finesse des sculptures qui ornent les murs et les portes est sans commune mesure avec ce que j'ai pu découvrir jusque-là. Dans mon classement personnel, Chambord vient d'être détrôné. La végétation envahit l'espace. Des arbres touffus poussent jusque sur la terrasse à laquelle conduit un large escalier de pierre. J'observe qu'aucune fenêtre ne porte de vitrage.

— Le temps ne change pas beaucoup ici. Il pleut parfois, mais il n'y fait pas froid, explique Anwen en constatant ma surprise.

Passé le pont de pierre qui enjambe la large douve où des cygnes blancs ont élu domicile, les portes sont grandes ouvertes devant nous. Tony arrête notre équipage au pied de l'escalier. Un Elfe fin et gracieux se précipite pour le débarrasser des rênes.

— Bonjour, Élogas, fait mon chauffeur.

— Bonjour, Maître Tony, bonjour, Anwen. Iliud vous attend dans la salle du Conseil.

— Merci, Élogas, dit à son tour Anwen, souriante, en lui confiant sa monture après avoir sauté élégamment de sa selle.

Je deviens de plus en plus nerveuse en pénétrant dans le vaste hall lumineux. À cet endroit, trois grands couloirs convergent pour se réunir au centre de la pièce, au pied d'un escalier en colimaçon aux marches de marbre blanc. Anwen me précède, Tony nous emboîte le pas. Nous entrons dans une salle gigantesque aux fenêtres ouvertes sur un jardin indompté, dont le lierre dégringole à l'intérieur, sur le mur immaculé. Une jeune femme à la chevelure d'un blond peu courant nous ouvre les tentures donnant sur la terrasse, et Anwen se précipite au-devant d'un homme à fière allure. Ce dernier se tient debout, aux côtés de trois autres personnages tout aussi fantastiques – une femme et deux hommes à l'air très digne.

— Père ! lance-t-elle joyeusement en lui prenant les mains.

— Je suis heureux de te revoir, Anwen.

Il serre mon amie dans ses bras et passe tendrement la main sur ses longs cheveux. Anwen se détache ensuite de l'étreinte paternelle pour saluer les autres en leur donnant tour à tour ses mains jointes. J'enregistre cette pratique inédite pour moi.

— Approche, Léo, dit enfin l'un d'eux.

Il est impressionnant, grand et mince, mais avec des épaules puissantes. Il est vêtu d'une longue tunique de velours foncé. Ses longs cheveux châtains sont retenus par une barrette d'argent, aussi puis-je observer la forme vraiment pointue de ses oreilles sans que ça me paraisse choquant. Son visage est magnifique, sa mâchoire carrée, son nez fin et droit et ses yeux sont d'un vert lumineux. Il me fixe avec une curiosité mêlée d'amusement.

— Je te présente Maïewen, Érodon et Othar, les guides des Terres du Dalahar et membres du Grand Conseil, me dit-il en m'entraînant par le coude à leur rencontre.

Je suis mal à l'aise, ne sachant comment les saluer. Maïewen la première s'empare de mes mains en signe de bienvenue, les deux autres font de même. Puis mon hôte se place devant moi et garde mes mains dans les siennes plus longtemps.

— Je suis Iliud, annonce-t-il d'une voix calme à l'autorité naturelle.

J'ignore comment réagir, je suis face à un roi !
Faut-il que je m'incline ?
Je me sens vraiment stupide et démunie.

— Majesté ! bredouillé-je maladroitement en baissant la tête.

Il m'adresse un sourire compatissant.

— Le seul nom d'Iliud me conviendra parfaitement, Léo... Si tu me permets à mon tour d'user de ce diminutif ?

J'accepte bien volontiers en souriant de mon mieux.

— Assieds-toi, le chemin qui t'a menée ici a dû te paraître bien difficile.

Je prends place dans un large fauteuil près d'une table basse où sont disposées diverses boissons. Anwen s'assied sans vergogne sur l'accoudoir de mon siège, sa présence me réconforte. Les membres du Grand Conseil me posent quelques questions, mais ils sont dans l'ensemble très bien informés de ma situation. C'est Anwen qui précise les conditions de notre fuite et la décision qu'elle prétend assumer entièrement. Son père l'en félicite. Iliud approuve également. C'est en les écoutant parler que je réalise soudain qu'elle est la fille d'Othar, l'un des trois dirigeants du Dalahar. Je comprends mieux tout à coup pourquoi son avis semblait si précieux pour Mathias. Anwen est quelqu'un d'important dans la société elfique.

Notre réunion s'achève après un long moment, et les membres du Conseil ainsi qu'Anwen prennent congé, me laissant en tête à tête avec Iliud. Cet être magnifique et fier m'intimide.

— Je devine ton trouble parmi nous, Léo, commence-t-il d'une voix douce. Ta venue n'était pas prévue aussi tôt, mais Anwen a pris la décision qui s'imposait.

— Mathias ne va pas être content, rechigné-je.

— Mathias ne souhaite que ta sécurité. Dans la mesure où celle-ci est assurée, il n'a pas lieu d'en être fâché.

Je me dis qu'il aurait de toute façon tort de s'opposer à la fille d'Othar.

— Quoi qu'il en soit, reprend le roi, toutes les dispositions nécessaires ont été prises. Anwen va t'accompagner à tes appartements. Si tu devais manquer de quelque chose, fais-le savoir immédiatement, nous veillerons à te satisfaire. Tu es ici dans ta maison, et la cité de Dahar est la tienne. Tu y seras en parfaite sécurité. Va où bon te semble, découvre, apprends, c'est la meilleure façon d'appréhender notre monde. Sois la bienvenue sur les Terres du Dalahar !

Iliud s'incline devant moi et je sens monter la confusion sur mes joues. Il m'adresse un sourire renversant avant de faire appeler ma précieuse compagne. Celle-ci me prend le bras et m'entraîne à sa suite. Leur géographie des lieux est, quel que soit l'étage parmi la dizaine que compte le palais, la même qu'à l'entrée. L'escalier s'ouvre sur trois immenses couloirs qui desservent d'innombrables portes. Je doute sérieusement de réussir un jour à retrouver mon chemin seule.

Lorsque Anwen pousse enfin la porte de ce qu'Iliud a qualifié d'appartement, je reste bouche bée sur le seuil. Une vaste pièce inondée de lumière est somptueusement meublée. Des tapis aux douces nuances de gris et de bleu ornent le sol en pierre blanche. Des dessertes agrémentent chaque pan de mur, eux-mêmes dotés de gigantesques fenêtres. L'une d'elles donne sur un balcon surplombant un jardin d'où s'échappent le bruit d'une fontaine et les pépiements d'oiseaux. De gros canapés garnis de couvertures claires n'attendent que moi et, au fond de cette pièce, un lit aux dimensions incroyables m'est réservé. Je me laisse tomber sur la couette blanche dans laquelle je m'enfonce, puis je me relève pour caresser, admirative, les montants sculptés dans un bois très clair.

Anwen m'appelle vers un cabinet attenant et j'y découvre une salle de bains inouïe. Les équipements sont tous de marbre blanc aux discrètes veinures grises. La baignoire ressemble à une piscine par ses dimensions hors normes. Des porte-savons, des gobelets en argent, des bougeoirs nombreux, des miroirs magnifiques et partout, des tapis moelleux.

— Laurewen ? appelle soudain Anwen.

— Je suis là, répond la voix douce d'une Elfe aux cheveux dorés comme les blés.

— Léo, je te présente Laurewen, annonce mon ange gardien. Elle est attachée à ton service. Iliud t'a recommandée à elle. Demande-lui tout ce que tu voudras. Elle se chargera de t'aider ici.

Je salue timidement la jeune femme en allant vers elle. Elle me regarde gentiment, sans curiosité malsaine.

— Bonjour, Léo, me dit-elle. Anwen a raison, tu peux me demander ce que tu veux, je suis à ton service. Tu n'as qu'à appeler, mes appartements se trouvent de l'autre côté du couloir.

— Je t'en remercie. A-t-on des nouvelles de Mathias ?

— Non, répond Anwen. Je vais aller me renseigner. Tâche de te reposer. Laurewen te fait couler un bain. Détends-toi, tout va bien se passer, je t'assure.

Je lui serre les mains qu'elle me tend et elle s'en va au rythme de son habituel petit trot. Je me sens soudain épuisée. J'ai l'impression d'avoir enchaîné les événements sans jamais avoir le moindre contrôle. Et Mathias me manque tellement.

— Ton bain est prêt, me prévient doucement Laurewen.

Malgré mes protestations, elle m'aide à me déshabiller et ne me laisse seule que lorsqu'elle s'est assurée que je dispose bien de tout ce qui m'est nécessaire. Le parfum de la mousse me rappelle celui de la maison des bois. Je ne tarde pas à rêvasser dans l'eau chaude. Laurewen fait plus tard sa réapparition, chargée d'un drap parfumé qu'elle enroule autour de moi. Puis elle m'accompagne à ma chambre et ouvre les portes d'un vaste placard.

— Mathias nous a indiqué tes mensurations, nous avons pu faire confectionner quelques robes. Les couturières se chargent de compléter tes tenues, mais tu devrais trouver ce qu'il te faut dans un premier temps.

Je regarde la penderie en question d'un air complètement ahuri.

— Il n'y a que des robes longues ?

— Bien sûr ! Les Elfes ne portent pas autre chose, explique-t-elle patiemment. Voudrais-tu des tenues différentes ?

— Euh... Non, assuré-je, décidée à ne pas faire la fine bouche dès mon arrivée. Qui plus est, ces robes sont fabuleuses.

— Je te conseille celle-ci. Elle devrait bien mettre en valeur ta peau claire et tes yeux.

Laurewen sort d'autorité une robe légère en soie argentée, qu'elle m'aide à enfiler. La caresse du tissu sur ma peau me donne la chair de poule, mais je conviens rapidement qu'elle est confortable et parfaitement ajustée. La jeune femme me fait pivoter vers un grand miroir.

— Que se passe-t-il ? demande-t-elle, inquiète de mon silence. Tu n'aimes pas ?

La robe épouse parfaitement mes formes. Ma poitrine est soulignée d'un fin liseré d'argent et une ceinture aérienne enserre ma taille. Je parais plus mince et plus féminine que dans aucun des vêtements que j'ai portés jusque-là. Je m'approche du miroir, intriguée par un détail surprenant.

— Mes yeux, bafouillé-je. Leur couleur est plus vive !

— Selon Algol, tu es la descendante d'une Elfe de la première génération. Il semblerait que tes gènes elfiques se soient ravivés en pénétrant sur la terre de tes ancêtres. Mais je n'affirme rien, c'est la première fois qu'un tel événement se produit. Ce que je constate, c'est que tu nous ressembles comme une sœur. Tu as les yeux verts des Elfes et personne ici ne jurerait que tu es une humaine !

— Hormis la coupe de cheveux, remarqué-je en grimaçant.

— Effectivement, admet Laurewen, navrée. Je te laisse te reposer, en cas de besoin, tu sais où me trouver.

Sur ces mots, elle quitte la pièce sans bruit et je m'allonge dans ce lit beaucoup trop grand pour moi.

Le murmure de la fontaine et le chant des oiseaux réussissent à me bercer suffisamment pour que je sombre dans une douce somnolence.

Je suis réveillée par des éclats de voix dans le jardin. Une légère obscurité assombrit la pièce ; je suppose que je me suis profondément endormie. Je me glisse hors du lit et m'approche du balcon. Un petit groupe d'Elfes, quatre créatures magnifiques à la chevelure longue, s'est réuni, l'air réjoui.

— Mathias est rentré, annonce l'une d'elles d'une voix joyeuse.

Mon cœur fait un bond dans ma poitrine.

— Où est-il ? Est-il allé voir Lawendë ?

— Certainement, il n'y manquerait pas. Tu sais comme il tient à elle.

— Je ne suis pas sûre, Iliud l'a fait demander.

— Avez-vous aperçu la jeune femme qu'Anwen a amenée ?

Je me recule vivement de peur d'être surprise en flagrant délit d'espionnage.

— Non, Laurewen a été mise à son service. Elle dit qu'elle est extrêmement belle et qu'elle nous ressemble.

— Mathias compte-t-il l'emmener à la Chambre d'Argent ?

— Pour l'instant, je n'ai rien entendu de tel. Mais Mathias est définitivement un être surprenant. Lawendë l'aime tellement, allons voir s'il est allé lui rendre visite, nous en saurons davantage. Peut-être aurons-nous la chance de le voir.

Les Elfes partent en gazouillant. Je reste muette, pantelante contre mon mur.

Qui est cette Lawendë qui aime tant Mathias et qu'il aurait immédiatement rejointe si le roi ne l'avait fait appeler ?

Qu'est-ce que cette histoire de Chambre d'Argent ?

En tout cas, mon arrivée n'est pas passée inaperçue !

— Iliud te fait dire que Mathias est rentré, annonce Laurewen dans mon dos.

Je ne l'ai pas entendue entrer, mes joues se colorent sous l'effet de la surprise.

— Quand pourrai-je le voir ?

— Maintenant ! Il t'attend avec impatience.

— Pourrais-tu m'accompagner ? demandé-je, me sachant incapable de retrouver mon chemin dans ce dédale.

— Je suis ici pour ça, me sourit-elle.

Je lui emboîte le pas, qu'elle a vif et léger. Mon cœur bat une chamade infernale. Au détour d'un énième couloir, je cède à la tentation.

— Laurewen, qui est Lawendë ?

— Lawendë est la gouvernante des Teitwyrs, celle de Mathias surtout. Elle s'en est occupée depuis le jour de sa naissance. Elle a toujours été présente pour lui. Mathias l'adore.

Je respire tout à coup plus librement, mon imagination s'est enflammée au contact de ces Elfes trop belles.

Nous empruntons le grand escalier puis Laurewen écarte légèrement les tentures qui ferment l'accès à la grande salle où j'ai été reçue quelques heures auparavant. Elle me laisse seule, cachée derrière le voilage.

Je le découvre sous un tout nouveau jour. Mathias est vêtu d'un ensemble gris perle, composé d'un fin pantalon et d'une tunique échancrée qui laisse voir le pendentif d'argent à son cou. Il m'apparaît ainsi plus sublime que dans mon souvenir. L'image parfaite d'un Elfe de légende. Je reste immobile et silencieuse sur le seuil de la pièce. Il ne m'a pas encore aperçue et discute calmement avec le roi. Je suis surprise de leur familiarité, mais j'ai pu constater moi-même l'affabilité d'Iliud.

La porte de l'autre côté de la longue pièce s'ouvre brusquement et je vois entrer Élawen, Anwen et Andréas, accompagnés d'autres Elfes à l'humeur particulièrement joyeuse. Je devine que les Teitwyrs viennent tous de réintégrer le Dalahar, à la plus grande joie de leur famille et de leurs amis.

Mathias est aussitôt assailli par un petit groupe de jeunes filles, dont celles que j'ai aperçues sous mon balcon. Elles lui réclament des embrassades auxquelles il se plie en riant jusqu'à ce qu'entre une femme à la dignité impressionnante. Dans le monde des humains, je lui donnerais la soixantaine, mais j'imagine qu'elle doit être, à Dahar, dotée d'un nombre impressionnant d'années supplémentaires. Mathias se débarrasse vivement de sa petite cour pour aller au-devant d'elle. Elle lui saisit les mains, émue de le retrouver.

— Ton retour me réchauffe le cœur, lui dit-elle, attendrie. Je me suis tant inquiétée.

— Je t'en remercie, Lawendë. As-tu vu Léo ?

Mon prénom dans sa bouche me fait frissonner.

— Je la vois, répond-elle, souriante, en désignant ma cachette derrière les rideaux.

Mathias se retourne et ses yeux se posent sur moi.

Tout s'arrête autour de nous, le temps suspend son vol. Mathias ne fait pas un geste, me regardant de loin comme s'il cherchait à se repaître de mon image, profitant de chaque microseconde du plaisir de me retrouver. Dans la salle, désormais, un silence absolu accompagne nos retrouvailles publiques. Les Elfes nous observent, presque aussi bouleversés que nous.

Mathias prend une profonde inspiration et un sourire naît enfin au coin de sa bouche. Il franchit en quelques pas la distance qui nous sépare et je me jette dans ses bras. J'entends les soupirs de soulagement qui accueillent ce geste et puis plus rien, je ne vois plus que lui, je ne respire plus que lui et tout mon être le réclame de toutes ses forces.

— Léo, murmure-t-il avant de prendre mes lèvres avec passion.

Une immense vague de joie et d'amour me submerge, et mes larmes jaillissent malgré moi.

— Ne pleure pas, je t'en prie, supplie-t-il en effaçant de ses baisers les gouttes d'eau de mes paupières. Je t'aime, espèce de petite aventurière !

J'attends qu'il se fâche contre moi et il aurait mille fois raison. Mais Mathias est trop heureux de me retrouver, ici, chez lui, pour m'en vouloir tout à fait. Il refuse mes excuses en posant ses doigts sur ma bouche et en la caressant tendrement. Ses yeux verts m'empêchent de résister.

— J'ai tellement besoin de toi, dit-il si bas que je suis la seule à entendre.

Puis il tourne la tête vers Iliud, qui lui adresse un petit signe approbateur, et il empoigne ma main pour m'entraîner à sa suite dans l'escalier. Étourdie, je reconnais cependant les abords du jardin qui mène à ma chambre. Il fait voler les portes et me soulève de terre. Sa bouche se soude à la mienne et ne la quitte pas lorsqu'il me dépose sur mon lit. Nous sommes tous deux ivres du bonheur de nous retrouver, ivres de passion et de désir. Plus rien d'autre au monde ne compte en cet instant que nous deux.

Chapitre 15

Un autre monde

Autour de nous règne un silence absolu. Une profonde obscurité nous a enveloppés sans que nous nous soyons rassasiés de nos tendres retrouvailles. Nous nous endormons dans les bras l'un de l'autre, heureux et comblés.

Ce sont les gazouillis enthousiastes des oiseaux et la lumière dorée qui me font rouvrir les yeux. Je lève le nez de la poitrine de mon amant sur laquelle je reposais et regarde son visage paisible. Je me régale de le contempler dans cette situation inédite. Mathias dort profondément, enroulé autour de moi de telle façon que je ne pourrais lui échapper.

En ai-je seulement envie ?

— Puis-je entrer ? fait la voix de Laurewen derrière la porte de notre chambre.

Je dégage doucement ma main prisonnière de celle de Mathias et remonte pudiquement le fin drap blanc sur nous avant de souffler mon accord à voix basse. Laurewen ouvre la porte et cède le passage à une toute jeune Elfe, qui pousse devant elle une table chargée de victuailles : des pains à la drôle de forme, des céréales, des fruits et, ce qui m'impressionne le plus, du café. La petite fille m'adresse un joli sourire et s'enfuit en courant.

— Iliud aimerait voir Mathias lorsqu'il sera prêt, me dit Laurewen.

Je l'assure que je transmettrai le message en souriant d'un air impuissant.

— Je pense que tu as ici tout ce qu'il te faut, c'est Anwen qui a montré à nos maîtres cuisiniers la manière de préparer le café. Tony en a rapporté de chez lui à ton intention.

Mon compagnon s'étire légèrement et me ramène contre lui. Je rougis en songeant à la présence de l'Elfe, qui se contente de sourire et se retire prestement.

Le réveil de Mathias est un spectacle tout aussi réjouissant que son sommeil. Je m'amuse à lui voler un baiser. Il me laisse folâtrer sur sa bouche jusqu'à ce que sa langue force la mienne avec douceur.

— Laurewen nous a apporté ceci, dis-je en désignant le petit déjeuner.

Mathias jette négligemment un regard au contenu de la table et fronce les sourcils en constatant mon embarras.

— Qu'est-ce qu'il y a ? interroge-t-il en pesant sur moi.

— C'est normal ?

— De quoi veux-tu parler ?

— De tout ça, dis-je en montrant le plateau-repas. Et surtout de Laurewen.

— Tu vas t'y habituer, affirme-t-il en souriant d'un air rassuré. Laurewen est très heureuse d'avoir été choisie, ne lui gâche pas son plaisir, tu la blesserais !

— Ce n'est pas mon intention, mais pourquoi suis-je à ce point choyée ?

— Ton arrivée était attendue comme un événement, Léo.

— Je ne mérite en rien ces privilèges.

— Laisse à Iliud le soin d'en décider !

— Il souhaite te voir, à ce propos.

— Il risque d'attendre un peu, je dors, plaisante Mathias.

— Tu vas faire attendre le roi ? m'offusqué-je.

— Je le crains, dit-il en ôtant la tasse de café de mes mains.

270

Mathias quitte ma chambre bien plus tard. Je m'inquiète de savoir quel accueil le roi lui réservera suite à ce retard dont il devinera facilement la cause. Laurewen revient dès qu'il est parti. Elle me fait couler un bain chaud et parfumé. Tandis que je me prélasse dans l'eau, je l'entends donner des ordres dans la pièce d'à côté.

— Puis-je entrer ? demande-t-elle doucement.

J'accepte, l'esprit torturé par les habitudes que je suis censée prendre, selon Mathias. Sans me demander mon avis, cette fois, elle s'empare de l'éponge et entreprend de me frotter délicatement le dos. Je me laisse faire pour ne pas la chagriner, m'efforçant de penser qu'une esthéticienne ne s'y prendrait pas autrement.

— Anwen m'a dit que tu aurais du mal à accepter l'idée d'être servie, déclare-t-elle en me voyant nerveuse.

— Anwen est psychologue, réponds-je, étonnée qu'elle ait si bien deviné mes tracas.

— La société du Dalahar obéit à un mode de fonctionnement qui remonte à l'origine des temps et auquel nous ne souhaitons rien changer, explique-t-elle. Ma famille est au service du roi Iliud depuis des siècles. J'ai été infiniment flattée d'être choisie pour te servir.

— Je ne suis qu'une humaine, je ne suis rien dans votre société, lui fais-je remarquer.

— Tu es celle que Mathias a choisie, rectifie-t-elle.

— En quoi est-ce que ça change quelque chose ?

Laurewen est sur le point de me répondre quand Mathias fait son retour. Il s'est changé et porte un ensemble bleu nuit qui lui sied à merveille. Il congédie gentiment Laurewen et je me dis que je ne parviendrai jamais à savoir quel est le statut exact de mon amoureux dans ce monde extraordinaire. Il s'arrange toujours pour tomber à pic et me couper l'herbe sous le pied. Je n'en comprends pas la raison, mais je trouve qu'il fait l'objet de bien des égards. De là à ce que cela rejaillisse ainsi sur moi, ce n'est guère mérité.

— Iliud te présente ses hommages, m'annonce-t-il en m'entourant du grand drap de bain.

— J'en suis flattée... D'ailleurs, je suis trop flattée, m'exclamé-je lorsque je me rends compte que ma chambre est de nouveau parfaitement en ordre et le lit refait.

— Léo, soupire-t-il, cesse donc de te préoccuper de ce genre de détails. Que dirais-tu de visiter Dahar ?

L'idée m'enchante et j'acquiesce avec un enthousiasme qui le rassure.

— Laurewen va revenir t'aider à te préparer, dit-il en m'adressant un petit sourire en coin.

Je comprends qu'il est inutile de chercher à me rebeller, et je laisse l'Elfe accomplir sa tâche à mes côtés. Elle m'aide à enfiler une longue robe de velours noir au décolleté plongeant, qu'elle estime adaptée à mon emploi du temps. Elle y assortit une paire d'escarpins à talons plats très confortables. En entendant Mathias parler de visite de la ville, j'aurais davantage songé à un jean et à des baskets, et je me serais trouvée bien perplexe devant ma penderie. Son aide s'avère finalement précieuse vu la situation.

Le miroir me renvoie une image éblouissante. Le velours noir contraste prodigieusement sur ma peau blanche. Les mains de Mathias m'ont familiarisée avec mon corps, et j'éprouve pour la première fois le plaisir de dévoiler ma poitrine, de souligner la rondeur de mes hanches et la finesse de ma taille. J'ai presque hâte d'en apprécier le résultat dans son regard.

Laurewen achève à peine de me préparer qu'un essaim d'Elfes rieurs envahit ma chambre. Anwen et Élawen ont décidé de permettre à leurs amies de me rencontrer enfin. Mes deux gardes du corps sont superbes. C'est la première fois que je les vois habillées dans le style qui leur est propre. Leurs longues chevelures sont soigneusement coiffées, de fines tresses encerclent leur front d'un diadème naturel dans lequel j'aperçois quelques perles nacrées. Je regrette d'avoir sacrifié mes cheveux.

Je n'ai guère le temps de m'apitoyer sur mon sort car elles m'entourent en s'exclamant sur ma nouvelle apparence. Je suis touchée de la gentillesse absolue et des commentaires élogieux de ces jeunes femmes magnifiques. Anwen me présente parmi elles deux Teitwyrs qui ne se distinguent pas de leurs sœurs. Cependant, dès qu'elles prennent la parole, je devine qu'elles connaissent bien mieux mon univers que les autres Elfes autour de moi. Elles ont vécu sur la Terre des Hommes, et nos rapports en sont immédiatement facilités. Je me sens rassurée et commence à me détendre.

— Nous devrions y aller, nous interrompt Anwen, Mathias et les autres nous attendent.

Les Elfes s'égaient et m'entraînent à leur suite dans une véritable course dans les couloirs du palais.

— Ne t'en fais pas, elles sont émoustillées par ton arrivée et par le fait que Mathias soit de retour. Ne te braque pas surtout, précise Anwen en voyant que je fais une drôle de tête. Il a toujours été le meneur de la bande. Il sait mieux que personne semer le trouble dans la cité.

— Nos jeunes filles s'intéressent beaucoup aux garçons, on dirait, commente Élawen en voyant les Elfes rejoindre bruyamment quatre jeunes hommes vêtus comme Mathias et Andréas, qui les accompagnent.

J'en conclus que notre visite de Dahar se fera en groupe, dans la joie et l'insouciance. Mathias se fige en tournant la tête vers moi.

— Il a reçu un choc, dit Anwen rieuse en me poussant alors que j'hésite à poursuivre mon chemin vers lui.

Il me dévore des yeux sans chercher à exprimer ses impressions. Il n'en a pas besoin, il m'attire à lui et nos lèvres se retrouvent avec bonheur.

— Tu es la plus merveilleuse des Elfes que ces terres ont engendrées, murmure-t-il sur ma bouche.

— Je ne suis pas une Elfe, réfuté-je en rougissant.

— Permets-moi d'en douter.

Ses yeux verts pétillent de joie et de fierté. Je le laisse donc gagner cette partie. Mathias me présente ses compagnons et nous descendons vers la cité à pied. Chemin faisant, j'apprivoise mes nouveaux amis. J'ai l'occasion de discuter avec chacun d'entre eux. Ils ont tous étudié sur la Terre des Hommes, les sciences, les arts ou les lettres, chacun dans des endroits différents.

L'un d'eux, prénommé Cirdan, a étudié à Paris les sciences politiques humaines. Il m'interroge avec curiosité sur les changements majeurs des dernières années et sur les nouveaux aspects de la capitale, que je connais bien pour avoir vécu à proximité. Il se montre satisfait de mes réponses, que j'essaie de faire les plus précises et exhaustives possibles.

Notre joyeuse bande se regroupe au milieu des ruelles étroites. Nous sommes parvenus dans le quartier vivant de Dahar. Je reconnais les échoppes que j'ai aperçues rapidement lors de mon arrivée. Mathias m'explique que tout ce qui se mange ou sert à l'usage quotidien se trouve concentré dans une dizaine de venelles comme celle que nous empruntons.

— Le commerce n'existe pas à proprement parler, précise-t-il, nous préférons le terme d'échange.

— Mais vous vendez et achetez ? cherché-je à comprendre en désignant la transaction entre une Elfe et un vendeur de légumes qui se déroule sous mes yeux.

— Nous n'avons pas de système monétaire *stricto sensu*, explique Cirdan. Les transactions ne sont basées que sur un système d'échange où la monnaie que tu donnes correspond à celle qui sera nécessaire à produire de nouveau. Les Elfes ne connaissent pas l'enrichissement personnel, ils vivent tous de manière parfaitement communautaire. Ainsi, ceux qui consomment nourrissent ceux qui les habillent, les chaussent, les transportent, fabriquent ce dont ils ont besoin ou leur procurent un service.

— C'est l'idéal qu'auraient souhaité atteindre certains systèmes politiques humains, constaté-je amèrement.

Cirdan acquiesce en haussant les épaules dans un geste d'impuissance.

— Les Elfes ont réussi depuis la nuit des temps là où l'homme a tâtonné et finalement pris un chemin opposé. Nous respectons infiniment l'autre et l'équilibre de notre environnement. Nous ne puisons pas plus que le nécessaire dans les richesses qui nous entourent. Les Elfes vivent en harmonie puisqu'ils dépendent intrinsèquement les uns des autres.

— Je vais te montrer quelque chose, fait Mathias en me tirant par la main.

Nous bifurquons dans une ruelle adjacente et, dès la façade, je reconnais aussitôt la patte de quelqu'un.

— Tony ?

— *Si*, fillette ! tonne la voix chantante de mon sauveur qui sort, la moustache haute de son sourire. Alors qu'en penses-tu ? s'enquiert-il en me désignant son échoppe aux couleurs de l'Italie.

— C'est nouveau ?

— J'ai pensé que tu aimerais venir chercher ton café italien dans ma petite boutique plutôt que de cavaler dans la forêt.

— Tu es un amour, confirmé-je en l'embrassant sur la joue d'un baiser sonore.

— Les Elfes raffolent des pâtes de notre ami, dit Anwen en nous rejoignant. Ta boutique est splendide. As-tu trouvé l'endroit où t'approvisionner, désormais ?

— J'ai encore quelques stocks, mais je ne tiendrai pas longtemps. Iliud m'a proposé de passer directement en Italie. Il va envoyer un Teitwyr pour vérifier s'il n'y a pas de danger immédiat. Je ne compte pas m'éterniser là-bas, juste le temps de faire le plein, et le passage sera aussitôt refermé.

Je ne peux m'empêcher d'inspecter l'intérieur. Les murs sont équipés d'étagères en bois débordant de sachets et de conserves de tomates fraîches cuisinées par Tony, de biscuits secs, de bouteilles d'huile d'olive et, bien sûr, de café. Aux poutres du plafond sont suspendues des branches de romarin odorant, de thym, de marjolaine, et des bouquets de basilic en pot embaument l'espace étroit.

— Tu aimes ? demande Mathias en m'entourant de ses bras.

— Beaucoup, ça me donne faim, avoué-je en suppliant vainement mon estomac de se tenir calme.

— J'entends ça, oui ! Veux-tu goûter une spécialité elfique ?

— Volontiers !

Nous saluons Tony, que j'embrasse une nouvelle fois, et repartons en groupe à travers les ruelles. Après quelques détours, Mathias pousse la porte d'une maison et nos amis s'y engouffrent en riant. Quelques tables longues encadrées de bancs s'alignent devant un âtre où, malgré la température douce, flambent deux énormes pièces de bois. Une délicieuse odeur de pain chaud sature l'atmosphère. Sortant d'une arrière-salle, une Elfe aux joues rosies par la chaleur se présente à nous.

— Je suis ravie de vous retrouver, dit-elle sincèrement.

— Nous sommes tout aussi contents de revenir, assure Andréas en la couvant des yeux.

Mathias m'adresse un sourire entendu. L'Elfe ne laisse pas notre Teitwyr indifférent, et réciproquement.

— La Chambre d'Argent n'a pas reçu de visiteurs depuis bien longtemps, fait une jeune fille en gloussant à mes côtés.

Je regarde Mathias sans comprendre.

— Je t'expliquerai un jour, chuchote-t-il avant de passer aussitôt commande d'un plat dont je ne capte pas le nom.

La serveuse revient quelques minutes plus tard et dépose sur notre table de grands plateaux d'argent sur lesquels se trouve ce que j'identifie comme des tartines garnies. Mathias m'en offre une, que je grignote avec méfiance.

— Mais ce sont des poivrons confits, m'exclamé-je en reconnaissant le goût particulier de la garniture.

— Tony a bouleversé les habitudes alimentaires des Elfes, m'explique Mathias en riant.

— Il faut bien reconnaître qu'avant son arrivée nous mangions presque toujours la même chose : des céréales, du poisson, les fruits sauvages et quelques légumes. Il a rapporté de vos terres des semences nouvelles et nous a appris à les cultiver et à les cuisiner. Les Teitwyrs ont ensuite pris le relais à chacun de leurs passages. Certains ont même étudié l'alimentation humaine. Nous avons ainsi acquis le savoir-faire de la boulangerie et de la cuisine qui jusque-là n'était pas une préoccupation majeure. Isil est devenue une excellente cuisinière, explique Andréas, l'œil pétillant, en dévorant l'une des énormes tartines.

— Isil est une Teitwyr ? demandé-je.

— Oui, sa mère est humaine et lui a transmis aussi son goût pour la cuisine. Elle a choisi de demeurer dans la cité plutôt qu'au palais.

— Ce qui désole absolument notre Andréas, taquine Élawen, qui s'attire les foudres de l'intéressé en même temps qu'elle provoque notre hilarité.

— Andréas peut venir me prêter main-forte s'il le désire, s'écrie Isil depuis son arrière-cuisine, et nous voyons ce dernier grimacer à cette perspective.

— Je crois qu'il préfère jouer avec son épée plutôt qu'avec une cuillère, commente Mathias, rieur.

Une fois que nous sommes rassasiés, notre visite se poursuit au travers des ruelles. J'inspecte avec prudence les étals des poissonniers où de drôles de prises aux dents acérées ne m'inspirent pas la sympathie. Puis vient le quartier des bijoutiers et des orfèvres. Les jeunes filles s'agglutinent en s'extasiant devant les boutiques. Les bijoux n'ayant jamais eu grand intérêt pour moi, qu'ils soient humains ou elfiques ne m'importe guère.

— Tu n'es pas curieuse, constate Mathias. Les Elfes possèdent pourtant un savoir-faire fabuleux en matière d'orfèvrerie et de bijouterie, insiste-t-il.

— J'ai remarqué, admets-je en lorgnant son pendentif si fin.

— Viens, décide-t-il tout à coup en me prenant la main.

Je n'ai pas le temps de protester que je me retrouve propulsée à l'intérieur d'une de ces boutiques.

— Mathias, s'exclame un Elfe âgé dont je ne peux douter du talent en découvrant les pures merveilles que comportent ses tables.

— Maître Siléas, sourit mon compagnon.

Anwen m'a rejointe sur un signe discret de Mathias, et celui-ci suit l'artisan dans l'arrière-boutique. Je les entends parler à voix basse, mais je ne comprends pas ce qu'ils complotent. Je préfère me montrer discrète en restant près de mon amie, qui hésite entre deux bracelets. Je sens soudain se poser sur mon front la fraîcheur d'un léger objet de métal. Je sursaute et me retourne vivement. Mathias fait un pas en arrière pour juger de l'effet.

— Qu'en penses-tu, Anwen ? demande-t-il à son amie.

— Tu as fait le bon choix ! Léo aura le temps de s'habituer avec ce modèle plus simple, commente-t-elle en me souriant.

— Pourrais-je savoir ? demandé-je en me tâtant le front.

Sous mes doigts, je devine un fin diadème ciselé avec précision.

— Viens par ici, Léo, me dit l'orfèvre en me tendant une main avenante.

Je ne suis pas surprise de cette familiarité, les Elfes ne s'embarrassent guère des convenances humaines.

L'usage du seul prénom et le tutoiement sont ici naturels. Il m'escorte par le coude vers un grand miroir où je découvre le présent de Mathias. J'en reste bouche bée. Un cercle d'argent sculpté de minuscules volutes de fleurs entoure ma tête pour se nouer en fines feuilles entrelacées sur mon front. Anwen vient rectifier une mèche de mes cheveux.

— Ne le blesse pas, accepte, chuchote-t-elle à mon oreille en devinant ma grande hésitation devant un tel cadeau.

Je ne peux détacher mon regard de mon image. Mathias enroule ses bras autour de moi et se penche dans mon cou.

— Tu es mille fois plus belle que ce bijou, susurre-t-il en regardant, ébloui, mon reflet dans le miroir.

— Pourquoi as-tu fait ça ? le grondé-je malgré les conseils d'Anwen.

— Parce que j'en avais envie ! Et je ne compte pas m'arrêter là, tu pourras protester, ça n'y changera rien, alors autant t'y habituer tout de suite, répond-il en souriant.

Je perds la partie une nouvelle fois.

— Il est splendide, merci !

— Je t'aime, Léo, murmure-t-il en m'embrassant dans le cou, ce qui me fait frissonner délicieusement.

Mathias remercie Maître Siléas et lui rappelle des engagements que l'artisan a vraisemblablement pris. Pour ma part, je suis assaillie par mes compagnes, encore plus enthousiastes que moi. L'attitude de Mathias à mon égard les rend euphoriques sans que j'y perçoive de la jalousie. Il enlace ma taille, et la visite de la cité de Dahar se poursuit ainsi, quartier après quartier, jusqu'au soir. Iliud lui-même nous accueille sur le perron de pierre blanche à notre retour.

— Comment as-tu trouvé notre capitale ? me demande-t-il gentiment alors que je viens le saluer.

— Dahar est une cité remarquable. Je suis sous le charme. Les Elfes sont une civilisation que j'aurais aimé voir dans le monde qui est le mien.

— Ta situation est un peu particulière, Léo, dit-il en me prenant le bras pour faire quelques pas dans la grande entrée baignée de lumière.

Mathias reste en compagnie de ses amis à l'extérieur, laissant au roi l'occasion d'échanger quelques mots avec moi.

— Qu'entendez-vous par particulière ?

— Combien vois-tu d'Iliud ? me taquine-t-il tout à coup en riant.

— Je n'en vois qu'un, réponds-je, perplexe.

— De grâce, cesse ce vouvoiement auquel je ne saurais m'habituer à mon âge !

— C'est que je n'oublie pas que je suis en présence d'un roi.

— Les habitudes humaines sont tenaces, j'en sais quelque chose.

— En quoi ma situation est-elle particulière ?

— Tu n'es pas une humaine comme les autres. Tu n'oublieras jamais le monde où tu as vu le jour et grandi, mais tes racines profondes sont ici, au sein de ce palais qui a accueilli Éléna. Algol se chargera de t'expliquer ce que tu auras besoin de savoir et bientôt le Dalahar sera ton monde autant que la Terre des Hommes l'était précédemment.

— Quand pourrai-je y retourner ?

— Je ne peux pas encore répondre à ta question, Léo. Après les événements qui se sont produits, mon seul objectif est d'assurer ta sécurité et de fermer tous les passages. Celui de Tony a été détruit. Nous sommes jusqu'ici à l'abri du danger. Cependant, je n'oublie pas la menace sérieuse que représente la clé d'Éorin entre les mains des Elfes noirs, qui sont plus déterminés que nous ne le pensions. Mes gardes ont repris la surveillance des frontières avec la Terre des Hommes bien que nous ne soyons pas en danger immédiat.

— Tu penses que Lothar prépare une offensive ?

— J'étais encore bien jeune quand mon père a décidé de son exil, et l'espérance de vie sur la Terre des Hommes ne lui aura pas permis de réaliser cela. Mais je ne doute pas qu'il ait laissé derrière lui une descendance animée des mêmes ambitions.

— Qu'allons-nous faire ?

Iliud émet un rire sonore qui me déconcerte.

— Nous ? Je vois que tu prends les affaires du Dalahar très au sérieux !

— Éorin m'a fait confiance, rétorqué-je, un peu vexée.

— Tu as raison, et les problèmes sont loin d'être résolus. Grâce à toi, nous avons été alertés du danger qui plane au-dessus de nous et mon peuple t'en sera à jamais reconnaissant.

Voilà donc l'explication de ma présence au palais !

Tony m'a bien expliqué que le roi savait se montrer particulièrement généreux envers ceux qui lui rendaient service. Je suis ainsi remerciée de mon intervention.

— Tu as pris suffisamment de risques comme ça, continue-t-il en m'escortant vers la grande salle du conseil. Les Teitwyrs se chargeront de récupérer le médaillon d'Éorin.

— Nous n'avons pas découvert ce que contenait son journal et je suis la seule à être en contact avec elle. Son image disparaît peu à peu et je n'ai plus de nouvelles d'elle depuis que je suis ici. Il faut que je retourne sur la Terre des Hommes pour essayer de la retrouver. C'est la seule chance que nous ayons de découvrir qui détient la clé du passage, plaidé-je avec ferveur.

— Les Elfes noirs sont à ta recherche. Léo, tu es pour eux, comme pour nous, la première clé du Dalahar. Nous avons le temps devant nous et nous sommes sur nos gardes, nos défenses sont prêtes en cas de problème.

— Parfois, la meilleure défense est l'attaque, dis-je, survoltée.

— Ta fougue me rappelle mes jeunes années. Les Elfes ont cependant le bénéfice du temps. Et aujourd'hui, je préfère te savoir en sécurité ici.

— Et ma famille ? Ne penses-tu pas que les Elfes noirs seraient capables de s'en prendre aux gens que j'aime pour me convaincre de leur céder la clé ?

Un silence lourd succède à ma démonstration énergique.

— C'est une possibilité que j'ai envisagée, admet-il.

— Si je ne vais pas là-bas montrer ma présence rapidement, ils se retourneront contre ma tante et ma cousine et, ça, je ne le supporterai pas.

Iliud plonge son regard dans le mien et je perçois sa grande détermination. J'ai un allié, un puissant allié. Et contre Mathias, j'en aurai sûrement besoin. Je n'imagine pas une seconde qu'il accepte seulement d'entendre mes arguments après ce qui s'est déjà passé.

— Va te reposer, Léo, je vais faire part de ta demande au Grand Conseil dès ce soir. Ne perds pas de vue que le temps humain ne court pas de la même façon. Il se passera ici bien des jours et des nuits avant que ton absence ne soit remarquée là-bas. Algol t'enseignera la méthode de calcul et tu seras rassurée.

— Merci, Iliud, murmuré-je, satisfaite d'avoir pu au moins exposer mes craintes légitimes.

— Laurewen, appelle-t-il, raccompagne Léo dans sa chambre et fais prévenir Mathias et les membres du Grand Conseil que je désire les entretenir tout de suite.

Laurewen me précède dans les couloirs où je traîne les pieds, songeant aux conséquences de la conversation que je viens d'avoir avec le roi. Ma compagne remarque mon trouble.

— Je crains la réaction de Mathias quand il saura ce que j'ai dit à Iliud, avoué-je.

— Tu lui as caché tes inquiétudes ?

— Pas vraiment, elles n'étaient pas claires tant que je ne les avais pas formulées, mais tout est devenu évident en quelques instants, c'est quelque chose qui ne m'est pas habituel.

— Pour ce qui concerne Mathias, je connais quelqu'un qui pourra te rassurer. Lawendë t'attend.

Laurewen bifurque à l'angle du couloir de ma chambre et, en descendant d'un degré, nous nous retrouvons dans le jardin au-dessus duquel je repère mon balcon. Je reconnais la fontaine de pierre dont le clapotement de l'eau rythme mes nuits. Lawendë est en train de prendre soin de roses blanches somptueuses. À notre approche, elle se retourne en souriant. Elle est encore très belle. Ses cheveux gris sont retenus simplement par une épingle d'argent. Son regard se fait tendre lorsqu'il se pose sur moi. La jeune Elfe incline la tête et nous quitte sur la pointe des pieds.

— Mathias ne t'a pas parlé de moi, n'est-ce pas ? fait Lawendë.

— Mathias est une énigme d'un point de vue personnel, boudé-je en me rendant compte qu'il ne m'a absolument rien confié de ce qui fait son intimité au Dalahar.

Lawendë saisit l'éclair de malice qui passe dans mon regard et freine mes ardeurs à son égard.

— Je ne te parlerai que de ce que je suis en droit de te confier. Mathias est le seul maître de ses choix.

Je m'y attendais presque. Je reconnais dans cette réserve l'attitude permanente de mon prodigieux petit ami.

— Pourquoi se montre-t-il si réservé ?

— Les Elfes sont des êtres d'une grande pudeur. Mathias ne fait pas exception à cette règle. Il a pourtant énormément changé à ton contact. Avant de partir sur la Terre des Hommes pour étudier, il était sombre, taciturne et, à d'autres moments, absolument infernal, ne tenant pas en place. Il refusait toute forme d'obéissance et entraînait volontairement à sa suite les autres Teitwyrs, plus enclins à la rébellion que les Elfes. Après ses études, il s'est assagi. Mais il est resté distant et farouche. Suite au grand malheur qui est arrivé à Éorin, il a demandé l'autorisation à Iliud d'accomplir cette mission, qui lui a été accordée. Nous n'avons pas eu de nouvelles avant longtemps puis, un jour, il est venu pour quelques heures. J'ai compris qu'il se passait quelque chose. Il était perdu, troublé. J'ai entendu ce qu'il avait à dire et j'ai compris.

Lawendë me prend les mains, je m'assieds près d'elle sur le rebord de la fontaine.

— Mathias refusait d'admettre qu'il était tombé amoureux, mais il ne pouvait nier l'évidence. Je l'ai vu souffrir et se débattre. Il m'a accusée de vouloir que cela arrive tout en sachant très bien que je n'étais en rien responsable de cette situation. Je lui ai conseillé de laisser parler son cœur et son instinct. Mathias est trop habitué à dissimuler ses sentiments, ça a dû être difficile pour lui de ne pas pouvoir maîtriser cet amour puissant. Il est parti sans prévenir personne. C'est Andréas qui est revenu par la suite et j'ai su de la bouche d'Iliud que les choses avaient évolué dans le sens que je pressentais. J'ai même craint un moment pour toi.

— Pour moi ?

— Mathias est exclusif et horriblement protecteur, sourit Lawendë avec indulgence. La meilleure preuve de cet attachement est qu'il te met à l'abri de tout ce que tu pourrais découvrir sans lui. Il a beaucoup souffert de la mort de sa mère. L'absence a chez lui des répercussions douloureuses. Il veut tout maîtriser et tout savoir. Je sais ce qu'il craint et je respecte son choix. Mais il se doute bien que je ne me serais pas longtemps tenue éloignée de celle qui a opéré chez lui ce changement radical. Quand il est revenu voir le Grand Conseil, j'ai compris à ses accents que votre relation avait pris un tour plus sensuel. Puis il est venu se confier à moi. Tout en lui a été bouleversé et, surtout, il est heureux.

— Je redoute de lui causer de la peine, avoué-je en songeant à la réunion qui doit se tenir au moment même où nous discutons.

— Mathias m'a dit que tes gènes humains te rendaient assez turbulente, plaisante-t-elle. Il sait que tu redoutes tes faiblesses, que tu es vive à réagir et terriblement orgueilleuse.

— Il n'a pas entièrement tort, mais s'il n'avait pas craint de me révéler certaines choses, je ne les aurais pas découvertes seule. Il me cache encore d'autres détails que je pressens. Je les apprendrai tôt ou tard, et je ne garantis pas ma réaction, même si j'aime Mathias plus que moi-même. J'ai besoin de savoir.

— Ce n'est pas qu'il ne te fait pas confiance, Léo, c'est qu'il a peur.

— Peur de quoi ?

— Que tu le quittes à cause de vos différences que tu jugerais, à tort, insurmontables.

— Il était prêt à me mentir une éternité en restant près de moi dans mon monde humain.

— Ce fut sa première idée en effet. Et je t'avoue aujourd'hui que j'en ai conçu quelques griefs contre toi, même si ton ignorance lui incombait. Iliud a fait rappeler Mathias et c'est à ce moment-là qu'il nous a annoncé qu'il allait quitter le Dalahar pour rester près de toi. Nous avons dû accepter son choix. Mathias n'est pas facile à convaincre en temps ordinaire, alors, quand il s'agit de toi, il est inflexible.

— Cette réunion ne s'annonce pas sous les meilleurs auspices.

— Mathias t'aime et tu l'aimes, le reste est sans importance.

— Puisses-tu dire vrai...

— La nuit est venue. Nous devrions rentrer. Je suis heureuse de t'avoir rencontrée, Léo.

— Pourrais-je revenir te voir ?

— Suis le parfum des roses et tu me trouveras, assure-t-elle en s'éloignant d'un pas leste.

Je regagne ma chambre sans me tromper de chemin. Laurewen me fait préparer un repas auquel je ne touche pas. Je trouve sur ma table de chevet un livre que le précepteur Algol a fait tirer de la bibliothèque à mon intention. Je souris en découvrant la couverture : *Les Fleurs du mal* de Charles Baudelaire. Je lis quelques-uns des poèmes et, malgré mon inquiétude, je m'assoupis. Au matin, Laurewen me tire du sommeil en m'apportant le petit déjeuner. Mathias n'est pas là. Une boule me monte à la gorge et je suis incapable d'avaler la moindre bouchée. Laurewen fronce les sourcils en constatant que rien n'a été touché. Elle choisit dans ma penderie une tenue que j'enfile mécaniquement, négligeant même un regard dans le miroir.

Que m'importe d'être jolie si Mathias n'est pas près de moi ?

Anwen se présente seule quelques minutes plus tard et je lui saute dessus.

— Le Grand Conseil s'est terminé tard, cette nuit. Mathias n'a pas souhaité te réveiller, me raconte-t-elle.

— Il est fâché ?

— Je te mentirais si je te disais qu'il est fou de joie. Mathias n'est pas du genre malléable, et Iliud n'est pas parvenu à le convaincre, si c'est ce que tu veux savoir.

— Donc je reste ici ?

— Pour l'instant, oui. Je suis chargée de t'emmener auprès d'Algol. Iliud veut que tu comprennes certaines choses qui te feront sans doute patienter. Je l'ai prévenu que tu étais au moins aussi coriace que Mathias.

— Où est-il ?

— Il est allé prendre l'air, et je suppose qu'à cette heure-ci il doit galoper quelque part sur les Hauts Plateaux. Je connais toutes ses vilaines habitudes et je te garantis qu'il reviendra. Il revient toujours une fois calmé et, s'agissant de toi, il ne va pas tarder, c'est plus fort que lui.

Je soupire en espérant qu'elle ne se trompe pas. Je parviens six étages au-dessus du mien, un peu essoufflée d'avoir suivi le pas pressé d'Anwen. Elle ouvre une porte sans frapper et me pousse à l'intérieur. Je tombe nez à nez avec un personnage étonnant, une sorte de Léonard de Vinci elfique, grand et maigre, au visage ridé. Il est vêtu d'une robe et sa chevelure, d'une longueur surprenante, est d'un blanc immaculé.

— Entrez, mes enfants, roucoule-t-il d'une voix haut perchée qui m'arrache un sourire.

Anwen, qui m'observe du coin de l'œil, me fait un signe de tête conseillant la retenue.

— Je te présente Algol, notre précepteur, dit-elle en s'asseyant sur un tabouret près de la fenêtre étroite.

Je ne trouve pas de meilleure comparaison que celle de l'image de Merlin l'Enchanteur logeant dans une tour branlante d'un château médiéval anglais : sauf que le château n'a rien de branlant ni d'anglais. Le vieil homme me regarde de travers comme s'il cherchait à évaluer mes chances d'y comprendre quelque chose, puis il vient se planter à quelques centimètres de mon nez.

— Bien, bien, bien, commence-t-il, votre système est imposé par la rotation de la Terre autour du Soleil et nous savons que, chez les humains, une minute fait soixante secondes et une heure, soixante minutes portant ainsi à trois mille six cents secondes la durée de cette heure. As-tu remarqué une différence au niveau de ton organisme ?

— Je me sens en pleine forme, assuré-je, dubitative.

— Hmmm, marmonne-t-il en approchant son visage du mien. Tes yeux ont repris l'éclat de ceux de tes ancêtres. As-tu bon appétit ? Dors-tu bien ?

— Oui !

— C'est parfait, en règle générale les humains éprouvent des difficultés d'adaptation au début, puis tout rentre dans l'ordre au bout de quelques décennies.

— Décennies ? hurlé-je.

Algol me fusille du regard et je me ressaisis.

— Il va falloir que tu oublies tout ça ! Les secondes, minutes, années. Au Dalahar le temps s'écoule beaucoup plus lentement, mais n'est pas toujours régulier. C'est là tout le charme de notre monde.

— Dois-je comprendre qu'il n'y a pas de système de mesure fiable ?

— Parfaitement. Cela dépend du passage des étoiles à proximité de notre terre et de la vitesse des vents célestes.

— Comment fait-on, dans ce cas ?

— On vient voir Algol, s'exclame-t-il en haussant les épaules. Sache que, hormis les très rares périodes où nos mondes sont en communion, nos jours durent l'équivalent de dix à douze jours humains.

Je reste sonnée puis calcule mentalement, cela fait quatre jours que je suis ici.

— Ce qui veut dire que nous sommes encore au jour de l'incendie là-bas ? en conclus-je timidement.

— C'est bien pire que ça, affirme Algol, si tu reprenais le passage à ce moment même, tu te suiciderais. Tu n'aurais même pas encore quitté la pièce. Le passage d'un monde à l'autre suspend les effets du temps humain.

— Mon Dieu ! gémis-je en pâlissant.

— Ce qu'Iliud veut que je t'explique, c'est qu'il n'y a aucune urgence à intervenir maintenant, à moins que tu ne souhaites te livrer à tes ravisseurs.

— Non, bien sûr ! Mais comment fait-on ?

— Mathias nous a dit que tu étais censée être en vacances. Combien de temps dure cette période s'il vous plaît, mesdemoiselles ? exige-t-il de savoir.

— Il faut que nous soyons rentrés pour le 4 novembre, donc douze jours humains en tout, déclare Anwen, sûre d'elle.

— Sur quel méridien est placé Montréal déjà ? marmonne-t-il en sortant un planisphère et en se penchant dessus. Donc nous disons, 45 degrés 30 nord, latitude et 73 degrés 35 ouest, longitude.

Il pointe le bout d'un crayon sur son planisphère et étale des chiffres sur un morceau de papier, barre deux lignes, recommence et se redresse.

— Voilà, claironne-t-il en me tendant le bout de papier auquel je ne comprends strictement rien.

Il me le reprend des mains en fronçant les sourcils et en me regardant d'un air sévère.

— Si tu veux rejoindre Montréal le 4 novembre vers 9 heures, tu devras quitter le Dalahar dans exactement six mois, trois jours, quatre heures et trente-neuf minutes… Mais les secondes peuvent diminuer d'ici quelques jours puisque nous allons connaître une petite accélération.

— Six mois ? m'exclamé-je.

Algol relit son papier et grimace.

— Non, tu as raison… Je me suis trompé.

Je regarde Anwen qui sourit, amusée tant par mon incrédulité que par son maître qui semble fidèle à ce qu'elle en attendait.

— Six mois et sept jours, j'avais oublié le passage de l'étoile d'Uriel. Bravo, jeune fille !

Je le dévisage, penaude, je ne suis pour rien dans cette rectification.

— Tu comprends donc pourquoi nous avons encore le temps de mettre au point certaines choses, dit Anwen en quittant son tabouret.

Je comprends, oui, et je comprends surtout que je vais passer six mois près de Mathias.

Que pouvais-je espérer de mieux ?

Dans six mois, je n'aurai dépensé que douze jours de ma vie humaine. L'idée a de quoi séduire n'importe qui. Je me sens infiniment mieux, moins en danger. Les Elfes noirs au-dehors ne bénéficient pas d'une telle opportunité. Je sais qu'au fond cela ne change rien au problème mais, d'un coup, j'ai le temps de convaincre Mathias du bien-fondé de ma requête.

Anwen se dirige à pas feutrés vers la porte et m'exhorte à en faire autant. Je me prépare à remercier

Algol pour son explication qui m'a apporté une véritable délivrance, mais ma complice me fait un signe désespéré. Trop tard ! Algol ne relève pas la tête, mais sa voix prend un accent courroucé.

— Anwen, fille d'Othar et d'Isabelle, tu ne songes pas à t'enfuir sans avoir rangé, j'espère !

Anwen pousse un soupir et revient dans la pièce.

— Si tu avais été plus prompte à me donner toi-même la solution, je t'aurais dispensée de cette tâche, dit-il en ricanant dans sa barbe.

Je ris sous cape, elle s'est fait pincer par son vieux prof.

— Je compte avoir le plaisir de te retrouver bientôt, Léo, j'ai hâte de découvrir quelle élève tu es, ajoute le précepteur.

Je blêmis à cette idée, je ferai bien pâle figure face à lui ; Anwen tient sa vengeance. Quand elle a fini de replier et de ranger tous les documents qu'il a sortis à mon intention, nous nous échappons rapidement.

— Il ne changera jamais, ronchonne-t-elle en descendant à toute vitesse.

Je peine à la suivre, peu habituée à cavaler dans les escaliers en robe longue. Je prends soin de tenir le vêtement pour ne pas rater une marche, elle doit consentir à ralentir.

— Quel âge a-t-il ? demandé-je, intriguée par le personnage.

— Algol prétend être né de la dernière pluie quand tu l'interroges, mais mon père, qui a été aussi son élève, assure qu'il a plus de 1200 ans.

— C'est un Elfe de la première génération ?

— Tout à fait. Il a préféré rester au Dalahar plutôt que de suivre Aberthol sur les Hautes Terres. Tu peux voir en lui ce qu'étaient nos ancêtres. Mais si Algol se plaît à nous infliger des heures d'étude, je suis prête à parier qu'il n'a pas supporté l'idée de confier ses chères archives à un éventuel successeur.

— Mathias était-il bon élève ?

— Mathias a toujours été très brillant, mais particulièrement indiscipliné. Algol ne l'avouera jamais, mais il était son chouchou.

Je souris en apprenant cela.

Qui pourrait résister à son charme ?

— Quel est le rôle d'Algol ici ? interrogé-je encore.

— Celui de tous les précepteurs, mais il a cependant une mission bien plus vaste que celle d'enseigner aux jeunes générations : il a formé tous les Teitwyrs. Notre culture est riche et variée, très documentée aussi car nous tenons à jour nos connaissances au sujet des hommes. Nous rapportons ainsi nos informations aux précepteurs, qui se préoccupent de conserver et de classer tout cela. Algol n'a pas eu de mal à retrouver la trace de ton ancêtre car la généalogie de chaque Elfe du Dalahar est suivie scrupuleusement.

— Pourrais-je y avoir accès ?

— Algol veille dessus comme une poule sur ses œufs. Tu vas devoir réussir à le convaincre avant qu'il te lâche un morceau.

Je ne désespère pas d'y parvenir en l'espace de six mois. Mon autre grand espoir réside dans le fait que Mathias soit revenu entre-temps.

Mes illusions s'envolent lorsque j'ouvre la porte de ma chambre. Laurewen affiche un air maussade en m'accueillant, et je préfère la renvoyer plutôt que de lui faire subir ma tristesse. Je grimpe sur mon lit et reprends mon recueil de poèmes. Je tourne les pages sans lire vraiment, l'esprit empli de questionnements douloureux. Je m'arrête sur l'un de ceux que je préfère, « Harmonie du soir » :

« Voici venir les temps où vibrant sur sa tige
Chaque fleur s'évapore ainsi qu'un encensoir ;
Les sons et les parfums tournent dans l'air du soir ;
Valse mélancolique et langoureux vertige ! »

Mon pouls accélère dangereusement lorsque j'entends derrière moi la belle voix de Mathias achever la lecture.

Je referme le livre et me tourne vers lui. Il ne s'est pas changé et n'a pas dû dormir. Quelques vestiges poussiéreux de sa chevauchée entachent son apparence toujours si soignée.

Ma gorge est trop serrée pour que j'entame les hostilités. Je m'attendais à ce qu'il soit furieux contre moi, qu'il me menace de représailles, il n'en est rien. Il n'évoque même pas la réunion du Grand Conseil. Il se penche vers moi et m'étourdit d'un baiser voluptueux. Puis il prie Laurewen de lui faire couler un bain et de veiller à ce que l'on ne nous dérange pas. Je rougis, confuse, lorsqu'elle acquiesce à ses ordres qui ne souffrent aucune équivoque. Je ne résiste guère à l'envie d'aller le rejoindre lorsqu'il est dans l'eau. Il se détend, les yeux fermés, son petit sourire en coin apparaît quand il m'entend entrer.

— Il n'y a donc jamais moyen de te faire obéir ? constate-t-il sans colère dans la voix.

Nous y sommes !

— C'était une désobéissance légitime !

— Iliud n'a pas manqué de me le faire remarquer, dit-il en me poignardant de ses émeraudes insoutenables. Tu as réussi à impressionner le roi, et tu t'en es fait un appui solide. Il est prêt à te laisser retourner sur la Terre des Hommes comme tu le souhaites, mais pas à n'importe quelles conditions.

— Quelles sont ces conditions ?

— Elles seront discutées par le Grand Conseil en temps voulu.

— Et toi ?

— Je ne vois pas l'intérêt de prendre un tel risque. Les Elfes noirs veulent te mettre la main dessus. Ils sont prêts à tout pour cela. Cela ne t'aura pas échappé tout de même, l'incendie de la maison de Tony n'a-t-il pas été assez convaincant ?

— Je suis consciente du danger, mais je préfère l'affronter plutôt que de me réfugier ici lâchement, répliqué-je vertement.

— Il ne viendrait à l'idée de personne de te traiter de lâche, Léo !

— C'est pourtant l'opinion que j'aurais de moi. J'ai déjà fui une fois et je n'en suis pas fière aujourd'hui.

— La situation était fort différente, tu ne courais pas un danger si grand.

— Je ne suis pas la seule en cause, il y a toi et le peuple du Dalahar. Je n'ai pas le droit de vous abandonner.

— Tu as rencontré Algol ?

— J'ai eu cet honneur, oui.

— Nous avons beaucoup de temps devant nous, tu le sais désormais, déclare-t-il en me tendant la main, mais sans me donner l'assurance qu'il partage mon point de vue.

— Je le sais, oui, et je pourrai ainsi me préparer à me défendre seule.

Mathias me tire brusquement et me fait basculer dans la baignoire. Je me retrouve trempée, couverte de mousse et prisonnière de ses bras.

— Tu ne fais pas le poids, Éléonore Duvivier, gronde-t-il.

— Pas encore, admets-je en soutenant son regard de lave.

Chapitre 16
La Chambre d'Argent

Débarrassés du souci de l'urgence, les jours qui suivent sont plus sereins. Mathias passe le plus clair de son temps en ma compagnie. Il me délaisse seulement pour s'entretenir avec Iliud ou pour s'absenter quelques heures avec les autres Teitwyrs réquisitionnés pour des entraînements quasi militaires, à l'instar des Elfes occupant les fonctions de gardes. Il dort près de moi chaque nuit, et Laurewen nous trouve pareillement enlacés chaque matin. Mathias ne revient jamais sur notre sujet de discorde.

J'ai demandé à bénéficier d'un entraînement comme les Teitwyrs pour être en mesure de me défendre mais, curieusement, je n'ai trouvé aucun volontaire pour m'y aider. Je soupçonne Mathias d'avoir menacé des pires représailles le premier qui oserait accepter. Un beau soir, je m'en plains en plaisantant à Iliud, qui a souhaité notre présence auprès de lui pour dîner. Mathias joue les parfaits innocents lorsque j'évoque mes soupçons.

— Accepterais-tu que je me charge de cet entraînement ? demande alors sérieusement le roi.

Trop contente de trouver le seul complice que Mathias n'est pas en mesure d'impressionner, j'accepte aussitôt et, dès le lendemain, Iliud me fait appeler dans la cour des gardes. Je descends prestement et m'arrête, vaguement inquiète, en découvrant le roi en tenue de combat. Je m'étonne de l'absence de Mathias, je suppose qu'il manifeste ainsi sa haute désapprobation.

Iliud vient prendre mon bras et me fait avancer au milieu de la cour.

— Ne crains rien, cela ne prendra pas longtemps, nous allons seulement vérifier aujourd'hui quelques-unes de tes aptitudes.

— Ma tenue n'est guère adaptée, lui fais-je remarquer.

— Pour aujourd'hui cela conviendra, je ferai donner des ordres pour que l'on ajuste un ensemble à ta taille si tu te sens plus à l'aise ainsi.

Je le remercie de sa grande prévenance à mon égard.

— Voyons à présent si tes gènes elfiques se sont réveillés. As-tu déjà tiré à l'arc ?

— Jamais.

Le roi demande à deux archers de me faire une démonstration durant laquelle il s'applique à me détailler la position de l'arme. Les Elfes exécutent leurs tirs avec une précision d'orfèvre. Le roi prend leur suite et, sans effort particulier pour viser, décoche une flèche qui se plante au beau milieu des deux précédentes. J'en reste bouche bée.

— Voyons si tu sais viser, dit-il, plutôt satisfait.

— Je suis bien incapable d'atteindre une cible aussi lointaine, protesté-je en avisant l'objectif à l'autre bout de la cour.

Il me tend l'arc et vient se placer derrière moi. Ses bras m'entourent et son souffle effleure ma nuque. Son parfum ressemble étonnamment à celui de Mathias et, l'espace d'une seconde, j'en ressens une confusion étrange. Mais Iliud ne me permet pas de m'égarer, il positionne mes doigts sur l'arme, puis il guide mon bras pour tendre la corde. Ainsi soutenue, ça ne me semble pas trop difficile.

— Regarde la cible, murmure-t-il à mon oreille. Ferme ton œil droit puis ton œil gauche.

J'obtempère sans comprendre.

— Quand vois-tu l'image se décaler ? demande-t-il quand j'ai fait le test.

— Avec l'œil gauche.

— Ferme-le, ajuste ta vision avec le droit. Vois-tu le centre ?

— Oui.

L'arc tendu commence à me peser dans les muscles des bras, je serre les dents pour ne pas lâcher. La main du roi tire sur la mienne, ses doigts écartent brusquement les miens et la flèche jaillit à côté de ma joue. Sa course s'achève dans le premier cercle de la cible. J'ai manqué le centre, mais Iliud paraît enchanté.

— Je suis impressionné, me dit-il.

— Je n'ai pas le sentiment d'avoir réalisé un si grand exploit, marmonné-je, déçue.

— Détrompe-toi, les humains sont bien incapables de distinguer nettement à cette distance. Si tu le veux bien, nous reprendrons ce petit entraînement dans quelques jours. Je dois recevoir Maïewen. Je te prie de m'excuser.

Je remercie Iliud pour le temps qu'il m'a consacré et je regagne le palais. En remontant la petite allée débordant des roses blanches de Lawendë, j'aperçois, sur la terrasse surplombant le jardin, un petit groupe d'Elfes en pleine conversation. Anwen et Élawen y participent, ainsi que plusieurs jeunes filles. L'une d'elles attire particulièrement mon attention. Elle est d'une beauté éblouissante. Ses cheveux blonds descendent jusqu'à sa taille fine, serrée dans une robe d'une blancheur étincelante. Elle a tout d'une véritable princesse, la silhouette parfaite, le port de tête altier et les gestes gracieux, l'incarnation idéale de l'Elfe. Il faut bien en convenir, c'est sans doute la personne la plus belle que j'aie jamais rencontrée.

Le groupe s'anime soudain, et j'aperçois Mathias qui les rejoint. La jeune femme lui tend ses mains et il les garde entre les siennes. Un sourire séducteur au possible se dessine sur le visage de mon amant. Anwen tourne la tête dans ma direction et se fige au fur et à mesure qu'elle comprend ce que je suis en train de penser du spectacle qui se déroule sous mes yeux. Elle secoue la tête comme pour chasser mes sombres idées.

Je n'en supporte pas davantage et file dans les couloirs jusque dans ma chambre. Je me poste devant mon miroir : je suis vêtue fort simplement et ne porte aucun bijou. Quand bien même serais-je parée de mille attributs, je n'arriverais jamais à la cheville de la créature surnaturelle que j'ai aperçue au bras de Mathias.

Je suis jalouse !

Pendant quelques minutes, je me laisse submerger par cette vague dévastatrice. Mais Mathias m'appartient, et je ne compte pas fuir devant la concurrence. Je me lève, cours vers les portes et appelle Laurewen, qui arrive aussitôt.

— Trouve-moi la parure la plus sexy de ma penderie, ordonné-je en me précipitant dans la salle de bains.

— Pardon ? s'étonne-t-elle.

— Euh… La plus attrayante pour un garçon comme Mathias, corrigé-je, comprenant que le terme « sexy » n'est pas dans les usages elfiques.

Je m'apprête soigneusement et Laurewen m'aide à passer une robe de soie grise aux subtils reflets d'argent. J'enfile les escarpins assortis et contemple le résultat dans le miroir. La robe épouse mes formes rondes, ma poitrine se révèle plus belle et généreuse que dans aucune autre de mes tenues. Laurewen fait glisser une ceinture d'argent autour de ma taille, ce qui augmente avantageusement le contraste de mes hanches. Elle m'asperge d'une eau délicatement parfumée et positionne mon diadème sur mon front. Elle remet de l'ordre dans ma coiffure et fait briller mes lèvres au moyen d'une sorte de gloss rosé à la saveur fruitée. Ainsi parée d'argent sur mon teint pâle, je me plais énormément et retrouve un peu de confiance en moi.

Laurewen m'accompagne jusque sur la terrasse où les Elfes sont en pleine conversation. Mathias s'entretient toujours avec la belle jeune femme. Anwen lui adresse quelques mots, il se retourne. Je devine, ravie, les regards admiratifs des garçons réunis autour d'Andréas, qui m'envoie un sourire approbateur. Pendant ce temps-là Mathias s'est approché. Il lève la main, me caresse la joue. Je ne respire plus.

— Tu ressembles à une étoile, me dit-il sans sourire.

— Je ne te dérange pas ? demandé-je à voix basse, sans émettre le moindre accent de jalousie.

— Tu ne me déranges jamais, Léo, répond-il d'une voix sourde.

— Tu as l'air… contrarié.

— Je le suis, affirme-t-il sans détour.

— Je n'aurais pas dû interrompre votre réunion, fais-je en relevant le bas de ma robe et en m'apprêtant à faire demi-tour.

Mathias attrape alors mon bras et m'attire brutalement contre sa poitrine, sous laquelle je perçois les coups précipités de son cœur. Ses yeux flamboient véritablement. Il glisse ses doigts sous mon menton et fond sur ma bouche. J'entends Anwen qui relance les conversations. Mathias ne me relâche pas, c'est moi qui dénoue ses bras et l'écarte de moi. Il me dévisage, incrédule. Je ne me suis jamais soustraite à ses effusions.

— Tu as des invités, lui rappelé-je, un brin perfide.

— Ce sont les visiteurs d'Iliud, pas les miens, rectifie-t-il.

— Tu leur dois ta présence, répliqué-je en désignant discrètement du regard la belle créature qui nous observe depuis la balustrade.

— Luinil est ici à la demande du roi. Nous nous connaissons depuis très longtemps, et elle est très impatiente de te rencontrer.

Je perds contenance.

Mathias a donc évoqué ma présence devant cette fille sublime ?

Il me prend par la main et je ne peux me soustraire aux présentations.

— Luinil, je te présente Léo, lance-t-il gaiement.

La jeune fille m'adresse alors un chaleureux sourire et me tend les mains. Je lui accorde les miennes, qu'elle garde un moment en me fixant avec attention. Je suis soudain saisie d'un frisson et j'éprouve le besoin de fermer les yeux.

— Tu es la rivière paisible dans laquelle se jette un flot impétueux, le Dalahar est ta terre, entends-je comme dans un songe. Tu suis la trace d'une âme.

J'ouvre les yeux, choquée. Luinil a lu en moi aussi sûrement que dans un livre ouvert, elle a tout saisi de mes sentiments, même ceux que je préférais cacher.

— Je suis désolée, dis-je, toute penaude.

— Ta réaction est normale et sincère.

Elle jette un regard vers Mathias, qui s'est volontairement éloigné de nous et qui me dévore des yeux.

— Son cœur est noble et pur, ne doute jamais de ses sentiments, ajoute-t-elle.

— Qui es-tu ? interrogé-je, intriguée et conquise.

— Je suis le lien entre les Elfes des Hautes Terres et les Elfes du Dalahar. Je veille sur l'Olisseï au Pas des Belles Âmes.

— De quoi s'agit-il ?

— C'est l'endroit où reposent les âmes des Elfes défunts. Mathias est venu très souvent se recueillir sur la sépulture de sa mère. Je le connais depuis toujours. Sa mère, hélas, était une humaine et je n'ai jamais pu accéder à son âme pour soulager son fils. Mathias a fini par le comprendre, mais il lui a fallu beaucoup de temps pour l'accepter.

— Accéder à son âme ?

— Les Elfes ne disparaissent jamais vraiment, ils laissent des traces. Tu le sais mieux que personne, Léo.

— Éorin ? Peux-tu accéder à l'âme d'Éorin ?

— C'est la question qu'Iliud voulait me poser en me faisant venir ici.

— Le peux-tu ?

— Hélas, non ! Je l'ai souvent appelée, mais Éorin t'a choisie pour seule intermédiaire. Elle ne se manifeste jamais à moi. Cependant, je sais que sa voix n'est pas éteinte. Elle a encore des choses à te dire.

Je ressens une grande joie en entendant ça. Je craignais de ne l'avoir définitivement perdue en entrant au Dalahar.

— Je suis sa trace, c'est bien ça ?

— Tu as compris.

— Quel est ce flot impétueux ? demandé-je.

— Cette eau pure qui t'envahit, charrie les pierres lourdes de tes doutes pour les faire rebondir dans ton cœur, celle qui te remplit d'amour et d'espoir, la seule eau qui étanche ta soif, répond-elle avec un sourire en regardant dans la direction de Mathias.

— Je ne suis pas digne d'être aimée d'un tel être, soupiré-je, honteuse de mes sentiments trop humains.

— Tu en es digne et je sais que ton destin est à la hauteur de votre amour. Mathias sera toujours fier de toi... si tu ne lui cèdes pas.

Je sursaute, surprise de ses paroles. Luinil me relâche les mains.

— Il est temps que je reprenne la route des terres d'Alioth, Maïewen en a terminé avec Iliud.

Mathias vient la saluer.

— Tu as rendu au Dalahar l'un de ses plus beaux joyaux, lui affirme-t-elle en me fixant.

— Je m'en rends compte chaque jour davantage, confirme-t-il en enlaçant ma taille.

— Veille sur elle, lui conseille-t-elle avant de s'éloigner, suivie des Elfes de son équipage.

— Éorin nous joue décidément des tours, commente malheureusement Andréas.

— Éorin a toujours su ce qu'elle avait à faire, se récrie Élawen en défendant sa sœur.

— Luinil était notre dernier espoir, réplique-t-il.

— Comment ça notre dernier espoir ? m'étonné-je.

Andréas se ferme comme une huître, je devine le regard assassin de Mathias dans mon dos. Je vois cependant tout à fait où il veut en venir. Iliud a fait quérir

Luinil à la demande de Mathias. Ce dernier espérait qu'elle entrerait en contact avec Éorin à ma place. Je n'aurais ainsi eu plus aucun motif pour repartir sur la Terre des Hommes. L'échec de Luinil ruine les espoirs de Mathias, qui souhaitait m'écarter du danger. Je me retourne vers lui, il a le visage grave et les traits tendus.

— Ça ne change rien pour moi, affirmé-je. Tu ne m'aurais pas mise sur la touche de cette façon.

— Je devais essayer, répond-il d'une voix sourde.

— Retour à la case départ, mon amour, chantonné-je.

Je le sens se raidir. Ses yeux balaient mon visage, puis mon corps.

— Tu es un être terriblement dangereux et ta tenue est proprement...

— Quoi ?

— Ne fais pas l'innocente, gronde-t-il.

— Je ne joue pas l'innocente, car si tu veux tout savoir, je ne comptais pas te laisser m'oublier au milieu de ces Elfes magnifiques, avoué-je sans honte.

— Comment pourrais-je t'oublier ? chuchote-t-il en m'attirant tout contre lui. Je ne pense qu'à toi, chaque minute, chaque seconde. Je ne respire que par toi. Je n'existe que par toi.

Je ne le laisse pas continuer, je soude mes lèvres aux siennes.

*
* *

Durant la nuit, alors que je contemple Mathias endormi contre moi, je ressens le changement que cet amour a provoqué en moi. Je suis désormais très loin de la pauvre Éléonore Duvivier, timide adolescente paumée et niaise qui aurait désespéré devant l'image trompeuse du couple idyllique que formaient Mathias et Luinil. Il me semble être devenue une autre, la chenille s'est métamorphosée en papillon. Mes parents auraient du mal à me reconnaître. Ils se demanderaient ce que leur gendre a bien pu faire pour me transformer ainsi.

Je m'arrête sur cette idée de « gendre ». Le mariage n'a jamais fait partie de mes projets. Cependant, notre vie commune dans ce palais a progressivement changé mon point de vue sur la question. J'ai bien conscience que Mathias et moi sommes apparemment reconnus comme un couple, mais il n'évoque jamais le sujet. Notre retour obligatoire sur la Terre des Hommes doit sans doute le préoccuper davantage, et mon séjour ici n'est, pour l'instant, que provisoire. Je reste donc sans cesse à l'écart quand il nous arrive de faire des rencontres. Certes, Mathias me rend justice en me présentant, mais je ne suis jamais que « Léo ». Ici, je n'ai même pas le titre de petite amie.

— À quoi penses-tu ? murmure Mathias sans bouger.

— Comment sais-tu que je pense ? pouffé-je, surprise par sa voix encore endormie.

— Parce que je le sens, tu es tendue et je t'entends presque réfléchir, répond-il en posant le menton sur mon épaule.

— À toi, dis-je amoureusement.

— Et quel tourment projettes-tu de m'infliger encore ? plaisante-t-il à peine.

Je me mords la lèvre pour ne pas l'attaquer en pleine nuit sur un sujet aussi inattendu.

— J'aimerais mieux connaître le Dalahar, réponds-je en biaisant.

— Est-ce tout ?

— Oui.

— Accordé, mais à une condition !

Il darde sur moi un regard dans lequel je devine sans peine les termes de cet accord ; nous ne nous endormons pas avant longtemps. Le lendemain, il saute du lit en pleine forme et me recommande de m'apprêter.

— Qu'est-ce qu'il y a ? interrogé-je, épuisée.

— Tu voulais découvrir le Dalahar, non ? Je suis à ton entière disposition, annonce-t-il.

Bon sang, j'ai failli oublier mon mensonge !

Je jaillis du lit et je suis la plus rapide à plonger dans la baignoire. Il m'aide lui-même à m'habiller, chose à laquelle je m'habitue moins bien. Les robes des Elfes sont magnifiques, mais les revêtir seule tient du défi. Mathias est d'humeur joueuse, et ma préparation prend deux fois plus de temps que d'ordinaire.

— Je préfère te déshabiller, fait-il, boudeur, en fermant les petits boutons dans le dos de ma robe.

— Je te rappelle que c'est toi qui as insisté !

— Tu es injuste, je ne fais que satisfaire tes désirs, dit-il en riant.

Je le dévisage, hésitante.

Satisferait-il le désir auquel je pense, si je le lui demandais ?

— Tu as changé d'avis ? s'enquiert-il en me voyant songeuse.

— Non, allons-y, finis-je par décider lâchement.

Mathias m'entraîne dans les couloirs du palais et s'arrête devant une lourde double porte dont il pousse les battants. La pièce gigantesque qui s'ouvre devant moi ressemble à une bibliothèque. Des rayonnages couvrent tous les pans de murs du sol jusqu'au plafond, situé à plusieurs mètres de hauteur.

— Bonjour, Algol, lance Mathias à la cantonade.

J'entends, derrière une étagère, le bruit d'une dégringolade, puis je vois apparaître l'Elfe aux longs cheveux blancs comme neige. Il nous adresse un regard de reproche. Sa démarche est bizarrement penchée. Je comprends qu'elle n'est due qu'à la pile impressionnante de livres qu'il transporte. Il se décharge sur une table aux dimensions hallucinantes et se redresse dans une prestance plus conforme à sa nature elfique.

— Te voilà donc, chenapan ! Es-tu perdu que je te trouve ici ?

Mathias éclate d'un petit rire espiègle et se tourne vers moi.

— C'est pour Léo, répond-il solennellement.

Le visage d'Algol change aussitôt d'expression et un sourire chaleureux illumine ses traits empreints d'une grande intelligence.

— Ce n'est pas la passion de l'astronomie qui t'a poussée jusqu'ici, alors si tu me disais ce que tu cherches, nous gagnerions énormément de temps, tu as bien remarqué que j'étais très occupé, le gronde encore Algol.

— En effet. Pourrais-tu nous sortir la grande carte du Dalahar ?

— Installez-vous, je vous l'apporte immédiatement, accepte Algol en désignant la table de ses mains ouvertes.

Il récupère la pile branlante de ses livres en marmonnant entre ses dents.

— Ôte donc tes coudes de cette table et aide-moi, râle-t-il à l'intention de son élève lorsqu'il revient.

Il pose un gros rouleau à l'extrême bord du meuble et, d'un geste habile, le déroule devant lui. Le parchemin se dévoile ainsi de lui-même, et Mathias n'a qu'à en arrêter la course à l'autre bout de la table.

— Cette carte n'a pas été examinée depuis longtemps, constate Algol. Tiens, s'écrie-t-il en même temps qu'il lance vers Mathias des petits objets que j'ai à peine le temps de voir.

Plus rapide que l'éclair, Mathias les attrape au vol et les dépose aux coins de la table pour empêcher la carte de se replier. Je n'ai jamais eu l'occasion d'approcher un tel trésor.

— Tu fais la présentation ou préfères-tu que je m'en occupe ? demande Algol d'un ton à peine moqueur.

— Je peux le faire, assure Mathias en contournant la table. Retourne à tes rangements !

— Comme tu voudras ! Si ta mémoire d'élève étourdi s'envole, tu sais où me trouver, acquiesce le précepteur en disparaissant derrière ses rayonnages.

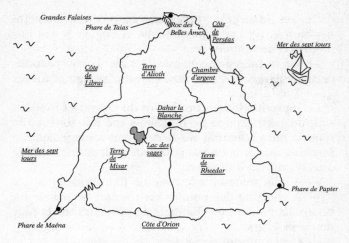

Grandes Falaises
Phare de Taias
Roc des Belles Âmes
Côte de Perséas
Mer des sept jours
Côte de Librai
Terre d'Alioth
Chambre d'argent
Dahar la Blanche
Mer des sept jours
Terre de Misar
Lac des sages
Terre de Rheedar
Phare de Papter
Phare de Maéna
Côte d'Orion

— Le Dalahar ressemble à un triangle presque parfait, commence Mathias en dessinant les contours du territoire du bout des doigts. Il est constitué de trois grandes provinces. Il y a au nord la Terre d'Alioth, elle est gouvernée par Maïewen, à l'Occident, la Terre de Mizar gouvernée par Érodon, et à l'Orient, la Terre de Phecdar, gouvernée par Othar. Nous sommes ici, au centre, pointe-t-il de son index sur la carte. Tu es au palais de Dahar la Blanche, la capitale du Dalahar. Le roi ne gouverne pas seul. Les Guides des Terres siègent avec lui au Grand Conseil. Aucune décision concernant le Dalahar n'a jamais été prise autrement qu'à l'unanimité des membres du Conseil.

— Il n'y a jamais eu de désaccord ?

— Si désaccord il y a, il se règle par la discussion. Nous ne formons qu'un seul peuple, et notre intérêt n'est pas de nous entre-déchirer, les Elfes ont payé un lourd tribut à la Grande Colère, leurs descendants ont retenu la leçon. Nous vivons en paix et en harmonie. Le Dalahar est sous l'entière protection du roi. Il dispose de la possibilité d'ordonner seul. Dans ce cas, les autres membres du Conseil sont tenus d'accepter ses directives. Mais cela n'arrive que dans des cas où cette décision s'avère plus personnelle et engage le roi lui-même ou sa famille.

— De la même façon que je vous ai vus prendre certaines décisions Andréas, Élawen, Anwen et toi ?

— Tout à fait.

La reproduction en miniature du Grand Conseil au sein du petit groupe de mes amis me fait sourire. Je reporte mon attention sur la carte, au soulagement de Mathias, que mon intérêt pour leur petit conseil semble plus ou moins indisposer.

— À quoi ressemble le reste de ton univers ?

— À chacune des pointes du triangle se trouve un phare. Ils guident nos bateaux de pêcheurs sur la Mer des Sept Jours.

— C'est un nom curieux !

Mathias rit franchement.

— Il n'est pas un Elfe qui n'ait tenté l'expérience, je crois ! Si tu montes à bord d'un bateau et que tu pars droit devant toi, immanquablement, les courants et le vent te ramèneront sur la côte opposée en l'espace de sept jours.

— Tu as tenté le coup ?

— Oui, plusieurs fois, c'est assez drôle.

— Qu'y a-t-il au-delà ?

— Seuls les navires des Hauts Elfes passent le Cap de Cassiopée. Iliud lui-même n'a jamais accédé à l'Au-Delà.

— C'est un peu comme les frontières invisibles de l'espace, les hommes ignorent ce qu'il y a derrière les limites de leur univers.

— Ça y ressemble un peu, en effet.

— Continue !

— À la pointe des Terres d'Alioth se trouvent les Grandes Falaises de Pierre Blanche. Elles offrent un panorama fabuleux sur la Mer des Sept Jours. C'est une réserve naturelle pour les oiseaux. Le Pas des Belles Âmes est notre lieu de sépulture gardé par Luinil. Par l'Occident, la falaise s'adoucit jusqu'à disparaître sur la Côte de Libraë. C'est une région essentiellement agricole qui fournit le Dalahar en fruits et en légumes fabuleux. Au sud, tu as la Côte d'Orion jusqu'au phare de Capter, ici s'étendent des kilomètres de plages de sable fin. C'est l'endroit où nous aimons nous reposer et profiter des plaisirs de la Mer des Sept Jours. Elle y est plus belle et plus chaude que partout ailleurs. C'est le royaume des sports nautiques aussi.

— Des sports nautiques ?

— Les humains n'ont pas le monopole de ce genre de choses, se moque-t-il avant de longer du doigt la partie est de la carte. En remontant par ici, nous sommes sur la Côte de Perséus, c'est là que se situent nos ports de pêche. La région est très poissonneuse, mais nous ne pratiquons la pêche qu'à hauteur de nos besoins. D'ailleurs, les pêcheurs sont des maîtres de leur art et leur charge se transmet de père en fils. Le seul cours d'eau qui est indiqué sur la carte est la Rivière Andiaë. Nous appelons sa source la Chambre d'Argent.

— Le Dalahar n'a pas l'air immense, vu ainsi, constaté-je, attentive à ses explications.

— Tu traverses le Dalahar de la pointe du Phare de Tilao aux plages d'Orion en dix jours à cheval. Ou alors, tu en fais le tour en bateau, et le voyage prend des allures de croisière, ce qui n'est pas désagréable.

— En effet, admets-je, épatée par leur mode de vie parfois assez proche de celui des hommes. Comment identifie-t-on le rôle de chacun dans votre monde ?

— Ce petit esprit tourne très bien, lance soudain Algol de derrière une étagère. (Il passe la tête et me sourit.) La curiosité conduit au savoir !

Et il disparaît de nouveau, Mathias secoue le chef d'un air désapprobateur.

— Il existe toute une classification parmi les Elfes dont aucune n'est véritablement inférieure ou supérieure aux autres.

— Tes précautions de langage faussent le discours, gronde le vieux précepteur en arrivant au petit trot.

— Que voulez-vous dire ?

— Mathias a raison de dire que la société du Dalahar est structurée. Tu as par exemple la classe des Maîtres de la Terre, celle qu'il a comparée aux agriculteurs humains : mis à part le fait que la terre ici n'appartient à personne, ils se contentent de la cultiver pour nous en nourrir.

— Celle des précepteurs bavards, glisse effrontément Mathias en espérant récupérer la parole.

Algol hausse les épaules et poursuit sans se démonter.

— Notre nouvelle élève a bien le droit d'être informée des principes fondamentaux qui régissent notre société, s'énerve-t-il. Sa présence ici n'est pas le fruit du hasard, Mathias, et Iliud l'a bien compris. Que ça te dérange ou non, tu n'y changeras rien !

— Je sais, grogne Mathias en lui cédant la parole.

— Très bien, reprend Algol en remontant ses manches à la façon d'un avocat s'apprêtant à plaider. Je disais donc que la société du Dalahar était très structurée et, comme tu l'as constaté, aucune classe n'est supérieure à l'autre. Il existe cependant une forme de hiérarchie très ancienne et profondément respectée, celle qui se confond avec ce que les hommes appelleraient la noblesse, à savoir les membres de la famille du roi ainsi que les membres du Grand Conseil. Le roi et les guides sont issus d'une haute lignée elfique. Ils sont aimés et respectés de leur peuple, et ils ont un devoir de protection et d'assistance envers celui-ci. C'est pourquoi Iliud a confié la mission que tu connais à Élawen, Anwen, Andréas et Mathias.

— Anwen est la fille d'Othar, c'est pour cela qu'elle a été choisie ?

— Oui, confirme Algol. Tout comme Élawen est la fille d'Érodon et Andréas, le fils de Maïewen.

Une alarme s'éveille en moi. Les petits mécanismes de mon cerveau se mettent en marche sans me donner encore la solution. Je regarde Mathias, au supplice. Depuis que je suis arrivée, j'ai constaté qu'il fait l'objet de précautions particulières. Anwen, Élawen et Andréas sont les propres enfants des trois membres du Grand Conseil.

Mais lui ?

Lui, qui se permet de leur donner des ordres, lui, dont l'avis compte au-delà de celui de Maïewen, Érodon et Othar, lui, qu'Iliud traite avec tant de considération et de fierté ?

Pourquoi cela ne m'a-t-il pas sauté aux yeux avant ?

— Iliud est ton père ? demandé-je, choquée.

— Oui, admet-il, d'une voix sourde.

— Mathias est un prince digne de ce nom et, en temps voulu, il assumera parfaitement son rôle de roi, ajoute Algol.

Même si quelques gènes elfiques s'éveillent en moi, je ne suis qu'une humaine, une simple humaine de base, sans titre, sans qualité, sans rien qui puisse mériter l'attention d'un futur roi. Algol vient de dire que la société elfique du Dalahar est très hiérarchisée.

Quelle chance, quel fol espoir ai-je donc de me hisser un jour au sommet de cette caste afin de partager la vie de son souverain ?

Comment ai-je pu rêver d'épouser Mathias ?

Je recule, chancelante.

— Excusez-moi... Il... Il faut que je sorte un instant, bredouillé-je avant de partir en courant.

En m'éloignant vers le jardin, j'entends des éclats de voix derrière moi.

— Tu n'aurais pas dû, s'exclame Mathias à l'encontre de son vieux précepteur. C'était à moi de lui dire ! Ta culture et ta science sont immenses, mais je connais Léo mieux que toi. Tu viens de la blesser plus sûrement qu'avec une lame.

— Ce n'était pas mon intention.

— Je le sais, admet Mathias en se lançant à mes trousses.

Il n'a guère de mal à me rattraper juste avant que je parvienne sur la grande terrasse surplombant Dahar. Je n'ai pas le droit d'exiger de Mathias qu'il abandonne pour moi son peuple qu'il aime et qui le lui rend bien. Il deviendra le Grand Guide, le roi du Dalahar, dans cent ans, dans mille ans, le temps n'a pas d'importance.

Je *n'ai pas d'importance !*

— Je ne voulais pas que ça se passe ainsi, commence-t-il, et je sens le sol s'effriter sous mes pieds.

Tout ce que j'ai pu endurer un jour n'est rien en comparaison de l'incendie qui ravage mon esprit et mon cœur en cette minute infernale.

— Écoute-moi, réclame-t-il en prenant mon menton entre ses doigts. Il n'y avait aucune urgence à ce que tu apprennes ça.

— Et tu aurais laissé filer les siècles ? Je ne te demande rien et tu ne me dois rien, Mathias. Qui suis-je pour ça ?

— Celle que j'aime, Léo !

— Je ne serai jamais que la maîtresse humaine du prince, répliqué-je, amère, en soutenant son regard.

Il se fige tout à coup comme si je venais de le blesser mortellement, puis il s'empare brutalement de mon bras pour me forcer à suivre son allure précipitée. Nous traversons la terrasse, Mathias se penche par-dessus la balustrade et crie des ordres que je ne comprends pas avant de m'obliger de nouveau à l'accompagner. Il s'arrête soudain au bas des marches devant Iliud, inquiet.

— Algol est venu me voir, il est désolé d'avoir causé ce malentendu, intercède le roi.

— Je ne lui en tiens pas rigueur, il n'a fait qu'anticiper une explication que je devais à Léo. Cela me complique juste un peu la tâche, assure Mathias sans relâcher sa poigne autour de mon bras.

J'hallucine !

Ils parlent de moi comme si je n'existais pas. Pire, Mathias se dit au final satisfait d'en arriver là. Je manque défaillir, mais Iliud ne cède pas immédiatement, et je m'attends à subir d'autres humiliations.

— Je te vois déterminé et sauvage, mon fils. Puis-je te demander où tu vas ?

— Je remonte l'Andiaë, répond Mathias d'un air farouche.

Son père hausse un sourcil et ses traits se tendent subtilement.

— Ta décision est prise ?

— Elle est prise depuis longtemps, tu le sais, réplique Mathias dont le ton ferme m'effraie.

— Qu'en pense Léo ? interroge Iliud en posant ses yeux limpides sur moi.

Mathias ne répond pas. Je ne comprends rien à la scène qui se déroule devant moi bien que je semble y jouer un rôle essentiel. Iliud s'approche de moi et plonge son regard perçant au fond du mien, sondant mon âme entière.

— Laisse-nous un moment, ordonne-t-il à son fils.

Mathias se raidit un bref instant puis sa poigne se détend. Iliud récupère mon bras pour m'entraîner un peu plus loin.

— Où voudrais-tu être en ce moment ? me demande-t-il sans me quitter des yeux.

— L'enfer me paraîtrait doux, avoué-je d'une voix enrouée.

— Ce n'est pas une notion commune à nos deux civilisations, mais j'en connais la signification, assure-t-il. Mathias a raison, tu es vive, prompte à réagir et orgueilleuse.

Je reçois ce commentaire comme un soufflet supplémentaire, mais je ne suis plus en état de me rebeller davantage. Iliud m'adresse un sourire tendre.

— Cependant, tu es aussi sincère et courageuse, et tu aimes Mathias plus que toi-même.

Je ne saisis rien de ses propos, j'ai envie de fuir mais, tout comme son fils, il me tient fermement. Je comprends mieux le trouble que j'ai ressenti lors de la séance de tir à l'arc. Le père et le fils se ressemblent dans leur attitude et dans leurs gestes.

— Mathias, appelle-t-il tout à coup. Azahaar doit être prêt !

Les traits de son fils s'illuminent devant moi. Iliud me confie de nouveau telle une prisonnière à mon tortionnaire.

— Prends ceci, ajoute-t-il en lui tendant une petite bourse de velours fermée par une fine cordelette d'argent.

Mathias, étrangement troublé, le remercie, et ils échangent un long regard entendu.

— Où m'emmènes-tu ? me rebellé-je quand notre course redémarre en direction des écuries.

Mathias ne prend guère le temps de répondre et je vois avec horreur mon cauchemar empirer. Un magnifique pur-sang noir attend, tenu par la bride par le premier des gardes d'Iliud.

— Merci, Élogas, dit Mathias en me poussant vers le cheval.

— J'ai une peur bleue de ces bestioles, tu ne comptes pas me faire monter dessus quand même ? me défends-je farouchement.

— Tais-toi et grimpe, ordonne-t-il en me soulevant de terre.

En moins de temps qu'il n'en faut pour le dire, je me retrouve assise sur l'animal. Mathias monte aussitôt derrière moi et, attrapant les rênes de part et d'autre de ma taille, il lance notre monture au galop.

Dans les premiers temps, je ferme les yeux, tétanisée par la peur. J'en oublie presque mon chagrin. Le parfum de Mathias, mêlé à l'odeur du cheval, finit par me griser, j'entends le souffle du pur-sang et les battements d'un cœur contre lequel je me laisse aller. Petit à petit, je me détends, Mathias fait ralentir Azahaar à un train plus acceptable pour moi. Mon cerveau se met de nouveau en marche.

— J'aimerais que tu me dises...

— Tais-toi où je remets Azahaar au galop, menace mon compagnon.

Mon estomac ne me permet pas de répliquer. Je lutte intérieurement contre un espoir qui m'achèverait plus sûrement qu'une balle en pleine tête.

— Profite du paysage, conseille-t-il en se penchant sur moi, regarde !

Je risque un œil du côté qu'il m'indique. C'est la première fois que je quitte la cité de Dahar depuis mon arrivée. La forêt a cédé la place à une vaste plaine. J'assiste à l'envol d'une colonie d'oiseaux au-dessus d'un large cours d'eau scintillant où les animaux viennent s'abreuver, ils redressent la tête à notre passage, mais aucun ne s'enfuit.

— Nous ne les effrayons pas ? m'étonné-je.

— Les Elfes n'ont jamais eu d'intentions malveillantes à leur égard, ils nous font confiance. Pourquoi voudrais-tu fuir la main qui te caresse ?

Aïe !

Pourquoi faut-il que je trouve un sous-entendu dans cette phrase anodine ?

— Est-ce que nous allons loin, comme ça ?

— Nous arriverons dans une heure, mais si tu veux, je peux demander à Azahaar d'accélérer, propose-t-il, amusé.

Je glapis un « Non » implorant et le silence revient.

— C'est quoi, cette rivière ? reprends-je peu après, désireuse de tromper les illusions que se permet mon esprit bouleversé.

— Celle que je t'ai montrée sur la carte tout à l'heure, c'est l'Andiaë.

Je tâche de me remémorer la géographie du Dalahar, mais les événements qui ont suivi cette leçon en ont plus ou moins effacé le bénéfice.

— Et c'est... touristique ? fais-je, ironique.

Mathias ne répond pas et décoche un petit coup de talon à Azahaar, qui reprend sa course.

Traître !

Je ferme les yeux et m'accroche à lui. Son bras me serre davantage contre sa poitrine et je me laisse faire en renonçant à lutter contre mon espoir. Il stoppe le galop du cheval au bout d'un moment qui me paraît interminable. Azahaar se met d'abord au pas puis s'immobilise. Un bruit d'eau qui gronde me fait ouvrir les yeux.

— C'est fabuleux, dis-je, le souffle coupé. On se croirait dans un paysage de conte de fées.

Mathias me fait descendre de cheval et me lâche, le temps de flatter Azahaar en lui parlant à l'oreille.

— Que fais-tu ? m'inquiété-je soudain en le voyant lui enlever la selle et la bride.

— Azahaar n'est pas tenu de nous attendre. Il a eu la gentillesse de nous amener, il est libre de rentrer, s'il le souhaite.

— Mais comment allons-nous retourner à Dahar ? m'écrié-je.

— Ne t'inquiète donc pas de ça maintenant, viens, ordonne-t-il en m'entraînant de nouveau par la main.

Je le suis en jetant un regard désespéré sur notre monture qui, pour l'heure, se désaltère tranquillement au bord d'un bassin dans lequel se jette l'eau d'une magnifique cascade. Je me régale du spectacle de cette source qui, à plus d'une vingtaine de mètres au-dessus de nous, franchit l'obstacle de la roche et s'élance dans le vide. Une bruine légère accompagne ce bouillonnement incessant.

— Ferme les yeux, me recommande Mathias.

Il me guide lentement sur un chemin qui disparaît derrière le rideau de la cascade, dont je perçois le souffle tonnant et la fraîcheur sur mon visage, puis je l'entends prendre une inspiration comme s'il cherchait à se donner courage.

— Regarde, murmure-t-il à mon oreille.

— Où sommes-nous ? bredouillé-je en me découvrant au seuil d'un jardin tout simplement irréel.

— Dans la Chambre d'Argent.

Des clématites et des chèvrefeuilles s'entremêlent dans une mosaïque de couleurs et de parfums. Les plantes grimpent le long de fins piliers d'argent, qui soutiennent un ciel de voilages immaculés. Des draps de soie aux reflets aussi purs que ceux de l'eau jonchent le sol d'herbe tendre. La respiration de mon compagnon derrière moi devient plus chaotique.

— Dans notre monde, le mariage n'existe pas en tant que tel, commence-t-il.

Je me retourne vivement et le dévisage avec stupeur. Il arrête mon élan en posant ses doigts sur mes lèvres.

— Le mariage est une valeur humaine liée à la religion, reprend-il. Nous n'avons pas de religion et nous n'éprouvons pas le besoin de mettre en scène un attachement qui relève de l'intimité. Ce qui est important pour nous, c'est la sincérité et la profondeur de l'attachement qui nous lie. La Chambre d'Argent accueille simplement les couples qui souhaitent unir leurs vies, ceux dont l'amour sincère a besoin de s'exprimer. Te souviens-tu lorsque je t'ai raccompagnée chez toi la première fois ? C'est à cet endroit que je rêvais déjà de t'emmener, affirme-t-il tandis que mon cœur s'emballe. Algol a été maladroit, j'avais prévu de t'expliquer les choses plus doucement. Mais sache que ce que je suis ne change absolument rien à ce que je ressens pour toi. Personne ne conteste ta place à mes côtés, Léo. Ne cherche pas à calquer le modèle humain sur notre civilisation, le fait que je sois prince ne fait pas de moi un être plus exceptionnel méritant une femme de mon rang. Iliud s'est uni avec une simple brodeuse et personne n'a songé à remettre leur amour en question. Aberthol a accueilli ma mère pour ce qu'elle était, c'est-à-dire celle que son fils avait choisie, et aucune autre considération n'a de place ici.

Je le regarde, interdite. Mathias efface la trace d'une larme qui m'a échappé, puis il sort de sa poche la petite bourse de velours qu'Iliud lui a donnée avant notre départ.

— Mon père a souhaité te faire présent de ceci, dit-il en dénouant la cordelette.

Il fait couler dans ma main une chaînette d'argent d'une finesse exceptionnelle au bout de laquelle se trouve un médaillon identique à celui que porte Mathias. Ce dernier m'enlève le bijou des mains et se penche sur moi pour le nouer autour de mon cou.

— Iliud te considère comme sa fille, Léo. Il a pris acte de mon choix, et cette clé est désormais la tienne.

Je suis si émue que je ne parviens pas à prononcer le moindre mot. Mathias relève mon menton et, dans son regard empli de tendresse, passe un éclair plus sauvage. Ses lèvres se posent sur les miennes et il m'enlève dans ses bras. Sans quitter ma bouche, il pousse la porte en voile blanc et je sens sous mon dos la douceur accueillante d'un lit de coussins.

*
* *

Indifférents au rythme de la nuit et du jour, isolés et amoureux, nous ne prenons que le temps de nous aimer et de nous endormir, bercés par le murmure grondant de l'eau. J'ignore ainsi combien de temps la Chambre d'Argent se fait notre temple. Je suis dans un rêve absolu dont je ne souhaite pas me réveiller.

Mathias semble encore plus heureux que moi, si cela est seulement possible. Il est l'être le plus magnifique au monde, aux deux mondes. Je me régale de son visage parfait, de ses sourcils froncés, de la petite mèche qui folâtre devant ses yeux émeraude plus profonds que l'Andiaë. J'aime le son de sa voix, l'entendre murmurer mon prénom, réprimer un gémissement dans mon cou ou grogner de plaisir lorsque je l'embrasse avec passion. C'est mon traître d'estomac qui apporte une trêve à nos amours.

— Tu as faim ? s'amuse Mathias.

— Oui, mais nous avons épuisé les provisions. Depuis combien de temps sommes-nous ici ?

— J'ai vu deux fois le soleil se lever dans tes yeux, me répond-il d'un air si séduisant que j'ai bien du mal à rester calme. Il va falloir rentrer.

Je songe à Azahaar que Mathias a relâché. Je manque lui en faire le reproche, mais il ne m'en laisse pas le temps.

— Que dirais-tu d'une croisière ? dit-il en souriant d'une bien étrange manière.

— Tu comptes bâtir un radeau ? fais-je, moqueuse.

— Je suis sérieux. J'ai demandé à Azahaar de mettre un jour plein à rentrer, avoue-t-il.

Je le regarde, perplexe.

— T'aura-t-il obéi ?

— Oui.

— Comment le sais-tu ?

— Parce que j'ai entendu notre escorte au-dehors.

— Notre escorte ? Mais de quoi parles-tu ?

— Je sais que tu as horreur des cachotteries que je te fais, mais je t'assure que je ne tiens compte que de toi seule. Cette fois, en revanche, je suis obligé de tenir compte aussi de moi et de mon peuple, s'excuse-t-il en prenant un air contrarié.

— Que veux-tu dire ?

— Je sais à quel point tu désires être reconnue comme mon épouse.

— Comment as-tu deviné ? marmonné-je, penaude.

— J'étais inquiet de tes réflexions, de tes pensées qui te tenaient éveillée et tendue, de tes hésitations à te montrer près de moi en public. Je te connais par cœur, Léo, je te connais aussi bien que moi-même. J'ai parlé à Lawendë, qui m'a éclairé. Elle m'a confirmé que tu regrettais mes silences, mais tu te comportes de la même manière avec moi.

— Je ne voulais pas t'imposer un caprice, avoué-je tout bas.

— Ça n'a rien d'un caprice, mon amour, objecte-t-il en me couvant du regard. Tu aurais dû m'en parler.

— Je l'aurais fait si je n'avais pas découvert avant que tu étais le fils d'Iliud.

— Tu sais à présent que ça n'aurait rien changé.

— Maintenant, oui !

— Si tu le souhaites, nous organiserons dans ton monde un mariage humain tout ce qu'il a de plus classique.

L'idée de notre couple bras dessus bras dessous et de moi dans une robe à froufrous blanche me paraît soudain complètement saugrenue. Toutefois, cet événement aurait l'heur de rassurer tout à fait mes parents sur mon choix quel que soit l'endroit où je vivrai.

— Je ne suis pas tout à fait sûre, éludé-je.

— J'ai discuté avec Iliud, reprend-il, un peu soucieux. S'unir dans la Chambre d'Argent relève de la plus stricte intimité, mais personne n'ignore quand un couple s'y est rendu.

Je comprends vite son hésitation.

— *A fortiori* si c'est le prince, c'est bien ça ?

— Les traditions elfiques ne sont guère nombreuses, mais celles qui concernent la famille royale sont sans doute les plus respectées et les plus attendues du peuple du Dalahar, acquiesce-t-il.

— Et ?

— Le dernier événement en date a été l'enterrement de ma mère. Le peuple des Elfes ne s'est pas réjoui avec son roi depuis ma naissance, il y a 183 ans.

— Iliud souhaite que nous fêtions cela ?

— Ce n'est pas à strictement parler une fête, disons que c'est plutôt un partage.

— C'est-à-dire ?

— Habillons-nous, je vais t'expliquer en chemin.

Il fait glisser ma robe par-dessus ma tête et s'empresse lui-même de se vêtir. Juste avant de quitter la chambre, il récupère un anneau d'argent accroché à la sortie.

— Tiens, me dit-il en souriant. Conserve-le en souvenir, nous n'y reviendrons jamais.

— Jamais ?

— L'union de deux Elfes scelle leur vie de manière définitive, le divorce n'existe pas.

— Et la mort ? demandé-je en songeant à Iliud.

— Les Elfes ne connaissent qu'un seul véritable amour. La mort ne défait pas le serment de la Chambre d'Argent. Il n'y a donc aucune raison d'y revenir.

Je serre l'anneau dans ma main et lui donne l'autre qu'il réclame.

Chapitre 17
Compromis

Nous repassons sous l'eau grondante de la cascade et je suis éblouie par la clarté étonnante du jour. J'entends le souffle impatient des chevaux. De l'autre côté du bassin, Anwen et Élawen accompagnent Andréas, qui tient Azahaar par la bride.

— Vous en avez mis, du temps, râle ce dernier, goguenard.

— Léo n'a pas su se lever, plaisante Mathias. Tout est prêt ?

— Nous n'attendons plus que vous !

Mathias récupère le pur-sang magnifique qui nous a accompagnés ici et me fait grimper avant de monter derrière moi.

— Tu m'expliques ? demandé-je, perplexe, tandis que nous chevauchons tous les cinq.

— Regarde, me répond-il en me désignant, sur l'Andiaë, les grandes voiles blanches d'un navire et des drapeaux de la même couleur flottant mollement au vent.

Mathias force le pas d'Azahaar et nous arrivons rapidement au pied d'un embarcadère improvisé où attend une cohorte d'Elfes en tenue militaire. Mathias me fait descendre de la selle, puis il m'accompagne sur la passerelle de bois. Anwen, Élawen et Andréas nous suivent à bord. Le pont du bateau est somptueusement agencé ; des sièges couverts d'énormes et moelleux coussins blancs offrent un lieu propice à la flânerie au fil de l'eau, des tables basses proposent de la nourriture et du vin en abondance.

— Nous sommes parés au départ, Mathias, déclare le capitaine en venant au-devant de nous.

— Levons l'ancre, Elros, sourit celui-ci, enthousiaste.

— Puis-je savoir maintenant ? insisté-je, curieuse mais ravie.

— *L'Illion* est la barque d'apparat du Dalahar, et l'Andiaë est la seule rivière qui parcourt les trois territoires de notre monde. Nous allons suivre son cours jusqu'au Lac des Sages sur la Terre de Mizar. Le peuple attend de voir sa princesse, explique Mathias en me dévisageant avidement.

— Pardon ?

— Iliud a songé que l'événement était trop important pour le taire. Il a pensé aussi que tu y verrais la juste reconnaissance de ton statut. Mes parents ont pareillement descendu l'Andiaë sur *L'Illion* après s'être unis dans la Chambre d'Argent. C'est à la fois un hommage à ta beauté et un moment de joie commune. Les Elfes aiment partager l'allégresse de leur roi. Nous allons donc à leur rencontre.

— Combien de temps cela va-t-il durer ? m'inquiété-je en constatant la faible allure du navire.

— L'Andiaë est une rivière paisible, nous ne comptons que sur les vents et l'habileté du capitaine, trois ou quatre jours environ !

— Vous devriez aller vous changer, intervient Anwen, nous ne tarderons pas à aborder les rivages d'Alioth.

Mathias écarte le voile d'une tente à l'arrière, et j'y découvre une véritable chambre à coucher, munie d'un lit bas et d'un grand coffre en bois d'ébène. Il en tire deux tenues somptueuses : un ensemble gris, taillé dans un tissu soyeux souligné de broderies d'argent et une robe semblable en tout point digne d'une véritable princesse. Il m'aide généreusement à l'agrafer puis me recommande de fermer les yeux. Je sens alors sur mon front glisser le froid métal d'un diadème. Quand j'ouvre les yeux, les siens sont admiratifs.

Je me tourne vers le miroir. Un enchevêtrement aérien de branches d'argent incrustées de diamants ceint mes tempes pour se réunir en une sorte de papillon stylisé sur mon front. Des chaînettes d'une finesse extrême descendent dans mes cheveux jusque dans mon cou. Pour la première fois, je me sens l'égale d'une Elfe, j'en ai l'apparence parfaite. Je ne parviens pas à détacher mon regard de mon reflet, subjuguée par le travail de génie de Maître Siléas, qui a certainement réalisé cette pure merveille à mon intention. Je vois Mathias derrière moi, il a lui aussi ceint un diadème d'argent qui lui confère un air princier.

— Je suis en train de rêver et je vais me réveiller dans mon lit à Montréal, murmuré-je.

— Tu ne rêves pas, Léo, répond-il doucement en m'entourant de ses bras.

Il m'embrasse si tendrement et si longtemps que je manque défaillir. Je ne m'habitue pas à ses baisers renversants, et je souhaite ne jamais avoir à le faire. Anwen vient interrompre nos embrassades. Mathias me fait sortir la première et je suis soudain happée par une clameur enthousiaste.

Sur les berges de l'Andiaë, des centaines d'Elfes se sont réunis pour le passage de *L'Illion*. Iliud a fait proclamer la nouvelle de notre union dans tout le royaume sitôt notre départ mouvementé. Les Elfes se pressent de répondre à cette annonce en venant en masse nous faire escorte.

Anwen, Élawen et Andréas ont pris place sur les sièges et nous les rejoignons après quelques instants passés à saluer nos admirateurs.

Je meurs de faim. Je reconnais les salades de pâtes de Tony. L'œil de Mathias s'allume quand il dévoile le contenu d'un plat empli de charcuteries italiennes.

— Andréas est allé les chercher hier à Montréal.

— Quel jour sommes-nous là-bas ? demandé-je, avidement.

— À peine le lendemain, explique-t-il.

— As-tu appris quelque chose ?

— La maison de Tony est entièrement détruite, ce n'est pas plus mal, le passage est définitivement hors d'usage. La police est en train de mener une enquête, mais elle en a d'ores et déjà conclu que la maison était vide au moment de l'incendie. Pour le reste, nous en discuterons à un autre moment. L'heure est au plaisir, Léo, pas à l'enquête.

Notre voyage continue ainsi au rythme lent de *L'Illion*, seulement troublé par la clameur des habitants du Dalahar. Notre première nuit à bord est sage tant nous sommes fatigués, sans parler de la proximité de nos amis discutant inlassablement derrière les voilages de notre chambre.

Au milieu du deuxième jour, nous abordons la cité de Dahar. Je sais les Elfes peu enclins aux démonstrations de joie, je suis donc bouleversée et séduite par la foule immense regroupée sur les digues. Dahar la Blanche porte merveilleusement son nom. Iliud a fait décorer toute la ville de cette couleur nuptiale : des fleurs, des drapeaux, les Elfes eux-mêmes sont en blanc.

Mathias se poste fièrement à la proue du navire, me tenant dans ses bras. *L'Illion* remonte jusqu'au cœur de la ville où nous attend la garde royale escortant le roi à cheval, majestueusement vêtu de blanc. Maïewen, Othar et Érodon l'entourent. Juste à côté d'eux, Lawendë est émue aux larmes. Une joyeuse musique nous accompagne. Le peuple entier de Dahar acclame son prince sublime.

L'Illion poursuit son chemin encore un jour et demi avant de parvenir au Lac des Sages. Nous avons traversé les trois terres que j'ai découvertes à la fois différentes et sauvages, mais peuplées des mêmes êtres merveilleux et accueillants. À l'issue de ce voyage, je me sens pleinement à ma place, acceptée et reconnue. Je ne pouvais espérer plus bel hommage et un mariage humain me semblerait bien fade en comparaison de ce que je viens de vivre. Mes parents devront se contenter de ma seule parole et accepter notre relation telle qu'elle se présentera à eux. Mathias comprend mon raisonnement lorsque je le lui expose. Il maintient cependant sa proposition.

Je trouve dans le coffre une tenue spécialement adaptée pour moi, sur le modèle de celle des gardes. La couturière attitrée d'Iliud a féminisé la tunique en dégageant un joli décolleté brodé. Cet ensemble me permet de monter plus facilement en selle à notre descente du bateau. Nous remontons tous les cinq vers Dahar nettement plus vite qu'à l'aller. En chemin, Mathias me laisse prendre les rênes de notre monture. Je le soupçonne toutefois d'avoir amadoué l'animal. Il promet de me donner des leçons d'équitation à notre retour.

Nous franchissons les portes de Dahar à la tombée de la nuit. Une petite effervescence règne encore dans les ruelles. Nous mettons pied à terre devant le restaurant d'Isil, où nous sommes accueillis par les cris de joie de nos amis. Tony me serre à m'étouffer et j'en profite pour le remercier de ses attentions. Isil a mis les petits plats dans les grands, Andréas se charge même de l'aider. Puis soudain, la porte s'ouvre et nous avons la stupeur et le plaisir de voir entrer Iliud en personne.

— Y a-t-il encore quelque chose à manger ? demande-t-il en plaisantant.

Mathias se précipite dans ses bras.

— Ta mère aurait aimé assister à ce jour de fête, assure son père, heureux et fier de son fils. Léo lui aurait plu.

— Je n'en doute pas, approuve mon époux.

Iliud vient m'embrasser et glisse un regard ému sur le médaillon qui pend à mon cou.

— Tu es la princesse du Dalahar et je suis heureux de t'avoir pour fille.

— Je suis heureuse de t'avoir pour père, Iliud, merci, lui dis-je, reconnaissante de son immense gentillesse à mon égard.

— Tu n'as pas à me remercier, je sais l'importance que la mère de Mathias attachait au fait d'être reconnue pour ce qu'elle était. J'ai retrouvé ce même désir dans ton attitude.

— J'ignorais que Mathias était prince.

— Il m'avait demandé de le laisser te prévenir lui-même. Je l'ai fait, même si je désapprouvais sa méthode.

Mon beau-père me ramène vers mon mari rayonnant et la fête se poursuit jusqu'au bout de la nuit.

*
* *

Contrairement au monde des humains où quelques jours se sont à peine égrenés, les mois passent ici à une vitesse folle. Je n'oublie jamais la menace qui plane au-dessus du Dalahar, mais je me sens heureuse et épanouie comme jamais. Ma vie au château ressemble à un conte de fées, et je suis mariée au prince charmant en personne.

Mathias s'investit désormais dans la gestion du royaume auprès de son père. Iliud me fait part de sa grande satisfaction lors d'un de nos cours d'escrime. Entre lui et moi est née une complicité que nous apprécions tous deux. Le roi respecte pleinement son engagement à mon égard. Il m'invite deux ou trois fois par semaine, selon ses disponibilités, à le rejoindre dans la cour des gardes pour m'enseigner en personne le maniement de l'épée ou le tir à l'arc. Iliud a commandé spécialement à mon intention au maître forgeron une épée légère et courte ainsi qu'une dague d'une extrême finesse. Très gauche et timide au début, je prends petit à petit une assurance et une habileté qui réjouissent mon beau-père.

J'aime beaucoup nos joutes matinales : nous en profitons pour nous moquer des réticences de Mathias, et Iliud se confie sur son passé de jeune chef militaire pendant la Grande Colère. Je recueille ainsi beaucoup de renseignements au sujet des Elfes noirs et, plus j'en apprends, plus je doute que Jonathan Dussaunier soit l'un d'eux. J'explique à Iliud mes hésitations et mon intention de repartir à Montréal afin de récupérer la précieuse clé d'Éorin. Le roi m'écoute attentivement.

— Il semble que tes gènes elfiques soient parfaitement réveillés, à présent, Léo. Il me serait donc bien difficile aujourd'hui de prétendre que tu te trompes.

— Que puis-je faire pour en persuader Mathias ?

— Ça, je l'ignore ! Mon fils est plus têtu que sa mère, mais il t'aime plus que tout au monde. Toi seule peux réussir à le faire changer d'avis.

Je me souviens du conseil de Luinil : « Mathias sera toujours fier de toi si tu ne lui cèdes pas. » Je suis résolue à faire valoir mon avis et mes droits sur ce que je considère comme mon propre destin. En m'unissant au futur roi du Dalahar, je me suis engagée vis-à-vis du peuple des Elfes, il n'est pas question que je le laisse me protéger sans essayer de lui apporter toute l'aide dont je suis capable. Cette pensée me donne une énergie formidable, et je parviens pour la première fois à déstabiliser un peu Iliud, qui doit reculer devant mon assaut.

— Tu parais de taille à te défendre désormais, me fait-il remarquer.

— Tu es beaucoup trop indulgent avec moi.

— Ces exercices me font du bien, tu as apporté un souffle de jeunesse dans ce palais.

Mathias boude toujours ces entraînements qu'il réprouve, ne désespérant pas de me faire renoncer à mon projet d'affronter les Elfes noirs. Cette discussion n'est pas revenue sur le tapis depuis notre séjour à la Chambre d'Argent et n'a donc pas assombri notre ciel par ailleurs sans nuage. Je vois sa désapprobation quand je délaisse notre lit pour enfiler la tenue qu'il déteste.

En revanche, il accepte de me donner quelques cours d'équitation. Azahaar se soumet aisément à mes maladroites tentatives, mais je doute fort d'être le véritable guide de ma monture. Je soupçonne Mathias d'orienter le cheval, il lui parle souvent à l'oreille, et le pur-sang agite de temps à autre la tête pour lui signifier son accord ou son refus d'exécuter telle ou telle manœuvre.

Aussi, je profite sournoisement de plusieurs de ses déplacements sur les Terres d'Alioth et de Phecdar pour obtenir d'Anwen qu'elle m'entraîne avec un autre cheval. Je dois me rendre à l'évidence : mes doutes sont fondés. La première séance me vaut à elle seule trois chutes et des courbatures désagréables durant deux jours. Mathias s'étonne de quelques hématomes, que j'explique en prétextant une chute dans le jardin. J'ai néanmoins éveillé ses craintes, et il n'est pas long à obtenir la vérité de la bouche d'Anwen, qui s'enorgueillit de m'avoir fait faire plus de progrès en un jour que lui en un mois.

Je suis trahie !

Je ne baisse pas les bras pour autant. Chaque semaine passée au Dalahar m'apprend un peu plus. Algol s'avère un excellent professeur, patient bien qu'un peu grognon. Loin de me faire des cadeaux, il m'enseigne de la même façon qu'aux Teitwyrs. Je passe en sa compagnie de nombreuses heures à découvrir les secrets de l'astronomie du monde que je viens d'intégrer, ainsi que ceux de leur histoire. Algol me donne des cours de vocabulaire et de grammaire elfique et je ne tarde pas à parler couramment leur langue magnifique. Je parviens à me faire de lui un ami fidèle à qui je confie sans honte mes ignorances qu'il s'efforce de combler. Je m'applique avec un bel acharnement à vouloir effacer le fossé culturel entre moi et mon prodigieux mari.

À force de ténacité, je réussis même ce qu'Anwen pensait irréalisable, Algol m'accorde le privilège suprême de me montrer les archives généalogiques du Dalahar. Celles-ci occupent à elles seules tout le dernier étage du château. Des bibliothèques hautes de plusieurs mètres s'alignent les unes contre les autres, les unes derrière les autres, un labyrinthe d'étagères emplies de rouleaux, de caisses, de livres, de parchemins. Algol m'explique la généalogie de ma famille depuis mon ancêtre Éléna. Je suis ainsi la trace de mes aïeux jusqu'au XVIIe siècle, mais dans le sens inverse de celui qui aurait dû être emprunté chez les humains.

Je profite de mes moments de liberté pour flâner en ville, parfois en compagnie d'Anwen et Élawen, mais le plus souvent seule. Je passe plusieurs heures chez Tony. Le roi lui a octroyé un nouveau passage près de Naples. Les conditions d'usage en sont draconiennes, mais la sécurité de Dalahar exige une prudence absolue. L'éloignement du site par rapport à Montréal a joué en sa faveur. Il a donc approvisionné sa boutique de merveilles à grignoter et a pensé à me rapporter du café et du jambon de Parme.

Ainsi occupée du matin au soir, je ne vois pas le temps passer. Il n'est pas rare que Mathias me trouve profondément endormie lorsqu'il regagne notre chambre après une journée de travail. Son humeur s'assombrit de jour en jour, même s'il ne m'en fait aucun reproche. J'ai parfaitement suivi le calendrier d'Algol. Les calculs du précepteur m'indiquent qu'il ne me reste plus que deux semaines avant de rejoindre Montréal. Les mois que je viens de vivre ont fait de moi une autre personne, plus assurée. Je regarde l'échéance approcher avec une certaine angoisse cependant.

Un soir, Iliud réunit le Grand Conseil et Mathias pour évoquer, à ma demande, les conditions de mon retour sur la Terre des Hommes. Je me suis gardée d'en avertir le principal intéressé, préférant laisser Iliud tenter de raisonner son fils. Je suis confiante, Mathias a au moins remarqué mes progrès sur le plan physique puisque je sais qu'il nous espionne très régulièrement depuis la grande terrasse.

Pour tromper mon angoisse au sujet de cette réunion, je grimpe sur notre lit et commence à dresser une liste de ce que je dois faire dès mon arrivée pour rester fidèle à mon ancienne image. Laurewen passe dans la soirée allumer les candélabres et m'apporter de quoi grignoter. Je n'ai pas très faim, je lui réclame plutôt une infusion de plantes dont elle a pris l'habitude de m'abreuver régulièrement. Elle revient quelques instants plus tard avec une tisane aux senteurs d'agrumes.

— J'ai vu que tu étais un peu nerveuse, j'ai préparé une boisson qui devrait t'aider à te détendre, dit-elle en me donnant la tasse.

Laurewen a sérieusement dosé son infusion et j'en ressens très vite les effets calmants, soporifiques même. Je m'endors sans m'en rendre compte.

Lorsque je me réveille, le lendemain matin, alertée par les gazouillis d'un oiseau qui s'est posté sur la balustrade de mon balcon, Mathias n'est pas là. J'appelle Laurewen, qui apporte aussitôt mon petit déjeuner. L'Elfe, d'ordinaire joyeuse, semble maussade.

— As-tu vu Mathias ? demandé-je inquiète.

— Oui, il est passé cette nuit.

— Où est-il ?

— Il a quitté le palais sur Azahaar.

Je me doutais qu'il serait question de cela.

— T'a-t-il dit quelque chose ?

— De te laisser dormir.

— Qu'y a-t-il ? interrogé-je de plus en plus anxieuse en constatant son air embarrassé.

— Mathias a trouvé tes notes.

Laurewen me désigne sur la table le calepin. La page que j'ai écrite est arrachée et a été chiffonnée avec rage.

— Prépare ma tenue de cheval, ordonné-je aussitôt.

Quelques minutes plus tard, je descends dans la grande salle rejoindre Iliud.

— Mathias n'a rien voulu entendre, n'est-ce pas ?

— Non, admet mon beau-père. Il est resté sur sa position et refuse ton départ.

— Alors, c'est à moi d'essayer de le convaincre, annoncé-je en quittant la salle d'un pas décidé.

Je demande à Élogas de me préparer Yznar, le cheval que j'ai fini par amadouer lors de mes séances d'équitation, et je pars vers la terre d'Alioth. Je connais désormais la géographie du Dalahar par cœur, je n'ai pas besoin de guide. Le Pas des Belles Âmes est normalement situé à plus de deux jours de cheval, mais Luinil m'a confié le secret de la grotte de l'Olisseï. À moins d'une heure de galop, je trouve donc, après quelques recherches à flanc de colline, le passage qui permet à Mathias de déboucher dans l'Olisseï en quelques minutes. Yznar se montre trop nerveux pour entrer dans la fissure sombre et étroite. Je descends de ma monture et lui ordonne de rentrer à Dahar avant de m'engager seule dans la caverne. Ma vue de nuit s'est sensiblement améliorée depuis que je suis ici et je poursuis mon chemin sans trop d'encombres. Je perds cependant l'équilibre sur un rocher éboulé et je me retiens *in extremis* contre la paroi dure et dentelée. Je récolte une belle entaille à l'épaule. Je me frotte énergiquement le bras et reprends ma progression jusqu'à ce que j'aperçoive enfin la clarté de l'autre côté du passage.

— Je savais que tu viendrais, résonne tout à coup la voix cristalline de Luinil.

La fée des Elfes des Hautes Terres apparaît belle et blanche, à l'entrée de la grotte qui est son domaine.

— Où est-il ? demandé-je en habituant mes yeux à la lumière éblouissante.

— Près de la falaise, au pied de l'olivier.

J'acquiesce et avance dans la direction qu'elle m'indique. Je vois d'abord Azahaar, qui vient poser son museau sur mon épaule douloureuse. Je me rends compte que je saigne. Je remonte la manche de ma tunique sur la blessure de manière à dissimuler la tache rouge qui macule le vêtement. Je caresse la tête du cheval en le remerciant de sa sollicitude.

Mathias est assis contre le tronc de l'olivier, face à la mer qui s'étend devant lui. Il entend mes pas et bondit sur ses pieds.

— Comment es-tu venue ? s'écrie-t-il.

— Yznar m'a accompagnée jusqu'au passage, éludé-je en contemplant les reflets d'argent de la mer. La vue est magnifique !

— C'est l'un des plus beaux endroits du Dalahar, le plus calme aussi pour y reposer en paix.

Je regarde la stèle dédiée à Anna, l'épouse du roi Iliud.

— Quand ma mère est morte, reprend-il d'une voix sourde, j'ai cru que mon père n'y survivrait pas. La seule chose qui lui a permis de surmonter la douleur de sa perte était ma présence. J'étais encore un enfant et il a tenu bon pour moi. Je n'aurais pas de raison de continuer s'il t'arrivait quelque chose, Léo !

— Il ne m'arrivera rien, tu seras près de moi, imploré-je, anéantie par ses larmes. Je ne supporterai pas de rester ici à ne rien faire. Je ne peux pas laisser ma famille courir un danger, et je refuse d'en être un pour ton peuple et pour toi.

— Tu ne renonceras donc jamais, lâche-t-il entre ses dents serrées. Que puis-je faire pour t'en dissuader ? Te l'ordonner ? Te supplier ? T'enfermer à double tour au palais ?

— Je désobéirai, je m'enfuirai et je te blesserai infailliblement.

Mathias baisse la tête. Je m'approche de lui et me coule dans ses bras. Je sens sa respiration saccadée contre moi. Il prend une grande inspiration, décidé à argumenter encore, et me saisit par les épaules. Je sursaute, surprise par la douleur à présent bien vive. Mathias devient blême. D'un geste brusque, il déchire complètement la manche. La coupure qui entaille mon épaule droite sur une bonne dizaine de centimètres n'est pas profonde, mais elle n'est pas propre et me fait mal.

— Où t'es-tu fait ça ? beugle-t-il, furieux.

— Dans le passage, j'ai seulement trébuché, couiné-je, sur la défensive.

— Rentrons, il faut que je m'occupe de toi !

Je sais qu'il n'y a plus aucun espoir de reprendre la conversation. Il monte derrière moi sur Azahaar. J'ignore si ce sont les effets de l'angoisse ou de ma blessure, mais je ressens un vertige et dois m'accrocher plus fermement à la selle.

— Qu'y a-t-il ? s'inquiète Mathias. Tu es livide.

— C'est sans doute la faim, je n'ai rien mangé depuis hier midi, expliqué-je.

Mathias enroule un bras autour de ma taille et me cale contre lui. Je me sens déjà mieux ainsi. Le voyage de retour s'avère nettement plus rapide. Azahaar vole sur les chemins et Mathias connaît un raccourci dont j'ignorais l'existence. À notre retour au château, il donne quelques instructions à Laurewen, qui se hâte de lui apporter ce qu'il réclame. Mon médecin ôte ma tunique, procède au nettoyage de la plaie et désinfecte soigneusement au moyen d'un liquide très humain que je reconnais à l'odeur.

— D'où sors-tu ça ? demandé-je en riant.

— J'ai pris soin d'apporter ici tout le nécessaire en cas de besoin, et grand bien m'en a pris. Il ne te suffisait pas de te coller des hématomes et des bosses partout, il faut à présent que tu te blesses !

Sa voix est furibonde. Cette fois, je ne peux plus rester sans réagir.

— Les bleus et les bosses n'avaient rien de grave. N'importe qui se cogne un jour ou l'autre en faisant un peu de sport. Et je me suis fait mal en venant te chercher. Tu m'accuses d'être orgueilleuse et de réagir vivement, mais tu ne vaux guère mieux que moi. D'accord, tu veux m'enfermer ici, et bien soit, prends cette clé, aboyé-je en enlevant le pendentif de mon cou et en le lui tendant. Je resterai ici, Mathias, tu as gagné. Promets-moi juste de veiller à la sécurité de ma famille et reviens-moi vite !

Mathias ferme les yeux quelques secondes puis les plonge dans les miens avec tendresse avant de remettre mon collier en place.

— Cette clé t'appartient, Léo. Je n'ai aucun droit de te la prendre.

Il se penche sur moi, mais la colère et l'amertume devant son attitude inflexible m'empêchent de lui céder davantage, je détourne la tête. Mathias se lève d'un bond. Il traverse la pièce à grandes enjambées et sort en claquant rageusement la porte. Nous ne nous sommes jamais disputés de cette façon, je suis si choquée qu'un haut-le-cœur me saisit. Je me précipite dans la salle de bains. Laurewen surgit derrière moi, elle me soutient tandis que mon estomac se rebelle contre moi. Je regagne mon lit, épuisée et courbaturée comme aux premiers jours de mes entraînements. Je fais promettre à Laurewen de ne pas souffler un mot de ce petit malaise à Mathias. Je refuse même de manger, mon estomac ne me le permet pas. Elle accepte en me signifiant néanmoins son désaccord.

Après quelques heures de sommeil, je me sens de nouveau en forme. Dormir m'a permis de réfléchir, et je regrette de m'être conduite aussi durement envers l'homme qui m'aime le plus au monde, et à qui je rends si mal ses sentiments.

Je descends vers la salle du conseil où j'espère trouver Mathias, sinon Iliud. Je traverse le petit corridor au bas de l'escalier et entre dans la grande salle déserte. J'entends les échos feutrés d'une conversation ; j'avance discrètement. Mathias est assis en face de son père, la tête courbée, l'air épuisé.

— Léo ressemble beaucoup à ta mère, affirme le roi.

— Maman était une humaine, Léo a des gènes d'Elfe, réplique Mathias.

— Les deux natures sont subtilement mêlées chez ta compagne. Elle possède les qualités des Elfes mâtinées de quelques défauts bien humains.

— Elle est terriblement entêtée, enrage mon mari.

— Léo n'est pas et ne sera jamais l'un de tes sujets. Elle veut marcher fièrement à tes côtés et ne se contentera pas de te suivre dans l'ombre. Elle ne courbera jamais l'échine. Ne l'enferme pas. Ce que je n'ai pu obtenir de ta mère par ma seule volonté, je le lui ai imposé par l'amour. Ce fut ma plus grande erreur. Je l'ai fait souffrir et elle ne serait pas morte aujourd'hui si je n'avais pas été si obstinément aveugle et sourd à ce qu'elle souhaitait vraiment.

— C'était un accident, père !

— Que j'ai provoqué. J'ai trahi l'une de nos lois fondamentales, je n'ai pas respecté sa liberté. Je ne l'ai pas enfermée physiquement certes, mais le chantage affectif que j'ai exercé sur elle a été la plus redoutable des cages. Je suis désormais condamné à vivre avec ma faute et la douleur de sa perte. Puisses-tu t'en préserver !

— Elle se met délibérément en danger.

— Alors protège-la ! C'est ton rôle, tu as choisi d'en faire ta compagne selon la loi des Elfes, Mathias.

— Je l'aime tant. Je ne supporterai pas qu'il lui arrive quoi que ce soit.

— Léo s'est entraînée avec plus d'acharnement qu'aucun d'entre vous. Je ne m'attaque plus à elle sans prendre de risque désormais. Tu le sais parfaitement, tu l'as constaté toi-même.

Je vois Mathias hocher la tête en silence. Craignant une réaction brutale de sa part s'il découvre ma présence, je détale vers le jardin. Le parfum des roses me mène jusqu'à Lawendë.

— Tu as mauvaise mine, Léo, constate l'Elfe en sourcillant.

— Je n'ai pas passé une très bonne nuit.

— Mathias n'est pas facile à vivre, parfois.

— Je crains de ne pas l'être non plus. Lawendë, je sais que c'est un sujet douloureux qu'il ne veut jamais aborder et j'ai trop peur de le faire souffrir en lui posant la question, mais j'aimerais savoir comment est morte la mère de Mathias.

— Asseyons-nous, nous serons plus à l'aise pour causer, propose-t-elle avant d'entamer son récit. Mathias était encore tout jeune quand l'accident a eu lieu. Sa mère, Anna, était une merveilleuse jeune femme. Iliud et elle sont tombés amoureux dès leur première rencontre dans les montagnes du Pays de Galles. Anna a été élevée dans la culture des druides celtiques, elle a parfaitement compris qui était son fiancé et elle a choisi de vivre au Dalahar. Leur union dans la Chambre d'Argent a donné lieu à la même allégresse populaire que la vôtre. Anna est tombée enceinte de Mathias bien des années plus tard. Tout allait très bien, Mathias était un peu trop turbulent, sans doute, mais sa mère était si fière de lui. Elle a souhaité que son fils connaisse aussi le monde des hommes qui avait été le sien. Iliud avait mené la bataille en compagnie de son père, il savait que Lothar était exilé sur cette terre. Il était trop inquiet de sa sécurité et de celle de son fils, il a refusé qu'elle retourne sur la Terre des Hommes. Elle a beaucoup insisté, Iliud s'est montré inflexible. Anna en a conçu un grand dépit, mais elle a cédé et a promis d'oublier cette folie. Cependant, elle a profité d'un jour où Iliud était en déplacement sur la Terre de Phecdar pour prendre la clé appartenant à Estrella et s'est enfuie en cachette, juste pour voir. Le monde dans lequel vivait Anna bien des années plus tôt n'avait rien à voir avec le Montréal où résidait Tony. Elle a pris peur en traversant une rue et s'est fait renverser par une voiture à cheval. Elle a été très gravement blessée et a été transportée à l'hôpital. Tony a prévenu Iliud. Le roi est devenu fou de douleur. Malheureusement, il ne pouvait pas intervenir dans le monde des hommes. Un Elfe comme Iliud ne serait pas passé inaperçu. C'est donc

Tony qui a enlevé Anna mourante aux soins intensifs pour la ramener au Dalahar. Malgré leur magie, les Elfes ont été impuissants à la sauver.

» Elle a été mise en terre auprès de l'olivier du Pas des Belles Âmes, face à la mer qu'elle aimait tant. Iliud a tenu à remercier Tony, il lui a confié une clé personnelle du Dalahar et c'est depuis ce jour qu'il va et vient à son gré d'un monde à l'autre. Iliud est resté digne pour Anna et Mathias. En grandissant, ce petit monstre est devenu impossible. Iliud a constaté que les Teitwyrs se montraient si aventuriers et si curieux des hommes qu'il a accepté en mémoire de son épouse d'ouvrir les passages pour qu'ils puissent rejoindre la terre de ceux qui furent leurs ancêtres au même titre que les Elfes. Mathias a été le premier à partir dès qu'il a atteint sa majorité. Notre roi a préféré taire ses craintes par amour pour son enfant.

Lawendë pose sa main sur les miennes en souriant avec tendresse.

— Il faut comprendre Mathias. Je suis sûre qu'il pense agir au mieux de vos intérêts à tous deux.

Je la remercie en soupirant, vaincue par ce récit. Je regagne ma chambre, songeuse. Mathias attend, adossé contre le mur sur le balcon. Il semble réfléchir intensément. Son visage est grave. Il m'ouvre ses bras et je m'y laisse tomber. Il me garde longtemps contre lui sans rien dire. Lorsqu'il prend la parole, sa voix est voilée d'une émotion qu'il contrôle difficilement.

— Léo, je te préviens que tu vas devoir trouver de très bonnes idées pour justifier ma présence à tes côtés parce que je ne compte pas te lâcher d'une semelle.

Je le regarde, ahurie, au fur et à mesure que je comprends qu'il accepte enfin mon retour à Montréal.

— J'émets en outre deux exigences, continue-t-il avec ce petit sourire en coin que je connais si bien.

— Lesquelles ?

— La première, c'est d'être présenté à tes parents de manière officielle. Je sais à quel point cela te pèse sur la conscience de leur cacher la vérité. Tu ne pourras jamais la leur révéler, mais tu peux faire en sorte qu'ils ne s'inquiètent pas trop pour toi.

Je suis émerveillée.

Comment a-t-il eu vent de ce que je ressens depuis plusieurs semaines ?

Le décalage de temps entre le Dalahar et le monde des hommes a mis longtemps avant de se faire sentir, mais plus les mois passent, plus je suis rongée de scrupules.

— Tu parles en dormant, avoue-t-il en constatant ma stupéfaction.

— Sous quel qualificatif souhaites-tu être présenté ? le taquiné-je.

— Ton futur mari.

— Tu l'es déjà.

— Tu ne t'en tireras pas comme ça, je compte bien t'épouser selon la loi humaine, tout le monde y trouvera son compte, crois-moi !

— Mathias, je n'ai pas...

Il m'interrompt d'un doigt sur mes lèvres. Ses émeraudes ne me laissent pas le moindre répit. Je capitule une nouvelle fois.

— La seconde exigence : tu quittes ton appartement !

— Ah non !

— Ce n'est pas discutable, rugit-il en resserrant ses bras autour de moi pour empêcher ma rébellion.

— Je n'ai pas l'intention de faire deux heures de voiture chaque matin.

— Andréas a tout arrangé lors de son passage à Montréal, il a trouvé un appartement à quelques minutes du campus. Nous y logerons tous les cinq le temps nécessaire. Je ne supporterai pas de te savoir loin de moi. J'ai besoin de toi, Léo, et tu ne dormiras pas ailleurs que dans mes bras, tu m'as déjà trop privé de toi.

Je me fige net. Mathias a les traits durs, je l'ai fait souffrir et je ne peux pas imaginer de le torturer davantage.

— Marché conclu ? demande-t-il en sollicitant mon regard.

— Marché conclu !

— Pas d'imprudences, pas d'initiatives hasardeuses !

— Aucune.

Il m'adresse un sourire absolument ravageur et le baiser qu'il me donne emporte tout sur son passage, balaie mes doutes et mes craintes, efface ce que nous venons de nous infliger et nous ramène à l'essentiel : nous deux.

Nous reprenons ensemble là où nous avons commencé. Mathias est la seule chose qui compte dans ma vie. Sans lui, le reste ne vaut rien.

Chapitre 18

Retour à Montréal

Dix jours !

Dix jours seulement nous séparent de l'échéance. Iliud met un terme à mes entraînements qu'il ne juge plus nécessaires à ce stade. Il estime que j'ai suffisamment acquis de sang-froid et de technique pour me défendre d'une éventuelle agression. Anwen et Élawen effectuent un court séjour sur leurs terres respectives pour passer un peu de temps au sein de leurs familles. Seul Andréas est resté à Dahar, où il rend quotidiennement visite à Isil. Leur relation prend un tour plus romantique.

— Qu'est-ce qu'il attend pour l'emmener à la Chambre d'Argent ? demandé-je à Mathias un soir, en rentrant d'un dîner chez Isil.

— Que cette histoire soit terminée. Il ne veut pas engager Isil. S'il devait lui arriver quelque chose, il préfère la savoir libre d'aimer à nouveau.

Je m'arrête, stupéfaite. Mathias me sourit avec indulgence.

— Tu es d'une nature infiniment optimiste, Léo. Andréas a conscience du danger qui nous guette. Les Elfes noirs ont un avantage sérieux sur nous, nous ne savons toujours pas qui ils sont, ni combien ils sont. Il sait en outre que lui et moi serons les seuls à intervenir en cas de problème grave. Nous sommes entraînés pour ça. Anwen et Élawen obéiront scrupuleusement à nos ordres et te ramèneront ici dès qu'on le leur demandera.

Mon sang se glace. Pour la première fois, j'ai peur. Mathias prendrait certainement des risques énormes pour me protéger ainsi que son peuple. Il caresse ma joue du bout de ses doigts.

— J'ai bien l'intention de passer le reste de notre très longue existence à t'aimer, ajoute-t-il pour m'apaiser.

Il me serre tendrement contre lui, mais la peur ne me quitte plus : elle forme à présent une petite boule dans mon ventre et s'agite à intervalles réguliers quand je songe à notre départ. La seule chose qui me rassure est la présence de Mathias. Rester au Dalahar me serait insupportable.

Les derniers jours me pèsent. Je ne vis plus que dans l'attente, comme une condamnée. Seul mon époux parvient à me distraire. J'angoisse tellement que je m'en rends malade. Laurewen s'inquiète de devoir desservir des plats auxquels je n'ai pratiquement pas touché. Un soir où Mathias s'attarde près d'Iliud pour mettre au point les derniers détails, elle insiste tant que je me force à avaler le repas qu'elle a fait préparer. Le résultat est catastrophique. Je cours à la salle de bains pour vomir aussitôt. Elle s'en montre si désolée qu'elle promet de taire cet incident à mon mari. Je ne tiens pas à l'alerter de mon angoisse à quelques heures de partir. Je lui assure que tout rentrera dans l'ordre dès que je saurai mieux à quoi m'attendre de l'autre côté du passage.

Notre dernière nuit au palais est bouleversante de tendresse. Mathias se montre d'une douceur infinie et nous ne dormons pas autant que nous aurions sans doute dû le faire. Laurewen vient nous réveiller au petit matin. Mathias fronce les sourcils quand il constate que je me contente d'un café.

— Tu devrais manger quelque chose.

— J'ai l'estomac noué.

— Laurewen m'en a parlé.

La traîtresse !

— Je suis inquiète, c'est tout. Ça va aller, je t'assure.

— Alors fais-moi plaisir et avale quelque chose, exige-t-il.

Je me force sans conviction. Heureusement, le goût sucré de la confiture de mûres sauvages m'aide à apprécier cet effort. Mathias est rassuré sur ce point au moins. Nous nous préparons rapidement. La couturière d'Iliud a encore réalisé des merveilles. Je suis arrivée au Dalahar simplement vêtue d'une chemise de nuit, et je ne peux décemment pas rentrer à Montréal dans l'une des robes elfiques sublimes qui composent désormais ma penderie. Aussi a-t-elle réalisé une robe courte et seyante qui peut aisément être portée dans le monde des hommes. Nous rejoignons les trois guides du Dalahar qui accompagnent leurs enfants ainsi que le roi et Lawendë. Algol vérifie ses calculs une dernière fois.

— Nous avons connu une petite accélération depuis deux jours. Il ne faut pas tarder, à présent. Je préfère que vous soyez légèrement en avance plutôt que très en retard.

— Prends bien soin d'elle, recommande Iliud à son fils.

— Tu sais que ce sera le cas, répond Mathias en recevant l'accolade paternelle.

Iliud m'attire à lui et garde mes mains dans les siennes.

— Léo, je te confie l'avenir de mon peuple. Je sais que tu en es digne. Il se passera bien des mois avant que vous soyez de retour ici. Les Elfes du Dalahar attendront avec impatience leur princesse.

— Ils me manqueront tout autant, et mon père aussi, avoué-je en lui souriant tristement.

Iliud m'enlace. Son parfum boisé me parvient comme une promesse d'avenir. Puis vient le tour de Lawendë, émue.

— Il est l'heure, coupe Algol en nous poussant vers le jardin.

Anwen, Élawen et Andréas nous précèdent sur un long et très étroit escalier aux pierres biscornues recouvert à certains endroits de mousse et de lierre. Nous grimpons ainsi plus d'une centaine de marches avant d'arriver à un portillon. Anwen applique son pendentif contre la serrure de la porte, qui s'ouvre. Je ne distingue rien au-delà. Je me coule contre mon mari. Il avance légèrement et un frisson me parcourt. Une obscurité dense nous entoure tandis que nous progressons lentement. Je suis prise d'un vertige désagréable qui ne dure pas longtemps.

Lorsque je rouvre les yeux, nous sommes dehors. La température a sensiblement chuté depuis notre départ, et je ne tarde pas à être glacée. Anwen tire de son sac des manteaux qu'elle nous distribue rapidement. Les couleurs de l'automne disparaissent, laissant place aux squelettes de branches.

— Où sommes-nous ?

— Tu ne reconnais pas le parc de l'érable ? Il se trouve à l'entrée nord, nous allons le voir en sortant.

L'érable est heureux de ma visite. Contrairement aux autres membres de son espèce, il a curieusement conservé de belles couleurs chatoyantes. Mathias le lui fait remarquer sévèrement. L'érable n'en prend pas ombrage et lui précise simplement qu'il n'en est pas responsable. Anwen l'assure de notre amitié et nous prenons le chemin de la sortie.

— Pourquoi l'as-tu malmené ? Il n'y est pour rien, s'insurge-t-elle face à Mathias. Ses racines puisent sur la terre du Dalahar et cela modifie la durée de ses cycles.

— Pourriez-vous m'expliquer ? insisté-je en constatant qu'ils recommencent leurs cachotteries.

— L'érable était le passage d'Éorin, lâche Élawen. Tu n'as pas remarqué le symbole sur le nœud de sa cicatrice ?

J'ai posé ma main à de nombreuses reprises à cet endroit et je n'ai jamais rien détecté. Je suis épatée.

— Tu comprends à présent pourquoi j'ai été si intrigué par le fait que, non contente de t'asseoir à sa place en salle d'informatique, tu te réfugiais au pied de son passage, me sourit Mathias.

— Pourquoi ne me l'as-tu pas dit avant ?

— J'attendais le bon moment.

— J'ai moins de mal à saisir tes doutes à mon sujet maintenant, et je suis rassurée, le passage n'est pas près d'être découvert.

— Il ne faut pas se réjouir trop vite, coupe Andréas. Nous ne savons pas où ils en sont de leurs recherches et l'érable se fait remarquer ainsi, Mathias a raison.

— 8 h 10, Algol a bien travaillé, nous serons pile à l'heure pour le cours. Nous avons le temps de passer chez toi pour que tu puisses te changer, tu vas attraper froid ainsi vêtue, reconnaît Mathias.

Je reçois un choc en retrouvant mon studio. Il me paraît nettement plus petit que dans mon souvenir. Je laisse Mathias préparer un café et me sauve dans la minuscule salle de bains pour me changer. Nous sommes à peine arrivés que la voix de Noémie retentit derrière la porte. Sans plus de formalités, elle ouvre bien grand.

— Toc, Toc ! Léo, te cache pas, je sais que tu es rent… !

— Bonjour, Noémie, fait la voix séduisante de Mathias dans la pièce d'à côté.

— Bon… jour ! Léo ?

— Je suis là, crié-je en riant sous cape de la surprise de mon amie.

Noémie passe une tête effarée dans l'encadrement de la porte.

— Sais-tu que… Mathias Gardner… est dans ta chambre ?

— Il me serait difficile de l'ignorer !

Elle en convient en ouvrant des yeux comme des boules de loto. J'ai enfilé avec plaisir l'un de mes jeans préférés, je m'aperçois que je boutonne sans mal la fermeture.

— Tu as drôlement minci pendant les vacances, remarque également Noémie.

— C'est ce que je vois, marmonné-je, pas plus ravie que ça.

Je sais très bien à quoi est due cette perte de poids. Je n'ai pas avalé un repas normal depuis au moins deux semaines.

— Qu'est-ce qu'il fait là ? chuchote-t-elle en désignant ma chambre où patiente Mathias.

— Nous avons cours ensemble dans une demi-heure, lui rappelé-je, faute de mieux, avant de tenter une diversion en la poussant hors de la salle de bains. Tu veux un café ?

Mathias me gratifie de son petit sourire en coin que j'adore et qui marque son amusement. Il offre une tasse de café à Noémie et m'en donne une avant de se servir. Je dois très certainement avoir pris l'habitude du café elfique, lorsque je porte mes lèvres au breuvage chaud, mon estomac refuse net. Je repose ma tasse sans avoir avalé une goutte.

— Un problème ? s'enquiert-il, intrigué.

— Non, le stress de la rentrée sans doute, éludé-je.

— Très bon ce café, Mathias, glousse Noémie, qui tente d'apprivoiser mon ténébreux mari.

Si elle devait apprendre ça un jour, elle en ferait une attaque. Le regard vert de l'autre côté de la table pèse sur moi avec insistance. Quand je me lève pour enfiler mon manteau, il s'approche de moi et me murmure à l'oreille à quel point il me trouve jolie ainsi et, glissant sa main dans mon dos, il fait jouer la ceinture de mon pantalon. Il ne fait aucun commentaire, mais sa mine se rembrunit.

Nous gagnons le pavillon informatique sous l'œil curieux et attentif de Noémie. Cela ne gêne aucunement mon compagnon, qui enlace ma taille sitôt le hall franchi. Ma voisine en reste bouche bée. Je ne peux m'empêcher de rire.

— Tu es une cachottière, accuse-t-elle.

— Non, c'est moi qui préférais rester discret, me défend Mathias.

— Pourquoi avez-vous changé d'avis alors ? interroge Noémie.

— Parce qu'il n'y a plus aujourd'hui de raison de cacher que Léo et moi sommes fiancés, annonce-t-il tout de go.

Noémie s'arrête net, les joues rouges et le regard brillant.

— J'ai bien entendu ? beugle-t-elle.

— Il semblerait, oui, rigolé-je malgré moi en la tirant par la manche de son manteau. Avance, nous allons être en retard.

Mathias quitte sa place du fond pour s'installer juste derrière ma table. Son regard sur moi en permanence me rend nerveuse. Je ne tarde pas à recevoir des messages très personnels sur mon écran. Ce diable de prince elfique n'a pas son pareil pour me faire rougir. Je manque même rire tout à fait à plusieurs reprises, et Noémie m'adresse des coups d'œil intrigués.

La matinée passe ainsi, légèrement. Lors de la pause déjeuner, il s'invite à notre table, où Sandy ne manque pas notre rendez-vous de reprise. Elle me gronde de ne pas avoir pensé à envoyer de carte postale.

— Où étiez-vous ? interroge-t-elle.

— Au Pays de Galles, ment éhontément Mathias d'un ton si affirmatif que ma cousine ne relève pas.

— Maman n'a cessé de vanter tes qualités auprès des parents de Léo, tu n'échapperas pas à une session de Skype lors d'un prochain repas, réplique-t-elle, vengeresse.

— J'en serai content, assure-t-il sans ciller.

Sandy lève un sourcil étonné et me dévisage. Je hausse les épaules, impuissante à la renseigner sur les intentions de l'intéressé. Nous reprenons les cours de l'après-midi sur le même mode détendu. Aucune trace de Jonathan Dussaunier, d'un membre de son équipe ou de son fan-club.

Je ne regagne mon appartement que pour mieux en ressortir quelques minutes plus tard, munie d'un sac de voyage rempli. Noémie est sortie, elle ne se doute pas de mon déménagement progressif. Mathias récupère son 4 × 4 garé par les soins d'Andréas en bas de ma rue, et j'apprécie de me déplacer autrement qu'à cheval.

Le nouvel appartement est situé dans l'arrondissement voisin, à seulement dix minutes du mien. Les Elfes, qui ont retrouvé l'apparence que je leur connaissais avant, nous attendent au cinquième étage d'une résidence récente. Notre logement comporte une salle de séjour ouverte sur une cuisine américaine bien équipée. Les filles partagent une chambre au bout d'un couloir. Andréas a aménagé un bureau où il a installé une banquette à son intention. Un autre petit couloir dessert notre chambre et la salle de bains. L'endroit ne me séduit pas particulièrement, mais je saurai m'en contenter du moment que Mathias est près de moi. Mon manque d'enthousiasme à donner mon avis inquiète ce dernier.

— Je ne sais pas si c'est dû au passage, mais je me sens fatiguée, avoué-je de mauvaise grâce.

— Ça se voit, commente Anwen. On dirait que tu supportes moins bien dans ce sens-là.

— Dans ce cas, je vais aller chercher des pizzas, propose Andréas, qui sait à quel point j'apprécie celles de Tony.

Je le remercie de sa prévenance et, en attendant son retour, je m'affale dans le canapé. J'en profite pour utiliser un objet que j'ai failli oublier : la télécommande d'un téléviseur. Durant un moment, je zappe à la recherche d'un programme. Petit à petit, je me laisse gagner par une somnolence contre laquelle je ne lutte pas. Derrière moi, j'entends néanmoins les chuchotements de mes amis.

— Léo n'a vraiment pas l'air très en forme, murmure Élawen. Elle est pâle et ses yeux sont cernés. Crois-tu que ce soit le passage ?

— Le rythme humain est plus rapide, mais elle le maîtrise, affirme Anwen.

— Elle ne mange rien depuis plusieurs jours, avoue Mathias d'un ton sinistre. Elle a essayé de me le cacher, mais Laurewen a fini par s'inquiéter et est venue me le dire, hier. J'ai surveillé Léo toute la journée, elle n'a pratiquement pas touché à son assiette, ce midi. Noémie m'a fait remarquer à quel point elle a perdu du poids.

— Tu es inquiet, constate Anwen, toujours aussi psychologue.

— Je ne sais pas ce qu'elle me cache. Le stress peut expliquer son manque d'appétit, j'espère seulement que ça ne durera pas.

De mon canapé, j'écoute l'angoisse de Mathias s'exprimer. Je dois réagir, combattre cette fatigue lourde comme une armure sur mes épaules et les sursauts de mon estomac à l'idée de manger. Aussi, lorsque Andréas revient avec les pizzas, je fais bonne figure et me mets à table bien volontiers. Je ne parviens pas cependant à dévorer autant que je le souhaiterais pour rassurer mon compagnon. J'avale quand même une part sous quatre paires d'yeux attentifs. Quand je m'insurge en riant contre cette inquisition, ils se défendent tous d'arrière-pensées et Andréas termine ma pizza.

Mathias m'oblige à me coucher tôt. Il me veille jusqu'à ce que je m'endorme. Tout comme les autres, il reprend facilement son rythme dans ce monde et ne dormira certainement pas avant plusieurs jours. Moi, je suis incapable de résister à Morphée. J'appréhende cette première nuit, je guette la venue d'Éorin.

Le lendemain, je me réveille, déçue. Mathias tente de me consoler en expliquant qu'il faut sans doute que les choses reprennent leur cours normal avant qu'elle se décide à se manifester de nouveau. Je fais la gourmande au petit déjeuner pour lui faire plaisir. J'en endure rapidement les conséquences dans les toilettes quelques minutes plus tard. Je ne comprends pas les réactions de mon corps, j'ai beau me raisonner, rien n'y fait. J'enrage, mais je choisis de taire ce nouvel incident.

Les jours se suivent et se ressemblent. Cette routine trop lisse, trop monotone ne m'indique rien de bon et me rend encore plus nerveuse.

Sommes-nous surveillés ? Les Elfes noirs pensent-ils m'avoir éliminée lors de l'incendie au point d'être partis ?

Toute la semaine s'écoule ainsi jusqu'au dimanche, où Mathias et moi sommes invités dans ma famille, de même qu'Anwen, Élawen et Andréas. Tante Agnès est d'une nature généreuse, aussi, lorsque Sandy lui a expliqué la situation des Gardner, il était évident pour elle que nous devions tous venir déjeuner. Elle a beaucoup insisté, et c'est ainsi que nous déboulons à cinq dans le grand salon de la maison en briques rouges de Rosemont. Une joyeuse animation occupe mes amis à discuter avec Oncle John, Sandy, Stephen et même Samuel, qui délaisse ses jeux vidéo pour l'occasion.

— Tu n'as pas très bonne mine, et tu as maigri, remarque ma tante tandis que je l'aide en cuisine.

— J'ai du mal à me remettre du voyage chez Mathias, nous ne sommes rentrés que pour mieux reprendre la fac le lendemain matin. Le décalage horaire ne me réussit pas.

— Ses parents devaient être contents de vous voir.

— Sa mère est décédée, il y a quelques années, rectifié-je.

Ma tante marque un temps d'arrêt dans ses préparatifs.

— C'est une famille très durement touchée par le sort, compatit-elle sincèrement.

— Mathias n'aime pas évoquer cela, préviens-je à toutes fins utiles.

— Oui, ne t'inquiète pas. Ta mère a demandé s'il était possible d'échanger quelques mots avec lui. Y vois-tu un inconvénient ?

— Ils n'ont pas confiance ?

— Hélène a l'air stressé, je crois qu'elle te soupçonne de lui cacher quelque chose.

— Que voudrais-tu que je cache ? interrogé-je, nerveuse à l'idée que les pressentiments de ma mère me fassent prendre des risques.

— Rien ! Au fait, un jeune homme tout à fait charmant est passé à la maison. Il s'inquiétait de ne pas avoir de tes nouvelles depuis la fin des cours. Il avait l'air de se faire réellement du souci pour toi.

Je tressaille soudain sous l'effet d'un autre pressentiment.

— Jonathan Dussaunier ?

— C'est ça ! Je lui ai dit que tu étais partie dans ta famille.

— Quand est-il venu ?

— Oh... Ça devait être le lendemain de ta visite avec Anwen. Oui, c'est bien ça ! Je ne l'ai pas dit à Sandy, elle se serait fait des idées au sujet de ce camarade. Tu ne me caches vraiment rien, n'est-ce pas ?

Je dévisage Tante Agnès et ses yeux verts pétillants, elle a sans doute encore plus de gènes elfiques et d'intuition que moi.

— Disons juste que j'ai éconduit ce garçon et qu'il n'a pas encore bien assimilé la chose.

— C'est un peu l'impression qu'il m'a donnée. Je préférais cependant l'entendre de ta bouche. Tu devrais dormir davantage, tu vas faire peur à ta mère si tu continues ainsi. Mathias est-il si fatigant ?

— Mathias est merveilleux, la rassuré-je en souriant. Il prend soin de moi, tu sais bien qu'il est mon médecin personnel.

Je mets très vite Mathias et les autres au courant de la visite de Jonathan. Ils en restent perplexes.

A-t-il cherché à s'assurer que je n'avais pas trouvé refuge chez ma tante ?

Le culot de cette visite prouve bien en tout cas qu'il s'intéresse à moi de manière déplacée.

Vers 16 heures, mes parents appellent. Une éternité semble s'être écoulée depuis notre dernier échange. Je m'attendais presque à trouver mes parents vieillis, et je mets quelques secondes à remettre tout en place dans mon cerveau.

Dans ce monde, tu n'es partie que deux semaines, Léo, seulement deux semaines.

Les présentations pour le moins inhabituelles entre Mathias et mes parents se passent finalement très bien. Je laisse même mon mari en tête à tête avec eux quelques instants. Lorsqu'il me rappelle, je vois ma mère étrangement émue et mon père vaguement crispé.

— Que se passe-t-il ? demandé-je, anxieuse.

— Je viens de demander ta main à tes parents, m'annonce sans ménagement Mathias.

Waouh !

Quinze minutes à peine après les avoir rencontrés virtuellement, trois mois à peine après mon départ de France, il balance l'info !

J'ai du mal à encaisser le choc moi-même.

— Léo, bredouille ma mère sur l'écran, qu'est-ce que tu en penses, toi ?

Je prends le temps de peser mes mots pour leur faire le moins de peine possible.

— Je ne reviendrai pas en France... Du moins pas de manière définitive. J'aime Mathias plus que tout et j'ai décidé de rester près de lui où qu'il soit.

Ma mère digère petit à petit la nouvelle et finit par exploser, comme je m'y attendais.

— Je savais que je commettais une erreur en t'envoyant chez Agnès. Elle t'aura complètement pervertie avec ses idées de tomber amoureuse à l'autre bout du monde !

Tante Agnès arrive au triple galop quand elle s'entend ainsi mise en cause.

— C'est ta faute si Léo ne veut plus rentrer, glapit ma mère. Tu lui as fait miroiter que c'était tellement bien...

— Tu n'imagines pas à quel point ces enfants s'aiment, affirme ma tante d'une voix étonnamment calme. Et si ma nièce a autant de raisons de se plaindre que moi, je dis qu'elle a de bonnes chances de réussir sa vie. Je n'ai jamais regretté mon départ, Hélène, et ça, tu le sais. Alors laisse ta fille être heureuse auprès de celui qu'elle aime !

— Et où comptent-ils se marier ? s'écrie ma mère en cédant du terrain face à sa sœur.

— Ici ! décide ma tante pour la faire enrager. Si tu veux assister au mariage de ta fille, tu seras la bienvenue à Montréal, tu verras que ce n'est pas l'enfer que tu redoutes.

Elle se retourne néanmoins, soudain gênée de son emportement, et s'adresse à Mathias.

— Aviez-vous prévu quelque chose déjà ? chuchote-t-elle d'un air coupable qui fait rire ce dernier.

— Non, pas encore. Tout cela n'est qu'à l'état d'ébauche, et si Léo souhaite se marier en France, nous le ferons.

— Non, dis-je, autant pour fermer le clapet de ma mère que pour remercier ma tante de son soutien sans faille.

Je vois Maman se rembrunir. Mon père semble nettement moins contrarié. Ma mère ne supportant pas l'avion, le bateau, le train, la voiture ni même le vélo, les voyages se résument bien souvent à des déplacements de quelques kilomètres. Mon père, lui, rêve d'îles au soleil, de pays lointains, de bleu des mers du Sud. Il se contentera du Canada et, à mon avis, cela lui convient tout à fait.

Nous restons encore chez ma tante quelques heures à discuter. J'observe avec effarement le projet de mariage (auquel je ne tenais plus tant depuis nos noces extraordinaires) se construire sous mes yeux sans que je maîtrise quoi que ce soit. Anwen, Élawen et Sandy rivalisent d'idées fastueuses. Tante Agnès dresse déjà la liste des invités. Je finis par me fâcher.

— Mon avis vous intéresse ?

— Bien sûr, assure Sandy, étonnée de ma rébellion.

Je me tourne vers Mathias, que ces piaillements amusent. Il hoche la tête, prêt à accepter mon choix quel qu'il soit.

— Mathias et moi n'avons pas l'intention de subir une cérémonie qui soit contraire à nos convictions. Tout ce que nous voulons, c'est juste témoigner de notre engagement mutuel devant nos familles. Il n'est pas question de tralalas, de religion, de robe blanche à froufrous, de bouquet de fleurs, de demoiselles d'honneur version sucre d'orge !

— Est-on autorisé à venir ? ironise ma cousine.

— Tu seras même mon témoin.

J'avais prévu de ne pas me lancer dans ce projet et me voilà embarquée malgré moi !

Mathias jubile dans mon dos.

— Tu es un démon, l'accusé-je le soir, dans notre lit.

— Avoue que l'idée est séduisante !

— Je n'en vois plus l'utilité.

— Bien sûr que si, Léo. Notre situation sera claire, et tes parents se sentiront libérés d'une espèce de devoir moral. Quant à toi, en jouant avec le calendrier d'Algol, tu pourras donner régulièrement de tes nouvelles sans que ce soit trop pesant. Alors ? Acceptes-tu de devenir ma femme une seconde fois ? joue-t-il de son charme ravageur.

— Plutôt deux fois qu'une !

Mathias éteint la lumière et notre nuit de noces humaine prend un peu d'avance.

Chapitre 19

Imprévu

C'est cette nuit-là précisément qu'Éorin choisit pour me rendre visite. Je reconnais le parfum de forêt précédant sa venue.

— Léo, ils sont en route, murmure-t-elle.

Pour la première fois, je comprends parfaitement son langage. Les cours d'Algol ont porté leurs fruits. Je me retourne plusieurs fois sur moi-même au milieu des arbres, je ne la vois nulle part. Je distingue cependant une silhouette tordue qui ne m'est pas inconnue. Éorin est près de son passage.

— Quel est l'identifiant de ta clé ? demandé-je, fébrile.

— Demande à l'érable ! répond-elle en disparaissant déjà.

— Non, attends ! m'écrié-je en me redressant.

Les bras de Mathias s'enroulent autour de moi, je le regarde, affolée, avant de bondir du lit.

— Il faut qu'on aille dans le parc !

— Que se passe-t-il ?

— Éorin vient de me dire de demander son identifiant à l'érable, nous devons y aller !

— Il est 2 heures du matin.

— Je t'en prie !

— Tu fais peut-être fausse route, suggère-t-il, soucieux. C'est tout ce qu'elle t'a dit ?

— Oui, elle a évoqué l'érable et... Oh !

— Quoi ?

— La clé, où est-elle ?

— C'est Andréas qui l'a.

Je file vers la chambre de celui-ci. Bien entendu, il ne dort pas et nous sommes rapidement rejoints par les deux filles, alertées par mon charivari. Il insère la clé USB dans l'ordinateur et le masque d'identification apparaît aussitôt.

— Tape « érable », lui demandé-je, pleine d'espoir.

— Identifiant erroné !

— Érable romantique !

— Erroné !

— Tape-le en langue elfique.

— Pas mieux !

— Quel est le nom scientifique ?

— *Acer Saccharum*, déclare Anwen.

— Erroné !

Je me pince les lèvres, vexée, cette piste n'est pas la bonne.

— Nous devons aller le voir ! décidé-je.

— À cette heure-ci ? s'insurge Élawen, incrédule.

— Nous allons attirer l'attention plus qu'autre chose, réprouve Andréas. Je suis sûr que nos voitures sont repérées depuis bien longtemps.

— Laissez-moi y aller seule, je sais comment !

— Hors de question ! rugit Mathias.

— Alors, prépare-toi car je ne compte pas renoncer, affirmé-je en fouillant dans mon sac à la recherche de mon portefeuille.

Je retrouve facilement la petite carte du taxi. Je compose le numéro et reconnais la voix aimable de Cynthia. Je lui rappelle mon appel désespéré lors de ma soirée avec Jonathan. Elle s'en souvient bien et me remercie chaleureusement pour les fleurs. Je lui explique ce que j'attends de son frère et elle me promet qu'il sera au rendez-vous.

Malgré les récriminations des Elfes, je m'habille chaudement, me coiffe d'un bonnet de laine et d'une écharpe qui couvre presque mon visage. Mathias cède et finit par se préparer lui aussi, puis nous descendons tous les deux jusqu'au sous-sol de la résidence. Mathias actionne la télécommande de la porte du garage et le taxi s'engouffre dans le parking. Il s'arrête à notre hauteur et le visage rond du chauffeur, que je suis heureuse de retrouver, apparaît.

— Cynthia m'a dit : « Y a la jeune fille de la dernière fois qui a besoin de toi », c'est drôle, j'ai su immédiatement qu'il s'agissait de vous ! Où allons-nous ? fait-il gentiment.

— Comme la dernière fois. Mais prenez la sortie opposée plutôt.

Le chauffeur exécute une manœuvre et respecte ma demande. Il nous emmène jusqu'à l'entrée du parc, puis va nous attendre deux rues plus haut, conformément aux indications de Mathias. L'érable se distingue de loin. Son feuillage tenace doit susciter sinon l'admiration, tout au moins la curiosité. Je glisse mes doigts sur son tronc. Il remue ses branches, doucement.

— Je sais qu'il est tard, mais je ne suis pas seule, lui réponds-je sous le regard éberlué de Mathias.

— J'ignorais que tu parlais si bien érable, sourit-il.

— Il est facile d'apprendre avec un ami tel que lui.

Ses feuilles frémissent de plaisir, quelques-unes n'y survivent pas et nous tombent dessus.

— Éorin m'a demandé de venir te voir, chuchoté-je, et le vieil arbre se met à craquer de toute part, je ressens son chagrin profond. Je sais que tu es en colère, elle ne prendra plus jamais le passage dans tes branches. Sais-tu pourquoi elle m'envoie vers toi ?

L'érable l'ignore. Je baisse la tête, déçue. Il veut me consoler en me racontant encore son histoire d'amour avec la brindille, mais je refuse, cette fois. Je ne vois pas du tout où Éorin veut en venir, je suis perdue. Mathias me prend par les épaules.

— Rentrons, tu vas attraper froid. Je suis certain que tu découvriras la solution bientôt.

Je dois reconnaître qu'il n'a pas tort. Nous rejoignons le taxi qui nous ramène par un chemin différent et nous dépose dans le sous-sol de la résidence, à l'abri des regards indiscrets. Anwen, Élawen et Andréas se montrent aussi dépités que moi. Je regarde l'heure : presque 3 h 30. Je n'ai plus du tout sommeil. Mathias ne me laisse pas le choix pour autant, il exige que je me couche. J'accepte uniquement parce que son baiser est plus convaincant que son ordre.

Malgré le conseil de mon médecin personnel, j'ai toutes les peines du monde à me lever le lendemain. Je renonce carrément au café, n'en supportant même pas l'idée. L'air sombre de mon mari accompagne mon petit déjeuner où je chipote sur tout. Une nouvelle semaine commence, et j'espère qu'elle nous apportera plus d'informations que la précédente.

Dès la pause de 10 heures, les choses prennent une tournure radicalement différente. J'accompagne à ce moment-là Noémie aux toilettes. Elle crève d'envie de savoir le fin mot de mon histoire d'amour avec Mathias. Or, mon déménagement déguisé ne lui a pas permis de me tirer les vers du nez. Mathias n'est pas dupe de sa manœuvre et me laisse subir les questions indiscrètes de mon amie. Je me contente de réponses évasives.

Sur le chemin du retour, je suis soudain saisie par le bras. Je fais brusquement demi-tour. Jonathan est livide. Il semble véritablement furieux contre moi.

— Où étais-tu ? gronde-t-il. Je me suis fait du souci pour toi, je suis même passé chez ta tante.

— Je le sais, elle me l'a dit, réponds-je vertement. Pourquoi cette sollicitude ?

— Tu es partie sans laisser de traces, j'étais inquiet, ça peut paraître normal, non ? Ça ne serait pas la première fois qu'un drame aurait lieu sur le campus.

— Je n'étais pas sur le campus.

— Ta tante m'a dit que tu étais en famille. Avec lui ? ajoute-t-il, hargneux, quand il voit Mathias venir à ma rencontre.

Mon silence lui suffit.

— Tu fais le mauvais choix, Léo, affirme-t-il en me couvant de son regard noir.

— Je n'ai pas eu à choisir !

Mathias enlace ma taille. Il est tranquille et rien ne filtre de la jalousie qu'il maîtrise parfaitement. Moi seule la devine à la tension anormale des muscles de son bras autour de moi.

— Tu as remporté une belle victoire, Gardner, persifle Jonathan entre ses dents. Tu es meilleur joueur que je ne pensais.

— Ce n'est pas un jeu, objecte calmement Mathias.

— Oh si ! Tout n'est qu'un jeu ! Demande à Léo, elle sait jouer, elle aussi. Et si je te proposais une revanche ?

— Un conseil, tiens-toi loin d'elle, prévient mon mari d'un ton plus sourd.

— En termes clairs, c'est une menace ?

— Jonathan, fait alors la voix nette et tranchante de Lyne Dompart derrière lui. Tu vas être en retard à l'entraînement.

— J'arrive, grogne-t-il sans même se retourner. N'oublie pas ce que je t'ai dit, Léo, tu fais le mauvais choix.

Lorsqu'il est parti en compagnie de sa groupie, je respire un grand coup. Mathias me serre contre lui.

— Ça va ? s'inquiète-t-il.

— Oui. Mais comment as-tu su ?

— Anwen le surveille depuis jeudi. Ce matin, elle l'a repéré près de chez nous. Nous ne savons pas si c'est un hasard ou non. Elle m'a prévenu par SMS dès qu'elle a vu qu'il t'interpellait.

Ma tête tourne un peu et je me coule contre la poitrine de Mathias pour faire passer cette désagréable sensation. J'entends Noémie glousser devant notre étreinte en plein milieu du couloir. Je vois plusieurs visages se tourner vers nous. Mathias s'en moque, il relève mon menton du bout de son doigt. Son air inquiet m'ennuie.

— Tu es sûre que ça va ? Tu n'as encore rien mangé ce matin. Léo, explique-moi !

— J'ai du mal à m'habituer au changement, on dirait. Ça doit être une question de rythme, je dors sans cesse et je n'ai jamais faim.

— Nous en rediscuterons, affirme-t-il lorsque la sonnerie de reprise des cours nous interrompt.

Le reste de la journée se déroule tout à fait normalement. Sur les recommandations de Mathias, Élawen a même préparé un dîner léger à mon intention, et nous passons une agréable soirée. Seule ombre au tableau, Éorin ne vient pas me voir la nuit venue, ni la nuit suivante. Je reste donc sans réponse face à l'énigme de l'érable romantique. J'ai beau y réfléchir, je tourne en rond.

Au fil des jours, mon appétit semble vouloir s'améliorer. Je suis de nouveau capable de manger normalement. Mathias en est soulagé. Il m'a sans doute fallu un temps d'adaptation entre les deux mondes.

Le dimanche suivant, seuls Mathias et moi acceptons l'invitation de Tante Agnès. Sandy a dû bavarder au sujet de mes petits soucis de santé, ma tante a préparé mes plats préférés. La session de Skype dans l'après-midi dure longtemps. Xavier, que je n'ai pas revu depuis une éternité, vient nous saluer, et je profite ainsi de mon frère. Mathias s'amuse de nous entendre nous chamailler comme au bon vieux temps malgré l'océan qui nous sépare.

Lorsque nous sortons de chez Tante Agnès, je demande à Mathias de nous emmener au parc. À cette heure-là, un dimanche, les promeneurs sont nombreux et nous avons de grandes chances de passer inaperçus. Nous remontons donc les allées en flânant, main dans la main, puis nous bifurquons au milieu des arbres pour aller saluer notre ami. Ses feuilles ont sérieusement entamé leur chute. Je pose ma main sur sa cicatrice et il s'agite gaiement. Mathias et moi nous installons comme la première fois où nous avons discuté avec lui, contre son tronc. L'érable évoque l'hiver imminent et prédit quelques flocons précoces. Il n'aime pas beaucoup la neige qui lui casse parfois quelques branches en pesant sur lui. Je le laisse me raconter ses petits déboires. Une fois de plus, il insiste pour évoquer son histoire d'amour et j'accepte.

Mathias me cale contre lui, patient. Et l'érable recommence, inlassablement, sa vie de petite pousse et sa rencontre avec la brindille. Pour une fois, je tâche de me montrer plus attentive à ses propos. La première fois qu'il m'a raconté cette histoire, j'étais à moitié endormie dans ses branches, songeant davantage à moi qu'à lui. Je me rends rapidement compte que quelque chose cloche dans son récit.

— Dis-moi, cette brindille, qu'est-elle devenue ? demandé-je.

L'érable se met à gémir. Son chagrin est immense. Elle s'est tant occupée de lui quand elle l'a installé à cet endroit. Elle avait promis de revenir et elle est revenue, bien plus tard. Je jette un regard sur Mathias, qui fronce soudain les sourcils.

— À quoi ressemblait ta brindille lorsqu'elle est reparue ? interroge-t-il.

L'arbre s'agite, je pose ma main sur sa cicatrice et je reçois un véritable choc. Le parfum de forêt qui accompagne Éorin m'enveloppe si puissamment que je crois qu'elle est là, en chair et en os. J'en sursaute.

— Ta brindille, c'était Éorin ?

L'érable acquiesce, c'est ainsi qu'il l'avait surnommée alors qu'elle n'était encore qu'une enfant fine, légère et souple comme une brindille. Elle l'a transplanté dans ce parc en lui promettant de revenir. Elle a tenu parole et a fait de lui son passage pour le Dalahar. Ils étaient donc ainsi en contact permanent, qu'elle soit sur la Terre des Hommes ou à Dahar. Un vent glacial s'engouffre sous les arbres. Je frissonne. Mathias me relève d'autorité et nous saluons l'érable avant de partir.

Cette nuit-là, j'espère la venue de l'Elfe, et elle est enfin au rendez-vous.

— L'érable t'aime beaucoup, mais il ne m'a pas donné la réponse, lui fais-je remarquer.

— Si ! murmure-t-elle, et je me réveille brutalement.

Mathias s'est endormi. C'est la première fois qu'il sommeille depuis notre retour. Je me détache de lui avec précaution. J'enfile un gilet et me faufile hors de la chambre. Andréas regarde un programme à la télévision. Il est 3 heures du matin.

Andréas accepte de me céder son bureau. Je m'installe devant l'écran et j'introduis la clé USB.

— Tu dis que je connais la réponse, mais j'en sais rien, grommelé-je devant le cartouche qui réclame l'identifiant.

« Je suis la brindille », souffle alors la voix d'Éorin dans ma tête.

Mon cœur cogne fort contre mes côtes. Instinctivement, je tape le mot « brindille ».

Identifiant erroné.

Je bondis vers le salon, où Andréas me regarde avec stupeur.

— Comment dit-on brindille en elfique ?

— *Brigyn*, pourquoi ?

— Pour rien, merci, réponds-je en repartant au triple galop.

J'entre le mot que m'a donné Andréas en me l'épelant. Le cartouche disparaît soudain de l'écran. Je manque défaillir.

Je viens de trouver l'identifiant.

L'érable était le seul à connaître ce surnom, son secret était bien gardé.

Qui parle érable de nos jours ?

Malheureusement, ma joie est de courte durée, un second cartouche apparaît.

— Mot de passe ! grogné-je.

Je tape le mot *unrhyn* entendu dans mes rêves lors de notre séjour dans la cabane de Tony.

Mot de passe erroné !

J'essaie encore en tentant des variantes, rien ne fonctionne. Je finis par désespérer ; Éorin ne vient pas me secourir, cette fois. C'est qu'elle doit juger que je dispose de suffisamment d'informations. Je suis si tendue que je commence à avoir mal un peu partout. Je m'étire et décide d'aller préparer un café, le réveil ne tardera certainement pas à nous prévenir qu'il est l'heure. Je ferme l'ordinateur, je range la clé USB à double tour dans le petit coffre et je rejoins Andréas sur le canapé.

— Je sais, c'est dur, dit-il en voyant ma mine grave.

— Je finirai par trouver, bougonné-je.

— Je le sais aussi, me dit-il en souriant.

— Café ? le taquiné-je en sachant très bien qu'il n'aime pas.

— Cesse de poser des questions inutiles, rigole-t-il.

Je vais donc me servir seule mais, au moment de porter le café à mes lèvres, mon estomac a un violent soubresaut. J'en fais tomber ma tasse, qui se brise sur le sol, et je me raccroche, pliée en deux, au rebord du plan de travail pour ne pas tomber. Alerté, Andréas bondit vers moi.

— Qu'est-ce qui se passe, Léo ?

Je ne peux répondre, je me rue vers la salle de bains. Cette fois, Mathias ne me laisse pas l'occasion de me défiler. Il entre comme une furie dans la pièce alors que je me rafraîchis.

— Maintenant, ça suffit ! Tu vas me dire ce que tu as exactement, rugit-il en me soulevant de terre et en me ramenant dans notre chambre.

Il m'allonge sur le lit, saisit mon poignet pour compter les pulsations de mon pouls.

— Ce n'est rien, me défends-je lorsqu'il me relâche pour mieux s'intéresser à mon ventre. Je suis levée depuis 3 heures du matin, c'est juste un peu de fatigue.

La pression de ses mains sur moi n'a rien des tendres gestes habituels, Mathias œuvre en praticien.

— J'exige que tu me décrives tous tes symptômes.

— Je t'assure que je vais bien, je mange de nouveau normalement.

— Et ce malaise ?

— Je me sens déjà mieux, affirmé-je.

En vérité, je suis encore vaseuse, mais il n'est pas question que je l'avoue. S'il avait été au courant de mes petits soucis, Mathias ne m'aurait jamais permis de revenir à Montréal. Moi-même, je ne m'attendais pas à subir si durement les effets du passage d'un monde à l'autre. Mathias a la mine sombre, les sourcils froncés. Je devine une intense lutte contre lui-même.

— À quand remontent tes dernières règles, Léo ? me demande-t-il tout à coup.

Mon sang se glace, je reste muette.

— À quand ? insiste-t-il en haussant le ton au point que j'en frissonne.

— Je ne sais pas, bredouillé-je d'une voix mal assurée. Quand je suis arrivée au Dalahar, je venais juste de les avoir, et puis ça s'est compliqué.

— Comment ça « compliqué » ?

— Je prenais la pilule, mais je suis partie un peu trop précipitamment de chez Tony pour pouvoir emporter quoi que ce soit ! Dès mon arrivée au Dalahar, mon cycle s'est déréglé en allongeant les périodes entre chaque cycle. Comme pour le reste, je croyais que c'était normal, dû au changement de rythme. Algol m'avait prévenue que les humains mettaient parfois plusieurs décennies avant de s'habituer totalement à ces modifications. Je ne m'en suis donc pas inquiétée plus que ça.

— Pourquoi ne m'as-tu rien dit ?

— Je ne voulais pas t'ennuyer avec ces problèmes féminins... Et puis... je n'ai jamais entendu Anwen ni Élawen se plaindre de ce genre de choses, confessé-je piteusement.

Mathias est blême et jamais je n'ai vu ses émeraudes briller de cet éclat. Je lis au fond de ses prunelles fantastiques à quoi il songe et je reste figée.

— Tu... Tu crois vraiment que..., articulé-je difficilement.

Il pose sa main sur ma joue, je la sens trembler d'émotion.

— Nous allons nous en assurer, mais je ne vois pas d'autre explication, affirme-t-il d'une voix sourde.

— Oh, mon Dieu ! soufflé-je, choquée, à deux doigts de paniquer complètement.

Mathias me prend dans ses bras et me serre contre lui. Je perçois les coups précipités de son cœur. Puis il saisit ma tête entre ses mains et fond sur ma bouche. Son baiser m'envahit tout entière, passionnément. Je m'accroche à lui comme une folle et il répond à ma folie de la même manière. L'alarme du réveil se met en route, Mathias envoie l'appareil promener sur le sol d'un geste brusque et m'attire à lui.

— Nous allons être en retard, lui fais-je remarquer machinalement.

— Pire que ça, réplique-t-il en m'étreignant plus fort.

*
* *

J'observe, perplexe, le test de grossesse qu'Anwen m'a collé sous le nez dans la matinée.

Voilà bien un truc auquel je ne me suis jamais intéressée !

Les certitudes de Mathias quant à mon état m'ont ébranlée. J'ai pensé au changement d'espace-temps, de nourriture, au stress intense de ces derniers jours, à tout, sauf à ça ! J'ai du mal à réaliser ce que je m'apprête réellement à faire. Je me sens presque fautive.

C'est stupide ! Nous nous aimons, après tout !

Mais que vont dire mes parents ?

Officiellement, Mathias et moi ne sortons ensemble que depuis deux mois, et je me retrouve déjà enceinte.

Je ne pourrai jamais révéler que nous sommes unis depuis plus de sept mois.

— Léo ? fait la voix inquiète de Mathias derrière la porte des toilettes où je suis enfermée.

Je sursaute presque. Le test est formel, il a vu juste. Curieusement, je me surprends à sourire en posant la main sur mon ventre. Je porte l'enfant de mon mari, de mon prince, l'enfant de Mathias. Et ce que j'ai lu dans ses yeux extraordinairement brillants m'a bouleversée.

Il frappe de nouveau à la porte, je me décide enfin à sortir. Ses traits tendus m'intimident et je me contente de lui donner le test sans pouvoir prononcer une parole. Il le repose aussitôt, il n'avait besoin que d'une confirmation, le médecin qu'il est a deviné depuis bien longtemps.

— Je t'aime, dit-il en m'attirant à lui.

— On dirait que tu es... content !

— N'ai-je pas l'air heureux ? réagit-il en me couvant de son regard brûlant.

— Si !

Il relève mon menton du bout de son doigt. Son sourire s'est effacé.

— Qu'est-ce qui ne va pas ?

— Comment allons-nous faire ? demandé-je d'une voix étranglée.

— Léo, ce n'est pas comme si nous étions réellement deux étudiants au début d'une relation, me rappelle-t-il. Notre situation est très différente. Cette nouvelle comblera les Elfes de joie. Leur magnifique princesse va leur donner un héritier.

— Et... s'il s'agit d'une fille ? risqué-je en sentant progressivement monter une vague de bonheur que je contrôle de plus en plus mal.

— Ce sera exactement pareil, assure-t-il en souriant béatement.

Il m'embrasse éperdument et je ne retiens plus mes larmes. Mathias est fou de joie et je ne suis pas loin de ressentir la même chose, accompagnée d'une appréhension persistante. Il m'entraîne dans le séjour où les Elfes ont séché les cours, tout comme nous. Il n'a pas besoin de s'exprimer, ils devinent à son sourire.

— Il n'y a pas eu de naissance royale au Dalahar depuis celle de Mathias, les Elfes ne vont pas en revenir, s'exclame Élawen, que j'ai rarement vue aussi enthousiaste.

Andréas serre son ami dans ses bras avant de venir me prendre les mains.

— Tu es extraordinaire, dit-il.

— Pourquoi ?

— En général, les couples d'Elfes mettent des années avant de fonder une famille, et voilà qu'en l'espace de six mois, tu nous offres une merveilleuse surprise.

— J'ignorais que les Elfes aimaient tant les enfants.

— Une naissance, qu'elle soit royale ou non, est toujours un événement au Dalahar. Tu auras remarqué que les Elfes ne sont pas particulièrement prolifiques. C'est d'ailleurs l'une des raisons du déclin de notre population. Mais s'il s'agit d'une naissance royale, ce n'est plus un événement, c'est l'événement du siècle ! C'est un joli cadeau que tu nous fais, Léo.

— Ce n'était pas vraiment volontaire.

— Que s'est-il passé ? s'enquiert Anwen.

— Le passage de Léo au Dalahar a modifié le rythme de son cycle, explique Mathias. Son organisme a réagi à la différence de temps.

— Pourquoi n'avons-nous pas ce genre de problème ? interroge Élawen.

— Parce que vous êtes plus des Elfes que des humaines. Qui plus est, Léo n'a pas eu de temps d'adaptation, il était évident qu'elle en subirait le contrecoup. Je suis un parfait crétin, grommelle-t-il, j'aurais dû y songer.

— Elle est enceinte de combien de semaines ? reprend Anwen, soucieuse.

— Je n'en sais rien, admet-il. Quand as-tu ressenti tes premiers malaises, Léo ?

— Précisément le jour où nous sommes rentrés du Pas des Belles Âmes.

— Cela représente dix jours au Dalahar et quatorze jours ici.

— Ça fait une belle différence, confirme Anwen. Quelle période devons-nous considérer comme la plus importante ?

Mathias affiche alors une expression véritablement inquiète. Il réfléchit quelques secondes puis attrape un carnet dans lequel il griffonne quelques chiffres avant de le tendre à Élawen.

— J'ai besoin que tu retournes au Dalahar, préviens Iliud et vois Algol. Donne-lui ces indications et demande-lui combien de temps humain représenterait la grossesse de Léo à Dahar.

— Très bien, bondit Élawen sans discuter. Je serai de retour dès que possible.

Elle enfile son manteau, pose sa main sur mon épaule d'un geste rassurant et part comme une flèche. Une multitude de questions m'assaillent dans un ordre confus. Mathias a réclamé ma présence sur ses genoux. Il essaie de situer précisément les événements, mais la différence d'espace-temps lui pose problème. Andréas lui reproche en plaisantant son manque d'assiduité aux cours d'Algol. Mon mari ne peut s'empêcher de pouffer. Malgré la situation, il ne parvient pas à être d'humeur morose et sa main vient se poser sur mon ventre.

*
* *

Je reçois un message de Sandy, qui s'étonne de ne pas me voir en cours. Mathias me recommande de ne pas l'alerter, je me fends donc d'une brève réponse lui indiquant que je suis victime d'une atroce migraine.

— Je ne vais pas rester enfermée pendant neuf mois, protesté-je.

Il a une moue dubitative qui m'inquiète.

— Puis-je savoir à quoi tu penses ? l'interrogé-je, méfiante.

— Je n'ai pas très envie de te voir retourner à l'université.

— Je ne suis pas malade, je suis enceinte ! J'en serai à peine au cinquième ou sixième mois à la fin de l'année scolaire, j'ai le temps de passer les partiels, plaidé-je.

— Ce n'est pas à tes études que je pensais, Léo, réplique-t-il d'une voix très douce en caressant ma joue.

Je lis dans ses yeux lumineux une inquiétude qui me trouble. Je suis pleinement consciente que je ne terminerai jamais mon cursus universitaire et que ma vraie place est désormais ailleurs, dans un monde où un diplôme en informatique et en communication n'a pas grande valeur ni utilité. Tout comme lors de mon arrivée impromptue au Dalahar, j'ai l'impression de ne rien maîtriser de mon temps, de ma vie.

— C'est pour ma famille ? demandé-je, guidée par une intuition. Je suis sûre qu'avec l'appui de ma tante la nouvelle passera très bien. Mes parents seront déconcertés au début, mais ils seront vite ravis, n'oublie pas que tu as demandé ma main, plaisanté-je.

Mathias acquiesce d'une façon qui me souffle que nous n'abordons pas la question de la même manière.

— Non, ce n'est pas ça. Je refuse que tu prennes le moindre risque, encore moins maintenant !

— Mais, Mat...

Il pose son index sur mes lèvres et me dévisage d'un air attendri.

— Tu vas avoir beaucoup de mal à me convaincre, cette fois-ci, annonce-t-il.

Malgré sa tranquille certitude, je m'apprête à entamer les négociations lorsque Élawen franchit la porte d'entrée. Dès que je la vois sur le seuil, je comprends que ma situation est sérieusement en train de se compliquer. L'Elfe a le visage grave, et je suis déconcertée par son retour si rapide. Le Grand Conseil devait sans doute être réuni à son arrivée à Dahar. Elle demande à parler à Mathias en tête à tête en m'adressant un regard d'excuse. Il se lève, m'embrasse furtivement et sort. Leur conciliabule dure plus de quinze minutes. Anwen et Andréas sont restés avec moi pour tenter de me tranquilliser.

À son retour, Mathias a l'air sombre et tendu. Élawen se tient un peu à l'écart, elle a accompli la tâche que son prince lui avait assignée et connaît les détails qu'il s'apprête à nous livrer. Il hésite un moment puis vient s'asseoir en face de moi, mes mains dans les siennes.

— La situation est plus compliquée que je ne pensais, commence-t-il. Algol estime, compte tenu des indications que je lui ai transmises, que tu entames largement ton deuxième mois de grossesse, Léo.

— Et alors ?

— Il est quasiment certain que le passage au temps humain a accéléré le processus de manière artificielle, ce qui explique la fréquence de tes malaises. Iliud exige que tu rentres à Dahar !

— Mais le Grand Conseil connaît notre mission et...

— Ce n'est pas le Grand Conseil qui a décidé, Léo, c'est le roi lui-même, coupe-t-il.

— Pardon ? m'insurgé-je. Mais de quel droit ?

— N'oublie pas que tu es la princesse du Dalahar et que tu portes le futur roi de notre monde. Iliud agit en tant que souverain et en tant que père, il souhaite avant tout assurer ta sécurité et celle de l'enfant.

— Et toi, qu'en penses-tu ?

— Je pense exactement la même chose que lui, nous allons rentrer au Dalahar.

— Mais...

— Il y a autre chose, ajoute-t-il en fronçant les sourcils d'un air douloureux.

— Quoi ?

— Algol affirme que tu as déjà eu beaucoup de chance de ne pas avoir fait de fausse couche en revenant ici. L'avancement de ta grossesse a joué en ta faveur. Je vais devoir te demander une chose affreuse.

Mathias plonge son regard ardent dans le mien. Je ne comprends pas où il veut en venir, mais je sens peu à peu mon estomac se nouer.

— Léo, tu ne pourras pas revenir ici dans ton état. Algol est persuadé que vous ne craignez rien en passant de nouveau au Dalahar, mais que tout retour sur la Terre des Hommes aurait des conséquences graves sur le fœtus. Nous ne pouvons pas courir ce risque.

Je pâlis en prenant peu à peu la mesure de ce que cela sous-entend.

— Je suis désolé, mon amour, dit-il en me prenant dans ses bras. Je sais que je te demande un sacrifice énorme. Je te promets que nous trouverons un moyen plus tard.

— Je dois priver ma famille de cet enfant ? balbutié-je, sonnée. Nous étions prêts à leur offrir un simulacre de mariage pour les rassurer, et maintenant, je dois leur cacher ça ?

— Algol estime que, si tu rentres immédiatement au Dalahar, ta grossesse suivra son cours tout à fait normalement et équivaudra à quelque chose comme un mois humain, explique Mathias en essuyant de son pouce une larme qui m'a échappé.

— Un mois ?! Mais ce n'est pas possible, ce sera Noël ! Comment veux-tu que je justifie aujourd'hui une absence d'un mois ? Et nous n'avons pas rempli notre mission, je te rappelle !

— Notre priorité a changé.

— Mais pas la situation générale. Tu ne peux pas sacrifier l'avenir de ton peuple pour ma seule sécurité.

— Tu *es* l'avenir de notre peuple, Léo, réplique-t-il sévèrement.

— Et toi, où seras-tu ?

— Nous allons rentrer ensemble, il est hors de question que je te laisse.

— C'est bien ce que je pensais ! Si mon retour au Dalahar ne doit pas avoir de conséquences sur le bébé, je peux très bien rester ici encore quelque temps.

— Algol ne te donne pas plus d'une semaine de délai avant que la situation ne se complique sérieusement. Plus tu attends, plus la différence d'espace-temps augmente, chérie. Nous allons rentrer ce soir.

— Cinq jours, donne-moi cinq jours, je t'en supplie. J'ai trouvé l'identifiant d'Éorin !

Mon argument fait mouche, Mathias se raidit.

— Qu'est-ce que tu dis ?

— Cette nuit, j'ai trouvé l'identifiant qu'elle a utilisé. Je n'ai pas pu entrer le mot de passe, mais je suis à deux doigts d'y parvenir, je t'en prie. Et si je dois cacher cet enfant à ma famille, laisse-moi au moins le temps d'avertir ma tante de mon départ, elle ne comprendrait pas. Après, je te promets que je te suivrai sans protester, je me plierai à toutes tes exigences.

Mathias hésite, à la fois surpris de ma découverte et très embarrassé pour Agnès, qu'il apprécie énormément.

— Cinq jours, c'est encore bien long, intervient Anwen, plus calée en conversion de temps. Cela équivaudrait environ à trois mois, nos deux mondes sont très éloignés en ce moment !

— Combien selon toi ? lui demande Mathias.

— Trois, tout au plus.

Je saisis ce dernier espoir.

— Accorde-les-moi, je t'en prie !

Mathias m'attire à lui, j'enfouis mon visage contre sa poitrine où son cœur bat presque à l'unisson du mien.

— Je te préviens que nous serons partis d'ici à jeudi soir, que tu aies ou non trouvé le mot de passe !

Je pince les lèvres sans répondre.

— Léo ? insiste-t-il.

370

— D'accord.

La journée de ce lundi est déjà bien avancée, il ne me reste plus qu'une soixantaine d'heures pour trouver le mot de passe et l'argument que je vais devoir servir à ma famille. Il faut bien choisir un jour, je recule l'échéance au maximum.

— J'irai à Rosemont mercredi.

— Élawen t'accompagnera. Nous, nous irons à la fac. Nous ne devons pas disparaître complètement pour ne pas alerter les Elfes noirs. Ils sauraient qu'il se passe quelque chose d'anormal.

— Dans ce cas, laisse-moi aussi y aller, qu'est-ce que je risque ? argumenté-je de nouveau, peu encline à rester cloîtrée toute la journée. Tu es en cours avec moi les trois quarts du temps, pour les autres matières, Sandy est à mes côtés, ils n'oseront pas agir au vu et au su de tout le monde. Ça ne fait que deux jours à tenir.

— Je serai sans doute moins inquiet de te savoir près de moi que seule ici, concède-t-il. Très bien, tu as gagné, dès demain, nous reprenons les cours.

Je l'embrasse tendrement, mais Mathias transforme vite mon baiser en un véritable brasier qui consume toute ma volonté. Je noue plus fermement mes bras autour de son cou et il me serre très fort contre lui. J'en oublie la présence des Elfes, qui ont la délicatesse de s'éclipser sans bruit.

*
* *

Les bras et les caresses de mon mari m'offrent généralement la meilleure des berceuses. Mais ce soir-là, je suis incapable de m'endormir : des millions de questions me torturent l'esprit. Mathias tente patiemment de calmer mes angoisses en me répondant le plus gentiment possible.

— Algol est-il sûr de lui ?

— Comprends que c'est très difficile à dire, Léo, cette situation est tout à fait inédite. Tu es la première descendante d'une Elfe à être revenue au Dalahar et tu es la première à voyager, enceinte, entre nos deux mondes. Algol se base uniquement sur son savoir concernant l'espace-temps. Il a raison, cependant, vois comment ton organisme a réagi à ton arrivée à Dahar ! Te souviens-tu lorsqu'il t'a expliqué la différence entre le temps humain et le temps elfique ?

Je me rappelle très bien que je risquais, en voulant rentrer précipitamment, de me retrouver au beau milieu de l'incendie de la maison de Tony alors que j'étais à Dahar depuis quatre jours.

— Ce serait la même chose pour notre bébé. Un brutal retour en arrière risquerait bien de le tuer, dit-il en posant la main sur mon ventre.

Malgré l'horreur de ce qu'il suggère, j'aime la façon dont il prononce ces mots et la chaleur de sa main sur mon ventre. Je ne pensais pas que Mathias serait à ce point heureux de devenir père, je n'ai même jamais envisagé cette possibilité, trop absorbée par notre couple.

— Je suis désolé pour tes parents, reprend-il.

— Je vais au moins pouvoir prévenir Tante Agnès. Si ce qu'Algol dit est vrai, le plus important c'est lui, maintenant, affirmé-je en posant ma main sur la sienne.

— Il grandira vite au regard du temps humain, prévient-il. Je t'avoue que je n'ai pas encore de solution idéale.

— N'en cherchons pas pour le moment, profitons de ces instants qui n'appartiennent qu'à nous, proposé-je, sereine. J'ai vécu notre mariage comme le plus beau cadeau que j'aie jamais reçu, au point que toute autre cérémonie me paraîtrait déplacée. Cette grossesse imprévue a désormais une saveur bien particulière. Je ne la vivrai pas cachée, mais au milieu des Elfes. Ce sera un moment tout aussi inoubliable que nos noces. Je n'en serai pas frustrée, loin de là !

— En es-tu vraiment sûre ? C'est un grand sacrifice que tu t'infliges, Léo.

— Il n'y a aucun sacrifice lorsqu'il s'agit de nous !

— Mon amour, susurre-t-il dans mon cou, et cette déclaration me fait délicieusement chavirer.

*
* *

Fidèle à elle-même, Éorin n'apparaît pas. Je suis persuadée qu'elle ne viendra plus, estimant que j'ai entre les mains toutes les pièces du puzzle. Je ne suis donc pas déçue en me levant, le mardi matin. Je suis simplement motivée à percer le secret de la clé USB.

Comme prévu, Mathias ne me lâche pas d'une semelle. À notre arrivée à la fac, nous apercevons le groupe constitué de Jonathan, de quelques autres joueurs et des groupies habituelles, Lyne en tête. Celle-ci me toise de loin quand Jonathan se détache d'eux pour venir vers nous. La main de Mathias se crispe sur mes hanches.

— Puis-je te parler ? demande le capitaine de l'équipe sans accorder un regard à mon compagnon.

Je détache le bras de Mathias de mon dos et sa réaction m'oblige à insister.

— S'il te plaît, je ne m'éloigne pas.

Ses yeux brillent anormalement, il accepte néanmoins, et je suis Jonathan au beau milieu du hall d'entrée. L'affluence autour de nous me rassure.

— Tu n'es pas venue hier, attaque-t-il.

— Non, j'avais mal à la tête.

— Léo, je...

Ses étranges hésitations et son visage tourmenté me stressent, je m'efforce de l'encourager.

— Je suis désolée si, à un moment ou à un autre, j'ai pu te laisser croire que...

Il interrompt ma sérénade d'un éclat de rire acerbe.

— Tu n'es pas désolée pour deux sous. Léo, ne joue plus avec moi !

— Je n'ai jamais joué, me défends-je, refroidie.

— Ce n'est pas pour ça que je voulais te voir, élude-t-il précipitamment.

— Pour quelle raison alors ?

— Je voulais te dire que...

— Jonathan !

La voix de Lyne Dompart est glaciale et tranchante comme une lame. Il relève les yeux, sa mâchoire se crispe sous l'effet d'une colère contenue, puis son regard se reporte sur moi.

— Tu viens ? insiste-t-elle sans relâcher la pression, on t'attend.

Sans répondre, il lève la main vers mon visage et, comme à son habitude, glisse le bout de son index sur ma joue. Je l'observe, ahurie.

Comment ose-t-il faire ça ici, en plein milieu du hall d'entrée, et devant Mathias surtout ?

— Sois prudente, dit-il si bas que je dois être la seule à entendre.

Il fait brusquement demi-tour et s'empare du bras de Lyne en passant. Elle est furieuse de l'avoir attendu et se dégage de sa poigne d'un geste sec. J'entends le rire forcé que Jonathan réserve en général à ses fans trop pressants. Ils rejoignent leur groupe et sortent du bâtiment. Je reste muette de stupeur.

Était-ce une menace, un avertissement ?

Le bras de Mathias entoure de nouveau ma taille. Son air contrarié doit sûrement tenir davantage au geste tendre de Jonathan à mon égard qu'à notre échange.

— Qu'y a-t-il ? demande mon mari en constatant mon hébétude.

— Il m'a conseillé d'être prudente comme si... comme s'il avait voulu me prévenir d'un danger ! bredouillé-je, incrédule.

— Pour quelle raison aurait-il fait ça ?

— Je ne sais pas, éludé-je, bien qu'au fond j'en devine la raison.

Jonathan m'aime. J'ai lu dans son regard toute la tendresse du monde lorsqu'il a effleuré ma joue comme on caresse les pétales délicats d'une rose. Son regard était aussi limpide que peut l'être celui de Mathias lorsqu'il se pose sur moi. Je ne doute pas une seconde de sa sincérité à ce moment-là.

— Nous allons être en retard.

Me tirant ainsi de mes réflexions, Mathias m'entraîne vers la salle 207.

J'espérais bien retrouver Noémie, mais mon ancienne voisine est absente. J'ignore si j'aurai l'occasion de la revoir une dernière fois avant mon départ définitif de la fac. Lors de la pause déjeuner, Sandy s'invite à notre table. Je la regarde sans doute avec un peu trop de nostalgie, elle se moque de mon air de cocker triste. Malgré la moue désapprobatrice de Mathias, je ne peux rien avaler. Je m'assure auprès de ma cousine que ma tante sera présente le mercredi après-midi, puis les cours reprennent normalement.

Le soir venu, Mathias ne me force pas à manger, car il voit que son insistance a plus d'effets négatifs qu'autre chose. Éreintée, je m'endors littéralement à table et il me transporte comme une enfant dans notre lit. Il reste près de moi un moment puis va rejoindre les Elfes au salon. Avant de dormir tout à fait, je l'entends faire part aux autres de ma rencontre avec Jonathan.

— Dussaunier est un humain, affirme Élawen, sûre d'elle.

— Crois-tu qu'il soit au courant de quelque chose ? demande Andréas.

— Je ne sais pas. Entre la fac, l'entraînement, il vit en permanence au milieu d'une cour, il n'est jamais véritablement seul. La dernière fois que je l'ai vu, il était accompagné de cette blonde et de la brute épaisse qui joue dans son équipe.

— Lyne Dompart et Marcus Simps, précise Anwen, ils sont toujours ensemble.

— Jonathan est épris de Léo, ça ne souffre aucun doute, raconte Mathias sans émotion particulière dans la voix.

— Elle le sait ?

— Oui.

— Qu'y a-t-il ? réagit Anwen à cette réponse trop laconique du prince.

— Je ne supporte pas de le voir la toucher.

— Tu sais très bien que Léo t'aime plus que tout au monde, ce n'est pas ce que Jonathan pense d'elle qui changera quoi que ce soit.

— C'est plus fort que moi, grogne-t-il avant de changer pudiquement de sujet. Léo doit aller voir sa tante demain, tu veilleras à ce qu'elle soit armée, Élawen.

Celle-ci approuve, mais je n'entends pas le reste de leur conversation car je sombre irrémédiablement dans le sommeil. Sous mes paupières closes, mon esprit n'est pas au repos cependant. Je cherche quelle excuse je vais servir à Tante Agnès. Je peux mentir éhontément à ma mère, j'estime néanmoins que ma tante ne mérite pas un tel traitement de ma part. Elle a toujours été de mon côté, elle a aplani toutes mes difficultés et ouvert grand les bras à Mathias. Je ne sais vraiment pas quoi lui dire.

Sautant du coq-à-l'âne, mon rêve prend le chemin de la forêt, inexorablement mû par un désir tenace de découvrir la vérité. Je me vois emprunter le passage d'Éorin dans l'érable.

Quel est le mot de passe ?

Dans mon rêve, j'interroge mon vieux complice de bois.

— Éorin n'a jamais aimé les sous-entendus, me répond-il.

Je me réveille en sursaut au beau milieu de la nuit. Je m'échappe des bras de Mathias, ahuri, qui me suit prestement dans le bureau d'Andréas. Je vire ce dernier de l'ordinateur et j'insère la clé USB. Notre agitation attire les filles, qui se regroupent derrière moi. Sur le premier cartouche, je tape l'identifiant. Ils assistent à l'apparition du second cartouche réclamant le mot de passe, je me retourne vers eux.

— L'érable vient de me dire qu'Éorin n'aimait pas les sous-entendus, il ne faut donc pas chercher d'autre signification à ce qu'elle a dit. *Unrhyn* veut dire qu'il n'y a pas de mot de passe.

— Elle n'aurait pas pris ce risque, affirme Andréas, sceptique.

— C'est justement pour ça qu'elle l'a pris, réplique Mathias, admiratif. Éorin a caché sa clé dans un endroit public où elle a elle-même conduit Léo. Elle a choisi un identifiant que seul un arbre connaissait et s'est arrangée pour que Léo soit attirée par cet arbre en sachant qu'elle saurait entrer en communication avec lui. Et enfin, le cartouche exige un mot de passe et n'importe qui le chercherait, croyant l'étape absolument obligatoire.

— Ce qui veut dire ?

— Ceci ! dis-je en retenant mon souffle et en cliquant directement sur le bouton « Entrée ».

Le cartouche disparaît, l'écran devient noir. Je crois bien que c'en est fini de mes espoirs, mon cœur fait un raté. Soudain surgit une lumière éclatante qui s'étend au milieu de l'écran. Le symbole elfique de la clé d'Éorin apparaît.

— Tu as réussi ! s'exclame Élawen d'une voix tremblante.

Mon cœur cogne contre mes côtes. Éorin a placé sa confiance en moi et j'ai réussi. Nous allons enfin savoir. Hélas pour moi, le journal est entièrement rédigé en langue elfique. Mes cours en compagnie d'Algol se sont limités à la langue orale, je n'ai pas eu le temps d'en apprendre davantage.

— Je vais traduire ces pages, assure Élawen, enthousiaste.

— Il va te falloir plusieurs heures, constate Mathias, va voir à la dernière.

Je clique, sans résultat. La première page s'affiche sans difficulté, mais il est impossible d'accéder directement à la dernière sans les faire défiler, les unes après les autres.

— Éorin souhaitait que nous lisions son journal de manière chronologique et exhaustive, c'est qu'elle devait avoir ses raisons. Nous devons donc prendre ces pages une à une.

— Il y en a quatre cents, gémis-je.

— À ce que je vois, elle a commencé son journal le jour même de son arrivée à la fac. Elle a dû consigner ses cours. Je me contenterai de traduire pour Léo les passages importants, explique Élawen en jetant un œil sur le contenu.

— Nous devons imprimer le journal pour Iliud, ajoute Mathias.

— Je m'en charge en même temps !

— Tu n'auras jamais fini pour demain !

— Élawen n'aura qu'à m'accompagner chez ma tante et revenir travailler ici pendant ce temps. Je lui téléphonerai pour qu'elle vienne me récupérer, suggéré-je.

— Je ne suis pas sûr, grogne Mathias.

— Nous n'avons pas le choix, insiste Élawen, si nous partons vraiment jeudi soir, il va me falloir du temps.

— D'accord, mais tu ne bouges pas de chez ta tante !

Je promets aussitôt et mon médecin personnel exige que je retourne au lit pour quelques heures. Pour mieux m'en convaincre, il m'y porte carrément.

— Tu uses de ta force physique, ce n'est pas du jeu, bougonné-je.

— J'use du seul moyen à ma disposition. Tu es plus têtue qu'une mule ! Tu as besoin de dormir, chérie, tente-t-il de m'amadouer de sa voix suave.

— Je n'en ai pas envie !

— D'accord. Anwen ? appelle-t-il.

— Tu n'oserais pas ? protesté-je, devinant ses intentions.

Ma belle amie passe la tête dans l'encadrement de la porte de notre chambre. Mathias a un sourire en coin absolument irrésistible, je sais qu'il n'osera pas me faire un coup aussi pendable.

— Endors-moi cette jeune princesse jusqu'à demain, ordonne-t-il en me repoussant contre l'oreiller.

Anwen se précipite avant que j'aie le temps de me sauver des bras de mon traître de mari.

— *Cysgüe* ! entends-je, et puis plus rien.

*
* *

Une odeur de café frais me réveille, mais au lieu de me faire envie, elle me soulève le cœur.

— Tu n'es pas en état d'aller en cours.

— Ça va passer, dis-je d'une voix atone.

— Ne me force pas à insister, Léo !

J'aimerais le persuader de me laisser l'accompagner, mais un violent vertige a raison de mes dernières volontés. Je capitule. Mathias va chercher un tensiomètre qu'il s'est procuré en même temps que le test de grossesse. Tandis que je le regarde prendre ma tension d'un air inquiet, j'entends le bruit incessant de l'imprimante dans le bureau au fond du couloir.

— Élawen a-t-elle appris quelque chose ? demandé-je.

— Rien de bien sérieux encore. Éorin a surtout consigné ses cours, mais c'est très long à éplucher. Ta tension est très basse et ton pouls irrégulier. Si tu ne manges pas plus que ça, nous allons au-devant de graves problèmes, menace-t-il.

— Le café me donne envie de vomir.

— N'y a-t-il rien qui te fasse envie ?

— Si !

— Dis-moi !

— La salade de pâtes de Tony. Tu sais, celle avec les tomates séchées et le fromage de chèvre !

— Je vois, sourit le futur père. Je te promets que dès demain soir je t'en fais livrer des tonnes. Tony va devoir se mettre au travail, je serai très exigeant.

— Merci, mon amour !

Mathias se penche sur moi tendrement et le tensio-mètre se déclenche tout seul. Nous sommes pris d'un fou rire commun.

Chapitre 20
Sous le masque

Mathias part, à regret, en compagnie d'Anwen et d'Andréas. Je reste sagement près d'Élawen, qui me traduit rapidement les premières pages qu'elle a imprimées. J'apprends ainsi qu'Éorin est arrivée au tout début du mois de septembre à Montréal. Dans un premier temps, elle s'est installée chez Tony. Après avoir pris ses marques sur la Terre des Hommes, elle a souhaité davantage d'autonomie. Elle a donc emménagé dans la résidence voisine de la mienne. Elle évoque très vite sa rencontre avec Noémie. Elle témoigne bien de sa forte personnalité. Éorin a décliné longtemps les propositions de sorties de sa nouvelle amie, jusqu'au mois de mars, où Élawen m'apprend que sa sœur a accepté d'assister à son premier match de hockey sur glace et à l'after.

Élawen ne cesse de nourrir l'imprimante capricieuse. Il faut souvent l'éteindre pour réparer un bourrage et le temps file. Sur le coup de midi, Mathias s'assure par téléphone que je consens à manger quelque chose. Je n'ai pas envie de lui mentir et je me force à grignoter les quelques pâtes que j'ai fait cuire, sans conviction. Élawen lève un sourcil devant ma préparation et confirme par SMS à son pseudo-frère que j'ai fourni un bien maigre effort. Nous reprenons ensuite la lecture.

Éorin est allée au match et, à partir de ce moment-là, son journal accuse un ton résolument différent. Elle nous décrit la partie de hockey telle qu'elle l'a perçue : violente et sournoise. Puis vient l'évocation de l'after. Dans ces lignes d'une précision de chroniqueuse, je reconnais les moindres détails du bar où l'équipe a ses habitudes. Les joueurs sont arrivés en même temps que le groupe des fans. Éorin a été choquée par quelque chose qu'elle n'identifiait pas encore. Elle a aussi senti sur elle le regard lourd de Jonathan Dussaunier, mais elle ne lui a pas donné l'occasion de l'approcher, elle est partie rapidement. Le lendemain du match, la jeune femme s'est vu aborder par Lyne Dompart.

— Je suis désolée, Léo, s'interrompt Élawen. Mais si tu veux être à l'heure chez ta tante, nous devons y aller.

Je regarde ma montre, déçue, mais stressée par mon rendez-vous avec ma tante. Élawen éteint l'ordinateur, range soigneusement la clé et nous partons toutes les deux à bord de la petite voiture d'Anwen. L'Elfe descend du véhicule et m'accompagne jusque dans le salon. Elle me recommande de l'appeler quand je souhaiterai rentrer et de l'attendre. Elle prend ensuite congé malgré l'insistance d'Agnès à lui offrir un café.

— Les Gardner en général sont assez… étranges, remarque ma tante, toujours aussi perspicace.

Je l'admets en la suivant dans la cuisine où se tiennent toujours nos messes basses. Cette fois, nous sommes seules, et je ne crains pas les oreilles indiscrètes de Sandy ou de Samuel. Tante Agnès m'observe du coin de l'œil.

— Tu as bien mauvaise mine, Léo, dit-elle d'une voix où pointe une curiosité inquiète. Je suppose que tu vas me dire que Mathias veille sur toi… Comme tous les membres de sa famille visiblement.

— Pourquoi me dis-tu ça ?

— Élawen était excessivement prévenante à ton égard.

— Tu es observatrice, grimacé-je malgré moi.

— J'aimerais que tu me dises la vérité, il se passe quelque chose d'inhabituel, je le sens.

Je la dévisage, ses yeux verts, pareils aux miens lorsque je ne suis pas au Dalahar, pétillent d'une drôle de façon. Je ne me sens pas le cœur de lui mentir.

— Tu as raison. Assieds-toi, tu risques d'avoir un choc !

— Tu m'inquiètes vraiment, dit-elle en prenant place de l'autre côté de la table.

— N'as-tu jamais songé qu'il existait un monde différent du nôtre ?

— Une autre planète ? consent-elle à répondre à ma question.

— Non, disons… un monde parallèle.

— Je ne sais pas. Pourquoi ?

— N'as-tu jamais rêvé d'être en contact avec quelqu'un de *différent* ?

— J'avoue que c'est un rêve que j'ai fait quelquefois, il n'y a pas longtemps… Et puis il a disparu.

— Et c'était quoi, ce rêve ?

— Je m'imaginais être une belle jeune fille aux longs cheveux et à la voix douce, sourit-elle. Je me suis réveillée chaque fois sans savoir pourquoi je faisais ce drôle de rêve et puis il s'est arrêté.

— Quand ?

— Le jour où tu nous as annoncé ta venue à Montréal. Je crois que ta décision a effacé mes soucis, j'avais d'autres préoccupations d'un coup.

Ma décision date de début juillet, Éorin devait encore être vivante à cette époque-là, ce ne pouvait pas être elle.

— Mais pourquoi me demandes-tu ça, Léo ?

— Si je te disais que Mathias et sa famille ne sont pas ceux que tu crois, lancé-je en observant sa réaction.

Tante Agnès repose sa tasse de café lentement pour me regarder bien en face.

— Si tu m'expliquais clairement où tu veux en venir, ma chérie !

Je dévoile alors l'existence des Elfes, l'histoire de notre aïeule Éléna. Je lui raconte le Dalahar, la Grande Colère, le roi Iliud et l'arrivée des Teitwyrs à Montréal. Durant tout ce temps, elle écoute avec attention, me faisant préciser certains points que je néglige, trop pressée d'en arriver à l'essentiel. Je réveille enfin le fantôme d'Éorin. Quand je parle de l'Elfe, je vois ma tante se figer.

— Léo, la jeune fille de mon rêve est exactement celle que tu viens de me décrire !

— Il s'agissait d'Éorin, soupiré-je. Elle a été tuée quelques jours plus tard, pourquoi est-elle entrée en contact avec toi ?

— Peut-être parce que... je devais être capable de l'entendre, en déduit ma tante.

Je la regarde, stupéfaite, elle semble me prendre au sérieux.

— Est-ce que tu me crois ?

— J'ai surtout du mal à croire que tu aies pu inventer toute cette histoire, mais je ne vois pas où tu veux en venir.

— Je vais avoir besoin de ton aide, dis-je d'une voix enrouée.

Elle fronce les sourcils, devinant une situation nettement plus compliquée.

— Je suis enceinte, lâché-je entre mes dents sans oser affronter son regard.

Aucune réaction de l'autre côté de la table !

Je lève les yeux, ma tante est blême, les mains nouées autour de sa tasse. Je vois le travail de connexion se faire dans ses prunelles fixées sur moi.

— Mais... Mathias ?

— Je l'ai épousé selon la coutume elfique, il y a plus de six mois au Dalahar !

Devant sa perplexité, je lui explique la différence d'espace-temps entre nos deux mondes. Elle paraît comprendre, tout en restant choquée.

— Je dois rentrer là-bas, j'y suis obligée, poursuis-je, sans pitié pour ses nerfs. Je ne peux pas avoir cet enfant ici, nous y courons un trop grave danger. Ceux qui ont assassiné Éorin cherchent à m'enlever à mon tour pour pénétrer au Dalahar. Je n'ai pas le droit de mettre la vie de mon bébé en jeu.

— Quand reviendras-tu ?

— Je ne sais pas ! Pas avant un mois en tout cas !

— Un mois ?!

— C'est le temps humain nécessaire pour mon accouchement au Dalahar. Je sais que c'est difficile à croire, mais je t'en supplie, j'ai vraiment besoin que tu m'aides, Tante Agnès ! Trouve une excuse pour Maman et Papa... Quoi qu'il arrive, je ne pourrai pas le leur dire, ils ne comprendraient pas.

— Tu comptes leur cacher l'existence de cet enfant ? fait-elle, émue.

— Pendant un moment oui puis, tout comme pour notre pseudo-mariage, nous trouverons un moyen de l'introduire dans leur vie. Mathias et moi allons nous arranger pour revenir assez régulièrement tout en restant le plus inaccessibles possible.

Tante Agnès reste muette, son air sombre est désapprobateur.

— Je n'ai pas d'autre choix, j'aime Mathias plus que moi-même.

Cet ultime argument a raison de sa résistance. L'amour a toujours été le moteur de son existence, elle a bravé tous les interdits pour son architecte de mari.

— D'accord. Je te couvrirai le temps qu'il faudra. Officiellement, tu seras partie en stage. Tâche de me laisser des cartes postales à leur envoyer !

Je lui saute au cou pour l'embrasser. Elle me serre très fort contre elle. Nous discutons ensuite de l'enfant à naître, elle me pose d'autres questions sur le Dalahar et sur le danger qui pèse sur moi. Je lui explique du mieux possible durant un long moment puis il me faut conclure. Je sors le portable flambant neuf que m'a procuré Anwen à notre retour ici, et clique sur le « E » du répertoire.

— Vous êtes drôlement organisés, constate-t-elle en me regardant faire.

— Mathias est du genre prévoyant.

Élawen décroche rapidement, sa voix est assez étrange.

— Tout va bien ? interrogé-je, soucieuse.

— Léo, je crois savoir…

Un bruit de sonnette résonne. Ma tante Agnès se lève, intriguée, elle n'attendait personne d'autre que moi. Elle se dirige vers la porte tandis que j'abrège ma conversation.

— Élawen, nous en parlerons en chemin, viens me chercher dès que tu le pourras, je t'attends.

— J'arrive, annonce-t-elle sans discuter, et je raccroche bien vite.

— Léo, appelle ma tante depuis le vestibule. Tu peux venir, s'il te plaît ?

Sans réfléchir, je gagne l'entrée et m'arrête sur le seuil, les yeux ronds.

Lyne Dompart sourit d'un air trop affable sur le perron.

— Je suis venue te chercher, me dit-elle de sa voix la plus suave.

— Tu dois certainement faire erreur, répliqué-je, mauvaise.

Je jette un œil dehors, Marcus Simps patiente en bas des marches.

Je réalise soudain à quel point j'ai été aveugle.

Mes pressentiments au sujet de l'équipe de hockey étaient justes. Je ne me suis trompée que sur un point pourtant essentiel : c'est dans l'ombre de ces joueurs trop voyants que le danger réel se cachait, sous le masque d'une belle blonde aux yeux verts trop maquillés.

Son étrange comportement à mon égard aurait dû m'alerter davantage. Le danger est à présent devant moi, souriant de sa victoire toute proche.

— Je suis sûre que tu regretterais de perdre du temps, roucoule-t-elle en lorgnant ma tante.

Une grosse voiture avec plusieurs occupants à bord attend dans la rue. Je ne peux rien faire qui ne mette mon bébé, ma tante et moi-même en danger. J'attrape donc mon manteau, mon sac et me dirige vers la porte.

— Léo, tu n'attends pas Élawen ? demande Tante Agnès, qui pressent une situation anormale.

— C'est elle qui nous a demandé d'accompagner Léo auprès de Mathias, suggère la blonde en papillonnant de ses faux cils.

Je prends une grande bouffée d'air et me penche vers ma tante pour l'embrasser comme je l'aurais fait en temps normal. Très discrètement, je lui glisse mon portable dans la poche. Elle acquiesce d'un signe à peine visible de la tête. J'espère qu'elle a parfaitement saisi ce que je lui demande.

Lyne passe son bras autour du mien et m'escorte d'une poigne de fer jusqu'à la voiture. Malgré mon angoisse, je reste docile, songeant en priorité à ma sécurité et à celle de Tante Agnès, qui nous suit des yeux, tétanisée, depuis le perron.

Marcus ouvre la portière arrière et Lyne me pousse à bord. Je suis aussitôt assaillie par l'odeur. Mon voisin de droite doit être le visiteur qui a fouillé mon appartement. À visage découvert, cette fois, je reconnais Steeve, arrivé en retard le jour du match éliminatoire. Et pour cause, il avait pris le temps de subtiliser mes notes avant de rejoindre son équipe pour démolir Tom Delarue. Le massif Simon, l'alter ego de Marcus, à peine moins teigneux, me coince de l'autre côté. Il ne manque parmi ce charmant petit monde que le prestigieux capitaine.

— Jonathan n'a pas eu le courage de se montrer ? demandé-je, cinglante.

Lyne, qui a pris le volant, part d'un éclat de rire moqueur.

— Ce pauvre Jonathan, minaude-t-elle en me jetant un coup d'œil par le rétroviseur. Il ne viendra pas à ton secours, cette fois !

— Pourquoi « cette fois » ? m'étonné-je.

— Cette affaire serait réglée depuis longtemps s'il n'avait cessé de me mettre des bâtons dans les roues. Fouille son sac, ordonne-t-elle à Marcus.

Celui-ci m'arrache mon sac et en retourne le contenu à ses pieds à l'avant du véhicule. La petite dague attire aussitôt l'attention de Lyne.

— Tu vois, j'en étais sûre ! Elle nous cachait bien son jeu, une arme comme celle-ci ne peut provenir que des ateliers du Dalahar ! Où est la clé ?

— Il n'y a rien d'autre là-dedans, affirme Marcus.

— Fouillez-la, ordonne-t-elle à mes deux geôliers, qui ne se privent pas de me tripoter par la même occasion.

Un haut-le-cœur manque me rendre malade, mais je serre les dents et me laisse faire sans résister ni me plaindre.

— Rien, fait Steeve, l'air blasé.

— Où est la clé d'Éorin ? interroge Lyne en me fixant dans son rétro.

— Je ne vois pas de quoi tu veux parler, réponds-je en essayant de conserver le peu de sang-froid qu'il me reste.

— Cesse de jouer l'innocente. Je sais très bien que tu possèdes la clé USB et je t'assure que tu finiras bien par me dire où se trouve le passage pour le Dalahar.

Je pince les lèvres. Je reconnais par la vitre les abords du parc où se trouvent l'érable et notre propre accès. Comme le craignait Mathias, ils sont sur la bonne piste. Je détourne la tête inutilement, je sens dans le miroir le regard de Lyne, attentif à chacun de mes mouvements. Elle range la voiture le long d'un trottoir à l'écart. Nous descendons et je suis aussitôt encadrée par les deux joueurs robustes. Je ne doute plus qu'ils sont nos mystérieux agresseurs masqués de la dernière fois, et ceux qui ont volontairement incendié la maison de Tony. Ils sont dangereux et déterminés.

Je dois gagner un peu de temps, Élawen sera sans doute vite chez Tante Agnès. Gagner du temps, ne pas jouer avec le feu, voilà les seules choses auxquelles je pense. Je refoule du mieux possible l'atroce sentiment de panique qui tente de prendre le dessus. Je dois résister, pour moi, et pour le bébé que je porte.

Mon bébé !

Cette petite étincelle en moi, toute nouvelle et pourtant déjà si ardente, me donne du courage.

Lyne nous précède dans les allées désertes, nous sommes mercredi après-midi, il doit être quelque chose comme 16 heures.

Pourquoi y a-t-il si peu de monde ?

Lyne n'a même pas pris la précaution de dissimuler mon arme, qu'elle tient à la main. Je comprends soudain lorsqu'elle adresse un signe de tête à un grand gaillard à l'une des entrées. Je reconnais Ben, pourtant si aimable lors de nos rencontres. Elle a fait poster ses hommes aux abords du parc.

Combien sont-ils ?

Même bien entraînés et armés, Mathias, Andréas, Élawen et Anwen ne sont que quatre, et je dénombre pour cette seule entrée une dizaine de types plus louches les uns que les autres.

Sont-ils tous des Elfes noirs ?

J'en doute, à voir l'allure de certains. Les humains ne feront pas le poids face aux Elfes, mais ils leur feront certainement perdre du temps. Nous nous enfonçons dans le parc, Lyne en tête, suivie de Marcus et Ben ; Steeve et Simon ne me lâchant pas d'une semelle. Ces cinq-là, à n'en pas douter, sont dotés d'une nature elfique moins puissante que les Teitwyrs, mais leur nombre et les armes redoutables qu'ils transportent pallient leurs éventuelles carences.

Nous nous arrêtons à seulement quelques dizaines de mètres de l'érable. Je refuse d'y penser pour ne pas risquer d'éveiller le moindre soupçon. Lyne se plante en face de moi. Sous la couche de maquillage qui cache la couleur de ses yeux, son regard brille d'une haine féroce. Elle me paraît à elle seule plus dangereuse que ses quatre acolytes.

— Où est le passage ? articule-t-elle, menaçante.

— Je ne vois pas de quoi tu parles, répété-je.

Elle me dévisage d'un air arrogant puis, dans un geste fulgurant, me saisit brutalement au cou. J'ai toutes les peines du monde à respirer et à déglutir, je serre mes doigts autour de son poignet, mais elle est plus forte que moi. Un sourire narquois se dessine sur son visage, elle desserre son étreinte et ses doigts descendent sur ma gorge. Elle arrache violemment le col de ma chemise, m'obligeant à me courber devant elle. Les boutons sautent jusque sur ma poitrine et elle prend dans sa paume mon pendentif d'argent.

— Et ça ? Tu ne sais pas non plus de quoi il s'agit ?

Je repousse sa main loin de moi. Elle claque des doigts et je suis ceinturée par l'arrière, les bras croisés dans le dos par Marcus. Les trois autres lascars apprécient la scène, j'ai droit au spectacle de leurs sourires moqueurs. Je sais que je n'ai pas affaire à un enfant de chœur et je ne tente pas de me débattre.

— Ta jolie petite copine aussi s'est fait prier, persifle la blonde.

D'un geste exagérément sensuel, elle ouvre son propre décolleté et je vois briller entre ses seins le pendentif elfique d'Éorin. Je n'ai guère de mal à rester aussi calme que possible puisque je ne peux exécuter le moindre geste. En mon for intérieur par contre, je n'ai qu'une seule envie : la tuer de mes propres mains.

— Je vois que tu as saisi, ironise-t-elle. Nous possédons désormais deux clés du Dalahar et je doute fort que vous ayez utilisé le même passage. Nous voilà donc avec deux chances au lieu d'une d'aller surprendre ce cher Aberthol et de nous asseoir sur le trône qui nous revient.

Je pouffe malgré moi. Lyne me fusille du regard. Il est devenu inutile de nier l'évidence, autant gagner du temps.

— Tes connaissances du Dalahar ne sont pas à jour, Lyne, l'avertis-je.

Elle se dresse devant moi, piquée au vif.

— Tu es la fille de Lothar, n'est-ce pas ? interrogé-je, faisant ainsi passer dans son camp la balle des questions.

— Lothar était mon grand-père, rugit-elle. C'était un guerrier fabuleux et je l'ai vu mourir à petit feu par la faute de ce roi maudit. Aberthol aurait mieux fait de tuer les Elfes noirs au lieu de les condamner à cet exil qui les a torturés des siècles. Il va le regretter.

— Il leur a laissé la vie sauve, répliqué-je.

— La vie sauve ?! s'écrie Lyne en me toisant. Imagines-tu ce que c'est que de se voir mourir irrémédiablement quand tu sais que tu pourrais vivre éternellement ?

— Je ne suis qu'une humaine, je crois que je peux le comprendre.

— Tu n'es pas qu'une humaine, je l'ai senti, aussi bien que j'ai reniflé Éorin sous ses airs effarouchés, ce n'était pas bien difficile. Toi, ce fut plus dur. Heureusement que ce cher Jonathan s'est entiché de toi. Je serais sans doute passée à côté de cette occasion fabuleuse si je ne m'étais pas intéressée à ton cas pour d'autres motifs que cette clé.

— Où est-il ?

— Tu ne crois pas que j'aurais commis l'erreur de le prévenir, tout de même ? J'ai vu clair dans son jeu, à la fac, il a cherché à t'alerter quand il a compris ce que j'envisageais de faire de toi. Et ce matin, tu n'étais pas là, il a donc fallu agir plus vite que prévu. Dès que nous avons repéré les Gardner en cours, j'ai su que tu étais seule, ou presque, il suffisait d'attendre !

— Où veux-tu en venir ?

— Mon grand-père m'a toujours raconté que les Elfes étaient des êtres trop naïfs et qu'il suffisait de s'asseoir sur le trône de Dahar pour qu'ils viennent te manger dans la main.

— C'est avec dix hommes et quatre Elfes noirs que tu comptes y parvenir ? ricané-je tout en essayant d'en apprendre plus.

— Qu'est-ce que tu crois ? Tu ne vois ici que l'avant-garde de mes troupes. Les Elfes se soumettront à leur reine quand le Grand Conseil ne sera plus.

— C'est bien mal connaître ce peuple, il a chassé ton grand-père du Dalahar, je te rappelle.

— Aberthol l'a chassé, rectifie-t-elle, mauvaise. Et je le verrai ramper vers la mort à son tour.

— Aberthol n'est plus, et le peuple des Elfes a changé. Il aime sincèrement son roi et lui sera toujours fidèle, tu n'as aucune chance !

— Tais-toi ! hurle-t-elle en me pinçant les joues entre ses doigts de fer.

Je me rebelle, mais Marcus resserre sa prise dans mon dos. Je pousse un petit gémissement de douleur.

— Oui ! Elle a bien essayé aussi de me faire avaler ces balivernes, mais mon grand-père savait ce qu'il disait. Je ne te crois pas !

— Alors pourquoi n'est-il pas revenu lui-même, ce grand guerrier ? provoqué-je.

Lyne me gifle. Ma joue pâtit de son geste, mais je continue de la regarder, refusant de céder à sa violence.

— Tu ne sais pas ce que tu dis, crache-t-elle, venimeuse. Quand je suis née, Lothar était déjà bien vieux et usé. Ses hommes étaient presque tous morts. Mon grand-père et le père de Marcus étaient des guerriers solides et des Elfes puissants, ils ont survécu plus longtemps que leurs frères. Nous avons vécu leur perte les uns après les autres, jusqu'au dernier. J'ai promis sur la tombe de Lothar de le venger. Alors je me sers du pognon de son fils, trop couard pour prendre lui-même la relève !

— Cela ne suffira pas, Éorin a dû te le dire !

— Éorin, quel bel exemple de bravoure ! s'exclame-t-elle en se retournant pour récupérer ma dague et en jouer sous mon nez.

— Pourquoi l'avoir tuée ? demandé-je.

— Parce que Lyne était jalouse d'elle, fait une voix derrière nous.

Une voix qui fait battre mon cœur un peu plus vite.

— Qu'est-ce que tu viens faire ici ? Ce n'est plus ton affaire, Jonathan, aboie Lyne, furieuse.

— Lâche-la ! ordonne-t-il en s'arrêtant à quelques pas de nous.

— Reste en dehors de ça, articule lentement mon bourreau, le visage pâle et les yeux brillants de colère.

— Je n'ai plus d'ordre à recevoir de toi, je ne suis plus ton jouet.

— Ha, ha, ha ! ricane-t-elle en me fixant d'un air écœuré. Regarde ce héros qui vient défendre sa belle... Après me l'avoir livrée.

Je blêmis. Jonathan soutient mon regard.

— Elle ment, assure-t-il. J'ai tout fait pour t'éloigner d'elle comme j'ai tenté d'éloigner Éorin.

— Il oublie de te dire comment j'ai acheté ses petits talents de séducteur. Allons, Jonathan, dis-le ! À moins que tu ne préfères que je lui raconte ?

Jonathan serre les mâchoires, ses traits se durcissent, mais il n'ouvre pas la bouche. Lyne éclate d'un rire sournois avant de reprendre :

— Ce noble héros, si prompt à te défendre, n'était qu'un misérable joueur amateur quand je l'ai rencontré. Je lui ai fourni les meilleurs équipiers. Qui peut rivaliser sur la glace avec les Elfes ? Grâce à moi, il est devenu le capitaine de l'équipe universitaire, je l'ai imposé à tout le monde alors qu'il n'est qu'un pauvre humain.

Je commence à comprendre l'horrible piège qui s'est refermé sur Jonathan et moi-même. Pendant ce temps, Lyne continue sur le même ton furibond.

— Qui a payé le loyer de son appartement, sa voiture de sport, ses notes de restaurant ? Mais M. Dussaunier voulait toujours plus, monsieur voulait les filles. Qu'à cela ne tienne, je lui ai montré ce qu'il pourrait avoir au Dalahar... La plus belle de toutes, celle que j'avais démasquée sous ses airs farouches, une Elfe ! Je la lui ai même mise entre les mains de mon plein gré !

— Tu es jalouse, gronde Jonathan.

— Oui ! crie-t-elle. Tu as tout pris sans exception, mais tu ne m'as rien donné en échange. Tu t'es servi de moi pour avoir cette fille et rien d'autre ! Tu as trahi notre engagement, tu me devais cette clé. Je ne voulais pas te faire ce cadeau supplémentaire !

— Tu as tué Éorin, conclus-je presque pour moi-même.

— Je n'allais pas la lui laisser. Elle ne m'était plus d'aucune utilité et elle pouvait être dangereuse. Je savais que je finirais par trouver le passage. La connaissant, elle avait dû laisser des indices pour les autres. Il suffisait d'attendre patiemment de voir débarquer les Gardner. J'ai compris que j'étais sur la bonne voie. Mais voilà, tu es arrivée, et cet imbécile, que j'ai imposé aux Elfes noirs comme leur capitaine, comme le futur roi du Dalahar à mes côtés, s'est jeté à tes pieds !

Elle s'approche de moi et fait glisser la lame de ma dague sur ma gorge. Le métal froid m'arrache des frissons.

— Éorin a mérité la mort, et j'aimerais trouver pire pour toi, si c'était possible !

La pointe de l'arme me pique avec plus de force. La douleur me fait grimacer, mais je ne veux pas lui faire le plaisir de gémir. Ses yeux contemplent le petit filet de sang qui commence à descendre sur ma poitrine. Je serre les dents. Je devine à l'expression cruelle de son visage qu'elle savoure ma souffrance. Si cela me permet de reculer l'échéance, de gagner encore quelques instants, je suis prête à endurer bien pire. Nos regards s'accrochent, se défient. Malgré ma situation, je ne capitule pas. Lyne le comprend, et ça ne fait qu'augmenter sa fureur à mon égard.

— Tu finiras par me supplier de t'achever, affirme-t-elle en promenant la lame le long du sillon rouge qui macule ma peau.

Je retiens mon souffle quand, soudain, la voix de Jonathan s'élève, autoritaire :

— Marcus, lâche-la !

Sûrement par habitude, Marcus obéit à son capitaine, comme sur la patinoire. Sans réfléchir, il desserre suffisamment l'étau de ses bras pour que je puisse me dégager.

Tout se joue en une seconde. Jonathan bondit, il saisit violemment mon bras et me fait passer, chancelante, derrière lui, faisant écran de son corps entre moi et ma redoutable adversaire, ivre de colère.

— Tu es en train de commettre une énorme erreur, Jonathan, rugit Lyne en le menaçant de son arme. Écarte-toi de mon chemin, si tu ne veux pas subir le même sort.

— Tu ne la toucheras plus, lui répond-il avec la même détermination qu'il affichait sur la glace.

— Pauvre imbécile ! crache-t-elle avec dédain.

Elle claque des doigts. Aussitôt, Marcus, qui s'est ressaisi, et les trois autres gaillards nous entourent. Lyne esquisse de nouveau son fameux sourire de vipère.

— Et maintenant ? Que comptes-tu faire ? Je te connais, Jonathan, tu n'as pas le sens du sacrifice au point de te mettre en danger.

J'ai peur que cet argument fasse mouche mais, bien planté devant moi, mon sauveur ne semble pas céder à la menace.

— Tu ne m'impressionnes plus, Lyne, lui rétorque-t-il avec un calme étonnant.

— Si tu imagines que je vais t'épargner, tu te fourres le doigt dans l'œil.

— Dans ce cas, qu'attends-tu ?

Cette provocation me fait craindre le pire, mais je n'ose rien dire ni faire qui pourrait envenimer la situation déjà très critique. Je devine que Jonathan est en train de jouer avec les sentiments qu'éprouve son ancienne complice à son égard.

Elle qui, de son propre aveu, voulait faire de lui le futur roi du Dalahar !

Oserait-elle vraiment s'en prendre à lui ?

Mon regard croise à nouveau celui de la jeune femme. L'éclat de haine qui l'anime est de mauvais augure.

— Espèce d'idiot !

C'est ainsi que s'exprime sa sentence. Jonathan le comprend tout aussi bien que moi. Sa main capture la mienne. Pour la toute première fois, je ne doute pas de sa sincérité. Nous nous apprêtons tous deux à subir le même sort, et c'est délibérément qu'il s'est jeté dans la gueule du loup alors qu'il aurait pu se tenir à l'écart. À cet instant, je regrette tout le mal que j'ai pu penser de lui. Mes doigts se serrent autour des siens. Sans doute est-ce ce seul petit geste de reconnaissance qui lui donne le courage d'affronter encore le dragon qui nous fait face.

— Me crois-tu donc assez stupide pour ne pas avoir pris quelques précautions ?

Cette fois, c'est Ben qui connaît une hésitation. Alors que les autres nous lorgnent avec une visible envie de nous réduire en pièces, il tourne la tête vers Lyne.

— Quoi ? enrage-t-elle en le toisant. Tu ne vas tout de même pas le croire ?

Je saisis la chance que m'offre la soudaine tension qui s'est installée entre les membres du groupe.

— Même si vous nous tuez, même si vous parvenez à entrer au Dalahar, vous n'avez aucune idée de ce qui vous y attend, lancé-je avec conviction.

Je surprends l'échange de regards entre Ben et Steeve. Je peux encore grappiller du temps.

— Si entraînés que vous soyez, vous ne ferez jamais le poids face à l'armée royale.

— L'armée royale ! ironise-t-elle en écumant de rage. Voyez-vous cela ? Un bête troupeau de moutons !

— Des moutons qui ont pourtant vaincu les Elfes noirs, lui répliqué-je du tac au tac.

— Rassure-toi ! sourit-elle, venimeuse. J'ai appris des erreurs du passé, et mon plan est prêt depuis longtemps.

— Les Elfes aussi !

— Tais-toi ! s'écrie-t-elle en avançant vers nous.

Jonathan me repousse derrière lui. Les deux anciens partenaires se dévisagent avec rancune. Lyne pointe alors ma dague vers son cœur.

— Tu sais qu'elle ne sera jamais à toi. Tu es bien bête de la défendre ainsi, insiste-t-elle. Songe à tout ce qui te reviendrait de l'autre côté.

— Tu peux tout aussi bien m'achever maintenant, je ne serai jamais plus à toi.

— Aucune de tes précieuses précautions, quelles qu'elles soient, ne nous feront reculer. Nous touchons au but, et ce ne sont pas de vagues menaces qui nous arrêteront, tu le sais bien. Le processus est engagé, la victoire est proche.

— Tu as complètement perdu l'esprit, marmonne Jonathan.

— C'est toi qui es devenu fou, sombre crétin d'humain ! Pour qui te prends-tu ? Un noble chevalier au secours de sa belle ? Ouvre les yeux, imbécile ! lui lance-t-elle en posant la pointe de l'arme sur son torse. Qu'espères-tu ? Tu n'as aucune armure, aucune épée, tu es là, sans défense et tout seul.

— Il n'est pas seul, fait une voix derrière nous.

Une voix grave et mélodieuse à laquelle mon corps réagit dès que je l'entends.

Chapitre 21
L'inévitable affrontement

Un parfum boisé que je reconnaîtrais entre tous me parvient, porté par le vent glacial. Une joie fulgurante m'envahit. Mathias apparaît entre les arbres. Jamais je ne lui ai vu un air si féroce. Ses beaux yeux, si charmeurs d'ordinaire quand ils se posent sur moi, flamboient en cet instant d'une détermination absolue. Et surtout, il tient dans chaque main une épée magnifique, pur bijou des maîtres armuriers du Dalahar. Je n'ai vu de telles armes qu'entre les mains d'Iliud, jusqu'à présent. J'ignorais qu'elles avaient fait le voyage, elles aussi. Visiblement impressionnée, Lyne Dompart recule d'un pas pour faire face à cet adversaire qu'elle n'attendait pas si tôt.

— Oh ! Voilà qui change tout, ricane-t-elle en se donnant bonne contenance. Cette jeune femme a de la chance d'avoir deux preux défenseurs. Je crains cependant que vous ne fassiez pas tout à fait le poids.

Mathias sourit. Même solidement armés, les hommes qui se regroupent devant lui ne l'intimident pas le moins du monde.

— Si c'est à tes pauvres amis postés aux entrées du parc que tu penses, tu peux déjà les oublier, ils ont mystérieusement disparu depuis quelques minutes, annonce-t-il tranquillement. J'ai le regret de t'informer que ton influence sur les hommes de cette terre ne va guère au-delà de celle qu'avait sur eux ton grand-père. Les humains résistent tout aussi difficilement à l'appât du gain qu'à la peur.

Lyne pâlit, puis éclate soudain d'un rire presque hystérique.

— Ils peuvent courir vite et loin, je m'en moque ! Ils ne me sont plus d'aucune utilité, à présent. Quant à toi, espères-tu vraiment t'en tirer seul contre cinq Elfes noirs entraînés ?

Sans se départir du petit sourire en coin que j'aime tant, Mathias désigne un point de l'autre côté de l'allée. À quelques mètres de nous, perchée sur la première branche d'un érable, Élawen tient Lyne dans l'axe de son arc tendu. La petite-fille de Lothar se retourne vivement pour apercevoir, dans son dos, la calme et sereine Anwen, qui patiente tranquillement, adossée contre le tronc d'un arbre, les mains vides néanmoins. Puis nous entendons clairement le bruit d'une épée que l'on tire de son fourreau sur la gauche : Andréas est prêt au combat. Il possède lui aussi une arme aussi scintillante que dangereuse.

J'ai à peine le temps de me réjouir de ce spectacle que Lyne bondit. Jonathan me pousse pour me protéger, et c'est sur lui que s'abat la lame tranchante de ma dague. Mon protecteur hurle de douleur, puis s'effondre. Profitant de ce que je me suis écartée, Mathias me lance habilement l'une de ses épées, que je reçois juste à temps pour parer le coup de la furie qui se rue sur moi avec l'énergie du désespoir. Il n'a, quant à lui, que le temps d'esquiver la charge de Marcus qui s'élance, muni d'une arme ancienne, mais non moins redoutable.

En se jetant sur nous, Lyne a donné le signal de la bataille. Le très courageux Ben décide de s'attaquer à Anwen, qui le regarde se précipiter vers elle sans bouger d'un pouce. Simon, voyant Marcus en difficulté, se joint à lui dans un combat déséquilibré contre Mathias. Tout va si vite que je ne peux, hélas, prêter attention aux enchaînements. Lyne est férocement déterminée à me faire passer de vie à trépas. Elle me charge vigoureusement, telle une bête enragée. Elle est puissante et rapide, mais les entraînements d'Iliud me permettent de lui tenir tête sans faillir.

Constatant que je ne suis pas aussi faible qu'elle l'imaginait, un éclat de cruauté passe dans son regard fou. Elle stoppe son offensive contre moi, et se retourne brusquement vers Jonathan qui gît, blessé, sur le sol. Je vois avec horreur la dague se lever sur lui, mais je suis trop loin pour le protéger.

C'est alors que je perçois le sifflement d'une flèche qui fend l'air plus vite que l'éclair. Je chancelle de surprise, je dois me rattraper au tronc de l'arbre derrière moi.

Lyne Dompart se pétrifie lorsque la flèche d'Élawen l'atteint en pleine poitrine, juste au-dessous du médaillon d'Éorin. Elle me jette un regard stupéfait, ses lèvres s'entrouvrent, mais aucun son n'en sort. Trois longues secondes s'écoulent durant lesquelles ses yeux me fixent avec incrédulité. Une tache rouge macule progressivement son chemisier. Elle lâche son arme, qui tombe à ses pieds, puis s'écroule à son tour, face contre terre.

Élawen vient de venger sa sœur sans le moindre état d'âme, cherchant avant tout à me protéger et à sauver la vie de Jonathan. Je reste statufiée, je viens de voir mourir quelqu'un en direct et j'ai du mal à réaliser.

Jonathan bouge et cherche à se redresser. Il grimace de douleur. Je me secoue. Je cours vers lui et me laisse tomber à genoux à ses côtés. Sa blessure à l'épaule saigne abondamment. Derrière moi, les épées s'entrechoquent. Les Elfes noirs ont assisté sans broncher à la mort de celle qui avait ressuscité leurs rêves de conquête. Malgré cela, et bien que sachant leur cause perdue d'avance, ils redoublent d'efforts. Encouragé par un Marcus livré à ses instincts les plus belliqueux, Simon part à l'assaut contre mon amant. Il faut que j'agisse. Je récupère mon épée sur le sol, et je m'apprête à bondir. Alerté par mon geste, Mathias a compris mes intentions.

— Retiens-la ! hurle-t-il à Jonathan.

Le bras de ce dernier s'enroule autour de ma taille, et je l'entends réprimer un gémissement. Je cesse aussitôt de bouger, de crainte de lui faire encore plus mal.

— Laisse-moi ! imploré-je, au supplice de ne pouvoir intervenir.

— Non, Léo ! Tu risques de le mettre plus en difficulté s'il doit se soucier de ta sécurité, dit-il dans un souffle.

Je m'arrête net, anéantie par l'idée de faire courir un risque à celui pour qui mon cœur bat à tout rompre. Chaque coup que Marcus et Simon lui portent me fait sursauter. Je suis au bord de l'affolement, mais Jonathan n'entend pas me lâcher. Il me serre contre lui malgré sa propre souffrance, et me force à nicher la tête dans son cou pour ne plus voir. Les bruits me rentrent néanmoins dans le crâne. Je tremble comme une feuille.

Au milieu du vacarme, j'entends soudain Anwen prononcer un mot qui redonne espoir : *Cysgüe*.

Ce seul petit mot, je ne sais que trop bien ce qu'il provoque.

Je me retourne à temps pour voir Ben s'effondrer, inerte, sur le sol. Elle est parvenue à l'approcher suffisamment pour le toucher et l'endormir. Mon cœur s'envole dans un espoir enivrant.

Un même sourire se dessine sur le visage d'Andréas. En redoublant ses coups, il oblige Steeve à reculer. Anwen en profite pour bondir sur le dos du garçon aussi agilement qu'une chatte. Elle l'endort de la même façon radicale. Débarrassé de son adversaire, Andréas se précipite aux côtés de Mathias. Je respire mieux. Tous deux prennent rapidement le dessus et, en quelques minutes, le puissant Marcus se trouve désarmé par une estocade de Mathias qu'il ne peut contrer. Je n'ose pas encore bouger.

— C'est fini, chuchote Jonathan à mon oreille lorsqu'il remarque mon abrutissement.

Le soulagement s'abat sur moi et m'assomme. Malgré sa blessure, Jonathan me soutient encore. Élawen a sauté de son arbre et arrive en courant. Elle se baisse sur le corps gisant de Lyne et décroche le pendentif d'Éorin. Émue, elle contemple le bijou quelques secondes, puis elle le tend à Mathias, qui l'a rejointe.

— Garde-le, il te revient, refuse-t-il en refermant les doigts de celle qu'il considère comme sa sœur sur le médaillon.

Elle lui adresse un sourire un peu triste, puis elle fourre l'objet dans sa poche avant de courir vers Anwen, qui vient de faire subir le même sort soporifique à Simon qui tentait de s'éclipser.

Mathias se tourne vers moi. Je retrouve mon souffle comme par magie. Jonathan consent enfin à me libérer. Je me précipite vers mon mari, dont les bras se referment sur moi.

— Léo, murmure-t-il en me caressant.

Puis il m'écarte, son regard anxieux se pose sur ma poitrine où mon sang a coulé.

— Je vais bien, tenté-je de le rassurer. Et lui aussi va bien, ajouté-je en posant ma main sur mon ventre où est descendue la sienne.

Une plainte sourde de Jonathan nous parvient. Il s'est adossé contre l'arbre. Je lis dans le regard sinistre qu'il m'adresse qu'il nous a entendus et qu'il a compris.

— Mathias, supplié-je.

Ce dernier n'hésite pas une seconde et rejoint son rival malheureux. Tandis qu'il examine sa blessure avec douceur, je l'entends le remercier de son intervention.

— Comment avez-vous su où je me trouvais ? demandé-je à Élawen, qui referme son téléphone portable, ce que je trouve pour le moins bizarre compte tenu des circonstances.

— Grâce à elle, répond-elle en me désignant Tante Agnès, qui arrive en courant, mon portable allumé en main. Elle vous a suivis de loin et nous a prévenus. Nous l'avons éloignée avant d'intervenir.

Je la reçois dans mes bras, essoufflée et soulagée.

— Respire, lui conseillé-je.

— Oh ! Mais Léo, tu es blessée !

— Je vais bien, rassure-toi. Ce n'est pas grave. Tu m'as sauvé la vie, lui déclaré-je en la serrant à l'étouffer.

— J'avoue que ton histoire m'a tout d'abord donné des raisons de douter de ta santé mentale, admet-elle en se dégageant.

— Tu ne m'as pas crue ?

— Tu sais, Léo, il m'arrive en te voyant de reconnaître dans tes mirettes la même petite étincelle de folie que dans les miennes. J'hésitais cependant à te croire entièrement jusqu'à ce que cette fille sonne à la porte. J'ai ressenti l'urgence, comme un électrochoc. La sensation pénible qu'il allait se passer quelque chose que je pouvais empêcher. Alors j'ai su que tu disais vrai et que tu étais en danger. J'ai eu si peur quand j'ai compris pour ton téléphone ! J'ai laissé la voiture démarrer et je l'ai suivie avec la mienne de loin. J'ai rappelé le dernier numéro que tu avais composé avant de partir, celui d'Élawen, je lui ai dit où tu te trouvais. Elle s'est chargée du reste. Quand j'ai vu ces types aux portes du parc, j'ai eu envie d'appeler la police, mais Mathias est arrivé et j'ai compris que ce serait inutile de lui compliquer la tâche.

— Tu as fait ce qu'il fallait, confirme ce dernier en venant prendre ma taille. Agnès, je sais que l'idée est encore très neuve pour toi, mais sache que tu seras la bienvenue sur les terres de tes ancêtres, le Dalahar te sera grand ouvert.

Je me tourne vers le prince avec des yeux émerveillés.

— C'est vrai ? Tante Agnès pourra venir à Dahar ?

— Oui, me sourit-il. Nous nous arrangerons pour que cela lui soit facile.

— Accepte ! conseillé-je vivement à ma tante. Tu verras, Dahar est une cité fantastique et tu adoreras le palais et puis surtout… Je veux que tu connaisses notre enfant.

— Puisque Votre Majesté me fait cet honneur, me taquine-t-elle.

Je m'étrangle de joie en lui sautant au cou avant de m'intéresser à l'état de Jonathan.

— Sa blessure est sérieuse, affirme Mathias. Il lui faut rapidement des soins.

Je me tourne vers mon héros, qui m'adresse un sourire triste.

— Ton mec est médecin en plus, plaisante-t-il.

Je hoche la tête, je suis sur le point de pleurer.

— Tout est bien qui finit bien, non ? veut-il me consoler.

— Tu es blessé, lui fais-je inutilement remarquer, me sentant coupable de cet état de fait.

— Et alors ? articule-t-il en grimaçant.

Mathias revient vers lui et ajuste, au moyen d'une écharpe, un bandage improvisé autour de son épaule.

— Je doute que tu sois en état de rejouer avant très longtemps, lui annonce-t-il.

— Dommage ! C'était le seul truc que j'aimais bien, rétorque-t-il avec amertume.

— Nous devons l'emmener à l'hôpital, ajoute Mathias sans se départir de son calme.

— Nous devons surtout rentrer à Dahar, corrige Anwen. Le temps file.

— Nous ne pouvons pas laisser tout ce petit monde comme ça, s'émeut à juste titre Andréas.

Mathias en convient. Son regard plonge tout droit dans celui de Jonathan, qui le soutient courageusement.

— T'envoyer à l'hôpital dans cet état risque de t'exposer à une enquête de police, réfléchit-il à haute voix.

— Peut-être pourrai-je prétendre que je l'ai trouvé inconscient dans ce parc, propose Tante Agnès.

— Il aura été agressé, et il ne se souviendra de rien, poursuit Élawen.

— Pour quelle raison aurait-il été ainsi agressé ? s'enquiert Anwen, désapprobatrice.

— La vengeance d'une équipe adverse ! suggère à nouveau l'imaginative Élawen.

— Et qu'adviendra-t-il quand on s'apercevra de l'absence des autres membres de l'équipe de hockey et de celle de Lyne Dompart ? demandé-je, anxieuse.

Les beaux yeux clairs de Mathias kidnappent les miens. Je devine sa question muette. Je me contente de hocher la tête, en guise d'assentiment.

— Que dirais-tu d'émigrer au Dalahar ? demande-t-il à son ancien rival.

— Tu es sérieux ? intervient vivement Élawen, peu encline à pardonner si vite à celui qui a trahi sa sœur.

— Il a sauvé Léo, lui objecte-t-il. Et pour ça, il n'a pas hésité à s'exposer lui-même à la mort.

Ces quelques paroles suffisent à justifier la proposition du prince du Dalahar, et la jeune Elfe le sait. Pour ma part, je comprends sa méfiance. Je la partageais jusqu'à cet après-midi. Mais à présent, je ne doute absolument plus des sentiments et de la sincérité de Jonathan. Ce dernier n'est guère en état de se défendre par lui-même. Sa blessure continue de saigner abondamment. Il se raidit sous la fulgurance de la douleur, son visage tourmenté se couvre de sueur.

— Il souffre trop. Il ne va pas tarder à perdre connaissance, nous n'avons pas le choix, décide Mathias, coupant court aux tergiversations.

Élawen fixe Jonathan. Mais dans son regard, la colère cède progressivement place à la pitié.

— Nous l'emmenons ! tranche-t-elle avec la même assurance que celle dont elle avait fait preuve à mon égard, la première fois.

— Et ceux-là ? interroge Anwen en désignant ses victimes profondément endormies.

— Tu sembles les avoir assommés pour un bon bout de temps.

— Je ne saurais te le dire, je n'ai jamais usé de mon pouvoir avec tant d'énergie. Il se peut même qu'ils ne se souviennent de rien en se réveillant... S'ils se réveillent un jour, ricane-t-elle, ravie.

— Dans ce cas, laissons-les finir leur sieste sur les bancs du parc ! Quant à toi, dit-il en s'adressant à Marcus, le seul rescapé encore conscient de la bataille, tu peux partir. Va, et témoigne, s'il en est besoin, que le Dalahar ne sera jamais ouvert aux Elfes noirs. Et je te préviens que, s'il te venait un jour l'idée de t'en prendre de nouveau à nous ou à l'un de nos amis, nous n'hésiterons pas une seconde à venir vous traquer jusqu'au dernier sur cette terre.

Marcus serre les mâchoires et les poings. Ignorant ses coéquipiers endormis, il file sans demander son reste.

— Tu ne crains pas qu'il ait un jour l'idée de se venger ? s'inquiète Anwen.

— Marcus n'est qu'un exécuteur, ce n'est pas un meneur. La seule tête pensante de cette pénible affaire était Lyne. Le Dalahar a récupéré toutes ses clés. Nous pouvons rentrer tranquilles.

— Et elle ?

Mathias tourne la tête vers la dépouille de Lyne Dompart, que lui désigne Andréas.

— Inutile de faire peur aux humains avec un nouveau meurtre. Emmène-la à l'Olisseï. Luinil saura quoi faire.

Sur ce, les Elfes se mettent en action. Par précaution, Anwen endort légèrement Jonathan qui, affaibli, ne se rend compte de rien. Les filles se chargent toutes deux de lui, tandis qu'Andréas emporte le corps sans vie de Lyne. Seule Agnès est restée près de nous.

— Je te laisse lui dire au revoir, me chuchote Mathias. Je t'attends près de l'érable. Ne sois pas trop longue.

Ses lèvres se posent tendrement sur les miennes, puis il s'écarte en me souriant. Je le regarde s'éloigner rapidement sous les frondaisons des arbres. Ma tante pose une main chaude sur mon bras. L'émotion me tire des larmes.

— Jonathan a raison, tout est bien qui finit bien, me dit-elle doucement.

— Je ne sais pas quand je reviendrai.

— Ne t'inquiète pas de ça. Je crois que tu as plus urgent à penser.

Sa main caresse mon ventre d'un geste maternel.

— Je n'ai pas eu le temps de songer à inventer une excuse pour justifier mon absence, regretté-je.

— Je suis certaine de pouvoir te couvrir le temps nécessaire. Au pire, nous userons du même stratagème des cartes postales.

— Tu vas vraiment venir à Dahar, n'est-ce pas ?

— Dès que ce sera possible. Je ne raterai pareille occasion pour rien au monde. Ce n'est pas tous les jours qu'on est invité chez les Elfes, rigole-t-elle.

— Que serais-je devenue si tu ne m'avais pas crue ? soupiré-je.

— Je ne t'aurais pas crue si je n'avais pas, moi aussi, quelques gènes elfiques enfouis quelque part là-dedans, explique-t-elle en se tapotant la poitrine. Nous sommes les derniers maillons de la chaîne, Léo. Et j'en suis fière !

— Il te faudra pourtant garder le secret.

— Ce sera notre secret, et n'aie crainte, il sera bien gardé.

— Je n'ai aucun doute à ce sujet. Je t'aime, Tante Agnès.

— Moi aussi je t'aime, Léo.

Nous nous étreignons longuement, puis Tante Agnès m'écarte d'elle.

— Va ! Il t'attend.

J'ai le cœur gros au moment de la quitter, mais je sais que ce n'est qu'un au revoir. Je pose un dernier baiser sur sa joue. Elle me sourit. Comme toujours, elle rayonne de cette gentillesse qui n'appartient qu'à elle. D'un geste de la main, elle me chasse en riant.

— Allez ! File, princesse !

Je fais demi-tour et m'enfuis sur les traces de Mathias. Je le trouve adossé contre le tronc de notre vieil érable. Il m'ouvre les bras, et je m'y réfugie en pleurant pour de bon. Il attend patiemment que l'orage passe, sans mot dire, se contentant de caresser mon dos. Lorsque mes larmes se tarissent enfin, il se penche sur moi et m'embrasse. Je me sens quitter la terre. Les baisers de Mathias me transportent là où nous sommes seuls, lui et moi. Je reconnais le vertige qui annonce infailliblement ma défaite. Je m'arrache à ses lèvres à regret pour le dévorer d'un regard émerveillé. Il ne me sourit pas, cette fois, il me fixe avec une intensité troublante.

— Juste pour que tu n'oublies pas, dit-il d'une voix sourde et tendue.

— Comment veux-tu que j'oublie ? protesté-je, éblouie.

— Simple précaution.

— Deux précautions valent mieux qu'une, dans ce cas, affirmé-je en allant cueillir moi-même sur ses lèvres une autre de ces petites merveilles.

Se sentant sûrement délaissé, l'érable manifeste aussitôt sa présence.

— Il a quelque chose à te dire, confirme Mathias.

Je pose ma main sur la vieille cicatrice et j'écoute. Notre érable ne reverdira pas au printemps prochain. Sa mission sur la Terre des Hommes est à présent terminée. Les gardes de ce jardin débiteront son bois mort à la saison prochaine.

— Oh, non ! gémis-je. Tu ne peux pas faire ça !

L'érable n'est pas triste, il ne veut pas finir seul dans ce parc. Mathias me désigne une jeune pousse à son pied.

— Nous la transplanterons à Dahar.

— Tu veux dire qu'il nous accompagne, lui aussi ?

Mathias sourit. Je suis ravie. Je caresse la cicatrice de l'arbre du bout des doigts.

— D'ici à quelques mois, ce passage sera définitivement détruit, chuchote Mathias dans mon cou.

— C'est sans doute mieux ainsi.

— Nous devons y aller, maintenant. Ne regrettes-tu rien ?

— Non, rien, répliqué-je avec assurance.

Chapitre 22
Retour à Dahar

Nous rentrons de nuit à Dahar. Notre passage débouche au sommet du long et étroit escalier de pierre. Mathias me soutient durant la descente de crainte d'une chute. Ne sentant plus mes jambes, je me laisse volontiers faire. Le choc a été long à venir, mais il me tombe dessus, foudroyant. À peine arrivés sur la grande terrasse, nous voyons le roi venir vers nous, entouré de Lawendë et d'Anwen, qui nous a devancés. Iliud me prend les mains avec gravité.

— Je suis heureux et soulagé de te voir parmi les tiens, Léo, dit-il avec douceur.

— Je suis pareillement soulagée d'être de retour, avoué-je.

— Je sais que cela représente un grand sacrifice pour toi. Et cet enfant que tu portes est un immense cadeau que tu nous fais.

— Je n'ai pas le sentiment de faire un sacrifice, Iliud. Je suis heureuse.

— Tout comme le sera le peuple des Elfes quand il apprendra bientôt la bonne nouvelle.

— Il ne le sait pas encore ?

— Non, chérie, répond Mathias. Je voulais d'abord m'assurer que tout allait bien.

Et c'est à ce moment-là seulement, en songeant que le passage a pu avoir des conséquences sur le bébé, que le sol se dérobe sous mes pieds.

Je glisse dans le néant.

La première chose que j'entends de nouveau, c'est la voix de Lawendë, qui exhorte Mathias à plus de calme. Les mains chaudes et précises de mon mari s'activent sur mon poignet, sur mon ventre. Je donne signe de vie, et Mathias renvoie Lawendë. J'écoute ses pas légers s'éloigner. Sur ma bouche, le souffle tiède et savoureux de mon amoureux ; je réagis à ce doux contact et j'ouvre les yeux. Les siens sont somptueux.

— Tout va bien, murmure-t-il en réponse à ma question non formulée.

— Tu es sûr ?

— J'engage ma responsabilité de médecin.

Délivrée du poids qui m'a oppressée jusqu'au malaise, je me coule contre lui.

— As-tu des nouvelles de Jonathan ?

— Il est K-O, mais il est tiré d'affaire. Il va se remettre tout doucement.

Rassurée dans l'immédiat, je me laisse aller au bonheur. Hélas, mon estomac lui, ne l'entend pas de cette oreille, il se met à gronder furieusement. Mathias éclate d'un rire qui ne tarde pas à me contaminer.

— Souhaites-tu toujours la salade de pâtes de Tony ?

— Oh, oui ! m'exclamé-je, affamée.

Mathias bondit du lit et sort en courant dans le couloir. J'en profite pour enfiler la longue tunique de soie grise qu'il a posée près de moi. Il réapparaît bientôt, portant un plateau sur lequel trône un plat gargantuesque de la fameuse salade aux tomates séchées, aux olives et au délicieux fromage de chèvre frais saupoudré de basilic.

— Déjà ! m'étonné-je, admirative.

— Tony a été informé de notre retour, il s'est mis aussitôt aux fourneaux. Je t'avais prévenue.

Il me colle une fourchette sous le nez et s'allonge sur son coude en face de moi, scrutant le moindre de mes gestes avec la plus grande attention.

— Tu vas me regarder manger ?

— Oui !

— Tu ne vas pas compter les nouilles que j'avale, quand même ?

— Je tiendrai la plus anodine des statistiques.

— Mathias…, protesté-je.

— Mange !

La première bouchée m'arrache un soupir de pur plaisir. J'en ai rêvé, de ces pâtes, au point d'en ressentir à distance la saveur sur mes papilles. Au final, j'engloutis la totalité du plat sous l'œil attentif de mon mari, qui se garde bien de me voler la moindre miette de ce premier repas complet.

— Je vais grossir, annoncé-je en boudant.

— Ça me semble inévitable.

— Tu vas détester.

— Ne sois pas stupide, tu seras magnifique, comme toujours.

— Je t'aime, Votre Majesté !

— Je t'aime, princesse !

Mon estomac est satisfait, le reste de mon corps supplie de l'être. Mathias fait glisser de mes épaules la fine tunique de soie, et nous oublions ensemble de compter les heures jusqu'à nous endormir l'un contre l'autre.

Mon sommeil n'est toutefois pas si serein que je l'espérais. Tourmentée par un cauchemar, je me réveille en sursaut au petit matin. Les bras de Mathias se referment aussitôt sur moi.

— Que se passe-t-il ? demande sa voix de velours.

Je mets une minute entière à remettre les événements les uns au bout des autres. Notre chambre au palais n'a pas changé, j'entends au-dehors le clapotis de l'eau de la fontaine, et l'odeur du chèvrefeuille qui a pris mon balcon d'assaut plane dans l'air ambiant, mêlée au parfum enivrant de mon mari. Je me blottis contre son corps doux et chaud et laisse ses mains me rassurer.

— J'ai eu si peur pour toi, lui avoué-je enfin.

— Ce n'est rien en comparaison de ce que j'ai ressenti lorsque j'ai reçu le coup de fil d'Élawen, me confie-t-il.

— Je n'aurais jamais imaginé qu'ils viendraient me chercher jusque-là.

— Nous avons eu tort de sous-estimer Lyne Dompart sur le plan de la dissimulation.

— « Sous le masque », répété-je.

— Nous en saurons bientôt plus, Élawen continue la traduction du journal d'Éorin, et Jonathan sera sûrement en mesure de nous éclairer sur certains points.

— J'ai été injuste envers lui.

— Il s'est pourtant efforcé de te protéger, à sa manière.

— Ne crains-tu pas les sentiments qu'il me porte ?

Je m'accoude contre lui. Mathias souligne ma bouche du bout des doigts.

— Je crois qu'il t'appartient de mettre les choses au clair avec lui, me dit-il doucement.

J'acquiesce, persuadée que c'est, en effet, la meilleure solution.

*
* *

Jonathan dispose d'une chambre au cinquième étage du palais. Son acte de bravoure lui vaut les honneurs royaux, bien qu'il n'ait rien demandé. Je souris en le trouvant tout confus d'être servi par une Elfe spécialement mise à sa disposition.

— Tu t'y feras, assuré-je en me souvenant de mes propres réserves à ce sujet.

Il m'adresse une moue sceptique, et repose la tête sur les gros oreillers qu'on a placés derrière lui.

— Comment te sens-tu ?

— C'est très troublant. Les histoires de Lyne au sujet des Elfes... Je t'avoue que j'ai eu du mal à y croire. Et maintenant... J'ai un peu le sentiment d'être mort et d'avoir franchi les portes du Paradis sans l'avoir mérité.

Un éclat de tristesse passe dans son regard. Je pose ma main sur la sienne.

— Je suis désolé, Léo, murmure-t-il.

— C'est terminé. Nous sommes en vie, c'est l'essentiel, tu ne crois pas ?

— Tout ça aurait pu être évité si... Si je n'avais pas été aussi stupide et aussi lâche.

— Lâche ? Tu plaisantes, j'espère ! protesté-je. Tu m'as sauvé la vie au péril de la tienne. C'est ce que tu appelles être lâche ?

— Pas envers toi, précise-t-il avec lassitude. Envers... Éorin.

— Tu l'aimais ?

— Pas plus que les autres. Je ne t'ai pas menti sur ce que je suis, Léo. Le succès de l'équipe, la gloire, l'argent, tout ça a contribué à faire de moi un tombeur. Il suffisait que je claque les doigts, et j'avais dix nanas à mes pieds. N'importe quel mec en serait devenu fou. Et moi, plus que n'importe qui, je crois. J'ai grandi dans un orphelinat, et je n'ai été admis à la fac que grâce à mes talents sur la glace. Je n'étais personne, je n'avais rien. Lyne m'a ébloui et n'a pas eu de mal à m'installer confortablement dans des habitudes détestables.

— Il t'arrivait pourtant d'être lucide sur le sujet. Je me souviens de ce que tu m'as dit, lorsque tu as voulu me convaincre d'accepter ton invitation.

— Lucide et sincère..., fait-il avec tristesse. Mais c'était aussi dans le but de te séduire.

— Et tu as tout gâché tout seul, le lendemain.

— Parce que j'étais sous surveillance. Je n'avais pas le choix.

— Explique-toi, réclamé-je, intriguée.

— Je suis véritablement tombé sous ton charme, Léo. Mais je savais malheureusement que je te mettais en danger si je laissais paraître mes sentiments pour toi. J'ai joué le rôle du capitaine arrogant qui pouvait s'offrir toutes les filles qu'il souhaitait, en espérant que ça rassurerait Lyne. Je ne voulais pas prendre de risque avec toi alors que j'avais déjà manqué de discernement une première fois.

— Tu parles d'Éorin ?

Il hoche la tête et déglutit.

— Au début, j'étais seulement censé l'amadouer pour lui soutirer des renseignements. Mais elle se montrait trop méfiante à mon égard. J'ai dû faire appel à tout mon charme. Et ça a fonctionné au-delà de mes espérances. Lyne a exigé que je mette la main sur le médaillon. J'ai refusé tout net. Je n'ai pas réalisé que mon refus mettait Éorin en danger. J'étais loin d'imaginer que ça pouvait aboutir à un… meurtre.

Sa voix s'éteint. Son regard se voile. Je l'encourage à poursuivre en serrant ses doigts.

— J'ai essayé de protéger Éorin… à ma façon. Je l'ai évitée le plus possible, je me suis même montré odieux avec elle. Elle s'en est émue, forcément, et a exigé des explications. Alors je lui ai avoué que Lyne convoitait son bijou et que pour ça elle usait de mes services.

— Elle t'a giflé, ce jour-là.

— Comment le sais-tu ? s'étonne-t-il.

— Noémie a pris une vidéo de l'événement.

— Je lui ai expliqué que je n'étais pas d'accord, mais que ça n'enlevait rien à la détermination de Lyne. Elle s'est calmée, et m'a écouté. Nous avons convenu qu'il valait mieux nous tenir à distance l'un de l'autre. Et je crois que c'est précisément ce qui a signé son arrêt de mort. Je l'ai laissée affronter seule le danger.

— Tu ne pouvais pas imaginer que les menaces de Lyne pouvaient se transformer de la sorte, tenté-je de le consoler.

— J'ai paniqué, je l'avoue. Alors Lyne m'a imposé de prendre les autres Elfes noirs dans l'équipe. C'est ainsi que j'ai fait entrer Marcus, Steeve, Simon et Ben. J'étais en permanence sous la surveillance de ses hommes de main.

— Tu t'en es affranchi pour me raccompagner, le soir où nous nous sommes rencontrés, lui rappelé-je.

— Ç'a été ma plus grande erreur. J'ai attiré l'attention de Lyne sur toi.

— Une erreur que tu as voulu réparer en te montrant détestable ?

— Tu m'en veux ?

— J'ai cessé de t'en vouloir depuis un bon moment, Jonathan.

Il émet un ricanement amer en posant les yeux sur l'anneau qui ceint mon doigt.

— Je n'ai jamais fait le poids, n'est-ce pas ?

— Tu aurais pu, avoué-je sans honte.

— Quel crétin je suis !

Il grimace sous l'effet de la souffrance, mais j'ignore si elle est physique ou morale.

— Jonathan…

Il tente un pauvre sourire.

— Ne t'inquiète pas, je ne peux pas lutter contre ça, me coupe-t-il en désignant mon ventre.

J'ai la gorge nouée. Il lève la main vers mon visage dans ce petit geste qui lui est habituel. Ses doigts caressent ma joue.

— Mathias est un sacré veinard.

— Tu mérites toi aussi d'être heureux. Tu peux l'être ici, mais je comprendrais aussi que tu ne souhaites pas rester.

— J'ai juste besoin de temps… Et de savoir que tu m'as pardonné.

— Tout est pardonné, et tu es ici chez toi, aussi longtemps que tu le voudras.

— Puis-je te soumettre une requête ?

— Laquelle ?

— Accorde-moi le baiser que j'aurais dû te donner.

Je le dévisage, perplexe et affolée. Je perds pied, et ne sais pas comment réagir. Jonathan se redresse lentement, au prix d'un nouvel accès de douleur. Sans me quitter des yeux, il s'approche. Je n'ose le repousser de crainte de le blesser davantage. Son souffle balaie mon visage. Ses lèvres se posent sur les miennes.

Étourdie, je ferme les yeux et le laisse m'embrasser. Je lui rends son baiser, mais sans passion. Il s'arrache à ma bouche en soupirant, puis pose son front sur le mien.

— Merci, me murmure-t-il, comme on prononce un mot d'adieu.

— Tu devrais dormir un peu, à présent, lui conseillé-je très doucement.

Il en convient et se rallonge. Ses traits paraissent plus détendus, comme si ce baiser lui avait donné l'absolution des fautes qu'il m'a confessées. Je remonte le drap sur lui, sa main effleure la mienne.

— J'aimerais parler à Élawen, me dit-il alors que je m'apprête à partir.

— Je vais la faire prévenir.

Je crois connaître ses intentions, et je les approuve. En sortant de sa chambre, j'envoie immédiatement Laurewen auprès de celle qu'il réclame, puis je rejoins Mathias dans nos appartements. Celui-ci me regarde venir à lui sans sourire. J'ai moi aussi un aveu à faire.

— Ça n'a pas été facile... Ni pour lui ni pour moi.

— C'était nécessaire, affirme-t-il très calmement.

Une petite boule se noue dans ma gorge.

— Il... Il m'a embrassée.

Mathias se lève et s'approche de moi. Ses doigts légers relèvent mon menton. Ses prunelles scintillent d'un éclat de pierre précieuse.

— À sa place, j'en aurais fait autant.

— Mathias... !

Il ne m'autorise pas à le gronder, il fond sur ma bouche avec un appétit dévorant. Il me prive d'air, me soulève entre ses bras et m'emporte sur le lit.

— C'est tout l'effet que ça te fait ? réussis-je à placer quand il me libère enfin.

— Je n'étais pas inquiet.

— Ah oui ? Et pourquoi ?

— Parce que tu ne sais pas résister à *mes* baisers.

Ce diable de prince a encore raison. Et pour mieux me le prouver, il m'étourdit de plus belle. Je me délecte de ses regards brûlants, de sa voix suave, de ses lèvres douces, de ses caresses. Je doute d'en être jamais rassasiée, j'en veux encore et encore. Il me donne tout ce que j'exige, et même davantage.

Nos tendres effusions nous entraînent jusqu'à la mi-journée sans que nous perdions une seconde de notre bonheur. Mathias déclare cependant forfait. Je tiens ma toute première victoire.

— Sais-tu que les femmes enceintes sont dopées ? se défend mon médecin en chef en s'échappant du lit où je tente de le retenir. Tu es bourrée d'hormones propices à tout un tas de folies.

— Tu es de taille à te défendre, répliqué-je, coquine.

— Encore faudrait-il que j'en aie envie.

— C'est un aveu intéressant.

— Nous avons malheureusement quelques obligations, dans l'immédiat.

— Lesquelles ?

— Nous devons voir Algol.

— Au sujet du bébé ?

Mathias hoche la tête en retrouvant son sérieux.

— Crois-tu qu'il puisse déterminer la date de l'accouchement ?

— Ce n'est pas impossible, quoique très approximatif.

— Je ne suis pas si pressée.

— Tu as raison, nous avons tout notre temps, désormais. Plus rien ne nous menace. Les passages ont tous été fermés.

— Le Dalahar a récupéré toutes ses clés.

— Élawen est allée au Pas des Belles Âmes et a rendu à Éorin celle qui lui revenait. Luinil souhaite d'ailleurs que tu ailles la voir, elle a un message pour toi.

— Dans ce cas, j'irai dès que possible.

— Hors de question que tu grimpes sur un cheval dans ton état !

— Le palais ne manque pas de petites calèches, ou au pire, je demanderai à Tony de m'emmener sur sa banquette branlante.

— Tête de mule, je t'y conduirai !

Je ne peux m'empêcher de rire.

*
* *

Comme il s'y est engagé, Mathias m'accompagne dès le lendemain jusqu'à Luinil. Le voyage en sa compagnie me paraît nettement moins long et pénible. Nous avons emprunté une calèche du palais jusqu'au passage de l'Olisseï. La fée des Hauts Elfes nous accueille chaleureusement. Elle me prend les mains longtemps dans les siennes.

— Retourne dans l'Olisseï, seule. Fais quelques pas, elle viendra vers toi, me dit-elle.

Elle n'a pas précisé de qui elle parlait, mais je le devine à son sourire. J'abandonne Mathias sous l'olivier qui abrite la sépulture de sa mère et j'entre dans la grotte sombre. Je fais quelques pas comme l'a indiqué Luinil, puis soudain :

— *Eÿ bod Yn Aïr !*

Je me retourne, l'Elfe me semble plus réelle que jamais. Elle est d'une beauté grave, nimbée d'une lumière argentée, et son parfum est à présent une douce fragrance.

— Oui, je suis rentrée à la maison, lui confirmé-je doucement. J'ai rapporté avec moi ton érable romantique. Nous l'avons transplanté dans le jardin de Dahar.

— Ton fils et lui grandiront ensemble, murmure-t-elle.

Je pose machinalement la main sur mon ventre.

Mon fils !

— Je savais que je faisais le bon choix, reprend-elle.

419

— Je te dois tellement. J'aurais aimé te connaître, dis-je tristement.

— Nous nous connaissons, Léo.

L'Elfe pâle lève sa main droite vers moi. Sans réfléchir, je fais de même, et nos doigts se touchent au point que j'en ressens une pression légère et fraîche sur ma peau.

— Je ne suis plus qu'une ombre, mais ma voix t'accompagnera si tu la sollicites, ajoute-t-elle tout bas.

— Tu me manquerais trop si tu me quittais tout à fait !

— *Hwyl fawr*, conclut-elle en rentrant dans l'ombre.

— Au revoir !

Je la regarde disparaître peu à peu avant de prendre le chemin de la sortie.

— Rares sont ceux qui bénéficient d'un tel privilège, les âmes des Elfes sont farouches. Tu es un être exceptionnel, Léo. Notre peuple a de la chance de t'avoir pour princesse.

Je la dévisage sans trop savoir que répondre à ce compliment. Luinil s'incline et s'éloigne. Je rejoins Mathias, qui patiente en regardant la mer. Il parle en secret à sa mère. Sans doute pour la première fois ne lui confie-t-il pas ses peines, mais son bonheur. Lorsque j'arrive près de lui, son visage est serein et ses yeux pétillent de joie. Il m'attire près de lui et nous restons un long moment sans rien dire. Il ne me pose aucune question, il sait.

*
* *

Le lendemain, Iliud fait proclamer l'annonce de ma grossesse. Le peuple des Elfes accueille cette nouvelle comme une véritable bénédiction. Dès lors, nous recevons de tout le royaume les hommages des représentants des différentes classes. Les maîtres pêcheurs me font don d'une perle précieuse gigantesque pêchée au large de la Mer des Sept Jours. Les maîtres boulangers donnent mon nom à une nouvelle spécialité. Les maîtres tisserands m'offrent des tissus d'une finesse incroyable dans lesquels nos couturières se hâtent de prévoir l'élargissement de mon tour de taille. Maître Siléas me fait cadeau d'une chaînette d'argent au bout de laquelle un cœur scintillant symbolise ce que le peuple éprouve pour moi. Et les maîtres de la terre expédient chaque jour au palais des provisions de fruits magnifiques destinés à satisfaire la moindre de mes fringales. Je ne sais comment remercier tous ces Elfes généreux.

— Ce sont eux qui te remercient, à leur façon, m'explique Iliud.

— Je n'y suis pas pour grand-chose.

— Tu n'imagines pas l'immense amour que ressent ce peuple pour sa princesse qui n'a pas hésité à désobéir au prince lui-même pour braver le danger, et le protéger de ses ennemis. Tu n'imagines pas l'amour qu'il ressent pour celle qui porte en son sein l'avenir de notre monde. Les Elfes ont conscience que tu as sacrifié tout ce qui était ton univers pour cela, il lui paraît juste et normal de te le faire savoir.

— Je n'ai pas accompli de si grands exploits et, sans l'intervention de Jonathan, je ne serais sans doute plus de ce monde.

— Nous sommes tous parfaitement lucides à ce sujet, rassure-toi. Et ce jeune homme fait à présent partie des nôtres. Il semble d'ailleurs parfaitement s'adapter à notre façon de vivre.

C'est une constatation que j'ai pu faire également. Après avoir profité d'un peu de repos, Jonathan a effectué ses premiers pas dans l'enceinte de la cité. Il en est revenu totalement conquis. Il s'est entretenu avec Élawen comme il le souhaitait. Ensemble, ils travaillent, depuis, à reconstituer les événements qui ont conduit au tragique décès d'Éorin. Élawen traduit le journal de sa sœur, Jonathan y apporte des éléments. Ils y passent l'essentiel de leur temps, ce qui contribue aussi à la convalescence du blessé. Son épaule le fait encore beaucoup souffrir, et Mathias craint qu'il ne soit plus jamais en état de jouer au hockey. Cette nouvelle n'a pas eu l'air de l'affecter outre mesure.

— Il ne gèle jamais au Dalahar, pour la glace, c'est pas top, a-t-il plaisanté, affichant une réelle bonne humeur.

Mathias et lui ont eu une longue conversation. Mes oreilles ont sifflé, je suis certaine d'en avoir été le principal sujet. Ni l'un ni l'autre ne m'ont fait l'honneur de la moindre confidence, mais je constate que leur ancienne rivalité est aujourd'hui oubliée et qu'ils s'entendent parfaitement, surtout quand il est question de me taquiner.

Iliud a promis d'examiner, à l'occasion d'un prochain Grand Conseil, les nouveaux passages qui seront ouverts afin que nous puissions rejoindre la Terre des Hommes quand bon nous semblera. Pour ma part, il n'en est pas question avant de nombreux mois. Quant à Jonathan, il a remercié poliment le roi, mais ne s'est pas montré plus désireux que moi de quitter le Dalahar où il se sent pleinement lui-même pour la première fois.

*
* *

Une semaine plus tard, Élawen et Jonathan ont remis leur travail au roi. À la demande de ce dernier, nous sommes tous réunis dans la grande salle du palais. Maïewen, Érodon et Othar sont là, ainsi qu'Anwen et Andréas. Mathias me garde tout contre lui, tandis que je note la façon dont Élawen et Jonathan se tiennent l'un près de l'autre et se regardent avec connivence. Ce travail en commun a permis de chasser les malentendus, et les a visiblement rapprochés. Je conserve toutefois mes impressions pour moi, et me concentre sur le récit dont se charge Élawen elle-même.

Elle revient tout d'abord sur les débuts de sa sœur à l'université. Je me rappelle ce qu'elle m'a traduit en direct juste avant que nous partions chez Tante Agnès. À cela, Jonathan n'a rien ajouté. C'est par la suite que son éclairage se révèle essentiel.

Nous apprenons ainsi que, au lendemain du fameux match de hockey auquel elle a assisté, Éorin a été abordée, dans le hall de la fac, par le séduisant capitaine de l'équipe. Profondément troublée, la jeune femme a consigné dans son journal l'émoi qui a été le sien lorsqu'il lui a souri. Les pages suivantes évoquent largement les qualités de Jonathan Dussaunier.

Celui-ci fronce les sourcils d'un air malheureux, et personne ne doute qu'il le soit vraiment. Mais il encaisse sans broncher, et laisse Élawen poursuivre l'histoire.

Malgré sa méfiance, Éorin se déclare sous le charme du jeune homme, et c'est ainsi qu'au mois d'avril elle accepte de le rejoindre à l'occasion d'un after. D'ordinaire très prudente, elle a malencontreusement laissé apparaître son médaillon. Et c'est à ce moment précis que Lyne Dompart, qui muselait sa jalousie à son égard, s'est découverte aux yeux d'Éorin. D'instinct, l'Elfe a senti qu'elle se trouvait face à quelqu'un qui savait parfaitement ce que symbolisait son pendentif. Elle en a conçu un moment de panique et a alerté le Grand Conseil par un premier message.

Déterminée à en avoir le cœur net, elle a mené discrètement son enquête. Elle a suivi les uns et les autres, et a ainsi découvert que Lyne était la petite-fille de Lothar en personne.

Dans son exil sur la Terre des Hommes, cet Elfe puissant a vécu très vieux en compagnie de son épouse elfique. Ensemble, ils ont eu un fils unique. Dénué de toute ambition guerrière, ce dernier a placé ses seuls objectifs de conquête dans les affaires fructueuses et a épousé une humaine au riche patrimoine. Celle-ci n'a pas eu l'occasion de s'étonner de la longévité de son mari, car elle a connu une mort précoce et tragique que certains se sont empressés de trouver étrange, mais qui n'a donné lieu à aucune enquête de police.

Lyne est née de ce mariage rémunérateur. Délaissée par son père, elle a été élevée par ses grands-parents. Des histoires lancinantes que lui racontait son grand-père au sujet de son passé glorieux et du Dalahar, elle en a tiré une seule ambition : celle de retrouver le chemin de ces terres miraculeuses.

Lorsque Lothar est mort à son tour, elle en a été anéantie. Elle s'est exaspérée de l'attitude de son père, indifférent à ce qui n'engraissait pas ses comptes en banque. Lyne avait une vision du monde très pervertie par la haine et la rancœur de Lothar. Elle pensait les Elfes faciles à amadouer. Et la soumission des quatre membres de l'équipe de hockey qu'elle manœuvrait à sa guise, comme jadis son grand-père, ne l'a en rien détrompée.

Éorin a pu constater que, de l'armée du puissant Lothar, il subsistait quelques descendants que le temps et les unions successives avec des humains avaient rendus moins puissants. Toutefois, le risque n'en était pas moins grand puisque Lyne était au courant du fonctionnement du monde elfique et avait hérité de plusieurs caractéristiques de son grand-père.

Elle était hargneuse, manipulatrice et fine stratège. Dotée d'un physique irréprochable, elle était capable de séduire tous les hommes. C'est donc par le sexe et grâce à ses moyens financiers conséquents qu'elle a su convaincre des garçons plus ou moins perdus de se joindre à ses projets de conquête d'une terre où ils auraient tout ce qu'ils désiraient. Elle les tenait cependant pour du simple bétail à ses ordres.

En mettant au jour ce dernier point, Éorin a découvert la vérité au sujet de Jonathan. Lyne s'était follement éprise de lui mais, ne pouvant se l'attacher durablement par les sentiments, elle a utilisé son atout principal : l'argent. Elle lui a offert sa superbe voiture de sport et l'a confortablement installé dans l'un des appartements de son richissime père. Mais de toute évidence, ça ne suffisait pas. Elle lui a donc apporté la gloire en lui procurant des coéquipiers solides : Marcus, Ben, Steeve et Simon. Tous les quatre descendaient également des Elfes noirs restés fidèles à la cause de Lothar. Ces joueurs hors norme, violents, rapides et efficaces l'ont propulsé en une année à la tête du championnat. Fort de ce prestige, Jonathan s'est mis à convoiter d'autres plaisirs. Lyne a dû fermer les yeux sur les aventures sans lendemain dont il semblait se satisfaire... Jusqu'à ce qu'Éorin fasse son apparition.

Lyne a deviné qui elle était. Et pour une fois, elle a incité Jonathan à séduire la jeune femme, ce qu'il a parfaitement réussi.

Éorin s'est sentie trahie et a exigé des explications de la part de son petit ami. Jonathan lui a avoué que Lyne souhaitait mettre la main sur le médaillon qu'elle portait, et leur relation s'est arrêtée là. L'Elfe en a conçu un profond dépit, mais elle a compris le danger que représenterait son pendentif aux mains des descendants de Lothar. Elle s'est également aperçue qu'elle était suivie en permanence. Son appartement a reçu plusieurs visites pendant ses absences, elle a donc évité de se rendre au parc pour ne pas risquer de dévoiler l'emplacement de son passage. Elle a aussi renoncé à se rendre chez Tony pour ne pas attirer l'attention de ce côté-là. Elle s'est retrouvée entièrement isolée et a réellement pris peur. Fin juin, elle a consigné dans son journal ses craintes de se voir agresser par les Elfes noirs sans aucun moyen de se défendre ni de prévenir Iliud. Elle avait déjà dû renoncer avec beaucoup d'amertume à fêter l'anniversaire de sa sœur.

Élawen serre les dents pour poursuivre son récit. Érodon pose sa main sur la sienne pour l'encourager, malgré son chagrin de découvrir, entre ces lignes, l'immense désarroi de sa fille à la veille de sa mort.

L'Elfe a cherché un moyen de prévenir le Dalahar. Un pur hasard lui a fait croiser la route de Sandy et de sa mère sur le campus. Les beaux yeux verts d'Agnès l'ont alertée. Éorin a suivi son merveilleux instinct. Elle s'est penchée sur ses anciens cours de magie des rêves et a montré un bel acharnement et une grande maîtrise de ses pouvoirs. Son journal détaille ses progrès quotidiens dans les songes de ma tante. Éorin était contente, mais Agnès ne lui offrait qu'une piètre perspective de pouvoir mettre la main sur la clé qu'elle comptait dissimuler. Sandy aurait eu de meilleures chances, malheureusement elle ne possédait aucune qualité elfique. Il lui fallait trouver une astuce.

Grâce à ses compétences informatiques, Éorin a réussi à s'introduire dans l'ordinateur de la famille, espérant accéder à Agnès par ce moyen. C'est ainsi qu'elle a capté nos échanges sur Skype et appris ma venue imminente à Montréal. Ma ressemblance frappante avec Agnès lui a rendu l'espoir. Elle avait enfin trouvé celle par qui elle accéderait au Dalahar en cas de besoin. Sans pouvoir attendre davantage, elle a piraté le système informatique de la fac pour s'assurer que je serais admise dans le cours qu'elle suivait. Elle était persuadée de ma capacité à réagir à son attraction.

Élawen lit d'une voix étranglée les lignes écrites par sa sœur quelques jours avant sa mort. Elle y indique qu'elle a concentré dans sa clé USB tous les pouvoirs dont elle a pu disposer, en souhaitant que cela soit suffisant. Ses derniers mots sont pour nous dire qu'elle nous aime et que nous allons lui manquer. Elle ajoute qu'elle a pardonné à Jonathan. Elle me souhaite enfin la bienvenue au Dalahar et prie Mathias de prendre soin de moi.

— Comment a-t-elle su ? soufflé-je, médusée.

— Éorin disposait de rares talents, me répond Mathias.

Une grosse boule me monte à la gorge. Je ne suis pas la seule, l'émotion est grande dans l'assemblée. Jonathan porte toujours ce masque de tristesse coupable. Élawen remet de l'ordre dans les notes qu'Algol se chargera sans nul doute de ranger précieusement dans les archives du royaume. Iliud se lève, et s'adresse d'abord à Érodon.

— Éorin s'est montrée d'un courage exemplaire. Le peuple des Elfes lui doit la paix et la sécurité. Je sais que mes paroles n'adouciront pas ta douleur de père, ni celle de ton épouse, mais sache que nous la partageons.

— Merci, Iliud, je suis heureux qu'Éorin puisse enfin reposer en paix sur sa terre. Élawen a justement vengé sa sœur.

Je comprends pourquoi Mathias n'a pas reproché à la jeune Elfe d'avoir tué Lyne Dompart. Les lois elfiques autorisent la vengeance légitime.

Le roi se tourne ensuite vers Jonathan.

— Tu as obtenu le seul pardon qui vaille vraiment. Tu es digne de notre confiance, mon garçon.

— Jamais je ne la trahirai, lui affirme-t-il en se détendant un peu.

Son regard glisse vers Élawen, qui le dévisage avec émotion. Et ce que je lis dans ses yeux ressemble à s'y méprendre à de la tendresse et de la fierté.

Cette nuit-là, je dors plus sereinement. Le récit du journal d'Éorin a apaisé mes derniers doutes et mes ultimes craintes. Je sais que notre terre est désormais en sécurité.

Chapitre 23
La reine du Dalahar

Les jours qui suivent sont les plus heureux de mon existence. Et je ne suis pas la seule à me réjouir. Andréas s'est enfin décidé à exprimer ses sentiments à Isil, la belle cuisinière. Notre ami nous fait part de son départ pour la Chambre d'Argent. Nous gagnons donc Alioth en compagnie d'Anwen, d'Élawen, de Jonathan, et de tous les autres Teitwyrs, bien décidés à fêter l'événement. Ce déplacement est l'occasion d'une escapade amoureuse le long de l'Andiaë. Mathias a commandé notre retour sur *L'Illion* jusqu'à Dahar pour ménager ma santé de future mère.

Ma grossesse reste discrète jusqu'au cinquième mois mais, dès cette étape franchie, mon appétit fait exploser les statistiques de mon mari. Mes nausées se sont espacées jusqu'à devenir un mauvais souvenir. Tony est le seul qui soit autorisé par Mathias à cuisiner mes repas. Iliud se montre patient et compréhensif. Il ne s'offusque pas de voir son fils négliger un peu les affaires du royaume à mon seul profit. Il sait que cela ne durera pas éternellement.

Je savoure chaque moment de cette période magique, mais j'ai à présent hâte que mon fils montre le bout de son petit nez. Je dors moins bien, encombrée de mon ventre. C'est à tel point qu'une nuit, je finis par laisser Mathias reposer paisiblement pour aller dégourdir mes jambes qui fourmillent. J'attrape en passant *Les Fleurs du mal* et je m'installe dans le canapé.

Confortablement allongé, mon corps se détend mollement jusqu'à ce que je ressente un déchirement dans mon bas-ventre. Un flot abondant et chaud se met à couler le long de mes jambes, puis une contraction fulgurante m'arrache un cri. Mathias se réveille en sursaut et bondit du lit. Laurewen fait prévenir Lawendë, de loin la plus qualifiée pour assister le prince, qui prétend ne laisser à personne d'autre le soin de faire naître son fils. Étonnamment calme, il ne cesse de m'encourager en vérifiant en permanence l'avancée du travail. Lawendë prend soin de moi comme une mère, me caressant les cheveux, me passant un linge humide sur mon front baigné de sueur et m'accompagnant de ses conseils précieux.

Au terme de quelques heures, je pousse un ultime cri de douleur avant d'entendre celui, plus aigu et bien vivace, de notre enfant. Mathias dépose doucement sur ma poitrine le plus merveilleux des êtres qu'il m'ait été donné de voir. Émue, je caresse tendrement sa joue et la forme légèrement pointue de ses minuscules oreilles. Ses paupières sont froncées et ses menottes serrées en deux petits poings obstinés. Mathias admire son fils avec ravissement, puis il le confie à Lawendë. Sa bouche se pose sur la mienne et m'adresse à voix basse un millier de remerciements. Je le retiens contre moi, épuisée, mais heureuse.

Lawendë vient rapidement nous rendre notre merveille. Il est magnifique, habillé d'un ensemble aux nuances délicates de gris et de bleu. Et il sent divinement bon. Je fourre mon nez sur son crâne pour le respirer davantage. Mathias laisse Lawendë m'expliquer la meilleure façon de lui donner sa première tétée. Durant tout ce temps, il nous dévore des yeux, ne cherchant pas à dissimuler sa joie. Son regard trahit cependant une réflexion intense. Il attend que l'enfant soit repu pour venir nous prendre dans ses bras tendrement.

— As-tu pensé au prénom que tu souhaitais donner à notre fils ? me taquine-t-il alors.

Lorsque je parlais de notre enfant à naître, je l'ai toujours appelé « Mathias Junior » par boutade. Nul doute que le père s'en est habilement aperçu.

— N'aimes-tu pas Mathias ? demandé-je. C'est le prénom qui sonne le plus doux à mes oreilles.

— Je préférerais qu'il ait sa propre identité, grimace mon cher mari. Je n'ai pas besoin de m'entendre me faire gronder de nouveau dans quelque temps.

— Pourquoi voudrais-tu qu'on le gronde ? m'offusqué-je.

— Parce que, s'il me ressemble, tu le disputeras inévitablement.

— Très bien, mais je ne connais pas les prénoms que l'on donne habituellement au Dalahar.

— Tu as remarqué que les prénoms des Teitwyrs ont été un peu humanisés par rapport aux prénoms elfiques traditionnels.

— Oui, sauf peut-être pour les filles.

— Exact, mais on pardonne souvent aux filles ce qu'on peut prendre pour une coquetterie. Cependant, si tu veux un jour envoyer ce futur petit monstre sur la Terre des Hommes, il vaudrait mieux lui trouver un pseudonyme un peu moins étrange.

— En as-tu un en tête qui conviendrait ? deviné-je.

Mathias ne se fait pas prier.

— Que penses-tu de Ionas ?

Ce n'est certes pas un prénom courant, mais il pourra aisément se fondre dans le monde des hommes. En outre, il conserve cette petite sonorité elfique charmante.

— Si nous demandions au principal intéressé ce qu'il en pense ?

Mathias passe le bout de son index sur la joue soyeuse de son fils en murmurant le joli prénom qu'il a choisi. Dérangé dans sa digestion, notre enfant fronce les sourcils, puis un sourire égaie son visage. Pour la première fois, il ouvre les yeux. Le petit Elfe nous dévisage, son père et moi, avec une curiosité amusante. Ses mirettes sont d'un vert profond.

— Bonjour, Ionas, lui chuchoté-je à mon tour.

Notre fils s'agite en prenant un air volontaire.

— Je crois qu'il apprécie, confirmé-je à un Mathias tout ému.

— Je vais prévenir Iliud, déclare-t-il en m'embrassant, le prince Ionas l'expédie dans la catégorie des grands-pères !

Je pouffe en prenant garde de ne pas réveiller ce petit prince que le sommeil a fini par vaincre. Je sens son souffle ténu contre ma poitrine où, tout en dormant, il entend certainement les battements de mon cœur de mère comblée.

*
* *

Mathias va chercher Tante Agnès pour la première fois quelques jours après la naissance de Ionas. Un nouveau passage a été ouvert à proximité de chez elle, et c'est une femme tout intimidée qui entre sur la terre de ses lointaines racines. Elle découvre avec des yeux de petite fille un pays qui n'était censé exister que dans ses rêves. Iliud lui réserve un accueil qui la laisse pantoise. Mais, conformément à sa nature, elle se ressaisit vite et s'habitue parfaitement. Mathias lui a expliqué le changement d'espace-temps qui lui permet de venir passer plusieurs heures parmi nous avant même que son absence ne soit remarquée à Montréal.

Pendant ma grossesse, Tante Agnès a employé des trésors d'imagination pour me trouver un stage fictif au fin fond d'une province canadienne dépourvue du moindre accès Internet. Elle a usé de ses incroyables talents de faussaire pour rédiger une carte postale qu'elle a expédiée de ma part à mes parents. Et maintenant, elle réclame de connaître le mot de passe de ma messagerie pour leur envoyer les mails qu'ils espèrent prochainement. N'y voyant aucune objection, je lui livre le sésame qui lui donnera accès au compte dont je n'ai plus besoin. Il faudra bien que je justifie de ne pas rentrer en France pour les fêtes de fin d'année, même si Algol m'a assuré que je dispose de plus de quatre mois elfiques pour réagir.

Quand Lawendë amène Ionas, ma tante fond comme une guimauve. Mathias ne peut réprimer un rire en la voyant gazouiller devant son petit-neveu qu'elle berce dans ses bras. Sa présence m'apporte un précieux réconfort et suffit amplement à mon bonheur.

À partir de ce moment-là, elle effectue plusieurs visites à Dahar. Elle adore notre fils, et elle n'est pas la seule.

Ionas est en permanence couvé par les Elfes. Il ne se passe pas une journée sans qu'Anwen, Élawen ou même Isil, qu'Andréas a fini par convaincre de vivre au palais, viennent jouer avec lui. Jonathan, conquis lui aussi, a déjà prévu de faire de lui un grand sportif. Il est sans conteste l'Elfe le plus gâté des terres du Dalahar !

Iliud réclame souvent son petit-fils. Il a prévenu Mathias qu'il le laissait profiter un peu de son enfant, mais qu'il comptait bien lui céder le trône le jour où Ionas aura 10 ans. Iliud affirme qu'il a légitimement le droit de s'amuser à son tour et prétend assurer l'entraînement personnel du prince tout comme il a assuré le mien. Mathias sait pertinemment que son père ne plaisante pas et prend son rôle très au sérieux. S'il reste toujours très disponible pour Ionas et moi, il passe de nombreuses heures à travailler en sa compagnie.

Quant à mes parents, et malgré les habiles manœuvres de Tante Agnès, il arrive enfin le moment de reprendre contact. Mathias et moi confions notre enfant aux soins de Lawendë. Nous empruntons le passage qu'Iliud a ouvert à l'intention de ma tante et, en un instant, je fais un bond de près d'un an en arrière en déboulant dans le parc. Curieusement, Sandy ne nous pose aucune question indiscrète sur mon absence prolongée à la fac. Je suppose que sa mère s'est chargée d'une explication à sa sauce. À tout bien calculer, il ne s'est écoulé qu'un mois et demi humain depuis mon départ. Comme à son habitude, ma tante m'invite dans la cuisine pour bavarder.

— La police a ouvert une enquête sur la disparition de Lyne Dompart et de Jonathan, m'annonce-t-elle.

— Qu'est-ce qui se dit ? m'alarmé-je un peu.

— Tout le monde s'accorde à croire qu'ils sont partis ensemble. Leur liaison était apparemment connue. Le problème vient surtout de ce qu'on a retrouvé les trois garçons de l'équipe complètement sonnés sur les bancs du parc.

— Ont-ils parlé ?

— Aucun d'eux n'a retrouvé la mémoire, ricane-t-elle. On raconte qu'ils auraient abusé de certains produits dopants, ce qui expliquerait leur état.

Je réprime un éclat de rire. Lorsque la sonnerie de Skype nous interrompt, nous nous précipitons ensemble dans le bureau. Mes parents et Xavier sont heureux de me retrouver. J'ai néanmoins énormément de mal à paraître naturelle. La nouvelle de la naissance de leur petit-fils me brûle les lèvres. Heureusement, ma mère ne tarde pas à me taper sur les nerfs, ce qui fait fondre mes scrupules et agace ma tante. Notre différend porte sur notre futur mariage auquel je ne pensais plus. Mathias arrange les choses en promettant de leur donner une date précise dans un délai très court.

En fin d'après-midi, Tante Agnès nous raccompagne en voiture jusqu'au parc. À notre retour à Dahar, Ionas dort paisiblement. Notre séparation m'a coûté plus que je ne le craignais. Peu désireuse de renouveler l'expérience de sitôt, c'est Tante Agnès qui assure donc le lien permanent par mail entre mes parents et moi jusqu'à ce qu'un beau jour, Mathias revienne dans notre chambre d'une humeur particulièrement joyeuse.

— Ton anniversaire tombe bien le 18 mars, n'est-ce pas ? demande-t-il, amusé.

Je le regarde, un peu ahurie, les Elfes ne sont guère du genre à se soucier de ce genre de choses.

— Oui, pourquoi ?

— J'ai demandé à Algol quel était le meilleur moment pour passer plusieurs jours à Montréal sans que cela fasse une trop grande différence avec le Dalahar.

— Pour quelle raison ?

— Tu comptes te marier en quelques heures ? répond-il en dardant sur moi un regard irrésistible.

J'ignorais qu'il tenait encore à ce point à régulariser notre situation.

— Et donc ?

— Algol a étudié la question avec beaucoup de soin. Selon lui, la semaine du 18 mars, le temps du Dalahar et le temps humain seront presque identiques. C'est quelque chose qui arrive de manière tout à fait exceptionnelle.

— Ce qui signifie que nous ne quitterons Dahar que le temps strictement nécessaire ?

Mon cœur bondit à cette idée. Rien ne m'effraie plus que de devoir laisser Ionas pour plusieurs semaines.

— Le temps d'un long week-end, confirme malicieusement mon prince.

Dès le lendemain, nous chargeons Anwen de s'occuper des préparatifs en compagnie de Tante Agnès. Notre amie se réjouit de repartir sur la Terre des Hommes. D'ailleurs, nombreux sont les Teitwyrs que l'idée de retourner finir leurs études chatouille vigoureusement. Seule Élawen ne se montre pas pressée de quitter ses terres où Jonathan l'a rejointe. Iliud accepte finalement de rouvrir d'autres passages. Les mesures de sécurité sont cependant renforcées. La communication entre nos deux mondes est améliorée par un système ingénieux d'échanges réguliers de netbooks sur batterie et de clés USB sur lesquelles des messages sont enregistrés. Il est devenu inenvisageable qu'un Teitwyr reste isolé trop longtemps.

Au fil des semaines, Anwen et Tante Agnès entreprennent donc toutes les démarches à notre place, m'informant sporadiquement des avancées de l'organisation. Mes parents et Xavier débarquent, comme nous, deux jours avant l'événement. Xavier n'est pas venu seul, il nous présente Lucie comme étant sa fiancée. Mon père et ma mère voient leurs enfants prendre leur envol en même temps. Ils n'ont pas l'air de le regretter beaucoup.

Durant leur séjour, ils peuvent enfin faire la connaissance de mon futur mari selon les bonnes vieilles convenances humaines. Mathias sait conquérir en quelques mots le cœur de ma mère et l'estime de mon père. Sur ce point, ils ont tout lieu d'être rassurés.

Notre mariage humain a lieu le samedi 18 mars, devant ma famille et nos quelques amis réunis pour l'occasion. Par précaution, Jonathan n'a pas souhaité nous accompagner. L'enquête au sujet de sa disparition est toujours ouverte. Il est cependant venu nous féliciter avant notre départ de Dahar. Son sourire était radieux, ses embrassades sincères.

Tante Agnès a prévu les choses fort simplement, selon ma volonté. La cérémonie en elle-même ne dure guère plus de trente minutes. Malgré mes réticences, je ressens une certaine émotion lorsque Mathias, toujours aussi séduisant quand il se déguise en humain, glisse l'alliance d'argent autour de mon doigt en promettant de m'aimer toujours. Ma mère, conquise par son gendre, sanglote dans les bras de mon père.

Tante Agnès a aussi réussi le tour de force de nous concocter un vrai faux voyage de noces nous permettant de prendre la poudre d'escampette quand bon nous semblera. À l'issue du repas, Mathias me propose donc de déguerpir en amoureux, ce que j'accepte aussitôt. Nous embrassons tout le monde avant de décamper sous une avalanche de vœux et de rires. Tandis que notre voiture démarre en direction du parc, Mathias m'ouvre les bras, je m'y glisse, plus amoureuse et convaincue que jamais. Notre mariage humain a définitivement marqué pour moi la fin de mon séjour sur la Terre des Hommes. Je suis entièrement libre de rejoindre les terres du Dalahar où nous attend notre fils.

*
* *

Les années passent dès lors sans nuages dans notre ciel. À 10 ans, Ionas est le portrait craché de son père. Il a le même charme envoûtant, les mêmes yeux ensorceleurs qui vous désarment avant même que vous ayez le temps de vous fâcher contre lui. Le prince séduit son peuple autant que son futur roi. Et moi, je vis comblée au milieu de ces deux êtres magnifiques. Iliud décide, comme il en a fait la promesse à la naissance d'Ionas, de remettre le royaume à son fils.

Seule véritable cérémonie protocolaire au Dalahar, le couronnement du roi constitue un événement d'une importance sans égale, dont Algol exhume des archives les grands principes précisés par Aberthol, des siècles auparavant. Pour ma part, notre précepteur m'a dit, bien longtemps avant ça, que l'épouse du roi ne dispose que d'un titre honorifique, sans véritable couronnement. Je n'y trouve rien à redire, je ne m'attendais pas à autre chose. Mathias sera un roi magnifique, et cela me suffit amplement.

La date est arrêtée et les préparatifs sont quasiment achevés. Le matin même du couronnement, je me réveille seule dans notre lit. Laurewen m'apporte le petit déjeuner et je m'enquiers de mon prince de mari.

— Il est parti très tôt, ce matin.

— Sais-tu où ?

— Non, je l'ignore, mais il était enthousiaste.

Sa remarque me rassure, même si je n'ai pas constaté de nervosité particulière chez lui. Au contraire, il s'est montré étonnamment calme et serein. Tandis que je réfléchis dans mon bain, j'entends les pas rapides de Mathias. Malgré les années, mon cœur palpite lorsqu'il se penche sur moi et promène ses lèvres fraîches et douces sur mon cou. Il dégage un parfum encore plus boisé que d'ordinaire, comme s'il revenait d'une balade en forêt.

— Nerveux ? demandé-je, amusée.

— Non ! Je m'assurais que rien ne serait laissé au hasard.

— En principe, tu n'as pas à te soucier des détails.

Mathias pose ses lèvres sur les miennes sans répondre.

— Voilà bien longtemps que tu ne m'avais fait de cachotterie, constaté-je en riant. Que me caches-tu ?

— Depuis quand n'avons-nous pas pris quelques jours de vacances ? Juste toi et moi, demande-t-il.

— Je ne sais pas. J'ai l'impression d'être en vacances permanentes.

— Je te donne exactement dix minutes pour me rejoindre sur la terrasse, s'égaie-t-il.

Ses yeux émeraude plongent avidement dans les miens. Je ne cherche pas à résister une seconde. Il m'embrasse furtivement et sort comme une flèche. Laurewen m'aide à enfiler une robe toute simple de velours noir et je dois courir dans les escaliers pour être ponctuelle au rendez-vous.

Ionas et Iliud entourent Mathias. À leurs sourires et à leurs mines de comploteurs, je devine que je suis encore la seule à ignorer ce que mon mari a préparé comme coup. Je vois mal cependant comment il pourrait échapper à son couronnement. Mathias ricane lorsque je lui rappelle l'événement.

— Mathias ne fera jamais rien comme tout le monde, me détrompe Iliud, rieur.

— Papa a promis qu'il te ramènerait dans quelques jours, lâche Ionas, trop pressé.

— Quelques jours ? m'exclamé-je, surprise.

— Petit monstre ! le gronde gentiment son père. Tu ne sais pas tenir ta langue !

De toute évidence, il a réussi à bouleverser le calendrier protocolaire d'Algol.

— Pourrais-tu m'expliquer ?

— Ne pose pas de questions, viens, dit-il en me prenant la main.

Je serre Ionas dans mes bras, Mathias lui ébouriffe les cheveux et le confie à son père. Je me retrouve à gravir le long et étroit escalier de pierre au pied duquel notre érable, qui a déjà bien grandi, nous salue en passant. Une fois parvenu au sommet, Mathias me retient.

— Ferme les yeux, exige-t-il.

J'obtempère et je me sens quitter le sol dans ses bras. La traversée ne dure que quelques secondes. Je me concentre sur l'odeur intense de bois qui flotte dans l'air. Mes oreilles perçoivent un crépitement tout près. Mon cœur cogne un coup sourd dans ma poitrine. Les lèvres de Mathias effleurent les miennes et, comme la toute première fois dans cette cabane au fond des bois, c'est moi qui force sa bouche. Il émet un petit grognement de plaisir, mais m'écarte néanmoins de lui. Je reste bouche bée devant le décor. Il a tout remis en l'état, la petite table près de la fenêtre, le feu dans la cheminée et l'énorme matelas sur lequel gît la couverture de fourrure noire.

— N'avais-tu pas un couronnement aujourd'hui ? insisté-je, incrédule.

Il fronce les sourcils et son air farouche me déstabilise.

— Cela pouvait attendre. Léo, tu vaux bien plus pour moi que toutes les couronnes.

— Pourquoi aujourd'hui précisément ?

— Parce que je refuse de m'asseoir seul sur le trône du Dalahar.

— Qu'est-ce que tu veux dire ?

— Que ce n'est pas mon couronnement que je retarde, c'est le nôtre que je prépare.

— Quoi ?

— Je ne me contenterai pas d'une reine d'apparat. Tu t'es battue, tu as risqué ta vie pour notre peuple, il me paraît juste que tu acceptes de devenir reine, et que tu disposes des mêmes prérogatives que moi.

— Ce n'est pas dans les traditions elfiques, protesté-je.

— Ça le deviendra. Iliud y consent, Aberthol aussi.

— Aberthol ?

— Luinil a recueilli son accord, elle m'en a fait part hier, avoue-t-il.

— Pourquoi cette escapade ?

— J'en avais besoin, cela fait trop longtemps que je te partage avec tout le monde.

Je dois penser à respirer. Comment puis-je résister à ça ?

Notre séjour dans la cabane de Tony nous comble, nous sommes revenus à nos premières amours avec la même fougue et la même passion. Notre départ me fait moins de peine que la première fois. Je sais à présent que Mathias en a conservé la clé aussi précieusement qu'un trésor. Je ne doute pas qu'à la première occasion il me prendra de nouveau la main.

Il fait nuit à Dahar à notre retour. Laurewen nous trouve profondément endormis l'un contre l'autre le lendemain matin. Curieusement, elle insiste pour nous sortir des bras de Morphée alors que d'ordinaire elle attend patiemment que nous manifestions notre réveil.

— Tu peux dire à Iliud que nous serons prêts à temps, grogne Mathias en la renvoyant.

— Ne me dis pas que c'est aujourd'hui ? gémis-je en devinant qu'il se passe quelque chose d'inhabituel.

Mathias éclate d'un rire exquis. Il me repousse contre les oreillers et plonge son regard bijou dans le mien.

439

— Aurai-je encore longtemps la chance de te surprendre ? me demande-t-il.

— Tu ne cesses de me surprendre, marmonné-je, à la fois boudeuse de devoir me plier à un exercice qui me gêne, et particulièrement émue de l'attention de mon mari.

Je découvre émerveillée la splendeur des tenues d'apparat. L'ensemble de Mathias et ma robe sont pareillement taillés dans une étoffe blanche soyeuse et admirable. Lorsque Laurewen achève d'agrafer ma robe, je découvre enfin mon reflet dans le miroir. Mathias vient enrouler ses bras autour de moi.

— Tu es le plus beau joyau des Terres du Dalahar, Léo.

— Je pourrais te retourner le compliment, Votre Majesté. Et je ne parle pas uniquement de ton physique de rêve. Je t'aime, Mathias.

— Voilà en termes clairs et intelligibles ce qu'on appelle une déclaration, observe-t-il.

— Et si je t'embrassais, serait-ce une manière normale de me comporter ?

Il fond alors sur ma bouche avec une sauvagerie délicieuse à laquelle je succombe sans m'en plaindre.

Je regrette beaucoup de ne pouvoir m'y attarder, mais Laurewen nous rappelle à nos obligations, et Mathias semble hautement désireux de s'y plier, pour une fois.

La cérémonie est l'événement le plus somptueux jamais fêté à Dahar. Les Elfes accueillent tous avec ferveur et reconnaissance l'annonce de mon couronnement. Mon peuple fait mieux que m'accepter, il m'honore d'un titre dont il m'estime digne, et je ne trouve pas de mots suffisamment forts pour lui exprimer mon bonheur.

Éléonore Duvivier a définitivement cessé d'être. Désormais, pour l'éternité, je suis Léo, la mère comblée d'un prince magnifique, l'épouse amoureuse d'un roi sublime et la reine des Terres du Dalahar.

Table

AVENTURES & PASSIONS

— **7 septembre** —

Sarah MacLean
La famille St. John - L'amour en 10 leçons
Inédit

Depuis qu'il est devenu le plus beau parti de la Saison,
Nicolas St. John est assailli par les jeunes filles de la haute
société en quête d'époux. Aussi, dès que l'occasion se présente de s'éloigner de Londres, il la saisit. Et lors de son
périple, il va croiser la femme la plus déterminée et la plus
délicieuse qu'il ait jamais rencontrée.

Rose Lerner
Limely St. Lemeston - Tourments et délices
Inédit

Blessé sur le champ de bataille, Nick Dymond est revenu
chez lui, au sein d'une famille obsédée par la politique.
Lorsque son frère, candidat aux élections, est dans une
situation difficile, Nick a une mission : déployer le légendaire charme familial afin de pousser la ravissante
Phoebe Sparks à accepter une union politiquement avan-
tageuse. Mais ce ne sera pas si facile.

Julia Quinn
La chronique des Bridgerton - Gregory

Gregory Bridgerton a toujours cru au grand amour. Il sait
qu'il va trouver la femme de sa vie. Le jour où il fait
la connaissance de lady Hermione Watson, il croit
que c'est elle. Hélas, cette dernière en aime un autre, lui
révèle Lucinda Abernathy, jeune fille fort spirituelle mais
qui n'est pas aussi belle que son amie. Gregory a cependant
besoin de son aide s'il veut gagner le cœur de sa dulcinée.
Et c'est alors que le destin s'en mêle…

Gaelen Foley
L'Inferno Club - Baisers maudits

Droguée, Kate Madsen est offerte au duc de Warrington par ses ravisseurs. Elle est exhibée devant celui que l'on appelle « la Bête ». Comment se défendre contre un tel colosse ? Quant à espérer de la pitié d'un homme qui serait un assassin à la solde d'une société secrète, c'est illusoire. Pourtant, lorsque son regard se pose sur elle, ce n'est pas de la peur qu'elle éprouve...

✦

Grace Burrowes
Les lords solitaires - Nicolas
Inédit

Grâce à un mariage arrangé avec Nicolas Haddonfield, vicomte Reston, Leah est soulagée d'échapper à une situation désespérée. Très vite cet accord ne lui suffit plus, mais elle ne comprend pas pourquoi il est si distant. Que cache-t-il ? La laissera-t-il trouver le chemin de son cœur ?

✦

Monica McCarty
Les chevaliers des Highlands - Le roc
Inédit

Enfants, Thomas et Elizabeth étaient inséparables. Aux yeux du fils du forgeron du village, la fille du puissant seigneur de Douglas était la plus belle des princesses. Jusqu'à ce qu'ils grandissent et qu'il lui déclare son amour. Éconduit et humilié par Elizabeth, qui ne l'a jamais considéré comme un parti acceptable pour une dame de son rang, il part guerroyer dans l'armée de Bruce. Pourtant, le destin va les réunir de nouveau.

PROMESSES

7 septembre

Catherine Mann
Toi, mon refuge
Inédit

Issue d'une famille de militaires, Sierra McDaniel n'a pas la vie facile au Refuge de la Seconde Chance, le refuge pour animaux où elle vit entre sa mère débordée, son frère de 16 ans et son grand-père malade. Quand elle apprend que son père vient de mourir en Irak. Or celui-ci avait recueilli un chien errant, Trooper, que Sierra voit apparaître au ranch, accompagné... du sergent Mike Kowalski. Après leur brève liaison, il y a entre eux des souvenirs brûlants mais Mike doit repartir. Pour eux, il n'y aura pas de seconde chance. C'est compter sans le facétieux Trooper...

CRÉPUSCULE

28 septembre

Sylvia Day
La marque des ténèbres - Amour et enfers
Inédit

En supprimant une nouvelle race de démons créée par Satan, Eve s'est attiré les foudres du Prince des Enfers en personne ! Désormais traquée par toute une armée de démons, elle ne peut guère compter sur le soutien d'Alec Caïn. Devenu distant avec elle, ce dernier révèle un côté ténébreux qu'Eve ne lui connaissait pas. Heureusement, elle peut faire confiance à Abel Reed, qui est plus décidé que jamais à gagner une place dans son cœur ...

*P*assion
intense

7 septembre

Shelby Reed
Au moindre de tes désirs
Inédit

Avalon est un club très privé où, moyennant finance, chaque femme peut s'offrir les services d'un escort. La journaliste Billie Cort est chargée de faire un reportage sur cet établissement particulier et obtient un entretien exclusif avec le plus prisé de ses employés : Adrian. Elle ne tarde pas à être fascinée par cet homme qui allume en elle un désir brûlant. Mais pour espérer obtenir les faveurs d'Adrian, Billie devra en payer le prix. Est-elle vraiment prête à se livrer à lui corps et âme ?

28 septembre

Abbi Glines
Désir fatal - En plein émoi
Inédit

Fils d'une célèbre star de rock, Rush Finlay n'a jamais manqué de rien : villa en bord de mer, voiture de luxe, multitude de filles à ses pieds… Pourtant, lorsque Blaire débarque d'Alabama au volant de son pick-up, ce n'est pas seulement sa vie qui va être chamboulée mais aussi son cœur. Rush se doit toutefois de garder ses distances car il détient un terrible secret qui pourrait bien faire fuir Blaire pour toujours…

11313

Composition
FACOMPO

Achevé d'imprimer en Slovaquie
par NOVOPRINT
le 24 juillet 2016

Dépôt légal juillet 2016
EAN 9782290122358
OTP L21EPGN000610N001

ÉDITIONS J'AI LU
87, quai Panhard-et-Levassor, 75013 Paris

Diffusion France et étranger : Flammarion